셜록홈즈 베스트 12

Sherlock Holmes

셜록 홈즈 베스트 12

아서 코난 도일 ǀ 김지영 옮김

브라운힐

BrownHillPub

차 례

머스그레이브 가문의 의식문
The Adventure of the Musgrave Ritual
(1893)

　내 친구 셜록 홈즈는 참으로 특이한 구석이 많은 사람이다. 그는 엽궐련(담배 잎을 썰지 않고 돌돌 말아서 만든 담배)을 석탄 양동이에 넣어두기도 하고, 담배를 페르시아 슬리퍼 앞 끝에 끼워 넣는가 하면, 아직 답장을 보내지 않은 편지를 목조 난로 위의 선반에다 조그만 칼로 찔러두기도 한다. 뿐만 아니라 좀처럼 물건을 치우지 않아서 옆에 있는 사람조차 정신이 없다.

　무엇보다도 곤란한 일은 엄청나게 많은 서류들인데, 자기가 손댄 사건에 관한 것들이라서 몹시 소중하게 여기면서도 도무지 정리를 하지 않는다. 서류 분류를 2, 3년에 한 번밖에 하지 않아, 우리가 살고 있는 하숙방은 언제나 약품이나 사건의 기념품 등으로 꽉 차 있다. 가끔은 그것들이 엉뚱한 곳에 섞여 들어가 버터 접시나 이상한 장소에서 모습을 드러내기도 한다.

　그는 사건을 해결하고 난 다음에는 겨울잠을 자는 동물처럼 꼼짝

하지 않는 버릇이 있다. 바이올린을 켜거나 책을 읽던가, 또는 탁자와 소파 사이를 오고가는 것 말고는 전혀 움직이려고 하지 않는다.

그의 사고는 누구와 비교할 수도 없을 정도로 치밀하고 체계적이며 차분하고 복장도 무척 단정하지만, 개인적인 습관은 같이 있는 사람을 정신없게 만들 정도로 산만하고 절도가 없다.

물론 나도 깔끔하고 부지런한 남자는 못 된다. 보헤미안 기질을 타고난 데다 아프가니스탄에서 거친 일을 했기 때문인지, 나는 의사로서는 적합하지 않을 정도로 매우 게으르다.

어느 겨울 밤, 나와 홈즈는 난롯가에 앉아 있었다. 특별히 하는 일 없이 생각에 잠겨 있는 홈즈에게 나는 참다못해 말을 꺼냈다.

"홈즈, 지금부터 두 시간쯤 방을 치우고 나서 쉬는 게 어떨까?"

그도 내가 한 제안을 거부할 수 없었는지 무표정한 얼굴로 고개를 끄덕이더니, 침실에 들어가서 커다란 양철 상자를 끌고 나왔다. 홈즈는 그것을 방 한복판에 내려놓고는 등받이가 없는 의자에 털썩 주저앉았다. 뚜껑을 열고 안을 들여다보니 이미 빨간 테이프로 따로따로 묶은 서류 다발이 3분의 1가량 담겨 있었다.

홈즈가 장난스런 표정으로 나를 보며 말했다.

"왓슨, 이걸 보게. 이게 모두 사건의 기록들이라네. 나는 이 상자 안에 흩어져 있는 것들을 치우려고 끌어내온 거야."

"홈즈, 이것들이 자네가 손댄 사건의 기록들인가? 구경 좀 해도 되겠나?"

"물론이지. 나의 전기 작가가 나를 호화롭게 포장해 주기 전에 해놓은 초기의 기록일세."

홈즈는 다정하고 애정 어린 손길로 서류를 한 묶음씩 집어 들었다.

"그동안 무척 많은 사건이 있었지. 그런데 이것은 좀 특이한 사건이었네."

홈즈는 상자 속에서 작은 나무 상자를 끄집어내더니 그 속에서 구겨진 종이쪽지, 낡은 황동 열쇠, 실 꾸러미가 달린 나무막대기, 녹이 슨 금속 원판 따위를 내놓았다.

"왓슨, 이게 뭔지 알겠나?"

홈즈는 내 표정을 보고 싱긋 웃으며 물었다.

"모두 괴상한 물건들뿐이군."

"정말 괴상하지. 그러나 이것에 얽힌 이야기를 들으면 더 기묘하다는 생각이 들 거야."

"그럼 이 기념품에 얽힌 이야기가 있단 말인가?"

"그렇다네. 이것들 자체가 이야기거든."

"그게 무슨 뜻이지?"

셜록 홈즈는 물건들을 하나하나 들어서 테이블의 가장자리에 늘어놓았다. 그리고 의자에 다시 고쳐 앉더니 아주 흐뭇한 듯이 그것들을 바라보았다.

"이것은 머스그레이브 집안의 의식문 사건을 해결한 뒤에, 내가 남겨둔 유일한 기념품이야."

그다지 자세하게 말하지는 않았지만, 홈즈가 그 사건에 대해 몇 번인가 언급했던 것이 기억나서 말했다.

"지금 그 사건에 대해서 이야기해 줄 수 없겠나?"

"방을 이렇게 어질러놓고 말인가?"

"그래. 방은 나중에 치워도 되지 않겠나?"

내 말에 홈즈가 장난기 있게 웃으면서 말했다.

"자네의 깔끔한 성격도 별것 아니군. 아무튼 좋아. 이 사건은 우리 영국은 물론이고, 그 어느 나라에서도 그 비슷한 예를 찾을 수 없을 정도로 희한한 사건이라네. 자네가 이 사건의 기록을 정리해 준다면 정말 기쁘겠네. 내가 관계한 많은 사건 중에서 이만큼 별난 것도 찾아보기 힘들거든."

홈즈는 이렇게 말하고 나서 다음과 같은 긴 이야기를 시작했다.

『자네도 기억하고 있을 걸세. 내가 처음 런던에 왔을 때 몬태규 거리의 대영박물관 근처에 방을 빌렸지만 날마다 하는 일 없이 빈둥거리며 놀며 지냈다는 것을……. 하지만 그때도 사건을 해결해 달라고 부탁하는 사람은 더러 있었네. 대개는 대학 동창들이 소개해 준 것이었지만 말이야. 아마도 대학을 졸업할 무렵에 나와 내 추리 방법에 대한 얘기가 꽤 소문이 났었던 모양이야.

그렇게 해서 세 번째로 들어온 사건이 바로 이 '머스그레이브 가문의 의식문 사건'이라네.

그 기묘한 사건은 세상의 관심을 불러일으켰고, 그 사건이 값비싼 결과를 끌어냈기 때문에 내가 오늘날 이 바닥에서 인정을 받게 되었는지도 모르지.

레지날드 머스그레이브는 나와 같은 대학에 다녔지만, 겨우 인사 정도 나누는 사이였네. 그는 학우들 사이에서는 그다지 인기가 없었어. 바싹 마르고 키가 큰 체격에 코가 높고 눈이 컸지만, 행동이 소심했기 때문이었을 거야. 그러나 예의 바른 태도와 귀족다운 품위가 있는 청년이었지.

사실, 그는 영국에서 역사가 가장 오래된 명문가의 후손이었네. 그의 집안은 16세기에 북부의 머스그레이브 본가에서 갈라져 나와 서섹스에 정착한 분가였지. 헐스튼에 있는 그의 저택은 서섹스 주에서 가장 오래된 것이라고 하더군.

우리는 몇 번 이야기를 나눈 적이 있지만 별다른 내용은 아니었고, 다만 그가 나의 관찰과 추리 방법에 큰 관심을 보였다는 것이 지금도 기억나네.

졸업한 이후에도 그를 만난 적이 전혀 없었지. 그런데 4년 뒤인 어느 날 아침에 몬태규 가의 내 방으로 머스그레이브가 찾아왔네. 그는 4년 전과 비교해서 그다지 변한 데가 없더군. 그는 학생 때도 꽤 멋스럽게 옷을 입었는데, 나를 찾아왔을 때도 당시에 유행하는 옷을 입고 여전히 조용하고 기품 있는 태도였네.

"머스그레이브, 오랜만일세. 그동안 잘 지냈나?"

악수를 한 후 내가 물었지.

"자네, 혹시 소식을 들었는지 모르겠네만…… 내 아버지가 2년 전에 세상을 떠나셨어."

그가 이렇게 말문을 열며 이야기를 시작하더군.

"그때부터 아버지가 갖고 계시던 영지를 내가 관리할 수밖에 없었고, 게다가 지역 의원이라서 여러 행사에 참석하는 등으로 꽤 바쁘게 생활하고 있네. 그런데 홈즈, 자네는 예전에 우리들을 놀라게 한 자네의 그 재능을 실제로 발휘하고 있다면서?"

"이제는 내 힘으로 먹고 살지 않으면 안 되니까 어쩔 수 없지 않은가?"

"그 말을 들으니 안심이 되는군. 나는 지금 자네의 지혜가 필요하다네. 실은, 최근에 내 영지에서 아주 기묘한 일이 몇 가지 일어났는데, 경찰에서도 아무런 단서를 찾지 못하고 쩔쩔 매고 있거든. 어떻게 설명할 수 없을 정도로 괴상하고 불가사의한 사건이야."

왓슨, 내가 그 친구의 말에 얼마나 열심히 귀를 기울였는지는 자네도 상상이 되겠지? 몇 개월 동안 사건이 없어서 심심하고 따분한데다가, 다른 사람이 해결하지 못한 사건이라도 나는 성공할 수 있다는 자신감이 있었거든. 그리고 그때야말로 나 자신을 테스트해 볼 수 있는 절호의 기회라는 생각이 들었으니까……

"그간 있었던 일을 상세히 이야기해 보게."

나는 마치 이런 일을 기다리고 있었던 사람처럼 다급하게 물었네.

레지날드 머스그레이브는 나와 마주 보고 앉아 내가 권한 궐련에 불을 붙이면서 이야기를 시작하더군.

"먼저 알아야 할 것이 있네. 홈즈, 자네도 알다시피 나는 아직 독신이지만 우리 집에는 많은 식솔이 있네. 집이 워낙 크기 때문에 상당수의 사람들을 고용하지 않을 수가 없어. 사냥터 관리도 해야 하고, 꿩 사냥철에는 언제나 파티를 열기 때문에 늘 일손이 필요하다네. 하녀가 모두 여덟 명, 요리사와 집사가 각 한 명, 그리고 시종 두 명과 급사가 한 명 있네. 정원과 마구간에도 물론 각각 사람을 두고 있고……

이들 중에서 가장 오랫동안 일을 해온 사람은 집사 브런튼이야. 젊었을 때 교사를 했던 사람인데, 실직 상태에 있는 그를 아버지가 집사로 일하도록 했다네. 사람도 믿을 만하고 성실해서 얼마 지나지 않아 아버지께 많은 신임을 얻은 모양이더군. 게다가 체격이 좋은데다 얼굴도 잘생겨서, 말 그대로 남자 중의 남자라는 말을 듣는 사람이야. 우리 집에 온 지 20년이나 되었지만 아직 마흔은 넘지 않았을걸세. 더구나 외국어를 몇 개씩 구사하고, 여러 악기를 연주하는 재능을 갖고 있다네. 그렇게 오랫동안 집사라는 직책에 있는 게 이상하게 여겨질 정도로 똑똑한 사람이지. 하지만 우리는 나름대로 그가 이 직책에 만족하고 있다고 생각했고, 직업을 바꾸는 것도 이미 늦은 일이라고 여겼었네.

뿐만 아니라 우리 집을 다녀간 사람들은 누구라도 그를 인상적으로 기억할 만큼, 사람들이 그에게 보이는 관심은 대단했지.

그런데 이렇게 괜찮아 보이는 인물에게도 결점이 있었는데, 그것은 그가 바람둥이 기질이 있다는 것이네. 작고 평화로운 마을에서 그렇게 사람들의 주목을 받는 남자가 바람둥이 짓을 하면, 어떤 결과가 나타날지는 자네도 짐작할 수 있을 거야.

아내가 있는 동안은 그런 대로 지냈지만, 아내가 죽고 나서는 끊임없이 일을 저질렀네. 몇 달 전에 하녀인 레이첼 하웰즈와 약혼했기 때문에 좀 나아지리라 생각했는데, 얼마 안 가서 이 여자를 버리고 사냥터 관리인의 딸인 재닛 트레젤리스와 가까운 사이가 되었다는 거야. 레이첼은 착한 처녀이긴 하지만 웨일즈인답게 괄괄한 성격 탓에, 미친 사람처럼 떠들며 온 집안을 헤매고 다녔다고 하더군.

어쩌면 이것이 헐스튼의 첫 번째 비극인데, 얼마 뒤에 그런 일에 신경 쓰지 못할 만큼 큰 사건이 일어나고 말았다네. 집사인 브런튼을 해고하고 나서부터 이상한 일들이 일어나기 시작한 거야.

　앞에서도 말했듯이 집사는 머리가 좋지만, 그것이 그를 망치는 원인이 아닐까 하는 생각이 들기도 했어. 이상하게도 그는 자신과 전혀 관계없는 일에 끝없는 호기심을 보이곤 하는 거야. 우연한 기회에 내가 그것을 알아내지 못했다면, 그의 호기심이 언제까지 계속될는지 아무도 알 수 없었을 걸세.

　참고로 말하자면, 우리 집은 필요할 때마다 아무렇게나 늘려 지은 저택이라 터무니없을 정도로 크다네. 지난주 어느 날 밤, 정확하게 말하면 목요일 밤이었지. 그날 나는 저녁 식사 후에 진한 커피를 마셔서인지 좀처럼 잠이 오지 않더군. 그래서 잠을 이루지 못하고 뒤척거리다가 잠잘 것을 포기하고 자리에서 일어났네. 그때가 새벽 두 시쯤이었는데, 소설이라도 읽을까 하고 촛불을 켰지. 그런데 읽던 책을 당구실에 두고 왔기 때문에 가운을 걸치고 침실을 나섰다네.

　당구실로 가려면 먼저 계단을 내려가, 서재와 총기실이 있는 복도를 지나야 하네. 그런데 복도 끝에 있는 서재의 문이 열린데다 그 안에서 희미하게 불빛이 새어나오고 있는 거야. 그때 내가 얼마나 놀랐던지……. 나는 잠을 자러 가기 전에 직접 램프를 끄고 문을 닫아 두었거든. 순간, 나는 도둑이 들었나 하는 생각을 했었네.

　헐스튼 저택의 복도 벽에는 옛날 무기들이 장식되어 있는데, 나는 그중에서 전투용 도끼를 뽑아들고 살금살금 복도를 걸어가 열려 있는 문 앞에서 안을 들여다보았지.

　그런데 서재에 집사 브런튼이 있는 거야. 낮에 입었던 옷차림 그대로 의자에 앉아, 지도 같은 종이조각을 무릎 위에 올려놓고 한 손을 이마에 댄 채 무언가를 골똘히 생각하는 듯했어.

나는 너무나 놀랐지만 소리도 내지 못하고 어둠 속에서 그를 지켜보았지. 테이블 가장자리에 있는 램프 불이 희미하게 빛을 발하며 사방을 비쳤기 때문에 자세히 볼 수 있었지.

그런데 그가 갑자기 의자에서 일어서더니 옆에 있는 책상의 서랍 하나를 열어젖히는 거야. 그리고 거기서 문서를 한 장 꺼낸 다음 의자에 다시 앉더니, 램프 불 앞에서 그 문서에 적힌 것을 열심히 들여다보더라고.

나는 우리 집안 대대로 전해져 내려오는 고문서를 집사가 들여다보고 있다는 사실에 순간 화가 치밀어 올라, 나도 모르게 그만 서재 안으로 들어섰네. 그때 문 앞에 서 있는 나를 브런튼이 발견하고 공포로 인해 얼굴이 흙빛으로 변하는 것 같더니만, 자리에서 벌떡 일어나더군. 그리고는 들여다보고 있던 지도 같은 종이를 허겁지겁 품안에 넣는 거야.

나는 그 모습을 황당하다는 듯이 바라보다가 소리를 질렀지.

'이것이 지금까지 받은 신뢰에 대한 보답인가? 은혜도 모르는 사람 같으니라고! 내일 당장 이 집에서 나가게.'

하지만 몹시 일그러진 얼굴로 고개를 숙인 그는 한 마디 말도 하지 않은 채 내 곁을 지나 슬며시 밖으로 나가더군.

램프 불이 아직 테이블 위에 켜진 채로 있어서, 나는 아까 브런튼이 책상 서랍에서 꺼낸 문서를 살펴보았네. 그런데 그것은 어이없게도 중요한 문서가 아니라, 옛날부터 '머스그레이브 가문의 의식'이라고 불리는 독특한 행사 때 사용되는 문답지의 사본에 지나지 않았네.

그것은 우리 가문의 남자가 성인이 되었을 때 거행하는 의식으로, 이미 몇 세기 전부터 계속되어 왔지. 그것은 우리 가문의 문장과 함께 고고학자에게는 꽤 중요하게 여겨질지도 모르나, 실용적인 가치는 조금도 없는 거라네."

"그 문서에 대해서는 나중에 다시 이야기하는 게 좋겠군."

나는 중간에 끼어들어 내 의견을 말했네.

"정말로 자네가 그럴 필요가 있다고 생각한다면……."

그러면서 그는 조금 망설이는 듯하다가 하던 말을 다시 계속해 나갔네.

"그럼 이야기를 계속하겠네. 나는 브런튼이 놓고 간 열쇠로 서랍을 잠그고 서재에서 나오려고 돌아섰지. 그런데 집사가 언제 돌아왔는지 내 옆에 서 있는 거야. 그때도 얼마나 놀랐던지…….

그는 볼멘소리로 이렇게 말하더군.

'주인님, 억울합니다. 저는 지금까지 정직하게 일해 온 것을 자랑으로 삼아 왔습니다. 하지만 파면은 저에게 죽음과 마찬가지입니다. 이런 일로 쫓겨나는 것을 스스로 용납할 수가 없습니다. 부디 용서해 주십시오. 하지만 아무리 애를 써도 주인님께서 저를 용서하실 수 없다면, 저를 한 달 후에 나가게 해주십시오. 이렇게 부탁드립니다. 그리고 제가 쫓겨나는 것이 아니라 개인적인 사정으로 그만두는 것으로 해주신다면, 그 은혜를 평생 잊지 않겠습니다. 제발 부탁입니다.'

'참으로 뻔뻔스럽군. 브런튼, 자네가 한 짓이 얼마나 비열한 행동인지 모르는가! 그러나 그동안 우리 집에서 일한 정리를 생각해서 문제를 표면화시키지는 않겠네. 그러나 한 달은 너무 길어. 앞으로 일주일 안에 나가도록 하게. 그만두는 이유는 자네 마음대로 붙여도 좋네.'

'겨우 일주일입니까? 적어도 이 주일 정도는 시간을 주십시오.'

그가 절망적인 목소리로 애원하듯이 말하더군.

'일주일이네. 이것도 나로서는 크게 아량을 베푸는 것이라고 생각하지 않나?'

나는 단호하게 말했네.

그는 모든 것이 끝난 것 같은 얼굴로 고개를 수그린 채 무겁게 발걸음을 돌리더군. 나는 램프 불을 끄고 나서 침실로 돌아왔다네.

그 일이 있은 다음, 이틀 동안 브런튼은 아무런 내색을 하지 않고 평소처럼 부지런히 일을 했네. 나도 아무 말도 하지 않은 채, 그가 자신이 저지른 일을 어떻게 마무리할 것인가를 지켜보았고……

그런데 사흘째 되는 날 아침, 아침 식사가 끝났는데도 그가 모습을 보이지 않는 거야. 다른 때 같으면 지시를 받기 위해 정확한 시간에 나타났었는데 말이네.

나는 식당을 나서다가 하녀 레이첼 하웰즈와 마주쳤네. 앞서도 말했지만, 그녀는 브런튼과 약혼했다가 나중에 파혼당한 아가씨라네. 이 아가씨는 그때 받은 충격에서 여전히 헤어나지 못했는지 애처로울 정도로 얼굴빛이 좋지 않더군. 나는 너무 측은하단 생각이 들어 위로의 말을 건넸네.

'좀 더 누워 있어야 하지 않겠나, 레이첼? 몸이 충분히 나으면 일을

하도록 하지.'

그러자 그녀가 뭐라 표현할 수 없는 묘한 표정으로 나를 바라보는 거야. 나는 그녀가 정말로 돌아버린 것은 아닌가 하고 걱정이 되더군.

'주인님, 이제 괜찮아요.'

'의사 선생님의 말을 들어. 아직 일은 무리야. 당분간 일을 하지 말고 푹 쉬도록 해. 그리고 아래층에 내려가거든 브런튼에게 올라오라고 전해 줘.'

'집사님은 떠났습니다.'

'떠나다니? 어디로 떠났다는 건가?'

'그건 아무도 모릅니다. 하지만 방에도 없습니다. 어딘가로 간 것이 확실합니다.'

그런데 레이첼 하웰즈가 벽에 기댄 채 날카로운 소리로 대답하더니, 갑자기 발작을 일으키듯 웃어대는 거야. 나는 너무 놀라서 벨을 눌러 사람들을 불렀다네. 달려온 사람들이 몸부림치듯 웃어대는 레이첼을 그녀의 방으로 데려간 후, 나는 브런튼을 직접 찾아 나섰어.

집사가 자취를 감춘 것은 사실이더군. 그의 침대에는 잠을 잔 흔적이 없었고, 전날 밤 자기 방에 들어간 이후 그의 모습을 본 사람이 아무도 없었네. 더구나 창과 문이 모두 안에서 잠겨 있어서, 그가 어떻게 저택을 빠져나갔는지도 짐작할 수 없고 말이야.

자주 입던 검은 옷과 슬리퍼는 보이지 않았지만, 그의 옷과 시계는 물론 돈까지 그대로 방에 남아 있었어. 구두도 그대로 있고……. 집사 브런튼은 도대체 어디로 간 것일까? 지금쯤 어떻게 되었을까?"

머스그레이브는 여기에서 잠깐 멈췄다가, 숨을 돌린 다음 이야기를 계속했네.

"물론 지하실부터 지붕 밑 다락방까지 모두 찾아보았지. 하지만 그의 흔적은 어디에서도 발견되지 않았어. 앞서 말했듯이, 우리 집은 미로처럼 복잡하게 된 낡은 저택이네. 그래서 더욱 샅샅이 뒤졌지만 행방불명된 남자는 어디에도 없더군. 가진 물건을 모두 두고 가다니, 나는 도저히 믿을 수가 없네. 도대체 그는 어디로 갔을까?

경찰을 불러서 부탁했지만 아무 소용이 없었지. 전날 밤에 비가 내렸기 때문에 집 둘레의 잔디밭과 길에 흔적이 남아 있을까 하고 조사해 봤지만, 아무런 자국도 찾지 못했어. 그런데 또 새로운 사건이 발생해서, 나는 이 수수께끼를 잠시 잊어버리고 있었네.

레이첼 하웰즈가 다시 병이 도져서, 때로는 의식이 몽롱해지고 때로는 발작을 일으켰거든. 간호사를 불러서 밤을 새워 간병까지 시켜야만 했네. 그리고 사흘째 되던 날 밤, 환자가 얌전히 잠들어서 간호사도 안락의자에 앉아서 잠시 졸았는데 새벽녘에 문득 눈을 떠 보니 침대가 텅 비어 있고 창문이 열린 채 병자가 없어졌다고 하는 거야.

나는 이 소식을 듣고 나서, 시종 두 명과 함께 없어진 환자를 찾으러 나섰지. 창 밑에서 그녀의 발자국이 발견되었기 때문에 어느 쪽으로 갔는지는 바로 알 수 있었어. 잔디밭을 지나 연못까지 이어졌는데, 저택 밖으로 나가는 길 가까운 연못 가장자리에서 끝나 있는 거야. 깊이가 3m나 되는 연못 앞에서 정신 나간 여자의 발자국이 끊어진 것을 보고 우리들 기분이 어땠는지를 상상할 수 있겠나?

곧바로 연못의 물을 퍼냈지만, 이상하게도 시체는 발견되지 않았어. 그 대신 생각지도 않았던 것을 건져냈다네. 삼베 자루였는데, 그 안에는 녹이 슬어 변색된 오래된 금속 덩어리 하나와 둔탁한 빛이 나는 돌멩이 그리고 유리 파편 같은 것이 몇 개 들어 있었어. 이 기묘한 물건 이외에는 연못에서 아무것도 건져내지 못했네.

어제는 가능한 모든 수색을 했지만, 레이첼 하웰즈와 리처드 브런튼의 행방에 대해서는 아무것도 알아내지 못했고, 경찰도 손을 들고 말았어. 그래서 마지막 희망을 안고 자네를 찾아온 걸세."

머스그레이브는 그때까지 있었던 일을 거의 쉬지 않고 단숨에 말했다네.』

홈즈는 이야기를 끝내고 나서 파이프 담배를 맛있게 피우더니, 나를 돌아보며 말했다.

"왓슨! 내가 얼마나 열심히 이 일련의 사건에 귀를 기울였는지, 그리고 그것을 연결시켜 공통되는 실마리를 찾으려고 노력했는지 상상할 수 있겠나?"

"물론이야. 어서 이야기를 계속 해보게."

홈즈는 잠시 눈을 감았다 뜨며 이야기를 계속 해나갔다.

『집사도 행방불명, 몸이 아픈 하녀도 행방불명……. 더구나 하녀는 집사와 약혼하고 그를 사랑했는데, 나중에 약혼을 일방적으로 파혼당한 것에 심한 충격을 받고 배신감과 증오심을 가졌겠지. 여자는 웨일즈 사람답게 괄괄한 성격이었어. 그렇기 때문에 집사가 사라진 것을 알고 난 뒤에 몹시 흥분했을 걸세. 그런데 여자는 이상한 물건이 든 삼베 자루를 연못에 던져 넣고 사라져 버렸네…….

이것들이 이 사건에 대한 실마리가 될 만한 전부일세. 하지만 단 하나도 사건의 중심에 관계되는 것이 없어서 도무지 감을 잡을 수가 없더군.

나는 머스그레이브에게 이 사건과 관련하여 입을 열었네.

"머스그레이브, 그 문서를 보고 싶네. 그 문서는, 집사가 해고될 위험을 무릅쓰면서까지 조사할 가치가 있다고 생각한 것 아닌가?"

"그것은 정말 우스꽝스러운 내용이라네. 하지만 오래되었다는 전통이 있는 것만은 분명하지. 여기에 그 문답의 사본이 있으니, 한번 보게나."

그는 지금 내가 여기에 갖고 있는 문서를 건네주었네. 이것은 기묘한 문답으로, 머스그레이브 가문의 남자가 성인이 되었을 때 받게 되어 있는 거야. 원문을 그대로 읽어볼 테니 들어보게나.

그건 누구의 것이었던가?
떠나간 사람의 것이다.
누구의 것이 될 것인가?
앞으로 올 사람의 것이 될 것이다.
몇 월인가?
맨 처음부터 여섯 번째이다.
태양은 어디에 있었는가?
떡갈나무 위에 있었다.

그림자는 어디에 있었는가?

느릅나무 아래에 있었다.

어떻게 걸었는가?

북쪽으로 열 걸음, 또 열 걸음, 동쪽으로 다섯 걸음, 또 다섯 걸음, 남쪽으로 두 걸음, 또 두 걸음, 서쪽으로 한 걸음, 한 걸음.

그리고 그 아래로 향한다.

우린 무엇을 바쳐야 하는가?

우리들이 가진 모든 것을 바쳐야 한다.

무엇 때문에 바치는가?

신의를 위해서 바친다.

자, 보게. 왓슨, 원문에는 날짜가 적혀 있지 않지만 17세기 중반의 맞춤법으로 씌어져 있네.

머스그레이브가 덧붙여 설명을 해주더군.

"홈즈, 이것은 수수께끼의 해결에 그다지 도움이 되지 않을 거야."

그래서 내가 대답해 주었네.

"이것으로 수수께끼가 또 하나 늘어난 것이라고 생각하네. 처음 수수께끼보다도 이쪽에 더 흥미가 생겨. 한쪽의 수수께끼를 풀면 또 다른 쪽의 수수께끼도 풀릴지 모르네. 내가 이런 말을 하는 것은 뭣하네만…… 머스그레이브, 자네의 집사는 여간 영리한 남자가 아니야. 10대에 걸친 머스그레이브 가문의 주인보다도 더 날카로운 통찰력을 갖고 있다는 생각이 들어."

"글쎄, 과연 그럴까? 자네 말을 잘 이해할 수가 없네. 나는 이런 의식문은 전혀 쓸모가 없다고 생각하는데."

"그러나 나는 아주 중요한 의미가 있다고 생각하네. 아마 집사도 나와 같은 생각을 했을 것이 분명해. 그는 자네에게 들키기 전에도, 분명히 이 의식문을 여러 번 보았을 거야."

"그럴지도 모르지. 우리 집에서는 이걸 특별히 숨겨두려고 하지 않았으니까……."

"얼핏 이런 생각이 드는군. 브런튼이 마지막 순간에 이 문서에 있는 내용을 확인하려고 했을 거야. 그가 무언가 지도 같은 것을 갖고 있고, 이 문서와 대조하다가 자네가 나타나자 당황해서 주머니에 넣었다고 하지 않았나?"

"그랬네. 하지만 브런튼이 우리 집안의 오래된 의식문 같은 것에 관심을 가질 이유가 있을까? 이 우스꽝스러운 문답에 무슨 대단한 의미가 담겨 있을 리도 없고……."

"그 문답의 의미를 알아내는 것은 그리 어려운 일이 아닐 수도 있어. 자네만 괜찮다면, 다음 기차로 서섹스에 가서 현장을 좀 더 자세히 살펴보고 싶은데……."

이렇게 해서 그날 오후에 우리 두 사람은 머스그레이브 가문의 영지에 도착했네. 자네도 그 유명한 옛 저택의 그림이나 설명을 본 일이 있을 거야. 그래서 간단히 설명하겠는데, 그 건물은 기역자 형이라는 것만 말해 두지. 긴 쪽이 새로 증축한 부분이고, 짧은 쪽이 오래된 본관이네.

옛 건물 중앙의 문 위에는 1607년이라고 새겨져 있지만, 전문가들은 들보나 석조 부분은 그보다 훨씬 더 오래되었다고 말하더군. 이 옛 건물의 벽은 엄청나게 두텁고 창문이 작은데, 18세기부터는 사람이 살지 않고 창고 정도로밖에는 쓰이지 않았던 모양이야. 그 후 새로운 건물을 증축했다네. 저택 주위는 노목이 무성한 정원이 있었고, 아까 말한 연못은 저택에서 200m 정도 떨어진 가로수 길 옆에 있었네.

왓슨, 나는 그곳에 당도하자마자 이미 그 세 개의 서로 다른 수수께끼가 사실은 하나로 연결되어 있다는 확신이 생기더군. 그리고 그 머스그레이브 가문의 의식문을 올바로만 해독할 수 있다면, 집사 브런튼과 하녀 하웰즈의 행방을 찾을 수 있을 것이라 생각했네. 그래서 나는 머스그레이브 가문의 의식문에 쓰여 있는 뜻을 파악하는 데 온 힘을 기울였네.

집사가 의식문에 담긴 뜻을 알고 싶어 한 이유가 무엇일까? 몇 세대에 걸친 주인들이 알아내지 못했던 무언가를 그가 발견하고, 이것으로 자신이 어떤 이익을 얻을 수 있다고 생각한 건 아닐까? 그렇다면 도대체 그것이 무엇일까? 또한 그 비밀이 브런튼에게는 어떤 이익을 가져다줄 것인가? 나는 그 의식문을 여러 번 읽어보며 생각에 생각을 거듭했다네.

문답을 처음 읽었을 때부터, 나는 그 몇 걸음이라는 것이 어딘가의 장소를 가리킨다고 생각했네. 따라서 그 지점만 알아낸다면, 머스그레이브 가문의 의식문에 담겨 있는 수수께끼도 자연히 풀릴 것이라고 믿었지.

여기에는 두 가지 실마리가 있는데, 떡갈나무와 느릅나무일세. 떡갈나무에 관해서는 별문제가 없었네. 저택 정면, 마차가 지나는 길

왼쪽에 훌륭히 자란 커다란 떡갈나무가 버티고 서 있었으니까.

"이 나무는 자네 가문에서 처음 의식을 지낼 때부터 줄곧 여기에 있었겠군."

마차가 그 옆을 지나칠 때 그 떡갈나무를 올려다보며 머스그레이브에게 물었지.

"물론이지. 노르만 정복(노르만디 공 윌리엄이 영국을 정복하여 노르만 왕조를 세움, 1066년) 때부터 있었던 모양이야. 나무 둘레가 8m 가까이 된다네."

그가 대답했어. 이것으로 한 가지는 확인한 셈이지.

"오래된 느릅나무는 없는가?"

"저쪽에 아주 오래된 것이 있었는데, 10년 전에 벼락을 맞아서 베어 버렸다네."

"어디에 있었는지는 알 수 있나?"

"물론이지."

"다른 데는 느릅나무가 없나?"

"다른 느릅나무는 없네. 너도밤나무라면 얼마든지 있지만……."

"느릅나무가 있었던 곳을 한번 가보고 싶네."

우리는 마차에서 내리지 않고 그대로 잔디밭을 지나 그 느릅나무가 있었던 곳으로 갔네. 그곳은 떡갈나무와 저택의 중간쯤이더군. 내 추측이 거의 정확하게 들어맞은 거야.

"혹시 느릅나무의 높이가 어느 정도였는지 알고 있나?"

"물론 알고 있네. 21m였네."

"어떻게 그런 걸 다 기억하나?"

너무 뜻밖의 일이라, 나는 깜짝 놀라서 물었네.

"그렇게 놀랄 일이 아니야. 내가 어렸을 때의 가정교사가 수학을 가르칠 때 언제나 나무 높이를 재게 했거든. 그래서 나는 저택 안의 나무와 건물의 높이를 모두 재어보았다네.'

이것은 기대하지 않았던 행운이었네. 생각했던 것보다 훨씬 많은 것을 알아낼 수 있었으니까 말이야.

"혹시, 자네의 집사가 내가 했던 질문과 비슷한 것을 물은 적이 없었나?"

그러자 레지널드 머스그레이브가 깜짝 놀란 표정으로 나를 바라보더군.

"그러고 보니 생각나는 것이 있네. 몇 달 전에 브런튼이 그 나무의 높이에 대해 내게 물어본 적이 있었네. 마부하고 의견이 달라 말다툼을 했다고 하면서 말이야."

왓슨, 이것은 참으로 근사한 정보였네. 그것으로 내 짐작이 틀림없다는 것을 확신했거든.

태양을 올려다보니 해가 상당히 기울어서, 한 시간 정도 있으면 떡갈나무 꼭대기에 걸릴 거라고 계산했지. 이것으로 의식문에 쓰여 있는 문장 하나가 분명해질 것이라고 믿었네. 태양이 떡갈나무 위에 있었다는 글귀 말이야.

그리고 느릅나무의 그늘이란 것은 그 그늘의 맨 끝을 뜻할 것이라고 생각했네. 태양이 떡갈나무 바로 위를 지나갈 때, 느릅나무 그늘의 맨 끝이 어디에 오는가를 찾아내면 되는 것이지.

왓슨, 하지만 그것은 그리 쉬운 일이 아니었네. 느릅나무가 이미 그곳에 없었으니까. 그러나 브런튼이 할 수 있는 일이라면 나도 할 수 있다고 자신했네. 그리고 실제로 그렇게 어려운 것도 아니었어.

나는 머스그레이브와 함께 서재로 가서 나무를 깎은 다음, 내가 가지고 간 실을 매어 1m마다 실에 매듭을 만들었네. 그리고 두 개를 연결하면 2m가 되는 낚싯대를 챙겨서 머스그레이브와 함께 느릅나무가 있었던 곳으로 갔네. 태양이 마침 떡갈나무 바로 위에 걸려 있더군. 나는 그 낚싯대를 곧장 세우고 그림자의 방향과 길이를 기록했지. 길이는 3m가 되더군. 물론 이것으로 계산은 간단히 끝났지. 2m 되는 낚싯대가 3m짜리 그림자를 만든다면, 21m 되는 나무는 31. 5m의 그림자를 만들고, 물론 그림자 방향은 두 개가 같을 걸세.

나는 느릅나무가 서 있던 곳에서부터 거리를 재어보았는데, 그 거리가 건물 벽의 가까운 곳까지 오더군. 그래서 나는 그곳에 말뚝을 박아놓았지. 그런데 내가 나무 말뚝을 박은 곳에서 5cm도 떨어지지 않은 곳에 조그마한 흠이 하나 있는 거야. 말하지 않아도 뻔한 일이지만, 브런튼이 표시를 했던 흔적일세. 나는 내 생각이 틀리지 않았다는 사실에 들뜨기까지 했다네.

이곳을 출발점으로 하여, 나는 우선 주머니 나침반으로 방향을 확인한 다음 보폭으로 거리를 재기 시작했네. 의식문의 글귀대로 북쪽으로 열 걸음을 두 번 반복하고 나서, 그곳에 말뚝을 박아 표시를 했네. 그리고 조심스럽게 동쪽으로 다섯 걸음을 두 번, 남쪽으로 두 걸음을 두 번 쟀네. 그러자 낡은 건물의 현관 입구에 이르렀고, 거기에서 서쪽으로 두 걸음을 걸으니 돌을 깔아놓은 통로까지 와

버리는 거야. 그곳이 바로 의식문에서 말한 장소였다네.

왓슨, 하지만 나는 그때처럼 실망으로 온몸이 얼어붙은 적이 없었네. 순간 내 계산이 근본적으로 틀린 것이 아닌가 하고 다시 차근차근 짚어보아야만 했네. 왜냐하면 서쪽으로 넘어가는 태양이 복도 바닥을 붉게 비추고 있었기 때문이라네. 사람들의 발길에 닳은 오래된 바닥의 회색 돌은 회반죽으로 단단히 굳혀 있었고 말이야.

그런데 그곳에는 브런튼이 아무런 흔적도 남겨놓지 않았더군. 나는 바닥의 돌을 두드려보았지만 어디에서나 같은 소리가 났고, 갈라진 틈이나 깨어진 흔적은 전혀 발견되지 않았네.

그런데 다행히도 머스그레이브가 내 행동의 의미를 이해하기 시작했는지, 나와 마찬가지로 의식문을 꺼내놓고 생각에 잠기더군.

그러더니 머스그레이브가 순간 흥분하여 외쳤네.

"그리고 그 아래로 향한다고 쓰여 있잖나? 홈즈, 자네는 그 아래란 말을 보지 못하고 넘어간 거야."

나는 잊은 것이 아니라, 아래쪽을 파라는 의미로 생각했었네. 하지만 내 생각이 틀렸음을 이내 깨달았지.

"그럼 이 아래에 지하실이 있단 말인가?"

"그래. 이 건물이 세워졌을 때부터 있었어. 저 문으로 내려가게 되어 있다네."

우리는 돌로 만들어진 구불구불한 계단을 내려갔네. 머스그레이브가 성냥을 켜고 구석의 통 위에 놓여 있던 랜턴에 불을 붙이자 사방이 환해져 주변을 둘러보았지. 바로 그곳이 내가 생각했던 장소였네. 그리고 최근에 누군가가 그곳에 왔었다는 것도 단번에 알 수 있었어.

그곳은 창고로 사용되고 있었는데, 바닥에 흩어져 있어야 할 장작이 벽 쪽에 쌓여 있는가 하면 중앙이 널찍하게 치워져 있더군. 그 치워진 바닥 중간쯤에 크고 묵직한 네모난 돌이 있고, 중앙에 녹슨 쇠고리가 달려 있었네. 그리고 거기에 두꺼운 바둑판무늬의 머플러가 매어져 있었어.

"아니, 이것은 브런튼의 머플러야! 그가 이것을 두르고 있는 것을 본 적이 있네. 확실해. 그런데 그는 도대체 여기서 무슨 짓을 한 거지?"

그때 나는 그 지방 경찰에 연락해서 경관을 보내달라고 말했네. 잠시 뒤에 경관 두 사람이 왔고, 나는 목도리를 잡아당겨서 무거운 돌덩이를 들어올리려고 했지만 혼자서는 불가능했네. 그래서 경관 한 명의 도움을 받아 돌을 한쪽으로 옮길 수가 있었네.

돌을 들어내니, 그 밑에 검은 구멍이 입을 벌리고 있더군. 머스그레이브가 무릎을 꿇고 앉아 랜턴으로 구멍 밑바닥을 비췄다네. 구멍 깊이는 2m쯤 되고, 사방 약 1m 정도인 작은 지하실이 보이더군. 한쪽 구석에 놋쇠 판으로 보강된 튼튼한 나무 상자가 있고, 뚜껑이 위로 열려져 있었네. 이상한 것은 구식 열쇠가 열쇠 구멍에 꽂힌 채로 있다는 점이었어. 상자 겉면은 먼지가 두껍게 쌓여 있고, 습기와 벌레로 판자는 부식되어 있었어. 안쪽에는 버섯이 나 있더군. 금속 원판 — 그것은 아마도 옛날 동전 같았는데, 지금 내가 갖고 있는 거라네. 그 상자 밑에 다른 것은 아무것도 없었고, 이 동전만 흩어져 있었네.

그러나 그때는 낡은 상자 따위에 대해 주의를 기울일 겨를이 없었어. 그 옆에 웅크리고 있는 것이 눈에 띄었기 때문일세. 그것은 검은 옷을 입은 사람이었는데, 두 팔로 상자를 안듯이 하고 이마를 상자의 가장자리에 붙이고 있었네. 그러한 자세였기 때문에 얼굴로 피가 쏠려서인지 몹시 일그러져 있더군.

처음에는 누구인지 알 수 없었는데, 머스그레이브가 시체를 끌어올려 키와 옷차림, 두발 등을 살펴보더니 행방불명된 집사라고 하더군. 죽은 지 며칠 지난 것 같았지만, 몸에 칼자국이나 긁힌 자국이 전혀 없어서 사망 원인을 추측할 수가 없었네.

왓슨, 솔직히 말해 처음에 나는 그 의식문에 쓰여 있는 곳만 발견하면 모든 문제가 저절로 해결될 줄 알았어. 그런데 이렇게 되고 보니, 머스그레이브 가문의 조상이 조심스레 감춰둔 물건의 정체가 무엇인지 알아내지 못한 채 원점으로 돌아간 상태였어. 밝혀진 사실은 단지 브런튼이 죽었다는 것뿐이었네.

브런튼이 어쩌다가 그런 꼴을 당했는지, 또 하녀 레이첼이 어디에 있는지를 분명히 밝혀야만 했네. 그래서 나는 지하실 구석에 있는 나무통에 걸터앉아 처음부터 차근차근 사건을 정리해 보았네.

왓슨, 이러한 경우에 내가 쓰는 방법이 무엇인지 자네는 잘 알고 있지 않은가. 나는 우선 브런튼의 입장에서 생각해 보기로 했네. 우선 그의 두뇌의 정도를 추측해 본 다음, 내가 그와 같은 입장이었다면 어떻게 행동했을 지를 상상해 보았지. 이 경우에는 브런튼의 머리가 아주 좋았기 때문에 간단했네.

브런튼은 이 집안에 보물이 감춰져 있다는 것을 알았네. 그리곤 그리 어렵지 않게 그 장소를 찾아냈지. 그런데 뚜껑으로 닫혀져 있는 돌이 너무나 무거워서 혼자서는 어떻게 할 수가 없었던 거야.

그럼 브런튼은 어떻게 했을까? 전혀 알지도 못하는 사람의 도움을 빌릴 수는 없겠지. 그렇다면 누군가 집안사람의 도움을 받아야 할 텐데, 그의 입장에서 누구에게 부탁하는 것이 가장 좋았을까?

남자라는 동물은 자신이 여자에게 심하게 했어도 자기를 사랑하는 여자는 끝내 그 마음을 저버리지 않는다고 믿는 족속일세. 브런튼은 레이첼에게 달콤한 말로 속삭여서 화해를 한 다음, 공범으로 쉽게 만들었던 거지. 그리하여 그들은 늦은 밤에 지하실로 내려가 힘을 합쳐서 돌을 들어올렸을 거고……

여기까지는 마치 내가 당시의 현장을 보고 있었던 것처럼 두 사람의 행동을 유추할 수 있었네.

하지만 돌을 두 사람이 들어올린다 하더라도, 한쪽이 여자이기 때문에 생각처럼 쉽지는 않았을 거야. 건장한 서섹스의 경관과 내가 해보아도 결코 쉽지 않았거든. 그러면 두 사람은 어떻게 돌을 들어올렸을까? 내가 그였다면, 도구를 이용하지 않았을까……

그렇게 생각이 든 나는 자리에서 일어나 바닥에 흩어져 있는 여러 장작을 주의 깊게 살펴보았네. 그리고 거기에서 내가 찾고 있던 것을 발견하게 되었지. 길이 1m쯤 되는 장작개비가 하나 눈에 띄더군. 그 밖에도 상당한 무게로 찍어 누른 것처럼 측면이 평평하게 된 장작들이 여러 개 있었네. 분명히 그 장작들을 틈새에 차례로 끼워 넣은 다음 돌을 끌어올렸을 걸세. 마침내 사람이 기어들어갈 만큼 들리자, 장작을 직각으로 놓아 돌을 받쳐 두었을 걸세. 돌의 모든 무게가 다른 돌 끝에 닿은 장작 하나에 모두 실리니까 그런 자국이 생기는 것이 당연하지 않겠나. 여기까지는 나의 추측이 틀리지 않을 거라는 생각이 들더군.

그런데 지금부터 심야의 참극을 어떻게 재현하면 좋을까? 물론 구멍에는 한 사람밖에 들어갈 수가 없네. 물론 브런튼이 들어가고, 레이첼은 위에서 기다리고 있었겠지. 다음에 브런튼은 나무 상자의 자물통을 연 다음, 안에 들어 있던 것을 레이첼에게 건네주었을 거야. 이렇게 가정적으로 말하는 것은 지금 내용물이 발견되지 않았기 때문이지. 그리고…… 그러고 나서 다음에 무슨 일이 생겼을까?

자기의 마음을 짓밟은 — 우리들이 생각하는 이상으로 짓밟았는지도 모르지. — 남자가 지금 자기의 손아귀에 있다고 느꼈을 때, 흥분하기 잘하는 이 웨일즈 여자의 마음 상태가 어떠했을까? 혹시 의식 깊은 곳에서 잠자고 있던 복수의 불길이 꿈틀거리며 일어나지 않았을까…….

고여 있던 장작이 빠져 버리고, 브런튼이 산 채로 무덤에 갇힌 것이 우연이었을까? 아니면 그녀의 팔이 갑자기 그 버팀목을 밀쳐서 돌이 덜컥 떨어진 것은 아니었을까? 어느 쪽이라 하더라도 나로서는 그 여자의 모습이 눈에 선하게 보이는 듯했네.

브런튼이 건네준 보물 자루를 움켜쥔 채 미친 듯이 나선 계단을 뛰어 올라가는 그녀의 모습……. 얼마 뒤, 그녀의 뒤에서 희미한 비명 소리와 함께 자신의 목숨을 짓누르고 있는 돌판을 필사적으로 두드려대는 소리가 울려 퍼졌을 것이네.

다음 날 아침, 레이첼이 창백하게 질린 얼굴로 히스테릭한 웃음소리를 내게 된 이유가 바로 그 때문이었을 거라고 생각하네.

왓슨, 그러면 상자 속에는 무엇이 들어 있었을까? 그리고 레이첼은 그것을 어디다 숨겼을까?

물론 그것은 머스그레이브가 연못에서 끌어올린 옛 금속과 작은 돌이 그것임에 틀림없을 걸세. 그녀는 자신의 죄가 탄로 날까봐 그 흔적을 지우기 위해 일찌감치 연못에 던졌을 거야.

나는 20분가량 꼼짝도 하지 않은 채 문제에 대해 생각했지. 아직도 얼굴이 창백한 머스그레이브는 내 곁에서 랜턴을 들고 밑의 구멍을 들여다보고 있더군.

그는 끌어올린 나무 상자 속에 들어 있던 동전을 내게 보이면서 이렇게 말했네.

"이것은 찰스 1세(1600~1649년, 크롬웰 혁명파에 의해 처형됨)의 초상이 있는 금화야. 의식문이 언제 쓰였는가를 추정할 수 있는 것도 이것 때문이지."

"흠, 이 밖에도 찰스 1세에 대한 물건이 좀 더 발견될지도 모르겠군."

이렇게 말하는 순간, 의식문의 첫머리에 쓰인 두 가지 말의 의미가 갑자기 내 머리에 떠오르는 거야.

"연못에서 건져 올린 자루 속의 물건을 살펴볼까?"

우리는 계단을 올라가 그의 서재로 들어갔네. 그가 자루에서 잡동사니를 꺼내 내 앞에 늘어놓더군. 내가 보고 있는 동안, 그는 별것 아닌 듯이 그것을 바라보았는데, 어쩌면 당연한 일인지도 모르지. 어쨌든 금속은 시꺼먼 상태였고, 작은 돌은 아무런 광택도 없었네.

그런데 내가 그중의 하나를 소매로 문질러보니, 움푹 팬 내 손바닥의 어두운 곳에서 번쩍 하고 빛을 발하는 거야. 금속 덩이는 이중의 고리 모양을 하고 있었는데, 우그러져서 원형을 잃고 있었지만 그건 분명히 보석이었어.

　"자네도 기억하고 있겠지만 ― 왕당파는 찰스 1세가 죽고 나서도 잉글랜드에서 최후까지 저항했고, 나중에 망명할 때도 중요한 소유물을 어딘가에 묻어뒀을 걸세. 아마도 평화로운 때가 오면 꺼내야겠다고 생각했을 거야."

　내가 이렇게 말하자, 머스그레이브가 보완해서 설명을 하더군.

　"나의 선조이신 랄프 머스그레이브 경은 왕당파의 중심인물로, 망명 시절에 찰스 2세의 오른팔 노릇을 했네."

　"그래! 이것으로 빠져 있던 마지막 고리가 손에 들어온 것 같군. 머스그레이브, 축하하네. 약간 비극적인 상황이긴 하지만 말이야. 자네는…… 그 자체로도 고가지만, 역사적 골동품으로 매우 가치가 있는 유물을 손에 넣었네."

　"그게 무슨 뜻인가?"

　그는 놀란 나머지 숨을 몰아쉬고 나서 묻더군.

　"다름 아닌 영국 왕의 옛 왕관이네."

　"뭐, 왕관이라고?"

　"그래, 틀림없어. 의식문에 있는 말을 다시 새겨보게. 뭐라고 써 있었지? '그건 누구의 것이었던가?' '떠나간 사람의 것이다.' 이것은 찰스 1세의 처형 후 상황이네. 그리고 '누구의 것이 될 것인가?' '앞으로 올 사람의 것이 될 것이다.' 이것은 찰스 2세를 가리키는 것으로,

왕위 복귀를 이미 예상하고 있었던 거지. 원형이 찌그러져 볼썽사납게 된 이 왕관이 옛날에는 스튜어트 왕조 역대 왕의 머리를 장식했다는 것은 의심의 여지가 없어 보이는군."

"그것이 어째서 연못 속에 있었을까?"

"그 질문에 대답하는 건 조금 시간이 걸릴 것 같군."

그렇게 말하고 나서, 나의 추리와 증거물의 상관관계를 설명해 주었네.

내 이야기가 끝나기도 전에 저녁 어스름이 밀려오는가 싶더니, 밝은 달이 하늘에 휘영청 걸려 있었네.

"그렇다면 찰스 2세가 귀국했을 때, 어째서 왕관을 찾지 않았을까?"

머스그레이브가 왕관을 자루에 넣으면서 묻더군.

"그건 나도 모르겠네. 자네의 의문은 영구히 해결되지 못한 채 수수께끼로 남아 있을지도 모르지. 비밀을 알고 있었던 머스그레이브 경이 그 이야기를 전하지 못한 채 세상을 떠났고, 의식문의 비밀에 대한 해결의 열쇠를 제시해 놓았지만 어떤 연유로 인해 그걸 누구에게도 설명해 주지 못한 거지. 그리고 의식문은 그날로부터 오늘에 이르기까지 아버지에게서 아들로 전해졌으며, 마침내 어떤 남자가 그것을 손에 넣고 비밀을 알아낸 거야. 그것을 행동으로 옮기고는 목숨을 잃었지만 말이야."』

이야기를 마친 홈즈가 과거를 회상하는 듯한 눈빛으로 말했다.

"왓슨, 이것이 머스그레이브 가문의 의식문 사건이네. 그 왕관은 지금 헐스튼 저택에 보관되어 있다네. 법률적인 문제가 있어 상당한 돈을 지불하고 겨우 소유를 허락받았지만 말이야. 내가 소개했다고 하면, 머스그레이브는 자네에게도 기꺼이 왕관을 보여줄 걸세. 하지만 하녀 레이첼의 소식은 그 뒤로도 전혀 들려오지 않았네. 아마도 자신이 저지른 죄에 대한 기억을 안고서 영국을 떠나 어딘가로 가 버렸을 테지……."

얼룩무늬 끈

The Adventure of the Speckled Band
(1892)

1883년 4월 초의 어느 날 아침, 나는 홈즈가 흔들어 깨우는 바람에 잠에서 깨어났다. 눈을 떠 보니 홈즈가 정장 차림으로 내 침대 옆에 서 있었다. 그는 평소 늦잠꾸러기였는데, 벽난로 위의 시계는 아직 7시 15분밖에 되지 않았다.

나는 이상한 생각이 들어 눈을 껌벅이며 그를 올려다보았다.

"왓슨, 일찍 깨워서 미안하네. 하지만 오늘 아침은 모두 일찍 일어나야 할 운명인가 봐. 허드슨 부인이 이른 아침에 일어나야 했는데, 부인은 그 분풀이로 나를 깨웠고, 나는 자네를 깨운 거야."

"무슨 일이야? 불이라도 났어?"

"아니, 의뢰인이야. 어떤 젊은 여자가 잔뜩 흥분한 모습으로 찾아와서 나를 꼭 만나고 싶다고 했다는군. 지금 거실에서 기다리고 있어. 젊은 여자가 이른 아침부터 런던 거리를 헤매면서 찾아왔다는 건 아주 절박한 사정 때문이겠지. 굉장히 흥미로운 사건일지도 모르고, 그렇다면 자네는 틀림없이 그 사건에 대해 처음부터 듣고 싶을 게 아닌가. 그래서 자네를 깨웠다네."

"그런 일이라면 당연히 일어나야지."

홈즈는 아무리 어려운 사건도 전문적인 조사와 예리하고 신속한 추리력으로 멋지게 해결하곤 했다. 그리고 그 과정을 지켜보는 것만큼 나를 기쁘게 하는 일은 없었기 때문에, 나는 서둘러 옷을 입고 홈즈와 같이 거실로 내려갔다. 두꺼운 베일로 얼굴을 가린 검은 옷차림의 한 여자가 우리를 보더니 창가 의자에서 일어났다.

"안녕하세요? 제가 셜록 홈즈입니다. 이쪽은 내 친구이자 협력자인 왓슨 박사이니, 이 친구 앞에서도 뭐든지 망설이지 말고 얘기하셔도 됩니다. 추위에 떨고 계시는 것 같은데 좀 더 불 가까이로 오세요. 뜨거운 커피라도 한잔 드릴까요?"

홈즈가 밝은 소리로 말했다.

"추워서 떠는 게 아니에요."

그녀는 고개를 저으며 작은 소리로 말했다.

"그럼 무엇 때문이죠?"

"무서워서 그래요, 홈즈 씨. 제 몸엔 시시각각으로 위험이 닥쳐오고 있어요."

그러면서 그녀가 베일을 올렸는데 확실히 애처로울 정도로 흐트러진 모습이었다. 얼굴은 창백하게 일그러졌고, 눈동자는 쫓기는 짐승처럼 불안에 떨고 있었다. 겉모습만으로는 서른 정도로 보이는데 흰머리가 듬성듬성 섞여 있고, 곧 쓰러질 것처럼 힘겨워했다. 홈즈는 모든 것을 꿰뚫어보듯 날카로운 눈초리로 여자를 관찰했다.

"걱정할 것 없어요."

홈즈는 허리를 굽혀 여자의 팔을 가볍게 토닥이면서 위로했다.

"모두 해결될 겁니다. 그런데 오늘 아침에 이곳까지 열차로 오셨군요."

"어머, 그걸 어떻게 아세요?"

"부인의 왼쪽 장갑 속에 왕복 차표가 있어서죠. 아침 일찍 집에서 나와 이륜마차에 흔들리면서 진창길을 달려 역에 도착하는 것도 힘들었겠군요."

그녀는 놀랍다는 듯이 눈을 크게 뜨고 홈즈를 바라보았다.

"그렇게 이상한 눈으로 보지 마세요. 부인의 왼쪽 옷소매에 흙이 튄 자국이 일곱 군데나 있어요. 그것도 아직 말라붙지 않은 채로 말이죠. 팔에 흙이 튄 것은 부인이 이륜마차를 탔기 때문이고, 또한 마부 왼쪽에 앉았기 때문이니까요."

홈즈가 싱긋 웃어 보였다.

"모두 말씀대로예요. 오늘 아침 6시 전에 집을 나와 6시 20분에 레더헤드에 도착해서 첫차로 워털루 역에 왔어요. 홈즈 씨, 더 이상 불안해서 견딜 수가 없어요. 이러다간 곧 미쳐 버릴 거예요. 내겐 의지할 사람도 없어요. 아니, 저한테 마음 써주는 사람이 한 사람 있긴 하지만 안타깝게도 내게 도움이 되지 못해요. 홈즈 씨, 당신의 소문을 들었어요. 패린토시 부인이 곤경에 빠졌을 때 당신이 도와주셨다고 하시기에, 그분한테 이곳 주소를 알아내 찾아왔어요. 부탁이에요. 저를 이 불안에서 구해 주세요. 저를 에워싸고 있는 이 암흑 속에 한 줄기 빛이라도 들어오게 해주세요. 지금 당장은 어렵겠지만,

앞으로 두 달 후 결혼식을 올리고 나면 돈이 들어와요. 그때 꼭 사례를 하겠어요."

그녀는 이미 홈즈를 완전히 신뢰하게 된 것 같았다.

홈즈는 책상 쪽으로 몸을 돌려 서랍을 연 뒤 작은 수첩을 꺼냈다.

"패린토시 부인……. 아, 생각났다. 오팔 머리 장식에 관한 사건이었어. 왓슨, 이건 자네를 알기 전에 있었던 사건이야."

홈즈는 나에게 이렇게 말한 다음, 다시 그녀를 향해 부드러운 목소리로 말했다.

"패린토시 부인 때와 마찬가지로 부인도 기꺼이 도와드리지요. 금전적인 부분은 걱정하지 마세요. 형편이 좋을 때 지불하시면 됩니다. 제게는 사건 자체가 보람이고 대가이니까요. 자, 사건에 대해 자세하게 이야기해 보세요."

"제 불안의 원인은 아주 막연해요. 사람들 눈에는 틀림없이 사소한 일로밖에 보이지 않을 거예요. 제 약혼자까지도 저의 증상을 신경과민이라고 생각해요. 물론 그가 직접적으로 그렇게 표현하지는 않았지만 저를 위로할 때의 말투나 눈빛을 보면 알 수 있어요. 하지만 홈즈 씨, 당신은 사람의 마음속에 들어 있는 사악함을 꿰뚫어볼 줄 아는 분이라고 들었어요. 제발 저에게 닥친 이 위험을 물리칠 수 있게 도와주세요."

"좋아요, 어쨌든 한번 들어봅시다."

"제 이름은 헬렌 스토너예요. 지금은 의붓아버지와 함께 서리 주의 서쪽 경계지역에 살고 있어요. 의붓아버지는 영국에서 가장 유서 깊은 색슨 계 가문의 하나인 스토크 모란의 로일롯 일족 중 마지막 혈통이죠."

"그 가문의 이름을 들어본 적이 있습니다."

홈즈가 끄덕였다.

"로일롯 족은 한때 영국에서 손꼽히던 부호로 유명했죠. 서리 주의 경계를 넘어 북쪽으로는 버크셔, 서쪽으로는 햄프셔까지 가문의 영지가 이어져 있었어요. 그러던 것이 지난 세기에 연달아 4대에 걸쳐 완전히 몰락했어요. 남은 것이라고는 몇 에이커의 땅과 200년 전에 지은 낡은 저택뿐인데, 그마저도 빚쟁이들에게 담보로 잡혀 있었지요. 외아들인 제 의붓아버지의 부친은 그 집에서 가난한 귀족으로 비참한 생활을 하다가 일생을 마쳤어요.

이 불행한 환경에서 벗어나야 한다고 결심한 의붓아버지는 친척에게서 빚을 내어 학업을 마친 뒤 의학박사 학위를 따고 인도의 캘커타로 건너갔어요. 인도에는 의사가 별로 없었기 때문에 의붓아버지의 병원에는 항상 환자들이 들끓었어요.

그런데 가끔 집 안의 물건이 없어지는 것에 신경을 곤두세우다가 그만 홧김에 인도인 집사를 때려죽였어요. 결국 사형에 처해질 위기까지 몰리다가 다행히 극형만은 면했는데, 감옥살이를 하는 동안 우울증이 생겨 아무런 희망도 없이 하루하루를 지내다가 영국으로 돌아왔지요.

의사였던 저의 어머니는 인도에 주둔하는 벵골 포병대 스토너 소장과 결혼하여 쌍둥이인 저와 언니를 낳았어요. 친아버지는 우리가 태어난 지 얼마 안 되어 병으로 돌아가셨고, 어머니는 우리가 두 살일 때 그림스비 로일롯 박사와 재혼했어요.

어머니는 영국으로 돌아온 지 얼마 안 되어 세상을 떠났어요. 8년 전 크류에서 일어난 철도사고로 갑자기 돌아가신 거예요. 의붓아버지는 런던에서 개업하려던 계획을 중단하고, 저희를 데리고 스토크 모란의 낡은 저택으로 옮겼어요.

　어머니는 1년 수입이 1,000파운드가 넘었는데 돌아가실 때 유언으로 그 재산을 모두 의붓아버지에게 양도했어요. 그러나 이것은 저희 자매가 의붓아버지와 함께 살고 있는 동안에 한해서였죠. 언니나 제가 결혼할 경우에는 매년 일정한 액수가 저희에게 돌아오도록 유언을 남기셨어요. 어머니의 유산 덕분에 우리는 넉넉하게 생활했고, 그 행복을 방해하는 것은 아무것도 없다고 생각했어요.

　이웃 사람들은 스토크 모란의 로일롯 가 가장이 옛 저택으로 돌아왔다고 처음에는 크게 기뻐했어요. 그런데 얼마 전부터 의붓아버지가 난폭해졌어요. 의붓아버지는 친구를 사귀지도, 가족끼리 얘기를 하지도 않은 채 집 안에 틀어박혀 있었어요. 그러다가 이따금 외출을 하면 길에서 만나는 사람을 붙들고 큰 싸움을 벌이는 거예요.

　로일롯 집안의 남자들한테는 본래부터 광적일 정도로 격렬한 피가 흐르고 있는데, 의붓아버지의 경우는 오랫동안 열대지방에 있었기 때문에 더욱 거칠어진 것 같아요. 싸움을 하다가 두 번이나 경찰에 끌려가는 일이 생기자, 그 후로는 마을 사람들이 의붓아버지를 보기만 해도 슬슬 피해 도망갔어요. 의붓아버지는 무섭게 힘이 센데다 한 번 화가 나면 절대로 참지 못하거든요.

　지난주에도 의붓아버지는 마을의 대장간 주인을 다리 위에서 강물로 던지며 행패를 부렸어요. 또다시 동네가 시끄러워질까봐 제가 갖고 있는 돈을 모두 털어서 겨우 막았어요.

　의붓아버지의 친구라고는 떠돌이 집시들밖에 없어요. 의붓아버지는 그 떠돌이들에게 얼마 되지 않는 몇 에이커의 땅 중에서 가시덤불이 무성한 곳에 천막을 치도록 허락했어요. 그에 대한 보답인지 그들은 의붓아버지를 천막으로 초대해 음식 대접을 하기도 하고, 어떤 때는 의붓아버지도 그들과 한패가 되어 몇 주일씩 떠돌아다니기도 해요.

　게다가 요즘 의붓아버지는 인도의 동물들에 푹 빠져 있어요. 그래서 인도 현지인을 통해 동물들을 들여오고 있어요. 지금 집에 있는 것은 표범과 비비 원숭이에요. 그것들이 묶이지도 않은 채 저택 안을 돌아다니자, 마을 사람들은 의붓아버지와 함께 짐승들까지 두려워하게 되었지요.

　이런 상황이기 때문에 언니 줄리아와 저의 생활은 결코 즐겁지만은 않았어요. 하녀도 붙어 있지 못해서 오래전부터 집안일을 저희들이 직접 해야 했지요. 언니는 서른 살이 되던 해에 죽었는데, 지금의 나처럼 흰머리가 가득했었어요."

"아, 언니는 돌아가셨군요?"

"2년 전이에요. 언니의 죽음에 대해서 하고 싶은 말이 있어요. 짐작하시겠지만, 저희는 유별난 환경 때문에 같은 또래나 비슷한 신분을 가진 사람과 접촉할 기회가 거의 없었어요. 하지만 어머니의 여동생, 미혼의 오노리아 웨스트페일 이모가 근처에 살고 있어서, 저희들은 이따금 이모 댁에 가서 머물다 오곤 했어요.

　2년 전 크리스마스 때 줄리아 언니는 그곳에 갔다가, 명령 대기

중인 한 해병대 소령을 만나 약혼했어요. 언니는 돌아와서 의붓아버지에게 이 사실을 알렸는데 의붓아버지는 반대하지 않았어요. 그런데 결혼식을 2주일 남겨놓고서 무서운 사건이 일어났고, 언니는 세상을 떠나고 말았지요."

의자 깊숙이 몸을 묻고서 쿠션에 머리를 기댄 채 이야기를 듣고 있던 홈즈가 갑자기 눈을 가늘게 뜨더니 그녀를 흘낏 바라보았다.

"그때의 상황을 되도록 정확하게 설명해 보세요."

"네, 그 무서운 사건에 대해서라면 하나도 빠짐없이 기억하고 있어요. 아까도 말했듯이 저택은 몹시 낡아서 지금은 건물 하나만 쓰고 있어요. 그 건물 1층은 모두 침실인데, 거실은 건물 중앙에 있어요. 침실은 건물 중앙에 가까운 쪽에서부터 차례로 의붓아버지, 언니, 그다음 방을 제가 쓰고 있었지요. 세 개의 침실은 벽으로 가려져 있어 왕래할 수 없지만, 문은 모두 같은 복도에 있어요. 아시겠어요?"

"네, 계속 말씀하세요."

"세 방 모두 창 밖은 잔디예요. 그 무서운 사건이 일어난 날 밤, 의붓아버지는 일찍 침실에 들었지만 잠을 자는 것 같지는 않았어요. 왜냐하면 의붓아버지가 즐기는 인도 담배의 강한 냄새에 언니가 질색을 했으니까요. 언니는 담배 냄새를 피해 제 방으로 와서, 보름 앞으로 닥쳐온 자신의 결혼 이야기를 비롯해서 이런저런 이야기를 했어요. 열한 시쯤 되었을 때, 언니가 자기 방으로 돌아가려다가 나를 돌아보며 물었어요.

'헬렌, 밤에 휘파람 소리 들었니?'

'아니.'

'네가 자면서 휘파람을 불 리도 없고······.'

'언니, 그걸 말이라고 해. 그런데 갑자기 휘파람 소리라니, 뭐야?'

'며칠 전부터 매일 새벽 3시쯤이 되면 항상 낮은 휘파람 소리가 들려. 나는 잠귀가 밝아서 그 소리에 잠이 깨고는 해. 어디서 들려오는지 알 수 없지만····· 옆방 같기도 하고, 잔디밭 같기도 해. 그래서 너도 들었나 싶어서 물어본 거야.'

'난 못 들었어. 하지만 틀림없이 그 기분 나쁜 집시들이 정원 어디에선가 부는 걸 거야.'

'그럴지도 모르지. 하지만 정원 쪽에서 부는 거라면 네가 듣지 못했을 리가 없잖아?'

'난 언니보다 깊이 잠들잖아.'

'하긴······. 어쨌든 중요한 일은 아니야.'

언니는 미소를 지으며 내 방을 나갔어요. 그리고 곧 언니 방에 열쇠 채우는 소리가 들렸어요."

"두 분 다 밤마다 방문을 잠그고 자나요?"

홈즈가 물었다.

"네, 언제나 그렇게 했어요."

"왜죠?"

"의붓아버지가 기르는 표범과 비비 원숭이 때문이에요. 방문을 잠그지 않으면 마음이 놓이지 않거든요."

"그렇겠군요. 그리고 어떻게 되었죠?"

"저는 그날 밤, 잠이 들지 못했어요. 뭔가 나쁜 일이 일어날 것처럼 마음이 불안했거든요. 아까도 말했듯이, 언니와 나는 쌍둥이예요.

그러한 관계에 있는 두 영혼이 얼마나 미묘하게 반응하는지는 잘 아시리라고 생각해요.

그날 밤은 폭풍이 심하게 몰아쳤고, 거센 빗줄기가 계속 창문을 두드려댔어요. 그러다가 갑자기 폭풍우가 몰아치는 소리 틈새로 여자의 무시무시한 비명이 들렸는데, 틀림없이 언니였어요. 저는 침대에서 일어나 급히 숄을 두르고 복도로 뛰어나갔어요. 문을 연 순간 언니가 말하던 낮은 휘파람 소리가 들리고, 이어서 무거운 금속이 떨어지는 듯한 소리도 들렸던 것 같아요.

내가 언니 침실 앞으로 가자, 방문의 열쇠를 돌리는 소리가 나고 천천히 문이 열렸어요. 저는 무엇이 나올지 몰라 두려움에 떨면서 방문을 지켜보고 서 있었는데, 복도에 켜져 있는 램프의 불빛을 받으며 언니가 나왔어요. 언니의 얼굴은 공포에 질려 창백했고, 두 손은 구조를 청하듯 앞으로 내밀고 있었어요. 그리고 마치 술에 취한 것처럼 비틀거리고 있었지요.

제가 달려가서 언니를 두 팔로 안자, 언니는 그 순간 다리에 힘이 빠졌는지 힘없이 주저앉고 말았어요. 그러더니 심한 고통을 참지 못하겠다는 듯 몸부림쳤고, 손발도 격렬하게 경련을 일으켰어요. 처음에는 저를 알아보지도 못하는 것 같았어요. 제가 언니 위로 몸을 굽히니까, 그때서야 '오! 헬렌! 밴드(band)가! 얼룩무늬 밴드가!' 하고 겁먹은 소리로 말했어요. 그 소리는 평생 못 잊을 거예요. 그리고 언니는 손가락으로 계속 의붓아버지 침실 쪽을 가리키면서 뭔가를 말하려다가, 다시 경련이 일어나자 정신을 잃고 말았어요.

제가 큰 소리로 의붓아버지를 불렀는데, 마침 의붓아버지가 가운을 입고 방에서 나오고 있는 중이었어요. 의붓아버지는 의식을 잃은 언니의 입에 브랜디를 흘려 넣기도 하고, 의사를 불러오라고 마을로 사람을 보내기도 했어요. 하지만 언니는 의식을 되찾지 못하고 기력을 잃더니 결국 숨을 멈췄어요. 이것이 가엾은 언니의 끔찍한 최후였어요."

"잠깐! 휘파람 소리와 금속 떨어지는 소리를 들었다고 했는데 그건 틀림없습니까?"

"검시관도 제게 그걸 물어봤었어요. 저는 분명히 들었다고 생각하지만 폭풍우가 심하게 몰아치는 밤이었고, 집이 낡아서 자주 삐거덕거렸기 때문에 착각일지도 모르겠어요."

"언니는 옷을 입고 있었나요?"

"잠옷 바람이었어요. 그리고 오른손에는 불을 켰던 성냥을, 왼손엔 성냥갑을 쥐고 있었어요."

"그렇다면 언니는 뭔가 이상한 낌새를 느끼고 성냥을 켜서 주위를 살펴보았군요. 이건 중요한 점이에요. 검시관은 어떤 결론을 내렸습니까?"

"의붓아버지의 포악한 성격이 인근에 널리 알려졌던 터라 검시관은 특히 주의 깊게 조사했어요. 하지만 끝내 사인을 밝혀내지는 못했어요. 문이 안에서 걸려 있었다는 것은 제가 알고 있었고, 창문에는 굵은 쇠막대가 달린 구식 덧문이 있어서 밤마다 그것으로 문단속을 했거든요. 벽도 구석구석 자세히 살펴보았지만 이상이 없었고, 바닥도 마찬가지였어요. 굴뚝이 큰 편이지만 굵은 못이 네 개나 박혀 있어요. 그렇기 때문에 그때 언니는 방 안에 혼자 있었다고밖에 생각할 수 없어요. 게다가 언니의 몸에는 아무런 상처도 없었어요."

"독살되었을지도 모르겠군요?"

"의사들이 조사했지만 확실한 건 알아내지 못했어요."

"그렇다면 헬렌 양은 언니가 무엇 때문에 죽었다고 생각합니까?"

"감당할 수 없는 공포 때문에 신경에 큰 쇼크를 받아 죽었다고 생각해요. 무엇이 그리 무서웠는지는 알 수 없지만……."

"그 당시 정원에 집시가 있었나요?"

"네, 몇 사람은 언제나 거기 있으니까요."

"알겠습니다. 참, 언니가 말했다는 밴드…… 그 얼룩무늬 밴드에 대해서 생각나는 게 있습니까?"

"만약 밴드가 끈이 아니라 사람들 무리를 뜻하는 거라면, 숲 속의 집시들을 두고 한 말일지도 몰라요. 언니가 말한 얼룩무늬란 집시가 곧잘 머리에 감고 있는 물방울무늬 손수건과 관계가 있는 게 아닐까요? 아무래도 저는 잘 모르겠어요. 언니가 정신착란을 일으켜서 헛소리를 한 것은 아닐지……."

홈즈는 이해할 수 없다는 듯이 고개를 저었다.

"그 말에는 아주 깊은 뜻이 담긴 것 같아요. 어쨌든 계속해 보세요."

"그렇게 언니가 세상을 뜬 지 2년이 지났고, 바로 얼마 전까지만 해도 저의 생활은 정말 쓸쓸했어요. 그러다가 한 달쯤 전에 오랫동안 사귀어 온 친한 분으로부터 청혼을 받았어요. 퍼시 아미티지라는 분인데, 레딩에서 가까운 크레인 워터에 사는 아미티지 씨의 둘째아들이에요. 의붓아버지도 이 결혼에 반대하지 않아서 돌아오는 봄에 우리는 식을 올리기로 했어요."

그녀는 다시금 무서운 생각이 떠올랐는지 숨을 깊이 내쉬더니, 차분한 목소리로 다시 말을 이어나갔다.

"그런데 이틀 전부터 건물의 서쪽 부분을 수리하기 시작해서 제 침실 벽에 구멍이 났어요. 그래서 할 수 없이 저는 언니 방으로 옮겨 언니가 잠을 자던 침대에서 자게 되었어요. 그런데 어젯밤 일이에요. 잠이 오지 않아 언니가 세상을 떠날 당시의 일을 생각하고 있었는데, 갑자기 밤의 정적 속에서 나직한 휘파람 소리가 들려왔어요. 언니의 죽음을 예고라도 한 것 같았던 바로 그 휘파람 소리였어요. 그때 제가 느꼈던 공포가 어떠했을지 아시겠지요? 저는 벌떡 일어나 램프에 불을 켜고 살펴보았지만 방에는 아무 이상이 없었어요. 하지만 겁에 질려서 도무지 잠을 잘 수가 없었어요. 그래서 옷을 입고 기다리다가 날이 밝자마자 몰래 집에서 빠져나와, 맞은편에 있는 크라운 호텔로 가 이륜마차를 불러 타고 레더헤드로 가서 열차를 탔어요. 어떻게든 빨리 도움을 받아야 하겠다는 마음에 이렇게 이른 아침부터 방문하게 된 거예요."

"정말 잘 판단했습니다. 더 하실 말씀은?"

홈즈가 물었다.

"아니요, 제가 할 이야기는 이게 전부예요."

"그렇지 않습니다. 더 있을 거예요. 헬렌 양은 의붓아버지를 감싸고 있어요."

"어머, 어떻게 그런 말씀을?"

홈즈는 대답 대신 그녀가 무릎에 얹어놓고 있는 손목으로 눈길을 돌렸다. 그리고 손목의 검은 레이스 소매 장식을 걷어 올렸다. 하얀 손목에는 엄지와 네 개의 손가락이 남긴 것으로 보이는 회색 반점 다섯 개가 선명히 드러나 있었다.

"심하게 손찌검을 당했군요."

홈즈가 말했다.

그녀는 얼굴을 붉히며 자국이 나 있는 손목을 얼른 감췄다.

"의붓아버지는 무서운 분이에요. 의붓아버지는 자기 힘이 얼마나 센지 모르는 것 같아요."

오랜 침묵이 흘렀다. 홈즈는 두 손으로 턱을 괸 채 소리를 내며 타고 있는 벽난로의 불을 지그시 보고 있었다.

"이건 아주 어려운 사건입니다. 사건을 파헤치기 전에 알고 싶은 것이 있습니다. 조금도 지체할 시간이 없어요. 오늘 당장 스토크 모란에 간다면, 로일롯 의사 모르게 방을 조사할 수 있을까요?"

홈즈가 말했다.

"다행히 의붓아버지는 오늘 중요한 일이 있어 런던에 간다고 했으니 저녁때나 돌아올 거예요. 가정부가 한 명 있지만 나이도 많고 좀 미련해서, 방을 조사하는 데는 별 어려움이 없을 거예요."

"잘됐군요. 왓슨, 자네도 함께 갈 거지?"

"물론!"

홈즈는 다시 그녀를 보며 말했다.

"우리 두 사람이 함께 가겠습니다. 헬렌 양의 오늘 계획은 어떻게 됩니까?"

"저는 모처럼 런던에 왔으니 몇 가지 일을 본 다음, 두 시 열차로 돌아갈 생각이에요."

"좋습니다. 그럼 오후에 스토크 모란에서 뵙겠습니다. 나는 그때까지 두세 가지 간단한 일을 마쳐야겠군요. 아, 잠깐 기다렸다가 아침 식사라도 함께하지요."

"아니에요. 전 가야 해요. 걱정거리를 털어놓으니 마음이 가벼워졌어요. 즐거운 마음으로 다시 만날 때를 기다릴게요."

그녀는 두꺼운 검은 베일로 얼굴을 가리고 조용히 방에서 나갔다.

"왓슨, 이 사건에 대해 어떻게 생각하나?"

홈즈가 의자에 기대며 물었다.

"매우 어둡고 으스스한 사건 같은데."

"정말 어둡고 으스스한 사건이지."

"더구나 헬렌 양이 말했듯이 바닥이나 벽에 아무런 이상이 없고, 문이나 굴뚝으로도 출입할 수 없었다면…… 혼자 있던 언니가 살해됐다는 건 정말 불가사의한 일이야."

"밤마다 들려왔다는 휘파람 소리와 언니가 죽을 때 했다는 이상한 말은 무얼 뜻한다고 생각하나?"

"글쎄, 잘 모르겠어."

"밤에 휘파람 소리가 들려왔다……. 로일롯 의사와 친한 집시의 무리들, 즉 집시 밴드가 정원에 와 있었다……. 로일롯 의사는 딸의 결혼을 방해할 충분한 이유가 있다……. 언니가 죽을 때 밴드라는 말을 했다……. 그리고 헬렌 양이 금속이 떨어지는 소리를 들었다고 했지. 그 소리는 덧문을 받치고 있던 쇠막대기가 원위치에서 떨어지는 소리였는지도 몰라. 이런 사실들을 연결하다 보면 수수께끼를 풀 수 있는 단서가 잡힐 것 같아."

"그렇다면 집시의 역할은 무엇이었을까?"

"나도 아직 모르겠어."

"헬렌 양의 설명만으로는 이해할 수 없는 점들이 많아."

"그래서 오늘 스토크 모란에 가려는 거야. 정말 불가사의한 일이어서 이해할 수 없는 것인지, 아니면 무엇인가를 감췄는지 확인하고 싶네. 엇! 당신 누구야?"

홈즈가 갑자기 소리를 친 이유는 갑자기 문이 거칠게 열리더니 굉장히 덩치가 큰 노인이 나타났기 때문이다.

그는 검은 중산모자에 검은 프록코트를 입었고 무릎까지 각반을 감고 있었으며, 손에는 사냥용 채찍을 들고 있었다. 쓰고 있는 모자가 문틀 위에 가로 댄 나무에 닿을 정도로 키가 아주 큰 노인이었다. 볕에 누렇게 그을렸고 주름살이 많은 그의 커다란 얼굴에서는 온갖 사악함이 풍겨 나오고 있었다. 노기가 가득한 움푹 팬 눈과 가늘고 높은 코는 비록 늙기는 했지만 어딘지 사나운 독수리를 떠올리게 했다.

그는 우리를 번갈아 보며 말했다.

"누가 홈즈야?"

"내가 홈즈입니다. 그런데 누구십니까?"

"나는 스토크 모란의 그림스비 로일롯이다."

"아, 로일롯 의사시군요. 어서 앉으세요."

"그럴 필요 없어! 방금 내 딸이 다녀갔지? 여기까지 내가 미행했다. 그 애가 대체 무슨 말을 지껄인 거지?"

"오늘은 다른 날보다 좀 추운 것 같군요."

홈즈가 태연한 표정으로 말했다.

"딸이 무슨 말을 했느냐고 물었잖아!"

노인이 사납게 소리쳤다.

"그런데도 크로커스 꽃은 잘도 핀다더군요."

홈즈는 여전히 침착하게 말했다.

"흥, 어물쩍 넘어갈 속셈이군. 이 나쁜 놈! 네놈 소문은 전부터 들었어. 주제넘게 설치고 다닌다더군."

홈즈는 가볍게 미소를 지어 보였다.

"이 참견 잘하는 놈아!"

홈즈는 좀 더 크게 미소를 지었다.

"경찰의 앞잡이, 홈즈!"

홈즈는 유쾌한 듯이 키들키들 웃었다.

"하하하, 정말 재미있군요. 나갈 때는 문을 꼭 닫아주십시오. 문틈으로 바람이 들어오니까."

"잘 들어! 내 딸 헬렌이 여기 왔었다는 것은 네 녀석이 말하지 않아도 이미 알고 있어. 내 두 눈으로 봤으니까. 하지만 우리 집 문제에 쓸데없이 참견할 생각은 하지 마. 날 만만히 봤다가는 큰코다칠 테니 명심하라고!"

그는 난로 곁으로 가서 부젓가락을 움켜쥐더니 볕에 그을린 커다란 두 손으로 금세 구부려 놓았다.

"봤어? 괜히 참견하다가 나에게 붙잡히지 않는 게 좋을 거야."

로일롯은 구부린 부젓가락을 난로에 던지고 나서 성큼성큼 방을 나갔다.

"꽤 유쾌한 노인이군."

홈즈가 웃으며 말했다.

"저 노인만큼 덩치가 크지는 않지만 내 팔 힘도 만만치 않지. 조금만 더 머물렀다면 나도 보여주었을 텐데."

홈즈는 부젓가락을 들고 힘을 주어 원래 모양대로 펴 놓았다.

"나를 경찰 앞잡이 정도로밖에 안 보다니, 좀 실례했단 생각이 들지 않나? 하지만 덕분에 이 사건이 더욱 흥미롭게 느껴지는군. 헬렌 양이 미행당한 건 좀 안타깝지만 걱정할 것은 없어. 왓슨, 아침 식사를 준비하라고 하게. 식사 후에 나는 등기소에 들러 이 사건에 필요한 자료를 찾아오겠어."

홈즈는 한 시간 가까이 외출했다가 돌아왔다. 그의 손에는 숫자와 메모로 빼곡한 파란 종이 한 장이 들려 있었다.

"죽은 부인의 유언장을 보고 왔어. 투자 물건 등을 포함해 어떤 유산을 남겼는지 정확히 알기 위해서는 현재의 평가액을 산정해 봐야 하거든. 부인의 사망 당시 수입은 연간 1,100파운드에 가까웠지만 지금은 농산물 가격이 하락해서 750파운드 정도야. 그리고 딸들은 결혼하면 각자 해마다 250파운드씩 받을 권리가 있어. 그러니 한 사람이 결혼하는 것만으로도 그 노인은 적지 않은 손실을 보게 되고, 둘 다 결혼하면 그땐 그야말로 커다란 타격을 받게 되는 것이지. 내가 오전에 한 일이 헛수고가 아니었어. 그에게 딸들의 결혼을 방해할 만한 강한 동기가 있다는 것을 확실히 알았으니까. 왓슨, 이렇게 되면 사태가 아주 심각하다네. 우리가 이 사건에 관여했다는 것을 그 노인이 알았으니까. 준비가 되면 마차를 불러서 워털루 역으로 가세. 권총을 주머니에 넣고 가는 게 좋겠어. 상대는 부젓가락을 구부릴 정도로 힘이 센 남자니까."

다행히 우리는 워털루 역에서 출발하는 레더헤드 행 열차 시간에 늦지 않게 도착했다. 레더헤드에 도착한 뒤 우리는 역 앞 여관에서 부른 소형 마차를 타고 서리 주의 아름다운 길을 4, 5마일 정도 달렸다. 태양이 눈부시게 빛나는 맑고 깨끗한 하늘에는 양털구름이 군데군데 떠 있었다. 길가의 나무들은 막 신록의 눈을 뜨고 있었고, 스치는 공기 속에는 촉촉하게 젖은 달콤한 향기가 가득 배어 있었다. 이 아름다운 봄의 징조와 우리가 이제부터 조사해야 할 기괴한 사건은 참으로 기묘한 대조를 이루고 있었다.

마차의 앞좌석에 앉은 홈즈는 팔짱을 끼고 모자를 깊숙이 눌러 쓴 채 턱을 가슴에 묻고서 깊은 생각에 잠겨 있었다. 그러더니 갑자기 몸을 일으켜 내 어깨를 두드리며 목장 쪽을 가리켰다.

"저기를 봐."

넓은 정원이 완만하게 펼쳐져 있었다. 나무가 차츰 많아지더니 정상에서 숲을 이루고 있었고, 우거진 가지 사이로 꽤 오래된 저택의 회색 지붕이 솟아나온 것이 보였다.

"여기가 스토크 모란이오?"

"네, 그림스비 로일롯 의사의 저택입니다."

마부가 대답했다.

"지금 수리 중일 텐데, 그 현장으로 갑시다."

"저쪽입니다. 그런데 이 길을 빙 돌아서 가는 것보다 여기서 내려 밭두렁 길을 따라 가는 편이 더 빠릅니다. 아, 저기 여자가 걷고 있는 길 말입니다."

마부는 왼편으로 약간 떨어진 곳에 지붕이 옹기종기 모여 있는 곳을 가리키며 말했다.

"저 여자는 헬렌 양 같군. 맞아, 당신 말대로 하는 게 빠르겠소."

마차에서 내려 요금을 치르자, 마부는 레더헤드 쪽으로 말머리를 돌렸다.

"마부에게는 우리가 건축 기사나 공사에 용건이 있어서 찾아온 사람들처럼 보이는 게 좋겠어. 소문이 안 나도록 말이야."

홈즈는 낮은 소리로 내게 말하더니, 그녀를 향해 손을 흔들었다.

"안녕하세요, 헬렌 양. 약속 시간 잘 지켰지요?"

오늘 아침의 의뢰인인 헬렌이 아주 반가운 얼굴로 달려왔다.

"애타게 기다리고 있었어요. 하지만 모든 일이 생각대로 되고 있어요. 의붓아버지는 런던에 갔으니, 오후 늦게 돌아올 거예요."

우리와 인사를 나누면서 그녀가 말했다.

"영광스럽게도 이미 헬렌 양의 의붓아버지 로일롯 의사를 만났습니다."

홈즈는 아까 있었던 일을 자세히 들려주자, 깜짝 놀란 그녀는 입술까지 새파래졌다.

"어머! 제 뒤를 미행했군요."

"그런 것 같습니다."

"의붓아버지는 아주 위험한 사람이라 잠시도 마음을 놓을 수가 없어요. 돌아오면 뭐라고 해야 할까요?"

"오히려 로일롯 의사가 조심해야 할 겁니다. 자신보다 훨씬 영악한 남자가 노리고 있으니까요. 헬렌 양은 오늘 밤 로일롯 의사가 가까이 오지 못하도록 방문을 잠그고 있어요. 그가 난폭하게 굴 것 같으면 이모 댁에 데려다 드리지요. 자, 어서 지금 그 문제의 방으로 가봅시다."

저택은 군데군데 이끼가 돋은 회색 석조 건물로, 한층 높은 중앙 건물에서 두 채의 건물이 게의 집게처럼 양쪽으로 연결되어 있었다. 그 한쪽 건물은 창문이 널빤지로 막아져 있었고 지붕도 내려앉아 있어서 폐가와 다를 바 없었다. 중앙 건물 역시 낡아 있었지만, 오른쪽 건물만은 그런대로 집 모양을 갖추고 있었다. 그 건물 창문에는 덧문도 있고, 굴뚝 두세 개에서는 푸른 연기가 솟아올라 가족이 살고 있는 곳임을 말해 주었다. 끝 쪽의 벽에 나무로 발판이 짜여져 있고 돌 벽에는 구멍을 뚫어 놓았는데, 우리가 거기 도착했을 때 인부들의 모습은 보이지 않았다. 홈즈는 손질이 안 된 잔디 위를 천천히 걸어다니면서 창문을 통해 건물 안을 세밀히 살폈다.

"이것이 헬렌 양의 침실 창문이고 가운데가 언니의 방 창문, 안쪽에서 가까운 저곳이 로일롯 의사의 창문이군요."

"네, 하지만 저는 지금 가운데 방을 쓰고 있어요."

"수리하는 동안 그렇다고 했지요? 그런데 저 끝의 벽은 특별히 수리할 필요가 없을 것처럼 보이는데……."

"어쩌면 헬렌 양을 가운데 방에서 자게 하기 위해 로일롯 박사가 꾸며낸 구실 아닐까?"

내 말에 홈즈는 고개를 끄덕였다.

"그럴듯한 이야기야. 그런데 헬렌 양, 이 좁은 건물 저쪽에 복도가 있고 그 복도에서 세 방으로 출입할 수 있다고 했지요? 물론 복도 쪽에도 창문이 있겠죠?"

"네, 있어요. 하지만 아주 작아요. 아무도 드나들 수 없어요."

"밤에는 두 분 모두 문을 잠갔으니까 복도에서는 침입하지 않았을 겁니다. 미안하지만 잠시 방에 들어가서 덧문을 한번 닫아주시겠습니까?"

그녀가 덧문을 닫자, 홈즈는 창문을 면밀히 살펴보았다. 그리고 닫힌 덧문을 열어보려고 여러 가지 방법을 써봤지만 헛수고였다. 빗장을 밀어 올리려 해도 나이프 하나 끼어 넣을 틈이 없었다. 이번에는 돋보기로 경첩을 조사했는데, 이것은 튼튼한 철제로서 견고한 돌 벽에 단단히 끼워져 있었다.

"흠! 내가 생각하지 못했던 부분이 있는 것 같아. 이 덧문에 빗장이 끼워져 있으면, 이곳으로는 절대 들어가지 못해. 좋아, 이번에는 방 안에 어떤 단서가 있는지 알아볼까?"

홈즈는 약간 당혹스런 표정으로 턱을 쓰다듬으면서 말했다.

옆에 있는 작은 출입구로 들어가자 회반죽을 바른 복도를 따라 침실 문 세 개가 나란히 나 있었다. 우리는 지금 헬렌이 사용하는 두 번째 방, 즉 언니 줄리아가 죽은 방으로 들어갔다. 오래된 시골집처럼 천장이 낮고 커다란 벽난로가 있는 작고 검소한 방이었다. 한쪽 구석에는 갈색 옷장, 다른 한쪽에는 하얀 커버를 씌운 침대가 있고 창문 왼쪽에는 화장대가 놓여 있었다. 그 밖에 가구라고는 작은 등의자 두 개와 방의 중앙에 깐 정사각형 카펫뿐이었다. 카펫 둘레에 보이는 바닥 판자와 벽의 널빤지는 벌레 먹은 갈색 참나무로 되어 있었는데, 그 색이 바랜 정도로 보아 옛날 이 집이 처음 세워졌을 때부터 있었던 것 같았다. 홈즈는 방 한쪽 구석에 의자를 놓고 조용히 앉아서, 어떤 사소한 점도 놓치지 않으려는 듯 위아래와 사방을 세심하게 살폈다.

"저 끈은 어디로 연결되어 있지요?"

홈즈가 침대 옆에 늘어져 있는 굵은 끈을 가리켰다. 끈 끝의 술은 베개 위에 얹혀져 있었다.

"가정부 방에 달린 종과 연결되어 있어요."

"보기엔 새 것 같은데요."

"네, 2년 전에 달았으니까요."

"언니가 원했나요?"

"아니에요. 언니가 사용하는 걸 들은 적이 없어요. 우리는 언제나 자기 일은 스스로 하는 편이었으니까요."

"알겠습니다. 이렇게 훌륭한 종 끈이 필요치 않았군요. 이제 바닥을 조사하겠습니다."

그는 배를 깔고 바닥에 엎드리더니 돋보기를 들고 앞뒤로 재빨리 움직이면서 바닥 판자의 틈새를 면밀히 조사했다. 그리고 한참 동안 침대를 관찰하기도 하고, 벽을 따라 시선을 아래위로 훑어보기도 했다. 그런 후 홈즈는 갑자기 종 끈을 쥐더니 힘껏 잡아당겼다.

"역시 소리가 나지 않는군."

"울리지 않아요?"

"당연하죠. 종과 연결되어 있지 않으니까요. 이거 정말 재미있군. 이것 보세요. 환기통 바로 위의 못에 매어져 있어요."

"어머, 정말! 이상하군요. 저는 전혀 몰랐어요."

"정말 이상해."

홈즈는 줄을 당기며 말했다.

"이 방에는 이상한 점이 몇 가지 더 있어요. 예를 들면, 환기구멍이 옆방으로 뚫려 있어요. 바깥 공기가 통하도록 해야 할 텐데, 이렇게 멍청한 짓을 하는 목수가 있을까요?"

"이 환기구멍도 뚫은 지 얼마 안 됐어요."

"이 종 끈과 같은 시기에 만들었군요."

"네, 그 무렵에 이것 말고도 간단한 공사를 몇 군데 더 했어요."

"정말 재미있는 공사였던 것 같군요. 소리가 나지 않는 종 끈, 환기가 되지 않는 환기구멍…… 그럼 헬렌 양, 이번엔 로일롯 의사의 방을 조사하고 싶은데 안내해 주시겠습니까?"

그림스비 로일롯의 침실은 딸의 방보다 넓었지만 역시 별 꾸밈없이 검소한 방이었다. 조립식 침대, 전문 의학서적으로 꽉 찬 작은 나무 책장, 침대 옆의 안락의자, 창가에 놓인 소박한 나무 의자, 둥근 테이블, 커다란 철제 금고 따위가 눈에 들어왔다. 홈즈는 천천히 걸어 다니면서 이것들을 하나하나 주의 깊게 살펴보았다.

"이 안에는 뭐가 들어 있습니까?"

홈즈가 금고를 두드리면서 물었다.

"아버지의 서류예요."

"그래요? 안을 본 적 있나요?"

"몇 년 전에 한 번 봤는데, 서류가 가득 들어 있었어요."

"혹시 고양이 따위가 들어 있지는 않을까요?"

"설마요. 이상한 말씀을 하는군요."

"이걸 보세요."

그는 금고 위에 있는 우유가 담겼던 작은 접시를 들었다.

"아니에요. 고양이는 기르지 않아요. 표범과 비비 원숭이뿐이에요."

"아, 그렇군요. 어쨌든 표범도 큰 고양이라 할 수 있지만, 이런 접시로 우유를 먹어서는 견디지 못할 겁니다. 한 가지 확인해 보고 싶은 게 있습니다."

그는 나무 의자 앞에 무릎을 꿇고, 앉는 부분을 주의 깊게 조사했다.

"고맙습니다. 대부분의 윤곽이 드러났습니다."

그는 일어나 돋보기를 주머니에 넣었다.

"아! 여기에 재미있는 것이 있군."

그가 가리킨 것은 개를 훈련시키는 작은 채찍이었다. 채찍은 침대 한쪽 구석에 돌돌 말린 채 걸려 있었는데, 가죽 끝 부분이 고리 형태로 되어 있었다.

"왓슨, 이건 어떻게 생각하나?"

"보통 채찍 같은데, 끝을 왜 고리로 만들어 놓았지?"

"아니, 보통 채찍이 아니야. 정말 무서운 세상이다! 머리가 좋은 사람이 나쁜 일에 머리를 쓰는 것보다 더 무서운 일은 없을 거야. 헬렌 양, 필요한 건 다 본 것 같습니다. 괜찮다면 이제 정원으로 나갈까요?"

조사를 마친 홈즈의 얼굴은 일찍이 본 일이 없을 만큼 심각하고 어두웠다. 세 사람이 정원을 몇 번이나 왔다 갔다 할 동안 나와 그녀는 홈즈의 사색을 방해하지 않으려고 침묵을 지켰다.

"헬렌 양. 지금부터 어떤 일이 생겨도 내 말대로 행동해야 합니다."

홈즈가 드디어 입을 열었다.

"네, 약속하겠어요."

"사태가 아주 긴박해서 망설일 틈이 없어요. 헬렌 양의 목숨은 내 충고를 따르느냐 마느냐에 달려 있어요."

"말씀대로 하겠다고 맹세할게요."

"그럼 첫째, 오늘 밤은 나와 왓슨이 당신 방에서 밤을 새울 겁니다. 꼭 그렇게 해야 합니다. 각자 어떻게 해야 하는지 지금부터 설명하지요. 저기 보이는 것이 마을의 호텔인가요?"

그녀와 나는 놀라서 멍하니 홈즈의 얼굴을 바라보았다.

"네, 크라운 호텔이에요."

"저곳에서 당신 방의 창문이 보일까요?"

"네, 보여요."

"잘됐군. 로일롯 의사가 돌아오면 머리가 아프다는 핑계를 대고 방에 들어가서 나오지 마세요. 그리고 아버지가 침실에 들어가는 소리가 들리면, 창의 덧문을 열고 램프로 우리에게 신호를 하세요. 그런 다음 필요한 소지품을 챙겨 당신이 전에 사용하던 침실로 옮기는 겁니다. 수리 중이지만 하룻밤 정도는 지낼 수 있겠죠?"

"네, 그렇게 하겠어요."

"그다음 일은 우리에게 맡기세요."

"어떻게 하실 건가요?"

"당신 방에서 하룻밤을 지내면서 당신을 놀라게 한 그 소리의 정체가 무엇인지 알아내려는 겁니다."

"홈즈 씨, 당신은 이미 모든 것을 알고 계시는군요?"

그녀는 홈즈의 소매를 잡고 말했다.

"그런지도 모르겠습니다."

"그렇다면 언니의 죽음에 대해서 말해 주실 수 있어요?"

"증거가 더 확실해진 다음에 이야기하고 싶군요."

"하지만 저의 생각이 옳았는지 아닌지 정도는 말씀해 주실 수 있잖아요. 언니는 역시 갑작스런 공포에 휘말려서 죽은 것인가요?"

"그런 것 같지는 않습니다. 더 확실한 원인이 있는 것 같습니다. 자, 헬렌 양. 로일롯 의사가 돌아와서 우리를 발견하면 모든 계획이 물거품이 됩니다. 그러니 이제 우리는 떠나야 합니다. 용기를 내세요. 내 말대로만 하면 당신을 에워싸고 있는 모든 위험이 사라질 겁니다."

홈즈와 나는 크라운 호텔에서 거실이 딸린 2층 방 침실을 빌렸다. 침실 창문으로 스토크 모란 저택의 가로수에 이어진 문과 사람이 살지 않는 건물이 보였다. 해가 질 무렵, 우람한 체구의 그림스비 로일롯이 자그마한 마차를 타고 소년 마부 옆에 앉아 돌아오는 것이 보였다. 소년이 육중한 철문을 여느라 끙끙거리는 동안 고함을 지르는 그의 걸걸한 목소리가 들려왔고, 무시무시한 기세로 주먹을 휘두르는 모습도 보였다. 마차는 다시 달렸고, 잠시 후 거실에 램프 불이 켜진 듯 나무들 사이로 불빛이 새어나왔다.

"왓슨, 솔직히 말해서 오늘 밤 자네와 함께 가야 할지 말아야 할지 고민이야."

점차 깊어지는 어둠 속에서 홈즈가 말했다.

"내가 혹시 방해가 되나?"

"아니. 자네가 있으면 큰 도움이 되지. 하지만 너무 위험해."

"그렇다면 나도 꼭 가겠어."

"정말 고마워."

"위험하다는 걸 보니, 자네는 그 방에서 내가 보지 못한 것까지 보고 왔군."

"그렇지 않아. 추리는 내가 조금 더 앞질렀을지 모르지만, 내가 본 것은 자네도 다 봤어."

"내가 본 것 중에서 색다른 것이 있다면 그 종 끈뿐이야. 솔직히 말해서 그걸 무슨 목적으로 매달아놓았는지 난 짐작조차 못 하겠어."

"환기구멍은 어때?"

"방과 방 사이에 작은 구멍이 있다는 것이 이상하게 여겨지진 않아. 그리고 그렇게 작은 구멍으로는 쥐새끼도 드나들기 어려워."

"나는 스토크 모란에 오기 전부터 분명 환기구멍이 있을 거라고 생각했네."

"어째서?"

"헬렌 양이 그랬잖나. 언니가 로일롯의 담배 냄새에 시달렸다고 말이야. 두 방 사이에 구멍이 없으면 저쪽 방의 담배 연기가 어떻게 이쪽 방으로 올 수 있었겠나. 작은 구멍이었기 때문에 검시관이 조사했을 때도 신경을 쓰지 않았겠지. 그래서 아마도 환기구멍이겠거니 추리했었네."

"하지만 그토록 작은 구멍으로 어떤 장치를 할 수 있을까?"

"어쨌든 날짜가 이상할 정도로 맞아떨어지거든. 환기구멍이 뚫린 것과 종 끈이 장치된 것 그리고 침대에서 잠을 자던 언니가 죽은 것까지……. 이상하지 않나?"

"그렇긴 한데 아직 그 상관관계를 모르겠네."

"그 침대에 좀 색다른 점이 있다는 것을 깨닫지 못했나?"

"침대?"

"방바닥에 고정되어 있었네. 그런 식으로 고정시킨 침대를 본 일이 있나?"

"없어."

"침대는 위치를 바꿀 수 없게 되어 있었다네. 그래서 언제나 환기 구멍이나 종 끈이 같은 위치에 있지. 그 끈은 밧줄과 같은 용도로 사용될 수도 있다네. 종을 울리기 위해서 있는 것이 아닌 건 분명하니까."

"홈즈! 자네가 말하려는 것을 어렴풋하게나마 알 것 같아. 교묘하고 무서운 범죄를 막는 데 우리가 가까스로 때를 맞추었군."

"교묘한 점에서나 무서운 점에서나 그 무엇에도 비길 수 없어. 의사가 나쁜 일을 하려고 마음먹으면 최악의 범죄자가 되지. 대담성과 지식을 겸비하고 있으니까. 그러나 왓슨, 우리는 그보다 한 단계 더 높은 데로 갈 수 있다고 생각하지 않나? 어쨌든 날이 밝을 때까지는 무시무시한 상황을 겪게 될 거야. 그러니 지금부터 천천히 담배나 피우면서 하다못해 두세 시간 동안이라도 무언가 유쾌한 일을 생각해 보자고."

9시쯤 되자 나무 사이로 새어나오던 불빛도 꺼져 저택은 칠흑같이 어두워졌다. 그리고 기나긴 두 시간이 지나 시계가 11시를 치는 순간, 창 밖으로 한 줄기 밝은 광채가 번뜩였다.

"옳지, 신호 불빛이야. 가운데 창문에서 비치는 불빛이야."

홈즈가 기운차게 일어서면서 말했다.

홈즈는 호텔을 나서며 주인에게, 지금 친구 집을 방문하러 가는데 어쩌면 자고 오게 될지도 모르겠다고 말했다. 우리는 어두운 밤길을 걷기 시작했다. 차가운 바람이 얼굴에 몰아쳐 왔다. 이 어둡고 을씨년스러운 밤, 어떤 일을 겪게 될지 모르는 우리를 향해 정면에서 반짝이는 노란 불빛이 등대 노릇을 해주었다.

해묵은 담은 허물어진 곳이 수리도 안 된 채 군데군데 구멍이 나 있어, 우리는 어렵지 않게 저택 안으로 들어갈 수 있었다. 나무와 나무 사이를 빠져 정원으로 나가 그곳을 가로질러 창문으로 들어가려는 그때, 월계수 숲 속에서 이상한 형체, 어린애 같아 보이는 무언가가 뛰어나와 손발을 버둥거리면서 풀 위에 몸을 던지는가 싶더니 재빨리 정원을 달려 어둠 속으로 사라졌다.

"앗! 그것 봤어?"

내가 속삭였다.

홈즈도 나만큼 놀란 모양이었다. 내 손목을 강하게 움켜쥔 그 손에 마음의 동요가 나타나고 있었다. 그러더니 그는 조용히 웃으면서 내 귀에 속삭였다.

"허, 굉장한 집이군. 지금 그것은 비비 원숭이야."

나는 로일롯 의사가 귀여워하는 별난 애완동물에 대한 이야기를 깜박 잊고 있었다. 표범도 있을 것이다. 언제 등 뒤에서 습격해 올지 모를 일이다. 홈즈가 하는 대로 신발을 벗고 침실에 들어갔을 때, 솔직히 말해서 '이제 살았다.' 하는 생각이 들었다.

홈즈는 소리 없이 덧문을 닫고 램프를 테이블 위에 옮겨놓더니, 방 전체를 날카롭게 둘러보았다. 모든 것이 낮에 본 그대로였다.

홈즈는 내 옆으로 와서는 손을 모아 내 귀에 바짝 대고 간신히 들릴 정도로 작게 속삭였다.

"조금이라도 소리를 내면 우리 계획은 끝장이야. 어둠 속에 앉아 있어야 해. 구멍으로 빛이 새어나가니까."

나는 고개를 끄덕였다.

"잠들면 안 돼. 목숨이 달아날지도 몰라. 만일의 사태에 대비해서 권총을 준비해. 나는 침대에 앉을 테니, 자네는 저 의자에 앉아."

나는 권총을 꺼내 테이블 위에 놓았다.

홈즈는 미리 준비해 온 가느다란 지팡이를 침대 위에 놓고, 그 옆에 성냥과 양초를 나란히 놓았다. 그런 다음 방 안의 램프를 끄자 이내 캄캄한 어둠에 잠겨 버렸다.

그 무서웠던 밤을 평생 잊을 수 있을까. 소리 하나, 아니 숨소리조차 낼 수 없는 밤이었다. 바로 근처에 칼날같이 신경을 곤두세운 채 홈즈가 눈을 크게 뜨고 앉아 있다는 것을 알고 있지만, 그 두려움은 쉽사리 걷히지 않았다. 덧문으로 차단되어 실낱같은 불빛 한 줄기도 새어들어 오지 않는 암흑 속에서 우리는 계속 기다렸다. 밖에서는 이따금 새 울음소리가 들렸고, 한번은 창문 밖에서 길게 꼬리를 끄는 고양이의 울음소리가 들렸다. 그것은 이 집에서 놓아기르는 표범의 울음소리였다. 15분마다 시간을 알리는 성당의 시계 소리가 멀리서 무거운 음색으로 들려왔는데, 그 15분이 얼마나 길게 느껴졌는지 모른다.

12시를 치는 소리가 들리고, 다시 1시, 2시, 3시를 치는 소리가 들렸다. 그동안 우리는 무엇인지는 알 수 없지만 어쨌든 일어날 그 사태를 말없이 기다려야 했다.

갑자기 환기구멍 쪽에서 타는 냄새가 강하게 코를 찔러 왔다. 로일롯의 방에서 덮개가 있는 랜턴에 불을 붙인 것이다. 나직하게 인기척이 들리고 다시 조용해졌는데, 그 냄새는 더욱 강하게 풍겨왔다. 나는 바짝 귀를 곤두세웠다. 그렇게 30분 정도 시간이 흘러갔다. 그때 갑자기 또 다른 소리가 들렸다. 그건 주전자에서 뿜어 나오는 가느다란 수증기 소리 비슷한 조용하고 부드러운 소리였다. 그 소리가 들려오자, 홈즈가 침대에서 벌떡 일어나더니 성냥을 켜고 지팡이로 종 끈을 힘껏 쳤다.

"왓슨, 봤어?"

홈즈가 소리쳤다.

그러나 나는 아무것도 보지 못했다. 홈즈가 성냥을 켰을 때 낮고 날카로운 휘파람 소리를 들었지만, 환한 빛이 갑자기 눈을 쏘는 바람에 홈즈가 그토록 세게 때린 것이 무엇이었는지 미처 보지 못했다. 그러나 그의 얼굴이 죽은 사람처럼 창백하고, 공포와 혐오의 감정으로 일그러져 있는 것만은 분명히 볼 수 있었다.

홈즈가 동작을 멈추고 환기구멍을 지그시 노려보고 있는데, 갑자기 밤의 정적을 깨고 소름끼치는 비명 소리가 들려왔다. 고통과 공포와 분노가 뒤섞인 비명 소리는 더욱 커졌고 온몸의 털이 쭈뼛 일어설

만큼 무서운 절규로 변했다. 나중에 들은 바로는, 저 멀리 마을 변두리의 목사관까지도 이 절규가 들려 잠을 자던 사람들이 모두 깜짝 놀라 침대에서 일어났다고 한다.

뼛속까지 얼어붙는 듯한 심정으로 홈즈와 얼굴을 마주 보고 있는 동안, 어느덧 절규는 그치고 주위는 다시 본래의 정적으로 돌아갔다.

"어떻게 된 거야?"

내가 말했다.

"모든 것이 끝났어. 결국 이렇게 된 것이 잘된 일인지도 몰라. 권총을 갖고 와. 로일롯 의사의 방에 가보세."

홈즈는 심각한 표정으로 램프에 불을 붙이더니 앞장서서 복도를 걸어갔다. 문을 두 번 노크했으나 안에서는 아무런 응답이 없었다. 그는 손잡이를 돌리고 안으로 들어갔다. 나는 언제든지 발사할 수 있는 자세로 권총을 들고 그의 뒤를 따랐다.

기이한 광경이 눈에 들어왔다. 테이블 위에는, 덮개를 반쯤 올린 랜턴이 문이 절반 정도 열린 금고를 환하게 비추고 있었다. 그 테이블 옆 나무 의자에, 긴 회색 잠옷을 입은 그림스비 로일롯이 맨발에 슬리퍼를 신고 발목을 드러낸 채 앉아 있었다. 그의 무릎에는 낮에 보았던 짧은 손잡이에 긴 가죽이 달린 채찍이 놓여 있었다.

로일롯은 턱을 치켜들고 천장의 한 모퉁이를 경직된 눈초리로 노려보고 있었다. 이마 둘레에는 갈색 얼룩점이 있는 기묘한 끈이 달라붙어 있었는데, 이것이 그의 머리를 바싹 감고 있었다. 우리가 들어가도 그는 소리 하나 내지 않았고 손끝 하나 움직이지 않았다.

"끈이야! 얼룩무늬 끈!"

홈즈가 속삭였다.

나는 한 걸음 앞으로 나아갔다. 그러자 그때, 기묘한 머리장식이 움직이더니 의사의 머리카락 속에서 소름 돋는 다이아몬드 형 뱀의 머리와 부풀어 오른 목이 함께 불쑥 나타났다.

"연못 독사야."

홈즈가 소리쳤다.

"인도에서도 가장 위험한 독사야. 로일롯 의사는 물린 지 10초도 안 되어서 죽었어. 폭력은 행사한 사람에게 되돌아온다는 말이 있는데 정말이군. 남을 함정에 빠뜨리기 위해 구덩이를 파는 사람은, 자신도 그 구덩이에 빠지는 법이야. 이 뱀을 우리 안으로 몰아넣고, 헬렌 양을 안전한 장소로 옮기도록 하자고. 그런 다음에 이 사건을 주 경찰에 신고하세."

홈즈는 죽은 사람의 무릎에서 재빨리 채찍을 주워 들고, 고리를 뱀의 목에 걸어 되도록 멀리 들어서 금고에 넣은 다음 문을 닫았다.

이것이 스토크 모란의 그림스비 로일롯 의사가 죽게 된 사건의 진상이다.

얘기가 이미 길어졌으므로, 겁을 먹은 헬렌 스토너에게 이 슬픈 사건을 대충 설명해 준 후 아침 열차로 하로 근처에 사는 이모에게 바래다 준 경위, 또 로일롯 의사가 부주의하게 위험한 애완동물과 놀다가 일어난 사고로 결론 내린 경찰의 안이한 수사 진행 따위는 더 장황하게 늘어놓지 않으려 한다.

내가 모르고 있었던 몇 가지 점에 대해서는 이튿날 돌아가는 열차 안에서 홈즈가 설명해 주었다.

"왓슨, 나는 처음에 완전히 잘못된 판단을 내렸어. 불충분한 자료로 추리한다는 것은 항상 위험이 따른다는 좋은 예가 되었지. 집시가 있었다는 것, 헬렌 양의 언니가 성냥 불빛으로 언뜻 본 물체를 표현한 '밴드'라는 말, 이 두 가지 말을 듣고 나는 완전히 그릇된 방향으로 추리했었던 거야. 다만 그 방에 있는 사람에게 닥칠 위험이 무엇이든, 그것이 창문이나 문으로 들어오지는 않았다는 것을 알고 생각을 즉시 바꾼 점만은 자랑할 수 있어.

그래서 나는 그 환기구멍과 침대에 늘어져 있는 종 끈에 주목했지. 종 끈이 속임수였다는 것, 또 침대가 바닥에 고정되어 있는 것을 발견했을 때, 즉시 이 끈은 무엇인가 환기구멍에서 나와 침대로 갈 때 건너가는 다리가 아닐까 하고 의심했지. 곧 뱀이라는 생각이 떠올랐고, 로일롯 의사가 인도에서 짐승들을 사들였다는 사실과 결부시켜 생각해 보고, 더욱 내 추리가 옳다는 자신감을 가졌어.

어떠한 화학실험으로도 발각되지 않는 독을 사용한다는 착상은, 동양에서 생활한 경험이 있는 머리 좋고 잔인한 남자에게 썩 잘 어울리지. 이러한 독은 작용이 빠르다는 것도 그로서는 나무랄 데 없는 조건이었어. 작고 검은 두 개의 이빨 자국 상처를 발견한 검시관이 있다면 그는 매우 유능한 사람일 거야.

그리고 휘파람 소리도 생각해 봤어. 말할 필요도 없이, 아침까지 뱀을 불러들이지 않으면 발각되겠지. 그리고 우유를 이용해서 되돌아오는 훈련을 시켰을 거야. 가장 적당한 시간을 택하여 그 뱀을 환기구멍으로 빠져나가게만 한다면, 틀림없이 끈을 타고 기어가 침대에 도달한다고 계산한 거지. 뱀이 방 안의 사람을 어김없이 문다는 보장은 없으니까, 희생자가 일주일 정도는 화를 모면할 수 있을지 모르지만 어쨌든 물린다는 것은 확실해.

여기까지의 추리는 로일롯 의사의 방에 들어가기 전에 했어. 의자를 조사해 보고 그가 이따금 그 위에 올라섰다는 것을 알았지. 이것은 말할 것도 없이 환기구멍에 손을 뻗을 필요가 있어서였겠지. 금고, 우유 접시, 고리가 달린 채찍, 이 정도만 보면 더 의심할 여지가 없는 것 아닌가. 헬렌 양이 들었다는 금속성 소리는 뱀을 금고에 넣고 급히 문을 닫았을 때 난 소리가 틀림없어.

이렇게 결론을 내린 다음 증거를 잡기 위해 내가 취한 방법은 자네가 본 대로야. 자네도 들었겠지만, 뱀의 쉭쉭 하는 소리가 들려오자마자 즉시 성냥을 켜고 공격했지."

"뱀은 그래서 나왔던 환기구멍으로 다시 도망갔군."

"그렇지. 그리고는 벽 저쪽의 주인을 공격한 거야. 내 지팡이에 호되게 맞았기 때문에 뱀의 본성이 되살아나 가까운 곳에 있는 사람을 문 거야. 이렇게 보면 그림스비 로일롯의 죽음에 나도 간접적이나마 책임이 있겠지만, 양심의 가책이 크게 느껴지지는 않는군."

두 번째 핏자국

The Adventure of the Second Stain
(1904)

어느 해 가을, 화요일 아침이었다. 유럽 사람이라면 누구라도 다 알 만큼 유명한 두 사람이 베이커 가에 있는 우리를 찾아왔다.

한 사람은 높은 코에 매서운 눈매를 지녔고 언뜻 보기에도 위엄이 느껴지는 인물로, 영국 수상을 연임하고 있는 유명한 벨린저 경이었다. 또 한 사람은 가무잡잡한 피부에 이목구비가 뚜렷한 신사로 건강한 체격에 정신적인 미덕까지 고루 갖춘 사람처럼 보였다. 아직 중년이라고는 볼 수 없는 이 점잖은 신사의 이름은 트렐로니 호프였는데, 현직 우파 의원이자 외교부 장관으로 영국에서 가장 촉망받는 정치인이었다.

벨린저 경과 호프 장관은 신문으로 어질러져 있는 긴 의자에 나란히 앉았다. 그들의 핼쑥하고 근심 어린 표정으로 봐서 절박하고 중요한 문제가 생겼다는 것을 짐작할 수 있었다.

벨린저 경은 푸른 혈관이 드러나 보이는 가느다란 손으로 우산의 상아 손잡이를 움켜쥔 채 나와 홈즈를 번갈아 보았는데, 꽤 어두운 표정이었다. 그 옆에 앉은 호프 장관은 초조한 듯 콧수염을 잡아당기기도 하고 시곗줄에 매달려 있는 도장들을 만지작거리기도 하다가, 이윽고 입을 열었다.

"홈즈 씨, 편지가 없어진 것을 발견한 건 오늘 아침 8시였소. 즉시 수상에게 보고했더니, 홈즈 씨에게 사건을 의뢰하자고 제안하셨소."

"경찰에는 알렸나요?"

"아니요. 아직 알리지 않았고, 알릴 수도 없소. 경찰에 알리게 되면 국민들이 알게 될 거요. 우리는 이 사건을 국민들이 알게 하고 싶지 않소."

벨린저 경이 신속하고도 단호하게 대답했다.

"왜 그렇습니까?"

"잃어버린 편지는 굉장히 중요한 것입니다. 그 내용이 알려진다면 유럽의 국제관계가 위태로워질 가망성이 크오. 평화냐 전쟁이냐 하는 문제가 그 편지에 달려 있다고 해도 과언이 아니요. 그 편지를 아무도 모르게 되찾을 수 없다면, 차라리 찾지 않는 편이 낫소. 편지를 훔쳐간 자들이 노리는 바가 바로 그 편지의 내용이 알려지는 것이기 때문이오."

"알겠습니다. 호프 장관님, 편지가 분실된 상황을 자세히 설명해 주시겠습니까?"

"홈즈 씨, 사실 별로 설명할 내용이 없소. 그 편지는 외국의 어느 국왕이 엿새 전에 보내온 것이오. 워낙 중요한 편지라서 낮에는 사무실 금고에 넣어 두고 매일 저녁마다 화이트홀 테라스에 있는 집으로 가져가서 침실의 문서 보관함에 넣고 열쇠로 잠갔소. 어제 저녁에도 편지가 문서함 속에 있었소. 그 점에 대해선 확신할 수 있소. 저녁 식사를 하려고 옷을 갈아입은 다음 문서함을 열고 편지가 있는지 확인했으니 말이오. 그런데 아침에 감쪽같이 편지가 사라졌소. 문서함은 어젯밤 내내 화장대 거울 옆에 있었소. 나는 잠귀가 밝은 편이고 아내도 그렇소. 밤새 누군가 침실에 들어왔다면 우리 부부가 몰랐을 리가 없소. 그런데 어처구니없게도 아침에 보니 편지가 사라진 거요.”

“저녁 식사는 몇 시에 하셨나요?”

“7시 반이오.”

“얼마 후에 잠자리에 드셨죠?”

“아내가 극장에 갔기 때문에 나는 아내가 돌아오기를 기다렸소. 우리가 침실에 들어간 시간은 11시 반쯤일 거요.”

“그러면 문서함이 네 시간 정도 무방비 상태로 방치되어 있었다는 말이군요.”

“꼭 그렇지만은 않소. 우리 부부 외에는 아무도 침실에 들어갈 수 없게 되어 있소. 물론 아침에는 가정부가 드나들고 낮에는 내 하인과 아내의 하녀가 드나들긴 하지만, 밤에는 아무도 드나들지 못하오. 세 사람 모두 오랫동안 우리 집에서 일했기 때문에 믿을 수 있는 사람들이오. 게다가 그들은 문서함 안에 일반적인 외교부 서류들보다 더 중요한 게 들어 있다는 사실을 모르고 있었소.”

“그 편지에 대해 알고 있던 사람은 누가 있나요?”

“집 안에 있는 사람은 아무도 모르오.”

"부인은 알고 계셨겠지요?"

"아니요. 모르고 있었소. 오늘 아침 그 편지가 없어진 걸 알았을 때까지 얘기를 하지 않았으니까."

호프 장관의 대답에, 벨린저 경이 만족스럽다는 듯이 고개를 끄덕이며 말했다.

"호프 장관, 당신이 공무에 임하는 강한 책임감은 일찍부터 알고 있었네. 나 역시 이렇게 국가적으로 중요한 기밀은 아무리 가까운 부부 사이라도 말해서는 안 된다고 생각하네."

호프 장관이 머리를 숙이며 말했다.

"그렇게 인정해 주시니 감사합니다. 오늘 아침 편지가 없어지기 전까지 아내에게 그 편지에 관해 한마디도 하지 않았습니다."

"하지만 부인이 그 편지에 대해 짐작할 수 있지 않았을까요?"

"아니요, 홈즈 씨. 아내는 짐작할 수 없었을 거요. 아내뿐만 아니라 아무도 짐작할 수 없었을 겁니다."

"전에도 서류를 잃어버린 적이 있나요?"

"한 번도 없었소."

"영국에서 그 편지에 대해 알고 있는 사람은?"

"어제 내각회의에서 각부 장관들에게 알려주었소. 그 편지에 관해서 수상께서 특별히 비밀을 지키도록 당부하셨지요. 그런데 몇 시간도 지나지 않아 그 편지를 잃어버렸으니……."

호프 장관의 남자다운 얼굴은 갑작스레 북받쳐 오르는 절망감으로 일그러졌다. 그는 두 손으로 머리칼을 쥐어뜯었다. 하지만 이내 그는 마음을 가라앉히고 침착한 어조로 말했다.

"장관들 외에 관계부서에서 알고 있는 관리도 두셋 있을 거요. 이 외에는 영국에서 그 편지에 관해 아는 사람은 아무도 없소. 확실하오."

"그러면 외국에서는 어떻습니까?"

"외국에서 그 편지를 본 사람은 편지를 쓴 본인뿐이라고 생각하오. 편지가 공식적인 경로를 통해 전해지지 않은 걸로 봐서 틀림없이 그쪽 장관들도 몰랐을 거요."

홈즈는 잠시 생각에 잠겼다가 말을 꺼냈다.

"그런데 말입니다. 그 편지에 대체 무슨 내용이 들었습니까? 왜 그 편지를 분실하면 중대한 결과가 벌어지는지, 더 자세히 설명해 주실 수 있습니까?"

수상과 장관은 재빨리 눈짓을 주고받았다. 수상은 난처한 듯 눈살을 찌푸렸다.

"홈즈 씨, 그 편지의 봉투는 길고 얇으며 옅은 푸른색이오. 붉은 밀랍으로 봉해져 있고, 그 위에는 웅크린 사자 모양의 도장이 찍혀 있소. 주소는 커다랗고 획이 굵은 필적으로……."

홈즈가 말을 가로막았다.

"물론 그런 자세한 부분에도 흥미가 있고, 실제로도 꼭 알아두어야 할 점이긴 합니다. 하지만 제 질문은 보다 더 근본적인 문제에 관한 것입니다. 전 그 편지의 내용을 알고 싶습니다."

"홈즈 씨, 그건 아주 중요한 국가 기밀에 속하기 때문에 말할 수 없어요. 제 생각엔 굳이 그걸 알아야 할 필요도 없을 것 같은데요? 제가 익히 들어온 홈즈 씨의 명성대로 지금 설명한 것과 같은 봉투를 찾아주시기만 하면 됩니다. 그럼 나라를 위해 큰일을 하신 만큼 저희가 최대한 사례하겠소."

홈즈는 미소를 지으며 일어섰다.

"두 분이 영국에서 가장 바쁜 분들이란 건 잘 알고 있습니다. 그러나 저 역시 나름대로 맡고 있는 사건이 많습니다. 유감스럽지만, 이 사건은 도와드릴 수 없을 것 같군요. 얘기가 더 길어진다 해도 시간 낭비일 뿐입니다."

벨린저 경은 벌떡 일어서서 장관들까지 쩔쩔 매게 만드는 그 무서운 눈초리로 홈즈를 바라보았다.

"홈즈 씨, 이런 무례한 일을 당하긴 처음이오."

벨린저 경은 화를 가라앉히려고 애를 쓰며 다시 자리에 앉았다. 그러더니 잠시 후 어깨를 으쓱했다.

"좋소, 홈즈 씨. 당신의 요구대로 편지 내용을 말하겠소. 당신 말이 옳소. 당신을 전적으로 신뢰하지 않으면서 어떻게 당신에게 사건을 의뢰할 수 있겠소."

"옳은 말씀입니다."

호프 장관이 말했다.

"그럼 당신과 왓슨 박사를 믿고 얘기하겠소. 이 편지의 내용이 새어나가면 우리나라에 큰 재난이 닥칠 테니 두 분은 나라를 사랑하는 마음으로 비밀을 지켜주시오."

"저희들을 믿으셔도 됩니다."

"그 편지는 최근에 영국이 펼치고 있는 식민지 확장 정책에 분개한 한 외국의 국왕이 보낸 것이오. 하지만 국왕이 독단적으로 한때의 감정에 치우쳐 쓴 모양이오. 조사해 보니, 그 나라의 장관들도 그 편지에 관해서 전혀 모르고 있었소. 편지에는 전체적으로 적절하지 않은 용어가 섞여 있고, 특히 몇몇 구절은 매우 도발적이어서 만일 편지 내용이 알려지면 영국의 국민감정을 자극하여 무시무시한 사태가 일어날 게 불 보듯 뻔하오. 여론이 들끓게 되면 며칠 안에 우리나라는 분명 큰 전쟁에 휘말리게 될 거요."

홈즈는 종이에 이름을 적어 벨린저 경에게 내밀었다.

"맞소. 그 사람이 편지를 쓴 분이오. 편지 내용이 알려지면 전쟁 비용으로 수백만 달러가 들 것이고, 수십만의 인명을 앗아갈 수도 있소. 그런 편지가 이렇게 감쪽같이 없어졌으니……."

"편지를 보낸 국왕에게도 그 편지가 없어졌다는 사실을 알렸나요?"

"암호로 전보를 쳐서 바로 알렸소."

"그 국왕은 그 편지가 공표되기를 바라고 있겠죠?"

"그건 아니오. 편지를 보낸 국왕도 자신이 경솔하게 처신했던 점을 후회하고 있을 게 분명하오. 편지의 내용이 알려지면 국왕뿐만 아니라 그의 나라도 큰 타격을 입게 될 테니까 말이오."

"그렇다면 편지가 발표될 경우 누가 이익을 보는 겁니까? 편지를 훔쳐간 사람은 왜 그것을 공표하고 싶어 할까요?"

"그건 말이오, 홈즈 씨. 복잡한 국제 정치에 대한 문제라오. 유럽의 현 상황을 생각해 보면 당신도 그 동기가 무엇인지 어렵지 않게 파악할 수 있을 거요. 전 유럽에서는 무장한 군인들이 언제 일어날지도 모르는 전쟁에 대비하고 있소. 현재는 두 군사동맹의 군사력이 거의 균형을 이루고 있소. 하지만 영국은 그 어느 쪽에도 속해 있지 않기 때문에, 우리가 어디로 가느냐에 따라 대세가 기울게 되오. 만일 영국이 한쪽 동맹과 전쟁을 벌인다면 다른 동맹이 우세해지지 않겠소? 전쟁에 합류하든 말든 상관없이 말이오. 아시겠소?"

"잘 알겠습니다. 그럼 그 편지를 입수하여 발표하면 편지를 보낸 국왕의 적국들에게 이익이 되겠군요. 우리나라와 국왕의 나라 사이가 안 좋아질 테니까 말입니다."

"그렇소."

"그 편지가 적국의 손에 넘어간다면 누구에게 보낼 거라고 생각합니까?"

"유럽의 수상이라면 누구라도 상관없을 거요. 지금 현재 가장 신속한 방법으로 누구에겐가 보내지고 있을 것이오."

호프 장관은 머리를 떨어뜨리고 큰 신음 소리를 냈다. 벨린저 경은 위로하듯 장관의 어깨에 손을 얹었다.

"운이 나빴던 것뿐이오, 호프 장관. 아무도 당신을 비난할 순 없소. 당신은 최선을 다했소. 홈즈 씨, 여기까지가 우리가 알고 있는 사실의 전부요. 이제 우리가 어떻게 하면 좋겠소?"

홈즈는 침통한 얼굴로 고개를 저었다.

"그 편지를 찾지 못한다면 정말 전쟁이 일어난다고 생각하십니까?"

"그럴 가능성이 매우 높아요."

"그렇다면 전쟁 준비를 할 수밖에 없겠군요."

"홈즈 씨, 그런 희망 없는 말을 하다니……."

"현실을 직시해야 합니다. 밤 11시 반부터 다음 날 아침 편지가 없어진 걸 발견할 때까지 호프 장관과 부인이 방 안에 계셨으니,

그 시간에 편지를 도둑맞았다고는 생각할 수 없습니다. 그렇다면 도둑맞은 시간은 저녁 7시 반에서 11시 반 사이가 됩니다. 편지를 가져간 범인은 편지가 침실 안에 있다는 걸 알고 있었을 테고, 그렇다면 되도록 빨리 편지를 손에 넣고 싶었을 테니까 아마 7시 반에 가까운 시간이었을 거라는 추리가 가능합니다. 그 중요한 편지를 어제 저녁 8시나 9시쯤에 누군가가 훔쳤다면 지금은 그 편지가 어디에 있을까요? 범인이 누구이건 그 편지를 갖고 있을 이유가 없습니다. 그 편지를 곧장 필요한 사람에게 보냈을 겁니다. 그렇다면 편지가 적국의 손에 들어가기 전에 찾는 일은 말할 것도 없고, 어디에 있는지 찾는 것조차도 가망이 없지 않습니까? 우리가 할 수 있는 일은 아무것도 없습니다."

벨린저 경이 의자에서 벌떡 일어섰다.

"당신 말대로요, 홈즈 씨. 나도 이제 와서는 어떻게 할 수 없을 거라고 생각했소."

"그런데 말입니다. 하녀나 하인들 중 한 명이 편지를 훔쳐갔다고 가정해 보죠."

"저희 집 하인들은 전적으로 믿을 수 있는 사람들입니다."

"장관님 침실은 3층에 있고 방으로 들어가는 입구는 하나밖에 없는 데다, 거기로 들어가려면 사람들의 눈에 띈다고 했습니다. 그렇다면 집안사람 중 한 명이 그 편지를 훔친 게 틀림없습니다. 범인은 그 편지를 누구에게 가져갔을까요? 국제 스파이에게 가져갔을 확률이 크겠죠? 저는 그런 자들의 이름을 환히 알고 있습니다. 그 가운데 주요 인물이 셋 있지요. 세 명 모두 아직 살던 곳에 그대로 있는지

가서 직접 알아보는 걸로 수사를 시작하겠습니다. 만일 그들 중 한 명이 어제 저녁부터 자취를 감추었다면, 편지가 그의 손에 넘어갔다는 얘기겠죠."

"하지만 자취를 감출 필요가 있겠소? 런던에 있는 자기네 대사관으로 가져가면 될 텐데요."

호프 장관이 물었다.

"그렇게 생각지 않습니다. 원래 스파이들이란 독립적으로 활동하는 데다, 자기네 대사관과 관계가 나쁜 경우가 많거든요."

벨린저 경은 수긍이 간다는 듯 고개를 끄덕였다.

"홈즈 씨, 당신 말이 맞소. 그 편지가 얼마나 중요한 물건인지 고려한다면 스파이가 직접 본부에 전할 가능성이 크오. 홈즈 씨, 당신의 추리력은 정말 놀랍소. 그건 그렇고 호프 장관, 이 사건 때문에 우리의 다른 직무를 소홀히 해서는 안 되지 않겠소? 홈즈 씨, 우리도 새로운 사실을 알게 되면 당신에게 알릴 테니, 당신도 수사 상황을 우리에게 꼭 알려주시오."

벨린저 경과 호프 장관은 고개를 숙여 인사한 다음, 엄숙한 태도로 방에서 나갔다.

두 유명한 정치인이 방에서 나가자, 홈즈는 담배 파이프에 불을 붙이고 한동안 생각에 잠겨 있었다. 나는 조간을 펼쳐 들고 어제 저녁 런던에서 일어난 흥미로운 범죄 사건에 대한 기사를 읽고 있었다. 그런데 갑자기 홈즈가 탄성을 지르더니 벌떡 일어나 담배 파이프를 벽난로 위에 놓았다.

"바로 그거야. 그게 사건에 접근하는 최상의 방법이지. 상황이 급박하긴 해도 희망이 전혀 없는 건 아니야. 지금이라도 그 세 사람 중 누가 그 편지를 훔쳤는지 알아내기만 하면 아직 그 범인이 편지를 갖고 있을 가능성도 있어. 그럴 경우 결국은 돈 문제란 얘긴데, 우리 뒤에는 영국 재무부가 버티고 있잖나? 팔려고 내놓으면, 그걸 사들이면 돼. 우리가 세금을 몇 푼 더 내더라도 말일세. 그리고 범인이 그 편지를 외국에 팔기 전에 우리나라 측과 흥정을 해보려고 그냥 갖고 있을 수도 있어. 그런 대담한 짓을 벌일 수 있는 놈은 셋밖에 없지. 오버스타인, 라 로티에르, 에두아르도 루카스. 한 명씩 다 만나 봐야겠군."

나는 읽고 있던 조간을 들여다보며 말했다.

"자네가 말한 에두아르도 루카스는 고돌핀 가에 사나?"

"그래."

"그럼 자네가 찾아가도 만나지 못하겠는데."

"무슨 말이야?"

"그는 어제 저녁에 자기 집에서 살해되었어."

홈즈 곁에서 사건을 조사하는 동안, 지금껏 그는 늘 나를 놀라게 만들었다. 그랬기 때문인지, 이번엔 내가 홈즈를 깜짝 놀라게 했다는 사실에 순간 기쁨이 밀려들었다. 홈즈는 눈을 크게 뜨고 나를 바라보다가 내가 들고 있던 신문을 가로챘다.

신문에는 다음과 같은 기사가 실려 있었다.

『웨스트민스터의 살인

어제 저녁 고돌핀 가 16에서 이상한 살인 사건이 일어났다.

그곳은 템스강과 웨스트민스터 사원 사이에 18세기 양식의 고풍스런 집들이 모여 있는 인적이 드문 동네로, 국회의사당 건물의 대형 시계탑 가까이 있다.

에두아르도 루카스 씨는 몇 년 전부터 이곳에 있는 아담한 고급스러운 저택에 살고 있었는데, 훌륭한 성품과 뛰어난 아마추어 테너 가수라는 명성으로 사교계에도 잘 알려져 있는 인물이다. 루카스 씨는 34세의 독신으로, 집에는 나이 많은 가정부 프링글 부인과 그의 시중을 드는 하인 미턴이 있을 뿐이다. 언제나 일찌감치 잠자리에 들었던 프링글 부인은 어제도 평소와 다름없이 제일 위층에 있는 방에서 잠을 자고 있었다. 미턴은 어제 저녁 해머스미스에 사는 친구를 만나러 외출했다. 따라서 밤 10시 이후에 집 안에서 깨어 있던 사람은 루카스 씨뿐이었다.

밤 10시부터 무슨 일이 일어났는지 아직 밝혀지지 않았지만, 11시 45분경 고돌핀 가를 순찰하던 배렛 순경이 루카스 씨 집의 현관문이 열려 있는 것을 발견했다. 그는 노크를 했지만 아무도 응답하지 않았다. 거실에서 불빛이 새어나오는 것을 보고 그쪽으로 들어가 노크했으나 역시 아무런 대꾸가 없었다. 수상한 낌새를 느낀 순경은 방문을 열고 안에 들어가 보았는데, 방은 아수라장이 되어 있었다. 가구는 모두 한쪽으로 밀쳐져 있었고, 방 가운데에는 의자 하나가 넘어져 있었으며, 루카스 씨는 그 의자의 다리 하나를 쥔 채 쓰러져 있었다.

그는 심장 부위를 찔려 즉사한 것으로 추정된다. 범행에 사용된 칼은 칼날이 휜 인도식 단검으로 방 안에 장식해 두었던 동양의 무기류 중 하나를 집어든 것으로 보인다. 방 안의 값나가는 물건들을 훔쳐가지 않은 것으로 보아 범행 동기가 단순 절도는 아닌 듯하다.

루카스 씨는 유명한 데다 평판도 좋았기 때문에 그의 갑작스런 죽음에 많은 친구들이 깊은 애도를 표하고 있다.』

홈즈는 오랜 침묵을 깨고 나에게 물었다.

"왓슨, 이 사건을 어떻게 생각하나?"

"놀라운 우연의 일치인 것 같군."

"우연의 일치일까? 편지를 가져갔을 가능성이 있는 세 명의 스파이 중 한 명이, 범인이 편지를 훔치고 있을 바로 그 시간에 의문의 죽음을 당했어. 우연의 일치가 아닐 가능성이 크지 않나? 그럴 확률이 얼마인지 정확한 수치로 나타낼 순 없지만 말이야. 왓슨, 이 두 사건은 분명히 관계가 있다고 생각하네. 어떤 관계가 있는지 알아내는 게 우리가 할 일이지."

"그렇지만 지금쯤은 경찰도 모든 사실을 알고 있지 않을까?"

"그렇지 않아. 루카스의 살인 사건에 대해선 알고 있겠지만, 편지가 도난당한 사건에 대해선 전혀 모르고 있어. 물론 알려서도 안 되지. 두 사건을 모두 알고 있는 건 우리뿐이니까, 두 사건 사이의 연관성을 밝혀낼 수 있는 사람도 우리뿐이야. 나는 편지를 훔친 범인으로 루카스를 가장 의심하고 있었어. 물론 거기에는 뚜렷한 이유가 있다네. 루카스가 살고 있던 고돌핀 가에서 호프 장관의 집이 있는 화이트 테라스 홀까지는 걸어서 몇 분 거리야. 하지만 내가 이름을 말한 다른 두 명의 스파이는 웨스트엔드에서도 끝 지역에 살아. 그러니까 루카스가 다른 두 스파이들보다는 호프 장관의 집안사람과 관계를 맺거나 정보를 얻어듣기가 쉽다는 얘기네. 물론 이건 그냥 지나칠 수도 있는 문제일 거야. 하지만 그렇게 가까운 거리에 있는 두 집에서 두세 시간 사이에 연달아 사건이 일어났다면, 이건 아주 중요한 단서가 될 수 있다고 생각하네."

그때 허드슨 부인이 쟁반에 명함 한 장을 받쳐 들고 들어왔다.

"왓슨, 누가 찾아온 것 같군."

홈즈는 명함을 들여다보더니 눈을 치켜뜨고 나에게 명함을 건네주었다.

"힐다 트렐로니 호프 부인에게 올라오시라고 전해 주세요."

조금 전에는 유명한 정치가가 두 명 다녀가더니, 이번에는 런던에서 가장 아름다운 여성이 우리의 누추한 방을 방문했다. 벨민스터 경의 막내딸인 호프 부인의 미모에 대해서는 이미 소문이 자자했다. 그러나 그 어떤 설명이나 내가 보았던 어떤 흑백사진도 눈앞에서 직접 만나본 그녀의 아름다움에는 미치지 못하는 것 같았다. 섬세하고 우아한 자태에 아름다운 용모, 거기다 머리카락과 눈동자, 피부색까지 완벽한 조화를 이루고 있었다.

하지만 우리의 눈길을 더욱 끈 것은 그녀의 아름다움이 아니었다. 호프 부인이 우리 방문 앞에 모습을 보인 그 잠시 동안, 우리의 눈에 들어온 것은 그녀의 아름다움이 아닌 그녀가 느끼고 있는 공포였다. 그녀는 마음이 어지러워서 그런지 안색이 창백하고 눈에는 열기가 이글거렸지만, 그런 마음을 보이지 않으려는 듯 입을 굳게 다물고 있었다.

"홈즈 씨, 남편이 여기에 다녀갔나요?"

"네, 다녀가셨습니다."

"홈즈 씨, 부탁입니다만 제가 여기에 온 걸 제 남편에게 비밀로 해주세요."

홈즈는 가볍게 머리를 숙여 인사하고 의자를 가리키며 앉으라고 권했다.

"제 처지가 난처하군요. 일단 앉아서 용건을 말씀하세요. 하지만 어떤 상황에서도 발설하지 않겠다는 약속은 할 수 없습니다."

호프 부인은 방을 가로질러 가더니 창문을 등지고 앉았다. 큰 키에 우아하고 여성스러운 모습은 가히 여왕 같은 자태였다.

부인은 하얀 장갑을 낀 두 손을 깍지 낀 채 양손을 꼭 쥐었다 폈다 하면서 이야기를 시작했다.

"홈즈 씨. 사실대로 말씀드릴 테니, 당신도 솔직히 대답해 주셔야 합니다. 남편과 저 사이에는 한 가지 문제를 빼고는 비밀이 없어요. 그 한 가지가 바로 정치에 관한 문제입니다. 남편은 정치에 관해서는 굳게 입을 다물고 저에게 아무것도 가르쳐주지 않아요. 저는 어젯밤 저희 집에서 뭔가 좋지 않은 일이 일어났다는 것을 알고 있어요. 어떤 편지가 없어졌죠. 하지만 그 일이 정치적인 문제이기 때문에 남편은 저에게 아무 말도 하지 않았어요. 하지만 여기서 분명히 해둘 게 있어요. 저는 그 사건의 진상을 알아야만 해요. 정치가들을 제외하고 진상을 알고 계시는 분은 당신들뿐입니다. 홈즈 씨! 무슨 일이 일어났는지, 그 일이 어떤 결과를 초래하는지, 당신이 알고 있는 걸 모두 다 말씀해 주세요. 제 남편을 위해 비밀을 지킨다는 생각은 거두어주세요. 제가 그 일에 대해 모두 알고 있는 것이 제 남편에게 도움이 될 테니까요. 도난당한 편지는 어떤 것이었나요?"

"부인, 그 질문에는 대답할 수 없습니다."

호프 부인은 괴로운 듯 신음 소리를 내더니 두 손에 얼굴을 묻었다.

"부인, 이해하셔야 합니다. 남편 분은 이 사건에 대해 부인에게 아무것도 알려주지 않는 게 낫다고 판단하셨습니다. 저는 탐정으로서 고객에 대한 비밀을 지키기로 약속한 뒤 사건의 진상을 모두 들었습니다. 그러니 저 역시 남편 분의 판단에 따를 수밖에 없습니다. 저한테 물어보시는 건 적절한 일이 아니군요. 남편 분께 물어보시는 게 좋을 것 같습니다."

"이미 물어보았지만 가르쳐주지 않았어요. 이제 물어볼 사람은 당신밖에 없다고 생각해서 찾아온 거예요. 홈즈 씨, 사건의 진상에 대해 말하지 않는다 해도 한 가지만은 말해 줄 수 있죠?"

"부인, 그게 무엇인가요?"

"이 사건 때문에 남편의 정치적 경력에 오점이 남을 수도 있나요?"

"그렇습니다, 부인. 게다가 이 사건이 잘 해결되지 않으면 대단히 불행한 사태가 생길지도 모릅니다."

"오! 이런 일이!"

부인은 예상하고 있었다는 듯이 숨을 크게 들이마셨다.

"홈즈 씨, 하나만 더 묻겠어요. 이번 사건이 생긴 후에 남편이 무심코 흘린 말로는, 그 편지를 찾지 못하면 사회에 무서운 영향을 끼칠 거라고 했어요. 그게 사실입니까?"

"남편 분이 그렇게 말씀하셨다면, 저도 그 사실을 부정하지는 않겠습니다."

"대체 그 영향이란 것은 어떤 종류입니까?"

"부인, 제가 대답할 수 있는 것 이상을 물어보시는군요."

"알겠습니다. 더 이상 당신의 시간을 빼앗지 않겠어요. 솔직히 말하지 않는다고 당신을 탓할 수는 없겠지요. 당신 입장에서 보면 남편의 뜻을 따르지 않고, 여기까지 와서 캐묻는 저를 나쁘게 생각할 수도 있을 거예요. 하지만 그렇게 생각하지는 마세요. 저는 남편의 걱정을 나누고 싶을 뿐이니까요. 다시 한번 부탁드립니다만, 제가 여기에 찾아온 건 비밀로 해주세요."

부인은 문 앞에서 우리를 한번 돌아보았다. 그 덕분에 나는 아름답긴 하지만, 고통에 사로잡혀 일그러진 얼굴과 놀란 눈을 마지막으로 볼 수 있었다. 그리고 부인은 방에서 나갔다.

방문이 닫히고 치맛자락이 바닥에 스치는 소리가 들리지 않게 되자, 홈즈가 미소를 지으며 말했다.

"왓슨, 아름다운 여성은 자네 분야지? 저 아름다운 여인의 속셈이 뭘까? 진짜 원하는 게 뭘까?"

"자기 입으로 말했다시피 걱정하는 거야. 이런 상황이라면 걱정되는 게 당연하지 않겠나."

"왓슨, 부인의 모습을 다시 떠올려봐. 당황해서 안절부절못하면서도 끈질기게 질문을 계속했지? 게다가 부인이 감정을 쉽게 나타내지 않는 상류사회 출신이라는 걸 감안한다면 더욱 이상한 일이라고 생각하지 않나?"

"확실히 몹시 당황한 것처럼 보이긴 했어."

"또 하나 이상한 점이 있어. 호프 부인은 자신이 그 일에 대해 모두 알고 있는 것이 남편에게 도움이 될 거라고 확신에 차서 말했어. 무슨 의미일까? 어떻게 도움이 된다는 거지? 자네도 눈치챘겠지만 부인은 일부러 빛을 등지고 앉았어. 그건 우리에게 자신의 얼굴 표정을 읽히지 않기 위해서였을 거야."

"그건 나도 알아챘어. 방에 있는 많은 의자 중에 빛을 등지고 앉을 수 있는 의자를 골라 앉더군."

"하지만 여자들이 어떤 행동을 하는 이유는 한 마디로 말해 알다가도 모를 일이지. 왓슨, 내가 빛을 일부러 등지고 앉았다고 의심했던 마게이트의 그 여자 기억나나? 코에 분을 바르지 않아서 그걸 숨기려고 그랬던 걸로 밝혀졌지. 확실하지 않은 사실로 추리를 할 순 없어. 여자들은 평범한 행동에 깊은 뜻을 숨기기도 하고, 정말 이상해 보이는 행동에 아무런 뜻이 없는 경우도 많아. 단순히 머리핀이나 분칠을 서툴게 했기 때문일 수도 있어. 그럼 나중에 봐, 왓슨."

"어딜 가려고?"

"고돌핀 가에 가서 런던 경찰청 친구들과 오전 시간을 보낼 거야. 에두아르도 루카스가 이번 사건과 어떤 관계가 있는지는 두고 봐야 알겠지만, 이 사건 해결의 열쇠를 쥐고 있는 것은 분명해. 사실을 알아내기 전에 추리를 했다가는 큰 실수를 할 수도 있으니까. 왓슨, 자네는 집에 있다가 손님이 오면 만나주게. 점심때까지는 돌아올 거야."

그날 하루 종일 그리고 다음 날도 또 그 다음 날도 홈즈는 그를 잘 아는 사람들이 보기엔 말이 없는 상태, 하지만 잘 모르는 사람이 보기엔 상당히 기분이 언짢은 상태였다. 홈즈는 집에서 뛰쳐나갔다가 들어와서는 줄담배를 피우고, 바이올린을 켜고, 생각에 잠겼다가 아무 때나 샌드위치를 먹고, 내가 물어보는 일상적인 질문에 제대로 대꾸조차 하지 않았다. 분명히 수사가 잘 진행되지 않는 모양이었다.

홈즈가 사건에 대해 아무 얘기도 하지 않아서, 나는 신문 기사를 통해 배심원들의 신문 내용과 루카스의 하인 존 미턴이 체포되었다가 곧 풀려난 사실들을 알았을 뿐이다. 배심원들은 루카스의 죽음을 고의적 타살로 판결 내렸지만, 범인에 대해서는 아무것도 알아내지 못했다. 범행 동기도 밝혀내지 못했다. 방에는 값나가는 물건이 많이 있었는데 범인은 전혀 손대지 않았고, 피해자의 서류를 뒤진 흔적도 없었다. 하지만 서류를 조사해 본 결과, 루카스가 국제 정치에 깊은 관심을 갖고 있었으며, 남의 얘기하는 걸 좋아하고, 자주 편지를 쓰며, 여러 나라 말을 유창하게 구사했다는 사실을 알아냈다. 몇몇 나라의 고위 정치가들과는 편지를 주고받을 정도로 친했는데, 서랍 속에 가득한 서류들 중에서 특별해 보이는 건 발견되지 않았다. 만나는 여자들은 많았으나 깊은 관계는 없어 보였고, 특별히 친한 친구나 사랑하는 사람도 없었다. 규칙적인 생활을 했으며, 누구한테 특별히 원한을 살 만한 짓도 하지 않았다. 때문에 경찰에서는 어떤 이유로 피살되었는지 전혀 짐작도 하지 못했고, 사건이 해결될 기미도 전혀 보이지 않았다.

존 미턴을 체포한 건 아무것도 하지 않고 있을 수는 없다는 경찰의 판단 아래 어쩔 수 없이 취한 조치였고, 그에게 불리한 단서는 하나도 나오지 않았다.

사건이 일어난 날 밤 미턴은 해머스미스에 있는 친구들을 만나러 갔었고, 알리바이도 확실했다. 그가 집을 나섰다가 웨스트민스터에 도착한 시간은 범행이 일어나기 전이었다. 그러나 그의 진술에 따르면 거기서부터 걸어왔기 때문에 밤늦게나 되어서야 집에 도착했다는 것이다. 미턴이 집에 도착한 시각은 밤 12시였으며, 루카스가 피살된 것을 발견하고 상당한 충격을 받은 것 같았다.

미턴은 평소에 주인 루카스와 사이가 좋았다. 면도기를 포함한 루카스의 물건 몇 개가 미턴의 상자에서 발견되었는데 미턴의 설명으로는 그건 루카스가 선물로 준 것이라고 했고, 가정부도 그의 말이 사실임을 증언했다. 미턴은 루카스 집에서 3년 정도 일했다. 눈길을 끄는 사실은 루카스가 다른 나라에 갈 때 미턴을 데리고 가지 않았다는 점이다. 루카스는 때때로 석 달 정도 파리에 머물기도 했는데, 그동안에도 미턴은 남아서 집을 관리했다.

가정부는 사건이 일어난 날 밤에 아무 소리도 듣지 못했다. 누군가 찾아온 사람이 있었다면 아마도 루카스가 직접 맞아들였을 것으로 보인다.

내가 신문을 통해 주워들은 바로는, 사건이 일어난 지 사흘이 지난 지금까지도 사건이 해결될 기미가 전혀 보이지 않는다는 것이었다. 홈즈가 신문 기사에 나온 사실들보다 더 많은 걸 알고 있을지도 모르지만, 어쨌든 나에게는 아무 말도 하지 않았다. 레스트레이드 경감으로부터 사건이 어떻게 돌아가는지 일일이 보고받고 있다고 말한 것으로 봐서는, 수사의 진행 상황을 자세히 알고 있는 것 같았다.

사건이 일어난 지 나흘째 되는 날, 파리에서 발송한 전보 기사가 신문에 실렸다. 그 기사의 내용으로는 사건이 완전히 해결된 것처럼 보였다.

『파리 경찰이 새로운 사실을 발견함에 따라, 지난 월요일 밤 웨스트민스터의 고돌핀 가에서 일어난 에두아르도 루카스 살해 사건의 진상이 밝혀졌다. 지금까지의 수사 진행 상황을 보면 루카스가 그의 방에서 칼에 찔린 채 발견되었고, 그의 하인 미턴이 범인으로 의심받았지만 확실한 알리바이가 있어서 수사가 미궁에 빠져 있었다.

하지만 어제 파리 오스테를리츠에 사는 앙리 푸르네이 부인의 정신이 이상해졌다고 하인들이 신고했다. 곧바로 진찰한 결과, 푸르네이 부인은 심각한 상태의 정신병 증세를 보였다. 경찰 조사에 의하면 푸르네이 부인은 지난 화요일에 런던에서 돌아왔으며, 루카스 살해 사건과 관계가 있다는 증거를 찾아냈다. 발견한 사진을 대조해 본 결과 푸르네이 부인의 남편 앙리 푸르네이와 에두아르도 루카스가 동일인물이며, 무슨 이유에서인지는 모르지만 루카스는 런던과 파리에서 이중생활을 하고 있었음이 밝혀졌다.

푸르네이 부인은 스페인 혈통으로 쉽게 흥분하는 성격이며, 이전에도 질투심 때문에 거의 미치기 직전까지 간 적이 있었다고 한다. 런던을 떠들썩하게 했던 루카스 살해 사건도 부인의 이런 질투심 때문에 저질러진 것으로 추정된다.

사건이 있었던 월요일 밤에 부인이 정확히 무슨 짓을 했는지는 밝혀지지 않았지만, 화요일 아침에 부인과 인상이 일치하는 여자가 채링크로스 역에서 몹시 흥분한 모습으로 미친 사람 같은 행동을 해서 다른 사람들의 이목을 끈 일이 있었다. 따라서 푸르네이 부인이 완전히 정신이 나간 상태에서 루카스를 죽였거나, 루카스를 죽인 충격으로 실성했을 가능성이 있다.

　　현재로서는 푸르네이 부인이 그날 있었던 일에 대해 이치에 맞는 설명을 해줄 수 없는 상태이며, 의사는 부인이 제정신을 차릴 가망이 없는 것으로 판단하고 있다.

　　그리고 월요일 밤 고돌핀 가에 있는 루카스의 집을 한 여자가 지켜보는 것을 목격했다는 증인도 있는데, 그 여자가 바로 푸르네이 부인이었을 것으로 추정된다.』

홈즈가 아침 식사를 하는 동안, 내가 기사 내용을 큰 소리로 읽어주었다.

"홈즈, 이 기사를 어떻게 생각하나?"

홈즈는 식탁에서 일어서더니 방 안을 이리저리 거닐었다.

"왓슨, 자네가 오랫동안 참고 있었다는 건 알고 있네. 하지만 내가 지난 사흘 동안 사건에 대해 아무 얘기도 하지 않은 건 실제로 별로 말할 거리가 없어서야. 지금 파리에서 온 이 기사도 그다지 도움이 되지 않아."

"그래도 루카스의 살인에 대해선 수사가 마무리된 게 아닌가?"

"사실 우리가 맡은 사건과 비교해 봤을 때 루카스의 죽음은 사소한 사건에 불과해. 우리가 진짜 해야 할 일은 없어진 편지를 찾아서 유럽에 전쟁이 일어나는 걸 막는 거야. 여기서 지나쳐서는 안 되는 게 하나 있다네. 지난 사흘 동안 아무 일도 일어나지 않았다는 사실이지. 정부로부터 거의 한 시간마다 보고를 받았는데, 유럽 어디에서도 전쟁이 일어날 조짐은 보이지 않는다는 거야. 편지를 훔친 사람이 이미 그 편지를 다른 사람에게 전달했다면 무슨 일인가가 일어났을 텐데 말이야. 그렇다면 편지가 아무에게도 전달되지 않았다는 얘긴데, 그럼 그 편지가 어디 있을까? 누가 갖고 있을까? 왜 편지를 그냥 갖고 있는 걸까? 내 머릿속은 이런 문제들로 가득 차 있어. 편지가 없어진 날 밤 루카스가 살해된 건 단순한 우연의 일치일까? 편지가 과연 그의 손에 들어갔을까? 그럼 왜 그의 서류 속에 편지가 없을까? 그렇다면 정신 나간 푸르네이 부인이 갖고 갔을까? 그래서 파리에 있는 부인의 집에 있는 걸까? 프랑스 경찰의 의심을 사지 않으면서 푸르네이 부인 집을 수색할 방법은 없을까? 왓슨, 이번 사건에서는 범죄자에게 법이 위험한 것만큼 우리에게도 법이 위험한 존재야. 자네도 알다시피 이 사건은 절대 법적인 문제로 불거져서는 안 되기 때문이지. 아무도 우릴 도와줄 수 없지만, 이 사건에 걸려 있는 이익은 정말 어마어마해. 내가 이 사건을 잘 해결한다면 내 경력에 더 없는 명예가 될 거야. 아, 무슨 새로운 정보가 들어온 모양이군."

홈즈는 허드슨 부인에게 건네받은 쪽지를 훑어보았다.

"왓슨, 레스트레이드 경감이 흥미로운 사실을 발견한 모양이야. 자네도 모자를 쓰게. 웨스트민스터의 사건 현장으로 함께 가보자고."

나는 이번 사건의 범행 현장에는 처음 가는 것이었다. 루카스의 집은 높고 폭이 좁았다. 지은 지 족히 100년은 되어 보이는 구식 건물로, 색은 좀 어두웠지만 깨끗하고 튼튼해 보였다. 불도그처럼 생긴 레스트레이드가 창문 너머로 우리를 보고 있었다. 체격이 큰 경관이 현관문을 열자, 레스트레이드가 나와서 반갑게 우리를 맞았다. 우리는 범행이 일어났던 방으로 안내되었다. 하지만 방에는 카펫에 밴 핏자국 외에는 범행 흔적은 아무것도 없었다. 방 가운데에 깔려 있는 카펫은 작고 네모난 인도산 제품이었고, 카펫이 깔려 있지 않은 바닥은 네모 모양의 나무판으로 짜여져 있었는데 반질반질하게 잘 닦여 있었다. 벽난로 위는 무기들로 장식되어 있었고, 그중 하나가 살인 흉기로 사용되었다. 창가에는 고급스러운 책상이 있었고, 그림들과 바닥 깔개, 벽에 걸려 있는 물건들 모두가 여성 취향의 사치스런 것들뿐이었다.

레스트레이드 경감이 말을 꺼냈다.

"파리에서 보낸 소식은 읽었나요?"

홈즈가 고개를 끄덕였다.

"이번엔 프랑스 경찰이 사건 해결에 큰 공로를 한 것 같군요. 사건이 그들이 말한 대로라는 게 명백하지 않습니까? 푸르네이 부인은 남편의 행방을 찾아내어 급습을 한 겁니다. 루카스는 완벽한 이중생활을 하고 있었으니까요. 다른 사람들의 눈이 의식되어, 루카스는 부인을 집 안으로 들어오게 했겠죠. 길거리에 세워둘 수는 없었을 테니까요. 그녀는 남편의 뒤를 밟았다고 말하며 그를 비난했을 겁니다. 그러다 감정이 격해져서 가까이 있는 단검을 뽑아들었고, 결국은 죽인 겁니다. 하지만 의자들이 모두 한쪽으로 치워져 있었던 걸로 봐서는 순간적으로 죽인 게 아닐 수도 있습니다. 루카스는 의자 다리를 움켜쥔 채 죽었는데, 그건 그 의자로 부인의 공격을 막으려 했던 것으로 생각됩니다. 마치 현장에서 범행을 목격한 것처럼 이제는 모든 게 분명해졌군요."

홈즈는 눈썹을 치켜떴다.

"그럼 나를 왜 오라고 했습니까?"

"아, 그게 말입니다. 좀 다른 문제입니다. 별일 아닌 것 같긴 하지만, 이상한 점이 있어서요. 제 생각에는 선생이 흥미를 가질 것 같아서……. 주요 사실과는 그다지 관계없는 일이긴 하지만 말입니다."

"그게 뭡니까?"

"이런 범행이 일어난 뒤에는 일반적으로 현장을 그대로 보존하는데 주의를 기울입니다. 이번 사건도 마찬가지로 아무것도 건드리지 않고 밤낮으로 경관이 사건 현장을 지켰지요. 그런데 오늘 아침의 일입니다. 루카스의 시신도 묻었고, 수사도 종결되어서 현장을 치우려고 했습니다. 그런데 이 카펫을 보세요. 바닥에 고정시키지 않은 채 그냥 깔려 있거든요……."

"그래서요? 뭘 발견했습니까?"

홈즈의 얼굴은 기대감으로 긴장되었다.

"아마 백 년이 걸려도 홈즈 씨는 우리가 발견한 걸 상상조차 할 수 없을 거요. 카펫에 묻어 있는 핏자국이 보이지요? 틀림없이 피가 많이 스며들었을 겁니다."

"그렇겠지요."

"그런데 카펫에서 스며 나왔을 피가 바닥에는 묻어 있지 않단 말입니다. 어떻습니까? 놀라셨지요?"

"핏자국이 없다고? 그럴 리가!"

"그렇게 말할 줄 알았습니다. 하지만 핏자국이 없는 게 사실입니다."

레스트레이드는 카펫의 한쪽 귀퉁이를 손으로 들어 뒤집어 보였다. 그가 말한 대로였다.

"보세요. 카펫의 뒤쪽도 앞쪽과 마찬가지로 핏자국이 있습니다. 그렇다면 바닥에도 얼룩이 남아 있어야 하지 않겠습니까?"

레스트레이드는 유명한 탐정을 당황하게 만들어서 신이 났는지 혼자서 킥킥 웃어댔다.

"자, 그럼 제가 설명하지요. 여기 바닥에 두 번째 핏자국이 있습니다. 물론 카펫에 난 자국의 위치와 일치하지 않지만요. 직접 보십시오."

레스트레이드는 설명하면서 카펫의 다른 쪽을 들어 뒤집었다. 바닥 표면에는 선명하게 붉은 핏자국이 나 있었다.

"홈즈 씨, 이걸 어떻게 생각하나요?"

"왜 이렇게 되어 있는지 묻는 겁니까? 그거야 간단하지요. 처음에는 두 개의 핏자국이 일치했겠지만 누군가 카펫을 돌려놓은 거요. 모양이 네모난 데다 바닥에 고정되어 있지도 않으니까 쉽게 돌려놓을 수 있었을 거요."

"카펫을 돌려놓았다는 사실을 들으려고 홈즈 씨를 부른 게 아닙니다. 경찰도 그 정도는 알 수 있으니까요. 그건 너무 당연한 일 아닙니까? 내가 알고 싶은 건 누가, 무슨 이유로 카펫의 위치를 바꿔놓았냐 하는 점입니다."

홈즈의 얼굴이 굳어지는 걸로 봐서, 그가 흥분 때문에 마음속으로 동요하고 있음을 알 수 있었다.

"레스트레이드 경감, 복도에 서 있는 저 경관이 계속 이 방을 지키고 있었나요?"

"그렇소."

"그럼 내 말대로 하세요. 저 경관을 조사해야 해요. 우리 앞에서는 안 돼요. 우리는 여기서 기다릴 테니, 뒤쪽 방으로 데려가세요. 당신과 일 대 일로 말해야 경관이 쉽게 털어놓을 거요. 그리고 왜 낯선 사람을 사건 현장에 들여보내고 혼자 놔두었는지 물어보세요. 그렇게 했는지 안 했는지를 묻지는 마세요. 그걸 당연한 사실로 받아들이고 있는 것처럼 보여야 해요. 누군가 이 방에 들어왔었다는 사실을 안다고 말하고, 빨리 털어놓으라고 다그치세요. 솔직하게 고백하는 것만이 용서받는 유일한 길이라고 하세요. 내가 말한 그대로 하세요. 알았지요?"

"저 경관이 정말 알고 있다면 불지 않고는 못 배길 거요."

레스트레이드는 복도로 뛰어나갔다. 그리고 뒷방에서 그의 호통치는 소리가 들려왔다.

"지금이야, 왓슨. 어서!"

홈즈가 아주 급한 듯이 소리쳤다. 홈즈의 무관심한 태도 뒤에 감추어져 있던 무서운 힘이 폭발한 것 같았다. 그는 바닥에서 카펫을 걷어내더니 눈 깜짝할 사이에 바닥에 엎드려 네모난 마루 판자의 모서리 끝을 하나하나 손톱으로 잡아당겨 보았다. 그런데 판자 중 하나가 조금 움직이는가 싶더니 마침내 상자 뚜껑처럼 열렸다. 판자 밑에는 검은 구멍이 조그맣게 나 있었다. 홈즈는 구멍에 손을 넣었다가 분노와 실망이 뒤섞인 신음 소리를 내며 손을 꺼냈다. 구멍 속이 텅 비어 있었던 것이다.

"왓슨, 빨리 서둘러! 원래대로 해놓아야 해!"

마루 판자를 제자리에 끼어놓고 카펫을 똑바로 깔았을 때 복도에서 레스트레이드의 목소리가 들려왔다.

경감이 들어왔을 때, 홈즈는 벽난로에 기대어 서 있었다. 나오는 하품을 참기 어렵다는 듯 나른하게 서 있는 폼이 수사 같은 건 완전히 포기한 사람처럼 보였다.

"홈즈 씨, 기다리게 해서 죄송합니다. 이번 일에는 그다지 흥미를 못 느끼시는 것 같네요. 그건 그렇고, 이 친구가 모두 실토했습니다. 들어와, 맥퍼슨. 이분들께 자네가 저지른 짓을 말씀드리게."

흥분한 듯 보였지만 반성의 빛이 역력하게 보이는 경관이 방으로 들어왔다.

"절대로 피해를 입힐 생각은 없었습니다. 어제 저녁에 어떤 젊은 여자가 찾아왔죠. 집을 잘못 찾아온 것 같았습니다. 그리고 이런저런 얘기를 나누었죠. 온종일 방만 지키고 있자니 하도 심심해서요."

"그다음엔 무슨 일이 있었나요?"

"그 여자는 신문에서 사건에 대해 읽었다고 하면서 범행 장소를 보고 싶다고 했어요. 단정한 차림에 말씨도 점잖아서 잠깐 보여줘도 상관없다고 생각했습니다. 그런데 카펫에 난 핏자국을 보더니 바닥에 쓰려져서 죽은 사람처럼 꼼짝도 하지 않는 거예요. 얼른 물을 가져와서 먹여보았지만 정신을 차리지 못했습니다. 그래서 저는 길모퉁이를 돌면 있는 아이비 플랜트로 브랜디를 사러 나갔습니다.

하지만 제가 돌아와 보니 여자가 정신을 차리고 돌아갔는지 없었습니다. 부끄러워서 제 얼굴을 다시 보지 못할 것 같아 그냥 간 거라고 생각했죠."

"이 카펫 위치가 바뀐 것 같진 않았소?"

"그게…… 제가 돌아왔을 때 약간 구겨져 있는 것 같았습니다. 여자가 그 위에 쓰러졌기 때문이라고 생각했죠. 반들반들한 바닥에 그냥 깔려 있지 않습니까? 고정시키는 것도 없고요. 그래서 다시 반듯하게 펴놓았습니다."

"나를 속이진 못한다는 걸 알았겠지, 맥퍼슨?"

레스트레이드가 엄하게 말했다.

"임무를 좀 게을리 해도 아무도 모를 거라고 생각했겠지만, 카펫을 보기만 해도 나는 누군가 이 방에 들어왔었다는 사실을 알 수 있네. 없어진 게 없으니 다행이지, 그렇지 않았다면 자네는 굉장히 난처한 상황에 처했을 거야. 홈즈 씨, 별일도 아닌 걸로 여기까지 오시게 해서 죄송합니다. 저는 바닥에 난 두 번째 핏자국이 첫 번째 핏자국의 위치와 일치하지 않는 점에 선생이 흥미를 가질 것 같았습니다."

"확실히 흥미를 느끼고 있습니다. 정말 흥미로운 사실이죠. 그런데 맥퍼슨 경관, 그 여자가 온 건 한 번뿐이었소?"

"네, 한 번뿐입니다."

"이름은?"

"이름은 모릅니다. 타이프를 칠 직원을 모집한다는 광고를 보고 왔다는데, 주소를 잘못 찾았다고 하더군요. 상냥하고 품위도 있는 젊은 여자였습니다."

"키가 크고 미인이었나요?"

"네, 아주 날씬한 여자였습니다. 미인이냐고 물으셨지요? 굉장한 미인이었습니다. 그런 미인이 '경관님, 잠깐만 보여주세요.'라고 제게 말하더군요. 상냥하고 애교까지 섞인 말투여서 마음이 흔들렸죠. 그리고 문간에서 잠깐 들여다보게 해줘도 크게 상관없을 거라고 생각했습니다."

"옷차림은 어땠소?"

"수수한 차림이었습니다. 발까지 내려오는 긴 망토를 입고 있었어요."

"여자가 찾아온 게 몇 시경이었소?"

"해가 질 무렵이었습니다. 브랜디를 사들고 돌아올 때 가로등이 켜지고 있었으니까요."

"잘 알겠소. 왓슨, 빨리 가야겠어. 다른 데 중요한 볼일이 있어."

우리가 집을 나올 때 레스트레이드 경감은 그대로 방에 남았고, 맥퍼슨 경관 혼자서 우리를 문까지 배웅했다.

홈즈는 계단에 서서 뒤를 돌아다보더니 손에 있는 뭔가를 경관에게 보여주었다. 경관은 뚫어져라 바라보더니 놀란 표정으로 외쳤다.

"아니, 이럴 수가!"

홈즈는 아무 말 말라는 듯 손가락을 입에 갖다 대고, 상의 주머니에 다시 그것을 집어넣었다. 거리로 들어서자 홈즈는 웃음을 터뜨렸다.

"잘됐어! 왓슨, 이제 마지막 장면을 위한 막이 올라가고 있어. 전쟁도 일어나지 않을 거고, 트렐로니 호프 장관의 화려한 경력에 오점이 생기는 일도 없을 거야. 편지를 보낸 국왕도 자신의 경솔한 처신에 대해 처벌받을 필요가 없어. 우리가 약간의 재치를 발휘해 잘 처리한다면 아무도 피해를 입지 않아. 끔찍한 결과를 불러올 수도 있었던 사건이 이렇게 해결되다니⋯⋯. 자네도 안심이 되지?"

내 마음은 홈즈의 비상한 능력에 대한 감탄으로 가득 차서 나도 모르게 소리쳤다.

"자네, 사건을 해결했군!"

"완전히 해결한 건 아니야. 아직 확실치 않은 점이 몇 가지 있어. 하지만 많은 걸 알았으니, 나머지를 알아내지 못한다면 그건 우리에게 문제가 있는 거지. 곧장 호프 장관 댁으로 가서 사건을 완전히 해결하자고."

호프 장관 집에 도착했을 때, 홈즈는 호프 장관의 부인을 만나러 왔다고 말했다. 그리고 우리는 거실로 안내되었다.

부인은 화가 났는지 얼굴이 붉어져 있었다.

"홈즈 씨, 이건 너무 부당하고 가혹한 짓 아닌가요? 제가 당신을 찾아간 사실을 비밀로 해달라고 부탁드렸을 텐데요. 제가 주제넘게 나선다고 제 남편이 생각하지 않도록 말이에요. 그런데 이렇게 절 찾아와서 우리 사이에 무슨 관계가 있다는 걸 보여주시면 제가 난처해지지 않겠어요?"

"부인, 유감스럽게도 다른 방법이 없었습니다. 저는 아주 중요한 편지를 찾아달라는 부탁을 받았거든요. 그래서 하는 말인데, 이제 저한테 그 편지를 내주시지요."

부인이 벌떡 일어섰다. 아름다운 얼굴에서는 핏기가 싹 가셨다.

눈앞이 안 보이는 사람처럼 휘청거렸다. 나는 부인이 기절하는 건 아닐까 생각했다. 부인은 간신히 충격에서 벗어나 기운을 차렸지만, 얼굴에는 뭐라고 말할 수 없는 놀라움과 노여움의 빛이 서려 있었다.

"홈즈 씨, 당신은…… 당신은 나를 모욕하는군요."

"이러지 마세요, 부인. 소용없는 짓입니다. 편지를 그만 내놓으세요."

부인은 벨이 있는 쪽으로 달려갔다.

"집사가 집 밖까지 안내할 겁니다."

"벨을 울리면 안 됩니다. 벨을 울리면 소문을 내지 않고 사건을 해결하려고 했던 저의 모든 노력이 물거품으로 돌아갑니다. 편지를 내놓기만 하면 모든 일이 원만하게 수습될 겁니다. 제가 하라는 대로만 하시면 제가 잘 수습할 수 있어요. 하지만 제 말에 따르지 않으신다면 저로서는 진상을 밝힐 수밖에 없습니다."

부인은 마치 여왕처럼 오만하게 서서 똑바로 홈즈의 눈을 응시했는데, 홈즈의 마음을 읽으려는 것 같았다. 한쪽 손을 벨 위에 올려놓고 있긴 했지만 누를 생각은 없는 것 같았다.

"홈즈 씨, 절 위협하는군요. 여기까지 와서 여자를 위협하다니, 남자답지 않은 짓 아닌가요? 뭔가 아신다고 했는데, 뭘 아신다는 거죠?"

"먼저 앉으세요, 부인. 그렇게 서 계시다가 자칫 쓰러질 경우 상처를 입을 겁니다. 앉으실 때까지는 얘기하지 않겠습니다."

"좋아요, 홈즈 씨. 5분만 시간을 드리지요."

"고맙습니다. 1분으로도 충분합니다. 힐다 부인, 저는 다 알고 있습니다. 부인이 에두아르도 루카스를 찾아간 것도, 그에게 편지를 건네준 것도, 어제 저녁 교묘한 방법으로 루카스의 방에 다시 들어간 것도……. 그리고 카펫 아래 은밀한 곳에 숨겨져 있던 편지를 어떻게 꺼내갔는지도 말입니다."

부인은 백짓장같이 하얀 얼굴로 홈즈를 빤히 쳐다보다가, 두 번쯤 침을 삼키고는 말문을 열었다.

"홈즈 씨, 당신 미쳤나 보군요. 미쳤어요!"

홈즈는 상의 주머니에서 두껍고 딱딱한 종이 조각을 꺼냈다. 어떤 여자의 초상화에서 얼굴만 도려낸 것이었다.

"쓸 데가 있을 것 같아 이걸 갖고 다녔죠. 경관이 어제 저녁에 온 여자와 이 초상화의 여자가 같은 인물이라고 인정했습니다."

부인은 깜짝 놀라 숨이 막힌 듯한 표정으로 머리를 의자 등에 기댔다.

"자, 부인은 편지를 갖고 있습니다. 아직은 사건을 잘 수습할 수 있어요. 저도 부인을 난처하게 만들 생각은 없습니다. 편지를 찾아 당신 남편에게 돌려주기만 하면 제 임무는 끝납니다. 제 말대로 하세요. 이제 다 고백하세요. 기회는 지금밖에 없습니다."

부인은 용기가 대단한 사람이었다. 일이 이렇게까지 되었는데도 자신의 패배를 인정하려 들지 않았다.

"홈즈 씨, 다시 말하지만 당신은 지금 말도 안 되는 착각을 하고 있어요."

그 말에, 홈즈가 의자에서 일어섰다.

"유감입니다, 부인. 저는 부인을 위해 최선을 다했습니다. 하지만 모두 헛수고였군요."

홈즈가 벨을 울리자, 잠시 후 집사가 들어왔다.

"트렐로니 호프 장관은 집에 계십니까?"

"12시 45분에 돌아오실 겁니다."

홈즈는 시계를 꺼내 들여다보았다.

"아직 15분이 남았군. 됐소, 그만 가보세요. 장관이 오실 때까지 기다리죠."

집사가 방문을 닫기도 전에 호프 부인은 홈즈의 발밑에 무릎을 꿇고 손을 뻗었다. 위를 올려다보는 부인의 아름다운 얼굴이 눈물로 젖어 있었다.

"절 용서하세요, 홈즈 씨. 용서하세요! 제발 남편에겐 말하지 마세요. 저는 진심으로 남편을 사랑합니다. 저는 남편의 삶에 어떤 나쁜 영향도 끼치고 싶지 않아요. 하지만 이 사실을 알게 되면 남편의 고귀한 마음에 상처를 주게 될 겁니다."

부인은 몹시 흥분한 상태로 애원하듯이 말했다.

홈즈가 부인을 일으켰다.

"부인, 지금이라도 용기를 내주셔서 감사합니다. 이제 별로 시간이 없어요. 편지는 어디에 있나요?"

부인은 책상으로 뛰어가 열쇠로 서랍을 열더니 푸른빛이 도는 긴 봉투를 꺼냈다.

"여기 있어요, 홈즈 씨. 이런 건 애당초 내 눈에 띄지 말았어야 했어요!"

"이걸 어떻게 돌려주지? 빨리 무슨 방법을 생각해야 하는데……

문서 보관함은 어디 있나요?"

홈즈가 중얼거리듯이 말했다.

"아직 침실에 그대로 있어요."

"정말 다행이군요. 부인, 문서함을 빨리 가져오세요."

잠시 후 부인이 붉은색의 납작한 문서함을 갖고 돌아왔다.

"먼젓번에는 어떻게 열었죠? 복제한 열쇠를 갖고 있나요? 물론 갖고 있겠죠? 어서 여세요."

호프 부인은 품안에서 조그만 열쇠를 꺼냈다. 문서함은 쉽게 열렸다. 안에는 서류가 가득 들어 있었다. 홈즈는 파란 봉투를 서류 중간에 깊숙이 넣었다. 그리고 문서함을 닫고 열쇠로 다시 잠근 다음, 침실에 갖다 놓으라고 했다.

"이제 호프 장관을 맞을 준비가 다 됐군요. 아직 10분이 남았습니다. 제가 부인을 보호하기 위해 노력하고 있다는 걸 아시겠죠? 그러니 그 보답으로 부인은 이 사건의 진상을 숨김없이 얘기해 주셔야 합니다."

"홈즈 씨, 다 말하겠어요. 남편의 마음을 한순간이라도 괴롭히느니 차라리 제 오른팔이 잘리는 게 나을 겁니다. 런던에서 저만큼 남편을 사랑하는 여자도 없을 거예요. 그런데도 저는 이런 짓을 저질러야만 했어요. 남편이 제가 한 일을 안다면 절 용서하지 않을 거예요. 워낙 명예를 중시하는 분이라 남의 잘못을 잊거나 용서하지 않거든요. 홈즈 씨, 제발 도와주세요! 제 행복, 남편의 행복 그리고 저희들 생활 전체가 위험에 빠져 있어요."

"빨리 사건의 진상을 말하세요. 시간이 별로 없습니다."

"사건은 제가 경솔하게 쓴 편지에서부터 시작되었어요. 결혼 전에 사랑에 빠진 한 소녀가 충동적으로 쓴 철없는 편지였지요. 저는 별 뜻 없이 쓴 편지지만, 만약 그것이 알려지면 남편이 제가 죄를 지었다고 생각할 것 같았어요. 남편이 그 편지를 읽어본다면 다시는 저를 믿지 않을 거라고 생각했죠. 그 편지를 쓴 건 아주 오래전 일이었어요. 전 완전히 잊혀진 일이라고 생각했죠. 그런데 루카스에게서 연락이 왔어요. 그 편지를 자기가 갖고 있는데, 남편에게 보여주겠다고 협박을 했어요. 저는 제발 그러지 말라고 빌었지요. 그랬더니 그는 남편의 문서함에 들어 있는 이러이러한 편지를 넘겨주면 내 편지를 돌려주겠다고 했어요. 정부 기관에 스파이를 잠입시켜 그런 편지가 있다는 사실을 알아낸 거예요. 그는 남편에게는 피해가 가지 않을 거라고 장담했어요. 홈즈 씨, 제 처지에서 한번 생각해 보세요. 어떻게 했으면 좋았을까요?"

"남편에게 모든 사실을 털어놓았어야 했습니다."

"그럴 수는 없었어요. 홈즈 씨, 그건 안 되는 일이었어요! 두 가지 선택이 있었죠. 하나는 남편과 제 사이가 끝나는 것이고, 하나는 남편의 편지를 훔치는 거였어요. 물론 나쁜 짓 같긴 했지만, 정치에 관한 일이라 그게 어떤 결과를 불러일으킬지 제가 잘 몰랐던 거예요. 사랑과 신뢰라는 문제를 놓고 생각해 볼 때 제 결론은 확실해졌어요. 루카스의 요구를 들어주기로 결심했죠. 제가 남편 열쇠의 본을 뜨고, 루카스가 열쇠를 복제해 주었어요. 그런 다음 저는 문서함을 열고 편지를 꺼내서 고돌핀 가로 가져갔죠."

"거기서 무슨 일이 있었습니까?"

"미리 정한 대로 저는 현관문을 두드렸어요. 루카스가 직접 문을 열어주더군요. 그의 뒤를 따라 집 안으로 들어갔지만 현관문은 열어 두었습니다. 루카스와 둘이서만 있는 게 무서웠거든요. 제가 안으로 들어갈 때 웬 여자가 밖에 서 있었던 기억이 나요. 우리 거래는 금방 끝났어요. 저는 그에게 제가 가져온 편지를 넘겨주었고, 루카스도 제 편지를 넘겨주었죠. 그런데 바로 그때 문간에서 소리가 들렸어요. 그리고 복도에서 발소리가 들렸죠. 루카스는 재빨리 카펫을 젖히고 그 밑에 있는 비밀 장소에다 편지를 넣고는 다시 카펫을 덮었어요. 그 뒤에 일어난 일은 악몽 같았어요. 지금도 그 여자의 가무잡잡한, 미친 듯한 얼굴이 눈에 선해요. 그 여자는 프랑스어로 '내가 지금까지 이날을 기다려왔다. 드디어 여자와 같이 있는 현장을 잡았어!'라고 외치더군요. 그러고 나서 무시무시한 싸움이 벌어졌어요. 루카스가 의자를 들어올리려고 했고, 여자의 손에는 단도가 번쩍였어요. 거기까지 보고 저는 그 무서운 곳에서 정신없이 도망쳐 나왔어요. 다음 날 아침에 신문을 보고서야 루카스가 죽었다는 사실을 알았죠. 전날 밤까지만 해도 저는 행복했어요. 제 편지를 찾았으니까요. 하지만 그다음에 무슨 일이 벌어질지 몰랐죠.

한 가지 불행을 피하기 위해 또 다른 불행을 끌어들였다는 사실을 깨달은 건 다음 날 아침이었어요. 편지가 없어진 걸 발견하고 괴로워하는 남편을 보면서 저는 가슴이 찢어지는 것 같았어요. 그 자리에서 무릎을 꿇고 제가 저지른 짓을 고백하고 싶을 정도였어요. 하지만 그렇게 되면 제 과거까지 털어놓아야 했어요. 그건 안 될 일이었죠. 그래서 저는 당신을 찾아갔어요. 제가 얼마나 엄청난 짓을 저질렀는지 알고 싶었거든요. 사실을 확인하고, 저는 남편의 편지를 되찾아야 겠다는 일념에 사로잡혔어요. 편지는 아직 루카스가 숨겨두었던 장소에 그대로 있는 게 분명했어요. 그 무서운 여자가 방 안에 들어오기 전에 숨겨둔 거니까요. 그 여자가 나타나지 않았더라면, 루카스가 어디에 편지를 숨겨둘지 몰랐을 거예요. 그 방에 들어가려면 어떻게 해야 하지? 이틀 동안 그 집을 살펴보았지만 한 번도 현관문이 열려 있지 않았어요. 그래서 어제 저녁에 마지막 시도를 해봤죠. 제가 어떻게 해서 그 방에 들어가 편지를 갖고 나왔는지는 당신도 이미 알고 계시죠? 저는 편지를 갖고 돌아와 그걸 없애 버릴까도 생각했어요. 남편에게 돌려주면 제가 한 잘못을 다 털어놓아야만 한다고 생각했기 때문이죠. 어쩌면 좋아! 계단을 올라오는 남편의 발소리가 들려오고 있어요!"

호프 장관은 흥분해서 방 안으로 뛰어 들어왔다.

"홈즈 씨, 무슨 새로운 소식이라도 있나요?"

"사건 해결의 희망이 보입니다."

호프 장관의 얼굴이 환해졌다.

"아, 고맙기도 해라! 저와 점심 식사를 하려고 수상께서 함께 오셨소. 그분에게 희망이 보인다는 얘기를 해도 될까요? 수상은 강철처럼 강인한 분이지만, 이번에 일어난 끔찍한 사건 때문에 밤에 한숨도 못 주무신 것 같소. 제이콥스, 수상께 이쪽으로 오시라고 전해 주게. 여보, 정치적인 이야기를 나눠야 하니까 당신은 자리를 좀 피해 주겠소? 식당에서 기다리면 우리도 곧 가리다."

벨린저 경의 태도는 침착했지만, 눈빛이 번뜩이고 뼈만 남은 손이

떨리는 것으로 보아 호프 장관과 마찬가지로 흥분되어 있음을 알
수 있었다.

"보고할 게 있다고요, 홈즈 씨?"

"지금까지는 확실치 않습니다. 편지가 있을 만한 곳은 모두 조사
해 보았습니다. 그래도 찾을 수 없는 걸로 봐서는 우려하셨던 위험은
없는 것이 확실합니다."

"그러나 그것만으로는 충분치 않소, 홈즈 씨. 언제 터질지 모를
폭탄을 안은 채 살아갈 수는 없지 않겠소? 우리는 뚜렷한 단서가
필요하오."

"그런 단서를 입수할 수 있다고 생각합니다. 그래서 제가 찾아온
겁니다. 이 사건을 파헤쳐볼수록 편지가 이 댁에서 나가지 않았다는
확신이 듭니다."

"홈즈 씨! 그게 무슨 소리요?"

"편지가 이 댁에서 나갔다면 지금쯤은 공개되었어야 하는 게 아닙
니까?"

"편지를 훔쳐낸 다음 집 안에 숨겨둔다는 것이 말이나 되오?"

"그런 말이 아닙니다. 저는 아무도 편지를 훔치지 않았다고 믿고
있습니다."

"그럼 편지가 문서함에서 왜 없어졌다는 거요?"

"문서함에서 없어진 것인지 어떤지 잘 모르겠습니다."

"홈즈 씨, 지금은 농담할 때가 아니오. 문서함에서 없어졌다고 확
실히 말할 수 있소."

"화요일 아침 이후에 문서함을 살펴보신 적이 있나요?"

"아니요. 그럴 필요가 없었소."

"편지를 못 보고 넘어간 건 아닐까요?"

"말도 안 되는 소리요."

"하지만 저는 확신할 수 없군요. 전에도 그런 일이 일어나는 걸 몇 번 본 적이 있습니다. 문서함에는 다른 서류들도 들어 있겠죠? 그럼 다른 서류와 뒤섞여서 못 보신 게 아닐까요?"

"제일 위에 두었소."

"누군가가 상자를 흔들어서 위치가 바뀌었을 수도 있습니다."

"아니요. 그럴 리가 없소! 모두 꺼내 보았단 말이오."

벨린저 경이 끼어들었다.

"호프 장관, 그거야 쉽게 해결될 문제 아니요? 문서함을 가져오라고 하시오."

호프 장관이 벨을 울렸다.

"제이콥스, 문서함을 가져오게. 말도 안 되는 시간 낭비이긴 하지만, 홈즈 씨가 믿지 않으니 조사를 해보지요."

얼마 후, 제이콥스가 문서함을 가져왔다.

"수고했네, 제이콥스. 여기에 놔두게. 열쇠는 항상 제 시곗줄에 달려 있습니다. 자, 이게 서류들입니다. 메로우 경에게서 온 편지, 찰스 하디 경의 보고서, 베오그라드에서 보낸 각서, 러시아와 독일 사이의 곡물세에 대한 문서, 마드리드에서 온 편지, 플라워스 경의 편지……. 아니! 이럴 수가! 이게 뭐야? 벨린저 경이라고!"

벨린저 경은 호프 장관의 손에 있는 푸른 봉투를 낚아챘다.

"이거야! 안에 들어 있던 내용물도 그대로군. 호프 장관, 천만다행일세."

"고맙소! 정말 고맙소! 이제야 걱정이 사라졌군. 그렇지만 정말 상상할 수도 없는 일이오. 말도 안 되는 소린 줄 알았는데……. 홈즈 씨! 당신은 마법사요, 마법사! 그런데 편지가 문서함 안에 있다는 걸 어떻게 알았소?"

"다른 곳 어디에도 없었으니까요."

"정말 내 눈을 믿을 수 없군!"

호프 장관이 문 쪽으로 달려갔다.

"내 아내가 어디 있지. 모든 일이 다 잘 해결되었다고 얘기해야 하는데……. 힐다! 힐다!"

계단 아래에서 호프 장관의 부인이 대답하는 소리가 들려왔다.

벨린저 경은 눈을 반짝이면서 홈즈를 바라보았다.

"홈즈 씨, 편지가 문서함 속에 그대로 있다고 생각한 데는 무슨 이유가 더 있었을 텐데요. 이 편지가 어떻게 해서 돌아와 있는 거요?"

홈즈는 빤히 쳐다보는 벨린저 경에게서 눈길을 떼며 말없이 미소를 지었다.

"우리에게도 외교상의 비밀이 있습니다."

홈즈는 모자를 집어 들고 문 쪽으로 걸어갔다.

보헤미아의 스캔들
A Scandal in Bohemia
(1891)

　나는 요즈음 홈즈와 거의 만나지 않았다. 나의 결혼이 우리 둘 사이를 빠르게 떼어놓은 것이다.

　나는 더없이 행복하다. 처음으로 한 가정의 가장이 된 사람이면 누구나 그렇듯이, 가정을 중심으로 모든 일에 흥미를 느끼게 된다. 나 역시 그것에 모든 관심을 빼앗기고 있었다.

　한편, 홈즈는 완전히 탈속한 마음이 되어 사람들과 교제를 꺼린 채 여전히 베이커 가에 살고 있었는데, 산더미 같은 고서 속에 파묻혀서 많은 날들을 코카인과 공명심에 탐닉해 있었다. 마약에 취해 꿈속을 헤매기도 하고, 때로는 그만이 지닌 날카로운 천성으로 정력적인 모습을 보이며 일하기도 했다. 즉 여전히 범죄 연구에 몰두했는데 뛰어난 재능과 놀라운 관찰력을 구사해, 경찰이 손을 든 사건의 실마리를 찾아내고 그 수수께끼를 해결했다. 나도 가끔 그의 활약상에 대해 어렴풋하게나마 이야기를 듣고 있었다.

예를 들면 트레포프 살인 사건으로 오데사에 초청을 받아 갔다느니, 트린코말리의 애트킨슨 형제의 기괴한 참극을 해결했다느니, 네덜란드 왕실이 의뢰한 사건을 멋지게 해결했다느니 하는 이야기들이다. 그러나 이런 활약은 신문만 읽어도 알 수 있는 것이고, 과거의 친구이고 함께 일을 해온 사람으로서 그에 대해 아는 것은 거의 없었다.

1888년 3월 20일 밤, 나는(본업인 의사 노릇을 다시 시작했다) 왕진을 하고 돌아가는 길에 우연히 베이커 가를 지나게 되었는데, 나의 연애 시절을 비롯하여 '주홍색 연구' 사건의 비참했던 일 등이 떠올랐다. 잊으려 해도 잊을 수 없는 기억의 출입구 앞에 당도하자, 홈즈를 다시 만나 그가 요즘 그 천재적 능력을 어떻게 활용하고 있는지 알아보고 싶어졌다.

그의 방에는 환하게 불이 켜져 있었다. 내가 올려다보는 잠깐 동안에도 그의 후리후리한 그림자가 두 번이나 창문 커튼에 어른거렸다. 그는 고개를 숙이고 뒷짐을 진 채 방 안을 서성거리고 있었다. 그의 기분이나 버릇 따위를 모두 알고 있기 때문에 자세와 움직임만 보아도 충분했다. 그가 또다시 일을 하고 있음을 알 수 있었다. 그는 마약으로 몽롱해진 꿈나라에서 벗어나 새로운 사건을 해결하느라고 열중해 있는 것이다.

나는 벨을 울렸다. 그리고 잠시 후, 전에는 나와 공동 소유였던 그 방에 안내되었다.

그는 감정을 과장해서 표현하는 남자가 아니다. 언제나 그렇다. 그러나 나의 방문을 기뻐한다는 것만은 알 수 있었다. 인사말도 하지 않고 부드러운 눈빛으로 쳐다보더니 안락의자에 앉으라고 손짓을 했다. 이어서 시가 상자를 건네주었고, 또 술 상자와 탄산수를 만드는 장치가 어디에 있는지 손가락으로 가리켰다. 그리고 불 앞에 서더니, 홈즈는 그 이상하도록 꿰뚫어보는 것 같은 표정으로 나를 살펴보았다.

"결혼생활이 꽤나 만족스러운 모양이군, 왓슨. 전에 만났을 때보다 7파운드 반은 더 살이 찐 것 같아."

"7파운드야."

"그래? 보기엔 더 찐 것 같은데. 7파운드라고 하지만 분명 더 될 거야. 다시 개업을 했지? 그런 소문은 듣지 못했지만."

"어떻게 알았어?"

"추리로 알지. 그뿐인 줄 알아? 얼마 전에 비를 많이 맞았고, 자네 집에는 몹시 솜씨 없고 조심성 없는 가정부가 있다는 것도 알아."

"이봐. 자네한텐 못 당하겠어. 만약 자네가 몇 세기 전에 태어났다면 틀림없이 마법사로서 화형을 당했을 거야. 사실 목요일에 시골 길을 걷다가 비를 흠뻑 맞고 돌아왔어. 그러나 옷도 갈아입었는데 어떻게 그런 추리를 했지? 그리고 가정부 메리 제인에게는 두 손 들었어. 아내도 고개를 저으면서 곧 내보내야겠다고 하더군. 그런데 어떻게 그런 것까지 알았어?"

그는 혼자 쿡쿡 웃으며 길고 부드러운 손을 비볐다.

"아주 간단해. 자네의 왼쪽 구두 안쪽을 보니 나란히 여섯 개의 상처가 나 있군. 이건 분명히 구두 바닥 가장자리에 달라붙은 흙을 거칠게 긁어내려다 생긴 거야. 이것으로 두 개의 추리가 가능하지.

하나는 날씨가 몹시 궂은 날에 자네가 외출했다는 것, 또 다른 하나는 자네 집 가정부는 구두에 흠을 내는 아주 조심성 없는 런던 토박이의 대표적 표본이라는 거지. 그리고 자네가 개업을 했다는 점은 단박에 알 수 있었어. 한 신사가 요오드포름 냄새를 풍기며 방에 들어왔는데 그의 왼손 집게손가락에는 질산은 때문에 생긴 검은 얼룩이 있고, '바로 여기에 청진기가 들어 있습니다.' 하고 가르쳐주듯 검은 실크 모자 한쪽이 불룩 부풀어 있어. 그런데도 그 신사가 의사라고 간파하지 못한다면, 내 머리가 엉망으로 나빠졌다는 증거지."

나는 홈즈가 대수롭지 않게 추리의 경로를 설명하는 걸 듣고 웃음을 터뜨렸다.

"자네 설명을 들으면 어처구니없도록 간단해서, 나도 그 정도는 문제없을 것만 같아. 하지만 추리의 과정을 듣기까지는 자네가 이끌어내는 결론이 아리송하기만 해서 늘 어리둥절해지거든. 이래봬도, 내 눈도 자네만큼 좋다고 자부하고 있는데 말이야."

"그건 그렇겠지. 하지만 자네는 보기만 할 뿐 관찰을 하지 않아. 보는 것과 관찰하는 것은 완전히 다르다고. 예를 들면, 자네도 현관에서 이 방으로 올라오는 계단을 여러 번 보았겠지?"

그는 담배에 불을 붙이고 안락의자에 몸을 내던지듯 앉으면서 말했다.

"가끔 보았지."

"몇 번이나 보았나?"

"수백 번은 보았을 거야."

"그렇다면 계단은 모두 몇 개지?"

"몇 개냐고? 글쎄, 그건 모르겠는데."

"그것 봐. 관찰하지 않았기 때문이야. 하지만 보고는 있었겠지. 내가 말하고 싶은 게 바로 그거야. 잘 들어. 계단은 모두 열일곱 개야. 나는 보는 것과 동시에 관찰하기 때문에 알 수 있는 거야. 말이 나왔으니 말인데, 자네는 지금까지 나의 간단한 사건들에 흥미를 가져왔어. 또 별것 아닌 내 경험들을 기록해 오기도 했으니, 이 일에도 틀림없이 흥미가 있을 거야."

그는 테이블 위에 펼쳐 있던 핑크색 편지지 한 장을 내게 건네주었다.

"조금 전에 배달된 거야. 소리 내어 읽어보게."

편지에는 날짜도 적혀 있지 않았고, 보낸 사람의 이름이나 주소도 없었다.

『오늘 저녁 8시 15분. 중요한 문제로 의논드리고 싶어 하는 사람이 찾아갈 겁니다.

최근 당신이 유럽의 한 왕실을 위해 하신 일을 통해, 당신에게라면 엄청나게 중대한 사건까지 마음 놓고 맡길 수 있겠다는 확신을 얻었습니다. 또한 당신에 대해서는 여러 방면으로 얘기를 들어왔습니다.

제발 그 시간에 댁에 계셔주시고, 또한 제가 마스크를 하고 있어도 너그러이 이해해 주십시오.』

"정말 이상한 편지군. 자네는 어떻게 생각하나?"

내가 물었다.

"아직은 단서가 없어. 단서가 없는 것을 추측하는 건 큰 잘못이야. 사실에 맞는 이론을 찾는 대신, 무의식중에 사실을 이론에 맞도록 왜곡하게 되지. 하지만 이 편지만 생각해 볼까? 자네는 이 편지에서 어떤 것을 추측했나?"

나는 필적과 종이의 질을 주의 깊게 살펴보며, 되도록 홈즈의 추리법을 흉내 내어 말했다.

"이 편지를 쓴 사람은 꽤 부자일 거야. 이런 고급 종이라면 한 묶음에 반 크라운 이상 줘야 해. 아주 질기고 단단한 종이군."

"아주…… 라는 표현은 그럴듯하군. 하지만 이건 영국 종이가 아니라네. 불빛에 비춰봐."

홈즈가 말했다.

그가 시키는 대로 해보니, 대문자 'E'에 소문자 'g', 다음은 대문자 'P', 그리고 대문자 'G'에 또 소문자 't'가 종이 바탕에 깔려 있었다.

"어떻게 생각하나?"

홈즈가 물었다.

"틀림없이 종이회사 이름일 거야. 아니, 그 머리글자일까?"

"그렇지 않아. 'Gt'는 독일어의 '게젤샤프트(Gesellschft)'의 약자로, 회사라는 뜻이라네. 이건 정해진 약자 형식으로 영어의 'Co'에 해당해. 'P'는 물론 독일어로 종이를 뜻하는 'Papier'의 머리글자야. 그러면 이번에는 'Eg'인데…… 잠깐 대륙 지명 사전을 찾아볼까?"

그는 책장에서 두꺼운 갈색 책을 꺼내서 펴들며 말했다.

"에글로(Eglow), 에글로니츠(Eglonitz)…… 아, 여기 있군. 에그리아(Egria). '독일어를 사용하는 보헤미아의 지방 도시로, 칼스배

드에서 가까움. 발렌시타인이 죽은 곳으로, 또 유리공장과 제지공장
이 많은 곳으로 알려짐.' 하하! 어때, 뭔가 느껴지는 것이 있나?"

홈즈는 눈을 빛내며 어떠냐는 듯이 담배 연기를 뿜어냈다.

"그럼 보헤미아에서 만든 종이로군."

내가 말했다.

"그렇다네. 그리고 이 편지를 쓴 남자는 독일인이야. 문장이 이상
하다는 것을 알겠지? '당신에 대해서는 여러 방면으로 들어 왔습니
다(This account of you we have from all quarters received).' 프랑스
사람이나 러시아 사람은 결코 이렇게 쓰지 않아. 동사를 이렇게 뒤에
갖고 오는 것은 독일 사람이야. 이제 남은 건, 보헤미아 종이를 사용
하면서 얼굴을 보여주고 싶지 않은 독일 사람이 무엇을 원하느냐
하는 문제뿐이지. 그러나 이제 곧 본인이 직접 올 테니까, 우리의
의문도 금방 해결될 거야."

이때 말발굽 소리와 마차 바퀴가 도로 가장자리 돌에 닿아 삐걱거
리는 소리가 분명하게 들려왔다. 이어 벨소리가 요란하게 울렸다.

그러자 홈즈가 휘파람을 불며 말했다.

"사륜마차 소리야. 틀림없어."

그가 창문으로 바깥을 내다보았다.

"두 마리가 끄는 훌륭한 소형 브로엄 마차인데, 말도 무척 훌륭하
군. 한 마리에 150기니는 하겠어. 왓슨, 이번 사건은 재미는 그다지
없어도 금액은 좀 쏠쏠하겠는걸."

"나는 가는 게 좋겠지?"

"천만에! 그냥 있어. 이 사건은 재미있을 것 같아. 놓치면 후회할

지도 몰라."

"하지만 의뢰인이……."

"신경 쓰지 마. 자네 도움이 필요할지도 몰라. 그렇게 되면 의뢰인에게도 고마운 일이지. 자, 왔어. 자네는 그 의자에 앉아서 주의 깊게 살펴보게나."

느리고 무거운 발소리가 계단을 올라오는 것 같더니, 이내 복도를 걸어왔다. 그리고 문 앞에서 멎었다. 이어서 문을 세차게 두드리는 소리가 났다.

"네."

홈즈가 대답했다.

들어온 사람은 키가 6피트 6인치는 넘을 것 같은 헤라클레스같이 건장한 남자였다. 복장은 영국에서라면 악취미라는 평을 들을 만큼 화려하고 사치스러웠다. 더블 상의의 소매와 젖힌 깃에는 가죽을 폭 넓게 붙였고, 어깨를 덮은 소매 없는 짙은 감색 망토의 안감은 진홍빛이었으며, 타오르는 불길처럼 빛나는 커다란 녹주석 브로치로 깃을 고정시켰다. 무릎 아래까지 오는 장화 상단은 푹신푹신한 갈색 모피로 장식했는데, 전체적인 옷차림에서 느껴지는 화려함을 더욱 완전하게 마무리한 듯했다. 한쪽 손에는 챙이 넓은 모자를 들었고, 광대뼈까지 가리는 검은 마스크를 쓰고 있었다. 방금 들어올 때 매만져서 고쳤는지, 남자는 아직도 마스크에 손을 대고 있었다. 얼굴의 반쪽밖에 드러나지 않았지만 입술이 두껍게 처져 보였으며, 턱은 길게 뻗어 있어 고집스러울 정도로 강한 인상을 풍겼다.

"편지는 받았습니까? 방문을 미리 알렸습니다만……."

그의 굵고 걸걸한 음성에 심한 독일식 억양이 섞여 있었는데, 그는 누구에게 이야기해야 좋을지 모르겠다는 듯 우리를 번갈아 보았다.

"앉으세요. 이쪽은 함께 일하는 왓슨 박사인데, 사건 해결에 도움을 주고 있습니다. 실례입니다만, 당신은 누구십니까?"

홈즈가 말했다.

"폰 크람 백작이라고 부르십시오. 보헤미아의 귀족입니다. 방금 말씀하신 친구 분은 중대한 일을 의논하는 상대로서 충분한 신의와 사려를 갖고 계시겠지요? 그렇지 않다면 당신에게만 이야기하고 싶습니다."

그 말에 나는 곧 일어나 나가려고 했으나, 홈즈에게 손목을 잡혀 다시 자리에 앉았다.

"이 친구와 합석하지 않으면 듣지 않겠습니다. 나에게 얘기할 수 있는 것은 무엇이든 이 친구에게도 할 수 있습니다."

백작은 넓은 어깨를 으쓱했다.

"그럼 먼저 2년 동안은 절대로 발설하지 않겠다고 약속해 주셨으면 합니다. 2년이 지나면 아무 문제가 없겠지만, 지금이라면 얘기가 다릅니다. 과장을 섞지 않고 말해도, 유럽의 역사를 움직일 만큼 큰 문제입니다."

"약속합니다."

"나도 약속합니다."

홈즈가 말하자, 뒤를 이어 내가 말했다.

"그리고 부득이 마스크를 쓴 것을 이해해 주십시오."

이상한 손님이 계속 말을 이었다.

"이것은 나에게 이 용건을 의뢰한 고귀하신 분의 요청에 따른 것입니다. 사실 조금 전에 밝힌 이름도 본명이 아닙니다."

"알고 있습니다."

홈즈가 차갑게 대답했다.

"상황이 아주 미묘해서 어떤 수단을 써서라도 소문이 퍼져나가는 걸 막고 싶습니다. 유럽의 한 왕실의 명예가 달려 있는 문제이기 때문입니다. 자세히 말하면, 보헤미아의 2대에 걸친 왕실 올므슈타인 가와 관련된 문제입니다."

"그것도 알고 있습니다."

홈즈는 중얼거리듯 대답하고는 의자에 몸을 파묻고 눈을 감았다. 유럽에서 제일 명석한 이론가이자 정력적인 사립탐정이라는 말을 듣고 찾아왔는데, 이렇게 나른한 듯이 축 늘어진 모습을 보이자 손님은 어처구니가 없는 모양이었다.

홈즈는 천천히 눈을 뜨며, 이 덩치 큰 의뢰인을 답답한 듯이 바라보았다.

"황송한 부탁이지만, 폐하께서 자신의 사건을 직접 들려주신다면 저도 열정적으로 도와드릴 수 있습니다."

그 말에 손님은 의자에서 벌떡 일어나더니, 마음의 동요를 억누를 수 없는지 방 안을 서성거렸다. 그러고는 어쩔 수 없다는 듯이 얼굴의 마스크를 벗어 바닥에 던지며 소리쳤다.

"맞소! 나는 왕이오. 그대에게까지 왜 숨기려고 했는지 모르겠군."

"그렇습니다. 숨기실 필요가 없습니다. 폐하께서 말씀을 꺼내시기 전부터 저는 찾아오신 분이 보헤미아의 국왕 카셀 파르슈타인의 대

공, 빌헬름 고츠라이히 시기스몬드 폰 올므슈타인 폐하라고 알고 있었습니다."

홈즈가 조용히 말했다.

"그러나 내 이런 행동을 그대들이 이해할지 걱정이오."

손님은 원래의 자리로 돌아가 희고 넓은 이마에 손을 얹으면서 말을 이었다.

"제발 이해해 주었으면 좋겠소. 나는 이와 같은 문제를 처리하는 데는 익숙하지 않소. 그러나 사건이 매우 미묘해서 대리인에게 사정을 털어놓고 처리를 명하면 앞으로 그에게 약점을 잡힐 염려가 있소. 그래서 당신에게 직접 상의하려고 신분을 감추고 여기에 온 것이오."

"자, 그럼 말씀하십시오."

"간단히 설명하면 다음과 같소. 5년 전에 바르샤바에 오래 머물렀던 일이 있었는데, 그때 아이린 애들러라는 여자와 알게 되었소. 그녀의 소문은 당신도 들어서 알 것이오."

"왓슨, 미안하지만 색인을 찾아줘."

홈즈가 내게 말했다.

그는 오랜 세월에 걸쳐 여러 종류의 인물이나 사물에 대해 요점을 기록한 메모를 만들고 있어서, 어떤 인물이든 즉시 그 자리에서 조사할 수 있었다. 그녀의 약력은 유태교의 랍비와, 심해어에 대해 학술 논문을 쓴 해군 중령의 약력 사이에서 쉽게 찾아낼 수 있었다.

홈즈는 그녀의 약력을 소리 내어 읽었다.

"음! 1858년, 미국 뉴저지 주 출생. 콘트랄토(테너와 메조소프라노의 중간에 해당하는 음역의 노래를 부르는 여성 성악가) 가수. 스칼라

극장 출연. 바르샤바 임페리얼 오페라의 프리마 돈나. 은퇴 후 런던
에 거주……. 음, 알겠어. 그럼 폐하는 이 젊은 여성과 알게 되었고,
나중에 화근이 될 편지를 보내셨는데 지금 그것을 되찾고 싶은 것이
군요?"

"그렇소. 그런데 어떻게 그걸……."

"비밀 결혼을 하셨습니까?"

"아니요."

"법적으로 유효한 서류나 증서 같은 것이 있습니까?"

"아니요."

"그렇다면 폐하의 마음을 이해할 수 없군요. 이 젊은 여성이 협박
이나 다른 어떤 목적으로 폐하의 편지를 제시해도, 폐하가 보낸 것이
라는 사실을 증명할 수는 없습니다."

"필체가 증거가 되오."

"필체는 흉내 낼 수 있습니다."

"내 전용 편지지를 사용했소."

"전용 편지지는 도둑맞을 수도 있습니다."

"나의 봉인을 찍었소."

"그것도 위조가 가능합니다."

"사진을 갖고 있소."

"돈을 주고 사면 됩니다."

"아니, 함께 찍은 사진이오."

"아! 그건 안 됩니다. 폐하는 정말 경솔한 행동을 하셨습니다."

"내 정신이 아니었소. 미친 짓이었소."

"정말 돌이킬 수 없는 일을 저지르셨군요."

"나는 당시 왕세자였소. 어려서 철이 없었소. 이제 내 나이도 서른이군."

"사진은 반드시 찾아야 합니다."

"손을 써보았으나 실패했소."

"돈을 내고 사는 겁니다."

"아니요, 상대는 팔려고 하지 않소."

"훔칠 수도 있지 않습니까?"

"이미 다섯 번이나 시도했소. 도둑을 고용해 온 집안을 샅샅이 뒤진 것이 두 번, 그리고 한 번은 여행 중에 그녀의 소지품을 탈취했소. 또 길에 잠복시킨 적도 두 번이나 있지만, 모두 실패했소."

"흔적이 없었습니까?"

"전혀 없었소."

홈즈가 웃으며 말했다.

"약간 흥미 있는 사건입니다."

"나는 매우 심각한 문제요."

보헤미아 왕은 홈즈의 말이 언짢은 듯 반박했다.

"그렇군요. 그런데 그녀는 사진을 갖고 무엇을 할 계획입니까?"

"나를 파멸시킬 속셈이오."

"어떤 방법으로?"

"나는 머지않아 결혼하오."

"알고 있습니다."

"상대는 스칸디나비아 국왕의 둘째 딸 크로틸드 로스만 폰 삭세

메닌겐 공주요. 그 왕실의 가풍이 엄하다는 것은 그대도 알 거요. 공주도 보통 사람과는 다르게 아주 예민해서, 만일 나의 품행에 오점이 있다면 이 혼담은 깨지고 말 것이오."

"아이린 애들러의 계획은?"

"그쪽 왕실에 사진을 보내겠다고 협박하고 있소. 그 정도의 일은 하고도 남을 여자요. 당신은 모르겠지만, 그녀는 강철 같은 정신을 갖고 있소. 얼굴은 그 어떤 여자보다도 아름답지만 마음은 그 어떤 억센 남자에게도 뒤지지 않을 정도로 강인하오. 내가 다른 여자와 결혼하는 것을 방해하기 위해서라면 수단과 방법을 가리지 않을 것이오. 정말 그렇소."

"아직 사진을 보내지 않은 것은 확실합니까?"

"확실하오."

"어떻게 알죠?"

"약혼을 공표하는 날 보내겠다고 말했소. 발표는 다음 월요일이오."

"아, 그럼 사흘간의 여유가 있군요."

홈즈는 하품을 하고 나서 계속 말했다.

"저도 즉시 조사해야 할 중요한 문제가 한두 가지 있는데, 천만다행입니다. 폐하는 당분간 런던에 머물러 계시겠지요?"

"그럴 생각이오. 크람 백작이란 이름으로 랭엄 호텔에 묵고 있소."

"그럼 일의 진행 상황을 편지로 보고 드리지요."

"꼭 그렇게 해주시오. 걱정이 되어 견딜 수가 없소."

"비용은?"

"백지 수표를 맡기겠소."

"정말입니까?"

"그 사진을 되찾기 위해서라면 왕국의 일부를 주어도 좋소."

"그럼 당장 쓸 비용은?"

왕은 망토 속에서 묵직한 세무 가죽 주머니를 꺼내더니 테이블 위에 올려놓았다.

"여기에 금화로 300파운드와 지폐 700파운드가 있소."

홈즈는 수첩 종이에 영수증을 써서 왕에게 주었다.

"그녀의 주소를 알고 계십니까?"

"세인트 존스 우드의 서펜타인 애비뉴에 있는 브라이오니 롯지."

홈즈는 그대로 받아썼다.

"사진은 캐비닛 사이즈입니까?"

"그렇소."

"폐하, 이젠 돌아가십시오. 곧 좋은 소식을 보낼 수 있으리라 생각합니다."

보헤미아 왕의 마차 소리가 길 저쪽으로 멀어지는 걸 들으며, 홈즈가 덧붙여 말했다.

"왓슨, 내일 3시에 이곳으로 와주면 고맙겠어. 이 문제를 자네와 의논하고 싶어."

다음 날 정각 3시에 베이커 가를 방문했으나 홈즈는 아직 돌아오지 않았다. 집주인 허드슨 부인에게 물으니 아침 8시에 나가서 지금까지 돌아오지 않았다고 했다.

나는 그가 아무리 늦게 돌아와도 끝까지 기다릴 생각으로 난로 옆에 앉았다. 나는 이 사건에 관한 그의 조사에 이미 깊은 관심을 갖기 시작했다.

시곗바늘이 4시에 가까워졌을 때 문이 열리더니 어떤 마부가 술 취한 걸음으로 들어왔다. 헝클어진 머리에 턱수염을 기른 불그스레한 얼굴은 술기운으로 더욱 붉어져 있었고, 복장은 지저분하기 짝이 없었다. 지금까지 나는 내 친구가 아무리 교묘하게 변장을 해도 금세 알아볼 수 있다고 믿어 왔었다. 하지만 이 마부가 홈즈인 것을 알기까지는 세 번이나 그의 모습을 자세히 확인해야 했다.

홈즈는 고개를 끄떡이며 침실로 들어갔고, 5분쯤 지나자 여느 때처럼 트위드 신사복 차림의 말끔한 모습으로 나타났다. 홈즈는 두 손을 주머니에 넣고 불 앞에 두 다리를 뻗고 앉더니 실컷 웃어댔다.

"아, 정말!"

홈즈는 숨을 가다듬느라 헉헉거리다가 다시 낄낄거리며 웃는 것을 반복하더니 마침내 의자 위에 축 늘어졌다.

"왜 그러는 거야?"

"너무 재미있어서 도저히 웃음을 참을 수가 없어. 내가 오전에 무엇을 하고 왔는지 자네는 상상도 못할 거야. 특히 마지막에 내가 뭘 했을 것 같은가?"

"잘 모르겠지만, 아이린 애들러가 사는 집과 그녀의 습관을 관찰하고 오지 않았나?"

"물론 처음엔 그랬지. 그런데 그 뒤가 걸작이야. 어쨌든 들어봐. 나는 오늘 아침 여덟 시쯤에 일자리 없는 마부로 변장하고 집을 나섰어. 마부들 사이의 우정과 동료의식은 정말 놀라울 정도여서, 그들

사회에 들어가면 알고 싶은 건 얼마든지 들을 수 있지. 브라이오니 롯지는 금세 찾았어. 아담하고 멋진 저택인데, 뒤에 정원이 있고 도로를 향해 건물이 나와 있었어. 입구에는 처브 자물쇠가 달려 있더군. 현관 오른쪽은 장식이 붙어 있는 크고 훌륭한 거실인데 바닥까지 닿는 커다란 창문이 있었지. 그 창문엔 아이들이라도 열 수 있을 것 같은 영국식 작은 자물쇠가 달려 있을 뿐이었어. 뒤쪽은 그다지 특별하지 않는데, 단지 마차 차고 가까이에 복도의 창문이 있었어. 나는 집 주위를 돌며 모든 각도에서 자세히 살펴보았지만 눈에 보인 것은 이 정도뿐이었다네. 잠시 후 큰길을 어슬렁거리며 살펴보니, 예상했던 대로 뒷마당의 담을 낀 오솔길에 마차 차고가 있더군. 마부가 말에 손질을 하고 있어서 나는 그것을 도와주고, 사례로 2펜스와 맥주 한 잔 그리고 담배를 두 대 얻어 피웠다네. 뿐만 아니라 아이린 애들러에 대한 정보도 많이 수집했지. 하긴 그것을 알아내기 위해 아무런 흥미도 없는 이웃사람들의 소문까지 대여섯 가지나 들었지만 말이야."

"아이린 애들러에 대해 어떤 것을 알아냈나?"

"그 부근에 사는 남자들은 하나같이 그녀 때문에 정신이 나가 있는 것 같았어. 이 세상에 그보다 더 아름다운 여성은 없다고 서펜타인가의 마부들은 이구동성으로 말하더군. 가끔 음악회에서 노래를 부를 뿐 조용히 살고 있는데, 매일 다섯 시에 마차로 나가 정각 일곱 시에 저녁 식사를 하러 돌아온다는 거야. 공연이 없는 시간에 외출하는 일은 거의 없대. 그 집에 드나드는 남자는 한 명인데 자주 찾아오는 모양이야. 이름은 가드프리 노튼이고 변호사협회에 소속돼 있어.

마부를 친구로 만드는 게 얼마나 편리한지 알았다네. 그들은 여러 번 서펜타인 가에서 그를 마차에 태웠대. 그래서 그에 대해서라면 자세히 알고 있더군. 나는 그들의 얘기를 모두 들은 다음, 다시 브라이오니 롯지 쪽으로 돌아가 부근을 서성거리면서 작전 계획을 짰어. 가드프리 노튼이 이번 사건에 깊이 관련되어 있는 게 틀림없어. 변호사라고 하니 어쩐지 자꾸 그런 예감이 들더군. 애들러와 어떤 관계인가? 자주 찾아오는 것은 무슨 이유에서인가? 그녀는 그에게 변호를 의뢰하고 있는가, 단순한 친구인가, 아니면 애인인가……? 만일 그녀의 변호사라면 애들러는 사진을 그에게 맡겨놓았을 가능성이 있지 않겠나. 친구나 애인이라 해도 그럴 가능성을 배제할 수는 없어. 이 문제에 대한 대답에 따라서, 브라이오니 롯지에서 조사를 계속해야 할지, 아니면 변호사협회의 그 남자 사무실로 주의를 돌려야 할지가 결정되겠지. 이 문제 때문에 조사 범위도 동시에 넓어진 셈이야. 설명이 길어서 따분했는지 모르지만, 어쨌든 상황을 잘 이해하기 위해서는 자네도 내가 겪은 일들을 알아둘 필요가 있지 않겠나."

"아니, 조금도 따분하지 않았어."

내가 대답했다.

"아무튼 어떻게 해야 할지 미처 결정하지 못하고 있는데, 이륜마차가 브라이오니 롯지 앞에 멎고 그 안에서 신사가 내렸어. 검은 피부에 매부리코, 콧수염, 어지간히 멋을 부린 차림새…… 말할 것도 없이 그 남자라고 생각했지. 몹시 서두르는 듯, 마부에게 기다리라고 소리치고는 문을 연 하녀를 떠밀다시피 하고 안으로 들어갔어. 그의 태도로 봐서 그 집 내부를 훤히 알고 있는 것 같았다네. 그가 집

안에 머무른 시간은 삼십 분 정도였는데 거실을 걸어 다니면서 손을 흔들고 열심히 이야기하는 모습이 가끔 창문으로 엿보이더군. 하지만 그녀가 어디 앉아 있는지는 전혀 보이지 않았어. 얼마 후 그는 들어올 때보다 더욱 허둥거리며 밖으로 나왔고, 마차에 올라타면서 주머니에서 금시계를 꺼내 들여다보더군. '전속력으로 달리게!' 하고 그가 외쳤지. 또, '도중에 리젠트 가의 그로스 앤 핸키 상점에 들르고, 거기서 다시 엣지웨어 가의 세인트 모니카 성당으로 가게. 이십 분 안에 갈 수 있다면 반 기니를 팁으로 주지.' 하고 덧붙였어.

그리고 마차는 떠났다네. 그때 마차를 쫓아갈까 망설이는데 옆 골목에서 멋진 사륜마차가 나왔어. 마부는 옷 단추를 반밖에 채우지 않은데다 넥타이도 귀밑 쪽으로 쏠려 있었고, 마구의 끈도 쇠고리에 변변히 걸려 있지 않았어. 마차가 현관 앞에 멎기 무섭게 한 여자가 집에서 나와 급히 올라탔어. 그때 그녀를 언뜻 보았는데, 확실히 남자들이 목숨을 걸 정도로 아름답더군. '존, 세인트 모니카 성당으로 가요. 이십 분 안에 가면 반 소블린을 팁으로 주겠어요.'라고 그녀가 말하는 소리가 들렸어.

왓슨, 이렇게 좋은 기회는 다시없을 거야. 다른 마차를 불러 따라갈까 아니면 사륜마차 뒤에 매달려서 갈까 망설이는데, 마침 마차 한 대가 왔어. 마부는 허술한 내 모습을 보고 망설이는 눈치였지만 그가 거절하기 전에 올라탔지. 그리고 '세인트 모니카 성당까지 갑시다! 이십 분 안에 가면 반 소블린을 팁으로 주겠소.'라고 소리쳤어. 그때가 열두 시 이십오 분 전이었어. 그곳에서 어떤 일이 일어날지는 물론 짐작하고 있었지. 마부는 속력을 내어 달렸어. 그렇게 빠른 마차를 타본 건 생전 처음이었지만 그래도 앞서 간 두 마차를 따라붙지는 못했어. 내가 도착했을 때는 이륜마차와 사륜마차가 성당 현관 앞에 서 있었고, 말의 몸에서는 김이 나고 있었지. 나는 마부에게 돈을 내고 급히 성당 안으로 들어갔어.

성당 안에는 그 두 사람과 하얀 제복을 입은 신부(神父)뿐이었는데, 신부는 두 사람에게 무언가를 말하는 것 같았어. 나는 우연히 성당에 들른 한가로운 사람인 척 성당 안 복도를 어슬렁거렸지. 그러자 놀랍게도 제단 앞의 세 사람이 일제히 나를 돌아보았고, 가드프리 노튼이 아주 빠른 걸음으로 나에게 달려와서 '다행이군!' 당신이라도 좋아. 이리 와요! 빨리!'라고 소리쳤어. 나는 영문을 몰라 '네? 뭐라고요?'라고 물어볼 수밖에. 그러자 '자, 3분이면 충분해요. 당신이 없으면 법적 절차가 이루어지지 않아.'라고 말하며, 나를 거의 끌려가다시피 해서 제단 위로 데려가는 거야. 그리고 거기서 그들이 일러주는 말을 여러 번 나직하게 말하며, 나와 전혀 관계없는 것을 서약했어. 즉 나는 아이린 애들러와 가드프리 노튼의 결혼식 증인을 선 거야.

식이 끝나자 신랑은 나에게 감사하다고 인사했고, 신부는 생글생글 웃으며 나를 바라보더군. 이렇게 우스꽝스러운 일은 난생 처음 겪었어. 아까 그 생각을 하며 배꼽이 빠지도록 웃은 걸세.

결혼 허가증에 무언가 부족한 점이 발견되어, 어떤 형식이든 증인이 없으면 식을 올릴 수 없다고 신부(神父)가 거절했던 모양이야. 그때 다행히 내가 눈에 띄자, 노튼은 들러리를 찾으러 큰길까지 달려 나가지 않아도 되었던 거지.

신부(新婦)가 소블린 금화 한 개를 사례로 주었는데, 난 이 사건을 기념하기 위해 그걸 시곗줄에 매달고 다닐 생각이야."

"이야기가 이상하게 진행되는군. 그래서 어떻게 되었나?"

"나는 우리 계획이 중대한 위기에 직면했다는 것을 깨달았지. 신혼부부는 즉시 여행을 떠날지도 모르니 말이야. 그래서 급히 적당한 수단을 써야 한다고 생각했어. 그런데 두 사람은 성당 앞에서 헤어져서 남자는 변호사협회로, 여자는 브라이오니 롯지로 각자 돌아가더군. 그녀는 헤어질 때 '다섯 시에 마차로 공원을 드라이브할 거예요.' 하고 말했어. 그것뿐이었어. 두 사람이 각기 다른 방향으로 떠났기 때문에 나는 준비를 하러 돌아온 거야."

"무엇을 준비하지?"

"콜드비프와 맥주 한 잔. 바빠서 먹는 것도 잊었지만, 오늘 밤은 더 바빠질 것 같아. 왓슨, 자네 도움이 필요해."

그렇게 말하면서 홈즈는 벨을 울렸다.

"얼마든지 말만 하라고."

"법을 어기는 일이라도?"

"상관없어."

"체포될지도 몰라."

"목적이 좋은 거라면 괜찮아."

"그 점은 조금도 염려하지 않아도 되네."

"그렇다면 더 말할 것도 없지."

"그래, 틀림없이 도와줄 거라고 믿었어."

"근데 뭘 도와야 하지?"

"허드슨 부인이 식사를 준비하면 이야기하지."

홈즈는 부인이 준비한 간단한 식사를 들면서 말을 이었다.

"자, 시간이 많지 않으니까 먹으면서 이야기할게. 벌써 다섯 시야. 두 시간 후엔 현장에 출동해야 해. 아이린 애들러, 아니 노튼 부인은 일곱 시에 드라이브에서 돌아올 거야. 우리는 그 전에 미리 브라이오니 롯지에 도착해서 기다렸다가 그녀를 만나야 해."

"그리고?"

"다음 일은 나에게 맡겨. 어떤 결과가 나올지 이미 계획이 서 있으니까. 하나 말해 둘 게 있는데, 어떤 일이 있어도 자네는 나서지 말게. 알겠지?"

"그냥 지켜보라는 거야?"

"그래. 자네는 아무 일도 하면 안 돼. 조금 불쾌한 사건이 일어나도 그것에 상관하지 마. 그 사건을 이용해서 나는 집 안으로 들어갈 거야. 그런 뒤 4, 5분쯤 지나면 거실 창문이 열릴 테니, 자네는 그동안에 창문 바로 옆에서 대기하고 있어."

"알았네."

"나를 계속 보고 있어야 하는 것도 알지?"

"물론."

"그리고 내가…… 이렇게 손을 들면, 내가 준 물건을 방 안에 던지면서 '불이야!' 하고 소리쳐. 알았지?"

"알았어."

"사실 이건 무서운 물건이 아냐."

그는 주머니에서 시가처럼 생긴 긴 통을 꺼냈다.

"배관공이 사용하는 발연통인데, 자연 발화가 되도록 양끝에 뇌관이 장치되어 있어. 자네 임무는 이것을 던지는 것뿐이야. '불이야!' 하고 한마디 외치면 그다음은 구경꾼들이 알아서 떠들 거야. 그런 다음 곧장 큰길 끝까지 가서 기다려. 그러면 10분쯤 후에 내가 그곳으로 갈 테니까. 다 알아들었지?"

"처음에는 방관자가 되고, 그다음에는 창가에서 자네를 지켜본다. 자네가 신호를 보내면 이 물건을 집 안에 던지면서 '불이야!' 하고 소리친다. 그런 다음 큰길 끝에서 자네를 기다린다. 이렇게 되는 것 아닌가?"

"맞아."

"그럼 안심하고 맡겨."

"그래. 시간이 없으니 이제부터 할 일을 준비해야겠어."

그는 침실로 들어갔는데, 5분도 지나지 않아 상냥하고 마음씨 착한 신부가 되어 나타났다. 폭이 넓은 검은 모자에 더부룩한 바지, 하얀 넥타이. 거기다 친절한 미소를 띠고 온화한 눈빛으로 다정하게 사람을 바라보는 그의 표정은 명배우가 아니고서는 도무지 흉내조차 낼 수 없는 것이리라. 홈즈는 의상만 바꾸는 것이 아니었다. 새로운 역할에 맞추어서 표정과 태도는 물론 마음까지 달라 보이게 했다. 그가 범죄 연구가가 되었기 때문에 과학계는 명석한 이론가를 잃었고, 연극계 역시 훌륭한 배우를 얻지 못했다는 생각이 들 정도였다.

우리가 베이커 가를 나선 것은 6시 15분이 지나서였는데, 예정보다 10분 일찍 서펜타인 가에 도착했다. 홈즈와 나는 이미 땅거미가 내린 브라이오니 롯지 앞을 어슬렁거리며 여주인이 돌아오기를 기다리고 있었다. 브라이오니 롯지는 홈즈의 간단한 설명을 들으며 내가 상상했던 그대로였지만, 주위는 생각했던 것만큼 한적하지 않았다. 아니, 한적한 지역의 좁은 길치고는 이상하도록 활기가 넘쳤다. 거리 모퉁이에서는 옷차림이 허술한 남자 몇 명이 담배를 피우면서 얘기하고 있었고, 한 사람은 숫돌에 가위를 갈고 있는가 하면, 두 근위병은 아이 보는 여자를 희롱하고 있었다. 또한 시가를 입에 물고 큰길을 서성거리는 말쑥한 차림의 젊은이들도 눈에 띄었다.

"이봐. 이 결혼 덕분에 사건이 오히려 간단해졌어. 그 사진이 두 날을 가진 칼이 되었지. 우리 의뢰인이 결혼할 공주에게 그 사진을 보이고 싶지 않듯이, 그녀도 가드프리 노튼에게 그 사진을 보이고 싶지 않을 게 분명해. 그런데 문제는…… 어디에 사진을 감춰두었느냐 하는 거야."

나와 함께 집 앞을 어슬렁대던 홈즈가 말을 걸어왔다.

"대체 어디일까?"

"설마 몸에 지니고 다니지는 않겠지. 캐비닛 사이즈라고 하니 너무 커서 옷에는 감추지 못할 거야. 왕이 사람을 숨겨놓았다가 몸을 수색할지도 모른다는 것쯤은 그녀도 알고 있을 테니까. 이미 두 번씩이나 그 꼴을 당했으니, 갖고 다니지도 않을 거야."

"그럼 어디에?"

"은행이나 변호사? 물론 둘 다 가능성이 있어. 하지만 그 어느 쪽도 아닌 것 같아. 대체로 여자들은 비밀을 좋아해서 자기가 직접 감추는 것을 좋아해. 남의 손에 맡기지 않았을 거야. 그녀가 갖고 있다면 일단 안심은 되지만, 만일 은행이나 변호사 수중에 들어갔다면 뒤로 손을 쓰거나 정치적 압력을 가해야 할지도 몰라. 하지만 그녀는

2, 3일 안에 그것을 이용할 속셈인 만큼 사진은 필요할 때 즉시 꺼낼 수 있는 장소에 있을 거야. 틀림없이 집 안에 두지 않았을까?"

"하지만 도둑을 가장해 이미 두 번이나 집 안을 수색했잖아."

"흥, 그 변변치 않은 친구들의 수색?"

"그럼 자네는 어떻게 찾을 건가?"

"찾지 않아."

"그럼 다른 방법이 있어?"

"그녀 스스로 장소를 밝히게 하는 거야."

"스스로 밝힐 리가 없잖은가?"

"밝히지 않을 수 없을 거야. 마차 소리가 들리는군. 그녀의 마차야. 자, 아까 내가 한 말을 잊지 말고 꼭 그대로 해주게."

그의 말대로 큰길 모퉁이를 돌아오는 마차의 불빛이 보였다. 예쁜 소형 사륜마차가 브라이오니 롯지 입구에서 멈춰 서자, 길모퉁이에 있던 부랑자 하나가 동전을 얻으려는 듯 달려가서 문을 열려고 했다. 그러나 같은 목적으로 달려온 다른 부랑자한테 떠밀렸다. 곧 치열한 싸움이 벌어졌는데, 그때 근위병 두 사람이 한쪽 편을 들자 이번에는 가위를 갈던 사람이 반대쪽 편을 들었다. 소란이 커지면서 욕설이 오가더니 마침내 주먹질까지 해댔다. 그 바람에 마차에서 내린 그녀는 주먹과 지팡이를 사납게 휘두르는 남자들의 치열한 싸움 속에 휘말렸다.

홈즈는 그녀를 보호하려는 듯 난투 속으로 뛰어갔다. 그러나 옆에까지 달려간 홈즈가 순간 비명을 지르며 갑자기 쓰러졌고, 그의 얼굴에서 피가 흘러내렸다. 두 근위병은 그것을 보고 어딘가로 사라졌고,

부랑자들도 반대 방향으로 도망쳤다. 그러자 싸움에 끼어들지 않고 구경만 하고 있던 말쑥한 차림의 청년들이 우르르 달려와서 부인을 구하고, 부상자의 상처를 돌보기 시작했다.

아이린 애들러는 서둘러 돌계단을 올라갔다. 그러나 맨 위 계단에서 현관 불빛에 그 아름다운 자태를 드러내며 멈춰 서더니, 조금 전의 그 난장판을 돌아보며 물었다.

"그분은 많이 다쳤나요?"

"죽은 것 같습니다."

몇 사람의 목소리가 대답했다.

"아냐, 아직 숨은 붙어 있어! 그러나 병원까지 갈 여유는 없을 것 같아."

다른 남자가 소리쳤다.

"용감한 남자였어요."

그녀가 말하자, 또 다른 청년 하나가 소리쳤다.

"이 사람이 아니었으면 부인은 지갑과 시계를 빼앗겼을 겁니다. 그놈들은 강도였어요. 큰일 날 뻔했어요. 어, 숨을 쉬고 있어! 이 상태로 길바닥에 둘 수는 없어. 부인, 댁으로 옮기면 안 될까요?"

"좋아요. 거실로 옮기세요. 소파가 있으니까요. 자, 이리로."

홈즈가 소란 속에서 천천히 브라이오니 롯지로 운반되어 눕혀지는 것을, 나는 창가의 정해진 장소에서 지켜보았다. 거실에는 램프가 켜져 있었고, 커튼이 내려져 있지 않아서 소파에 누워 있는 홈즈를 볼 수 있었다.

그때 홈즈는 자기가 한 연기에 대해 양심의 가책을 받고 있었는지 어떤지 모르지만, 나는 우리의 음모에 말려든 아름다운 여성을 보고, 또 그녀가 부상자를 더없이 다정하고 친절하게 보살피는 것을 보고, 왠지 지금까지 한 번도 느껴보지 못했던 강렬한 죄책감에 사로잡혔다. 하지만 그렇다고 내가 맡은 역할을 포기할 수는 없었다. 그건 홈즈에게 몹시 비열한 배신행위가 될 테니 말이다.

나는 마음을 독하게 먹고 긴 외투 속에서 발연통을 꺼냈다. '이것은 그녀를 해치기 위함이 아니다. 그녀가 다른 사람을 해치는 것을 미연에 방지하려는 수단일 뿐이다.' 하고 나는 자신에게 타일렀다.

홈즈가 소파 위에서 일어나 숨이 답답한 듯 가슴을 쓸어내렸다. 그러자 하녀가 달려와 창문을 활짝 열었다. 그와 동시에 홈즈가 손을 올리는 것이 보였다. 그 신호에 따라 나는 발연통을 방 안에 던지며 "불이야!" 하고 소리쳤다.

내가 소리를 외치자마자 신사, 마부, 하인, 하녀 등 그 근처에 있던 사람들이 모두 합창하듯 "불이야!" 하고 소리를 질렀다. 연기가 방 안에 자욱하게 퍼지는가 싶더니 소용돌이를 치면서 창문으로 흘러나왔다. 연기 속에서 뛰어다니는 사람들이 흐릿하게 보였는데, 조금 있으니 홈즈의 목소리가 들렸다.

"불이 아닙니다. 누가 거짓말을 한 거예요."

그는 이렇게 사람들을 진정시키고 있었다.

나는 와글와글 떠드는 사람들 틈에서 빠져나와 거리 모퉁이로 몸을 감췄다. 10분 후에 홈즈가 내 손을 잡아끌어 소동이 일어난 현장에서 멀리 떠날 때야 겨우 마음이 놓였다.

홈즈는 몇 분 동안 아무 말 없이 빠르게 걷다가 엣지웨어 가로 들어서는 조용한 골목으로 나를 이끌었다.

"잘했어, 왓슨. 나무랄 데 없었네. 그리고 모든 게 뜻대로 됐어."

"사진을 찾았나?"

"감춘 장소를 알았다네."

"어떻게?"

"내가 말한 대로 그녀가 가르쳐주더군."

"어떻게 된 일인지 도무지 모르겠는걸."

홈즈는 웃으면서 설명했다.

"아주 간단해. 길거리에 있던 사람들이 우리와 한패란 것은 자네도 눈치챘을 거야. 고용한 사람들이었네."

"그런 줄 알았어."

"싸움이 벌어졌을 때, 나는 손에 빨간색 물감을 갖고 있었어. 소동 속에 뛰어들어 쓰러진 다음 그 손으로 얼굴을 문질렀던 거지. 낡은 수법이야."

"대강 알고 있었어."

"그리고 집 안으로 운반되었지. 그녀도 거절할 수 없었던 거야. 그때 그 방법 말고 달리 어쩔 수 있었겠나? 그녀는 내가 수상하다고 느낀 거실에 나를 옮겨 놓았어. 사진은 거실이 아니면 침실에 있을 거라고 짐작했는데, 나는 그 사진이 어디에 있는지 확인하고 싶었어. 소파에 눕혀지고 나서 숨이 답답하단 흉내를 내서 창문을 열게 한 다음, 드디어 자네의 도움을 받게 된 거지."

"그게 어떻게 도움이 되었나?"

"크게 도움이 되었지. 여자는 집에 불이 난 것을 알면 제일 먼저 가장 소중한 것이 있는 곳으로 뛰어가기 마련이야. 이것은 여자들의 어찌할 수 없는 본능이라, 나는 그 점을 종종 사건 수사에 이용해왔다네. 달링튼 바꿔치기 사건에서도, 앤즈워스 성(城) 사건에서도 써먹었어. 부인이라면 아기를 보호하려 하고, 미혼 여성은 보석상자로 뛰어가곤 해. 그런데 오늘의 이 여성에게 가장 소중한 물건은 아마도 우리가 찾고 있는 사진일 거야. 그래서 그녀가 그것을 감춰둔 곳으로 맨 먼저 달려갈 것이라 생각했지. 자네의 '불이야!' 소리는 정말 박진감이 있었어. 게다가 연기가 솟아오르는데 사람들까지 떠들어대면 아무리 침착한 여자라도 당황하게 되거든. 그 아름다운 여성도 곧장 반응을 보였어. 그 사진은 오른쪽 종 끈의 바로 위, 벽의 널빤지 뒤의 오목한 곳에 감춰두었더군. 그녀가 반사적으로 그곳에 가서 사진을 반쯤 꺼내는 것을 보았어. 그런 뒤 내가, '불이 아니다. 누가 거짓말을 한 거다!' 하고 소리치니까, 그녀는 사진을 제자리에 넣고 발연통을 흘깃 보더니 밖으로 뛰어나갔어. 그리고 다시 그 방에 나타나지 않았고, 나는 슬며시 일어서서 그곳에서 빠져나왔어. 사진을 당장 갖고 나갈까 말까 잠시 생각했는데, 마부가 방에 들어와 집요하게 나를 지켜보고 있어서 뒤로 미루는 게 안전하다고 여겼지. 너무 서두르면 일을 그르칠 수도 있으니까."

"앞으로 어떻게 할 계획이지?"

"조사는 끝난 거나 마찬가지야. 내일 폐하와 함께 그녀를 방문해야지. 자네도 괜찮다면 함께 가세. 우리는 거실에 안내되어 기다리게 되겠지만, 그녀가 왔을 때는 우린 사진과 함께 사라지고 없을 거야. 폐하가 직접 사진을 찾으면 매우 만족해하겠지."

"몇 시에 방문할 생각인가?"

"오전 여덟 시. 그녀가 아직 일어나기 전이라야 자유롭게 일할 수 있어. 이번 결혼으로 어쩌면 그녀의 생활 습관이 바뀌었을지도 모르므로 되도록 서둘러야 할 거야. 폐하에게 전보를 쳐야겠군."

베이커 가 입구에서 홈즈가 열쇠를 찾고 있는데, 지나가던 사람이 뒤쪽에서 인사를 했다.

"셜록 홈즈 씨, 안녕하세요?"

인사와 함께 그 사람은 빠른 걸음으로 멀어져 갔다. 그때 길에는 몇 명의 행인이 눈에 띄었는데, 말을 건 주인공은 저 멀리 가고 있는 긴 외투 차림의 날씬한 젊은이 같았다.

"저 목소리, 들은 적이 있어. 그런데 누구지?"

홈즈는 가로등이 켜진 어스름한 길을 보면서 고개를 갸우뚱했다.

나는 그날 밤 베이커 가에서 잤다. 그리고 이튿날 아침 토스트와 커피로 간단히 식사를 하고 있을 때, 보헤미아 왕이 방으로 뛰어 들어왔다.

"벌써 찾았소?"

왕은 홈즈의 어깨를 움켜쥐고 뚫어질 듯이 얼굴을 들여다보면서 소리쳤다.

"아직 찾지 못했습니다."

"찾을 수 있겠지요?"

"그렇습니다."

"그럼 떠납시다. 나는 잠시도 가만히 있을 수가 없소."

"마차를 부르겠습니다."

"아니요. 나의 사륜마차를 대기시켜 놓았소."

우리는 아래층으로 내려가 함께 마차를 타고 브라이오니 롯지로 향했다.

"아이린 애들러는 결혼했습니다."

홈즈가 말했다.

"결혼? 언제?"

"어제입니다."

"상대는?"

"노튼이라는 영국인 변호사입니다."

"아이린은 그를 사랑하지 않을 거요."

"저는 그녀가 사랑하기를 바랍니다."

"어째서 그걸 바라오?"

"그렇게 되면 앞으로 폐하를 협박하지 않으리라 믿기 때문입니다. 그녀가 남편을 사랑한다면 폐하에게는 이미 애정이 없을 테고, 폐하에게 애정이 없으면 폐하가 어떤 일을 하든 방해할 까닭이 없지 않겠습니까."

"그건 맞는 얘기요. 그렇지만…… 아, 그녀가 나와 신분이 비슷하기만 하다면 얼마나 훌륭한 왕비가 되었을까!"

왕은 침울하게 입을 다물더니, 서펜타인 애비뉴에 닿을 때까지 아무 말이 없었다.

브라이오니 롯지의 문은 열려 있었고, 돌계단 위에 나이든 여자가 서 있었다. 그 여자는 우리가 사륜마차에서 내리는 것을 비웃는 듯한 시선으로 지켜보고 있었다.

"셜록 홈즈 씨?"

그녀가 물었다.

"맞습니다."

홈즈는 약간 당황하며 그녀를 보았다.

"역시! 당신이 올 거라고 부인이 말하셨습니다. 부인은 남편과 함께 오늘 아침 5시 15분 열차로 채링크로스 역에서 대륙으로 출발하셨습니다."

"뭐라고? 그 사람, 영국을 떠났습니까?"

홈즈는 놀라움과 분함으로 뒷걸음을 쳤다.

"다시는 돌아오지 않을 겁니다."

"그러면 편지는? 모든 것이 사라졌군."

왕이 짓눌린 음성으로 물었다.

"조사해 봐야겠어!"

홈즈는 그녀를 밀치고 거실로 뛰어들었고, 왕과 나도 그 뒤를 따랐다. 가구가 방 안에 어지럽게 흩어져 있었다. 선반도 떨어지고 서랍도 열려 있는 채여서, 아이린이 출발하기 전에 얼마나 급히 서둘렀는가를 짐작할 수 있었다.

홈즈는 종 끈이 있는 곳으로 달려가 작은 미닫이를 열더니 손을 넣어 사진 한 장과 편지를 꺼냈다. 사진은 야회복 차림의 아이린 애들러를 찍은 것이었고, 편지 봉투에는 '이곳에 방문하신 셜록 홈즈 씨에게'라고 쓰여 있었다.

홈즈가 급히 봉투를 뜯었고, 우리의 시선은 모두 그 편지에 집중되었다. 날짜는 어젯밤 12시로 되어 있었다.

셜록 홈즈 씨. 멋진 솜씨였습니다. 나는 완전히 속았어요. "불이야" 소리를 들은 뒤에도 나는 전혀 눈치채지 못했습니다.

하지만 그 후 내가 너무 어수룩했다는 것을 깨닫고 생각해 보았습니다. 폐하가 누군가에게 도움을 요청한다면 당신에게 할 테니. 당신을 경계하라는 주의를 몇 개월 전에 받은 적이 있었습니다. 그리고 당신의 집 주소까지 알려주었지요. 그랬는데도 나는 당신이 궁금히 여기는 것을 스스로 밝히고 말았습니다.

수상하다고 느낀 다음에도, 그토록 친절하고 다정한 신부님이 나쁘게 생각되지는 않았습니다. 하지만 아시다시피, 나도 한때는 여배우를 지망한 적이 있습니다. 남자로 변장하는 것쯤은 간단한 일입니다. 지금까지도 가끔 그 방법을 이용했으니까요. 그래서 마부 존에게 당신을 감시하라고 하고, 위층에 올라가 남자로 변장하고 내려오니까 당신은 마침 돌아가는 길이더군요.

나는 곧장 당신을 미행하여 당신의 집 앞까지 갔습니다. 그리고 비로소 내가 그 유명한 셜록 홈즈에게 관심의 대상이 되어 있다는 것을 확인했습니다. 실례인 줄 알지만 인사를 하고, 남편을 만나러 변호사협회로 갔습니다.

이렇게 무서운 분이 노리고 있는 한 도망치는 것이 최선이라고 우리는 생각했습니다. 사진에 대해서는 부디 안심하시라고 당신의 의뢰인에게 전해 주세요. 나는 지금 더 좋은 분을 만나 사랑하고, 사랑받고 있으니까요.

폐하는 옛날에 잠깐 향락의 대상으로 삼았던 여자가 방해할까 하는 염려는 더 이상 마시고 원하시는 대로 행동하시면 됩니다.

그 사진을 나는 몸을 지키는 무기로서 지니고 있겠습니다. 앞으로 폐하께서 저를 위협하신다 해도 그 사진이 있는 한 나는 안심할 수 있습니다.

그리고 나의 사진 한 장을 남겨둡니다. 폐하가 원하신다면 드리세요.

진심으로 존경하는 셜록 홈즈 씨. 안녕히 계십시오.

아이린 노튼, 애들러

"아, 정말 훌륭한 여자다. 정말 훌륭한 여자야."

세 사람이 편지를 다 읽고 나자 보헤미아 왕이 감격하며 외쳤다.

"내가 생각한 대로 지혜롭고 의지가 굳은 여자야. 나와 신분의 차이만 없었다면, 틀림없이 훌륭한 왕비가 되었을 텐데! 정말 슬픈 일이오."

"제가 보는 바로도 이분은 폐하하고는 전혀 어울리지 않습니다. 의뢰하신 일을 보다 만족스럽게 처리하지 못한 것은 유감으로 생각합니다."

홈즈가 차갑게 말했다.

"아니, 천만에! 이렇게 된 것에 나는 만족하고 있소. 나는 그녀가 약속을 지키리라 믿소. 사진은 이미 불태운 것이나 마찬가지요."

왕이 말했다.

"그 말씀을 들으니 마음이 놓입니다."

"당신에게는 뭐라고 감사의 말을 해야 좋을지 모르겠소. 이 보답을 어떻게 해야 좋을지 말해 주시오. 이 반지를……."

보헤미아 왕은 뱀처럼 생긴 에메랄드 반지를 빼더니 그것을 손바닥에 얹어 내밀었다.

　"폐하께서는 이보다 더 귀중한 물건을 갖고 계십니다. 제게 사례하길 원하신다면……."

　홈즈가 말했다.

　"기탄없이 말하시오."

　"이 사진입니다."

　왕은 놀란 눈으로 홈즈를 바라보았다.

　"아이린의 사진을! 좋소. 그대가 원한다면."

　"고맙습니다. 그럼 폐하와의 일은 이것으로 끝난 것 같습니다. 진심으로 행운을 빌겠습니다."

　홈즈는 머리를 숙이고는, 보헤미아 왕이 청하는 악수도 깨닫지 못한 채 몸을 돌려 나를 데리고 나왔다.

　이상이 보헤미아를 위협한 꺼림칙한 사건으로, 홈즈의 계략도 한 여성의 지혜 앞에서 빛을 잃고 만 이야기의 전말이다.

　홈즈는 여자의 위트를 곧잘 비웃곤 했는데, 보헤미아 사건 이후에는 그의 입에서 그런 경멸의 말을 들은 적이 없다.

　그리고 아이린에 대해서나, 그녀의 사진에 대한 이야기가 나올 때면 그는 언제나 '그 여성'이란 경칭을 사용했다.

빨간 머리 연맹

The Red Headed League

(1891)

작년 가을의 어느 날, 나는 홈즈를 방문했다. 그때 홈즈는 혈색 좋은 얼굴에 타는 듯한 빨간 머리를 가진 아주 건강해 보이는 신사와 열심히 이야기하는 중이었다. 실례했다고 사과를 하면서 돌아서려 하자, 홈즈가 갑자기 내 팔을 잡아 방 안으로 끌어들이더니 문을 닫았다.

"왓슨, 마침 잘 왔어."

홈즈가 유쾌하게 말했다.

"자네가 손님과 상담 중인 줄 알았네."

"상담 중이야. 아주 중요한 이야기를 하고 있었네."

"그럼 나는 옆방에서 기다릴게."

"그러지 않아도 되네. 윌슨 씨, 이 친구는 지금까지 내가 해결한 많은 사건들에서 나의 동료도 되고 협력자도 되어 준 사람입니다. 그러므로 이번 당신의 문제에도 크게 활약해 주리라 생각합니다."

그 건장한 신사는 의자에서 엉거주춤 일어나더니, 두꺼운 눈두덩 밑의 작은 눈을 의심스러운 듯이 반짝이면서 가볍게 고개를 끄덕였다.

"소파에 앉게."

홈즈는 나에게 말하고 자기도 의자에 앉아 양 손가락을 깍지 꼈다. 이것은 그가 무언가 생각할 것이 있을 때 흔히 나오는 버릇이다.

"왓슨. 자네도 나처럼 일상생활의 따분한 반복이나 평범한 이야기보다는 기이한 사건들에 더 관심이 많지? 그러니까 나의 많은 사건을 기록해 주었고, 또 그것들을 책으로까지 엮는 게 아니겠나. 그런 걸 보면 자네의 관심이 어느 정도인지 알 수 있다네."

"자네가 다루는 사건이 재미있어서야."

내가 말했다.

"언젠가 말했지. 자네도 기억할 거야. 메리 서덜랜드 양이 의뢰한 그다지 복잡하지 않은 사건을 맡기 직전이었지. '색다른 감명이나 특별한 사건을 경험하고 싶다면 우리는 그것을 생활에서 찾아야 한다. 생활이야말로 항상 어떤 상상력의 산물보다 더 분방하고 더 기이하기 때문이다.'라고 내가 말한 적이 있었지?"

"난 그 의견에는 찬성할 수 없다고 했었네."

"그랬지, 왓슨. 하지만 결국 자네는 고집을 꺾고 내 의견에 찬성하게 될 거야. 왜냐하면 자네의 논거가 무수한 사실들에 의해 깨지고, 내 의견이 옳다고 인정할 때까지 나는 자네 눈앞에 실제의 예를 산더미같이 쌓아놓을 테니까. 그런데 오늘 아침 제이베스 윌슨 씨가 이렇게 친절하게 찾아와 어떤 이야기를 들려주었는데, 지금까지 들은 바로는 근래에 없던 기괴한 이야기야. 전에도 자네에게 말했던 적이 있지만, 이상하고 특이한 사건은 중대한 범죄보다는 오히려 작은 범죄에 관련되어 있는 경우가 많아. 간혹은 범죄가 있었는지조차 의심스럽게 여겨지는 곳에 숨어 있는 경우도 있지. 여기 찾아오신 윌슨 씨의 사건도 마찬가지야. 지금까지 들은 바로는 범죄가 있는지 없는지 아직 단언하긴 어렵지만 사건치고는 아주 특이해. 윌슨 씨, 실례지만 처음부터 다시 한번 이야기해 주시겠습니까? 왓슨은 첫 부분을 듣지 못했고, 나 역시 이야기가 특이해서 사건의 사소한 점까지 다시 자세히 듣고 싶군요. 나는 대개의 경우, 사건의 경과를 그 일부만 들어도 지금까지 경험해 온 사건들에 비추어 나머지를 짐작할 수 있습니다. 하지만 이번 사건은 어느 대목도 유추할 수 있는 선례가 없습니다."

그 뚱뚱한 의뢰인은 약간 우쭐해진 듯 가슴을 펴더니 코트 안주머니에서 더럽고 구깃구깃해진 신문을 꺼냈다. 그러더니 그것을 무릎에 올려놓고 구겨진 주름을 펴면서 광고란을 들여다보았다. 그동안 나는 이 신사를 자세히 관찰했는데, 홈즈가 늘 하는 방법대로 복장과 태도에서 무언가를 알아내려고 노력했다.

그러나 관찰로 파악한 것은 별로 없었다. 그저 평범하고 비만해서 둔한 느낌이 드는 영국 상인이라는 인상뿐이었다. 약간 더부룩한 회색 바둑무늬 바지에, 결코 깨끗하다고는 할 수 없는 검은 프록코트를 입고 있었는데 앞단추는 풀어놓은 채였다. 옅은 갈색 조끼에 굵은 놋쇠 빛 앨버트 시곗줄을 감았고, 구멍이 나 있는 그 끝에는 네모난 금속장식이 매달려 있었다. 옆의 의자에 닳아빠진 실크 모자와 빛바랜 갈색 외투를 벗어놓았는데, 외투의 옷깃에 붙인 벨벳은 주름투성이였다. 아무리 보아도 눈에 들어오는 것은 타는 듯한 빨간 머리와 여전히 뭔가 못마땅해 하는 듯한 불만스러운 표정뿐이었다.

홈즈의 빠른 시선이 나에게 쏠렸다. 그리고 궁금해 하는 내 눈길과 마주치자 미소를 지으며 머리를 흔들었다.

"이분은 옛날부터 노동일을 해왔고, 코담배를 애용하고, 프리메이슨 회원이고, 중국에 다녀온 적이 있고, 요즘에는 글씨를 많이 썼다는 것까지는 알 수 있어. 하지만 그 이상은 모르겠어."

제이베스 윌슨은 이 말을 듣고 깜짝 놀라 의자에서 벌떡 일어났다. 그는 한쪽 손가락으로 신문을 누른 채 홈즈를 빤히 바라보았다.

"도대체 그걸 어떻게 아셨습니까, 홈즈 씨? 예를 든다면, 내가 노동일을 했다는 것 말입니다. 사실 그랬습니다. 나는 배 목수부터 시작한 사람이니까요."

"당신의 손입니다. 오른손이 왼손보다 훨씬 크군요. 당신은 오른손을 주로 쓰는 일을 했어요. 그래서 근육이 발달한 겁니다."

"아, 그럼 코담배는? 프리메이슨 회원은?"

"그것을 자세하게 설명하는 것은 현명한 당신에게 실례되는 일이라 생각합니다. 당신은 프리메이슨의 엄격한 서열 규칙을 위반하고 호(弧)와 컴퍼스로 된 가슴 장식 핀을 달고 있으니 말입니다."

"아, 그렇군요. 깜박 잊고 있었습니다. 그러나 글씨를 썼다는 것은?"

"오른쪽 소맷자락이 5인치쯤 아주 반질반질하고, 왼쪽 팔꿈치 그러니까 책상에 닿는 부분이 다른 천으로 겹쳐 꿰매져 있는데 그것이 뭘 말하는 표시겠습니까?"

"알겠어요. 그럼 중국에 갔었다는 것은요?"

"오른손 손목 바로 위에 물고기 문신이 있는데 그건 중국에서나 볼 수 있는 것입니다. 나는 문신 연구를 한 적이 있습니다. 그래서 많지는 않지만 그 방면의 문헌에 기여한 바도 있는데, 그와 같이 물고기 비늘을 아름다운 핑크색으로 물들이는 기술은 중국에만 있습니다. 그리고 시곗줄에 매달려 있는 중국 동전을 보면 대답은 더욱 간단히 나옵니다."

제이베스 윌슨은 크게 웃었다.

"정말 놀랐습니다. 처음에는 굉장한 기술인 줄 알았는데 알고 보니 별것 아니군요."

"왓슨, 설명을 한 것이 오히려 잘못이군."

홈즈가 말했다.

"'모르는 것이 위대해 보인다.'라는 말도 있는데, 이렇게 정직하게 털어놓기만 하면 별 볼일 없는 얄팍한 내 명성마저도 그나마 오래지 않아 사라질 것 아닌가. 윌슨 씨, 광고는 찾았습니까?"

"네, 여기 있습니다."

그는 굵고 붉은 손가락으로 광고란 중앙을 가리켰다.

"여깁니다. 이것이 사건의 원인이 되었습니다. 직접 읽어보세요."

나는 신문을 받아들고 읽었다. 광고는 다음과 같았다.

빨간 머리 연맹에 알림

미국 펜실베이니아 주 레바논의 고(故) 이제키아 홉킨스 씨의 뜻에 따라, 명목이 있는 봉사에 대해 주 4파운드를 지급받을 권리를 갖는다. 연맹원에 결원이 하나 생겼음. 런던에 거주하는 몸과 마음이 건강한 21세 이상의 빨간 머리 남자는 응모 자격 있음.

월요일 11시, 플리트 가 포프스 코트 7번지 연맹사무소의 던컨 로스 앞으로 직접 신청 바람.

"도대체 이게 뭐지?"

나는 이 기괴한 광고를 두 번 읽고 나서 소리쳤다.

홈즈는 킬킬거리며 기분이 좋을 때면 늘 하는 버릇대로 의자에 앉은 채 몸을 흔들었다.

"이건 흔한 이야기가 아냐. 월슨 씨, 되도록 자세하게 당신의 사정과 가정 상황 그리고 이 광고가 당신의 신상에 끼친 영향에 대해 이야기해 주세요. 왓슨, 자네는 그 신문 이름과 발행일을 메모하게."

"1890년 4월 27일. 모닝크로니클. 꼭 두 달 전이군."

"좋아, 그럼 월슨 씨."

"홈즈 씨, 아까도 말했지만……. 나는 도시의 중심부인 코벅 스퀘어에서 작은 전당포를 하고 있습니다. 장사라고는 해도 전문적인 장삿속도 없고, 게다가 요즘은 불경기여서 그날 벌어 그날 먹는 형편입니다. 전에는 그래도 종업원을 둘씩이나 데리고 있었는데 지금은 한 사람뿐입니다. 그 한 사람의 급료를 주기에도 빠듯한 벌이를 하고 있지만, 다행히 그 사람 하는 말이 급료는 다른 곳의 반만 받아도 좋으니 일만 배우도록 해달라고 해서……."

제이베스 월슨이 이마의 땀을 닦으며 말했다.

"그 기특한 젊은이의 이름은 뭡니까?"

홈즈가 물었다.

"빈센트 스폴딩인데 젊지는 않아요. 나이는 짐작을 못하겠어요. 어쨌든 홈즈 씨, 직원으로 그렇게 훌륭한 사람을 찾기란 쉽지 않을 겁니다. 마음만 먹으면 더 좋은 자리에, 급료도 내가 주는 액수의 배는 더 받을 수 있을 거예요. 그러나 본인이 좋다고 하는데, 내가 구태여 그렇게 하라고 등을 떠밀 필요는 없지요."

"옳은 말입니다. 절반의 급료로 직원을 고용했으니 당신은 행운아입니다. 요즘은 사람을 고용하는 것도 어려우니까요. 이 신문광고 못지않게 그 젊은이도 특이한 데가 있군요."

"사실 그에게도 나쁜 버릇은 있습니다. 그렇게 사진에 미친 사람이 세상에 또 있을까요. 진지하게 근무해야 할 때도 카메라를 들고 나와 찍어대는 겁니다. 그러고 나서는 토끼가 굴속으로 들어가듯 지하실에 들어가 현상을 합니다. 그것이 그 친구의 결점이지요. 그러나 나쁜 사람은 아닙니다. 전반적으로 봐서는 일을 잘하는 편이니까요."

"지금도 당신 전당포에 있습니까?"

"있습니다. 그 친구 말고는 간단한 집안일을 하는 열네 살 소녀 그리고 나, 이렇게 세 사람이에요. 아내는 일찍 죽었고 달리 가족도 없으니까요. 잘살지는 못하지만 그럭저럭 끼니 걱정 없이 빚을 갚을 정도는 됩니다. 그런 나를 골탕 먹인 것은 바로 이 광고입니다. 꼭 두 달 전이군요. 스폴딩이 이 신문을 들고 전당포에 와서 이상한 푸념을 늘어놓더라고요.

'사장님, 나도 머리털이 빨간색이면 얼마나 좋을까요?'

그래서 내가 왜 그런 생각을 하는지 물었지요.

'빨간 머리 연맹에 또 결원이 생겼거든요. 그곳에 가입만 하면 누구든지 한밑천 잡을 수 있으니까요. 제가 들은 이야기로는, 이 연맹은 자격을 가진 사람이 얼마 없는 까닭에 결원이 많아 관리인이 돈을 처분하는 데 애를 먹고 있는 형편이랍니다. 나도 빨간 머리라면 꼭 응모했을 겁니다.'

'대체 그게 뭔데?'

내가 물어보았습니다.

홈즈 씨, 나는 온종일 집 안에만 있습니다. 하는 일이 밖으로 나도는 게 아니고 집에서 손님을 받는 거니까요. 몇 주일씩 집을 나가지 않을 때도 있습니다. 그렇기 때문에 세상 돌아가는 소식이 어두워서 별것 아닌 뉴스에도 귀를 기울이곤 합니다.

'사장님, 아직 빨간 머리 연맹의 이야기를 모르세요?'

스폴딩은 눈을 크게 뜨고 물었습니다.

'못 들었어.'

'이상하군요. 완전한 조건을 갖추신 분이 그걸 모르다니.'

'거기 들어가면 좋은 일이 생기나?'

'물론이죠. 일 년에 200파운드밖에 안 되지만 하는 일이 간단해 본업에 지장이 없어요.'

이 말을 듣고 나는 귀가 솔깃해졌습니다. 장사도 시원치 않은 때에 일 년에 200파운드나 부수입이 생긴다니 마음이 움직이지 않을 수 있습니까.

'그 얘기를 자세히 해주게.'

내가 말하자 스폴딩이 광고를 보여주었습니다.

'사장님이 직접 읽으시면 아실 테지만 연맹에 자리 하나가 비었대요. 자세한 건 여기로 문의하면 돼요. 내가 들은 바로는 미국의 백만장자 이제키아 홉킨스가 이 연맹을 만들었다더군요. 이 사람은 매우 빨간 머리를 갖고 있었는데, 그러다 보니 빨간 머리에 대해 깊은 동정심을 갖게 되었답니다. 그래서 죽을 때 유산 관리인에게 큰 재산을 맡기며, 거기서 나오는 이자로 자기처럼 빨간 머리 남자에게 간단한 일을 시키고 돈을 주라는 유언을 했답니다. 소문에 의하면 하는 일은 아주 간단한데 급료는 어김없이 나온다는 거예요.'

'하지만 연맹에 가입을 원하는 빨간 머리가 몇 만 명은 될 게 아닌가?'

'사장님이 생각하시는 것만큼 많지 않아요. 왜냐하면 응모자는 런던에 사는 남자 어른이어야 하니까요. 이 미국인에게 런던은 젊은 시절 출세의 발판이 되었기 때문에 이 그리운 도시에 은혜를 갚고 싶다는 겁니다. 그리고 빨간 머리라고는 했지만 색이 좀 흐리거나 검은색이 들어간 빨간색은 안 되고, 정말 불타는 것처럼 반짝이는 빨간 머리라야만 된다고 해요. 사장님은 그곳에 얼굴을 내미는 것만으로도 합격하실 거예요. 돈이 몇 푼 안 된다면 몰라도 일 년에 200파운드나 되잖아요. 떨어져도 밑져야 본전이니까요.'

보시는 바와 같이 내 머리는 이렇게 빨개서 이런 경쟁이라면 누구한테도 지지 않을 자신이 있었습니다. 빈센트 스폴딩은 연맹에 대해 아는 게 많은 것 같아서 도움이 될지도 모른다고 생각하고, 그날은 일찍 전당포 문을 닫고 함께 가자고 했지요. 그도 가게를 일찍 닫는다니까 아주 좋아했어요. 우리는 문을 닫고 광고에 나와 있는 주소로 찾아갔습니다.

그런데 홈즈 씨, 그런 광경은 두 번 다시 볼 수 없을 겁니다. 동서남북 사방에서 머리카락에 빨간 빛이 있는 사람이면 모두 광고를 보고 중심부로 모여들었지 뭡니까. 플리트 가는 빨간 머리 인파로 숨이 막힐 것 같았고, 포프스 코트는 마치 오렌지 장수의 수레와 같았습니다. 단 한 번 낸 광고에 이렇게 많은 사람들이 모였으니 기가 막힐 노릇이지요. 딸기색, 레몬색, 오렌지색, 벽돌색, 적갈색, 진흙색······ 아무튼 온갖 빨간색 머리가 총집합했더군요. 하지만 스폴딩도 말했지만 정말 타는 것 같은 빨간 머리는 그리 많지 않았어요. 이 많은 사람들이 차례를 기다리느라 줄 서 있는 것을 보았을 때, 만일 나 혼자였다면 기가 죽어 그냥 돌아왔을 겁니다. 하지만 스폴딩이 나를 잡아끌었지요. 그때 어떻게 했는지 확실히 기억나지 않지만 줄지어 있는 사람들을 밀치고 당기고 떠밀고 하면서 인파 속을 헤치고 연맹사무실이 있는 계단 앞까지 갔습니다. 거의 스폴딩에게 끌려간 것이지요. 계단에는 희망을 안고 올라가는 사람과 실망감에 기운이 빠져 내려오는 사람들로 두 개의 줄이 이루어져 있었어요. 우리는 요령 있게 그 줄 속에 끼어들어 마침내 사무실 안으로 들어갔지요."

"재미있는 경험이었군요. 정말 재미있습니다. 계속하세요."

의뢰인이 잠시 말을 중단하고 한 줌의 코담배를 맡으며 기억을 되살리고 있을 때, 홈즈가 말했다.

"사무실 안에는 나무 의자 두 개와 소나무로 만든 테이블이 덩그러니 놓여 있었습니다. 그리고 테이블 맞은편에 나보다 더 새빨간 머리털을 가진 작은 남자가 앉아 있었어요. 그는 응모자가 한 명씩 들어올 때마다 판에 박은 듯 두세 마디 말을 건네며 그를 낙제시킬 결점을 찾고 있었어요. 이런 형편이라면 통과되기는 어려울 것 같았지요. 그런데 내 차례가 되었을 때, 그 작은 남자는 지금까지 다른 응모자를 대할 때와는 사뭇 다른 태도로 아주 상냥하게 우리를 맞았습니다. 그러더니 밀담을 할 수 있도록 입구의 문까지 닫았지요.

'제이베스 윌슨 씨입니다.'

스폴딩이 나를 소개했습니다.

'연맹에 가입하고 싶어서 왔습니다.'

'훌륭한 적임자군요. 우리가 요구하는 모든 조건을 갖추셨어요. 지금까지 이렇게 훌륭한 머리색은 본 적이 없습니다.'

그러더니 남자는 한 걸음 뒤로 물러서서 고개를 기울이고는 내가 쑥스러울 만큼 내 머리를 뚫어지게 들여다보았습니다. 그리고 성큼성큼 다가와서 내 손을 잡고 축하한다며 큰 소리로 말했습니다.

'이 머리라면 합격입니다. 그러나 만일을 위해 한 가지 시험을 하겠습니다. 실례합니다.'

그는 두 손으로 내 머리를 움켜잡고 힘껏 잡아당겼어요. 얼마나 아픈지 나는 비명을 질렀지요.

'눈물이 나왔군요.'

그는 손을 놓으며 말했습니다.

'과연 나무랄 데 없습니다. 그러나 우리는 그렇게 할 수밖에 없습니다. 왜냐하면 지금까지 가발이 두 번, 염색이 한 번, 이렇게 속았거든요. 구둣방의 납을 사용한 사람도 있더군요. 그런 예를 들자면

끝이 없습니다. 정말 생각할수록 인간에 대한 환멸만 생깁니다.'

그 남자는 창가로 가서 합격자가 결정되었다고 크게 소리쳤지요. 그러자 창문 밑에서는 한동안 낙담한 사람들의 웅성거림이 들리더니 이윽고 모두 가 버리고, 빨간 머리는 나와 그 관리인만 남았습니다.

'던컨 로스입니다.'

그 남자가 자기소개를 했습니다.

'나도 우리의 거룩한 은인이 남기고 간 기금에서 연금을 받고 있습니다. 그런데 윌슨 씨, 결혼했나요? 가족은?'

가족이 없다고 하자, 갑자기 그 남자의 안색이 변하더군요.

'난처하군!'

그가 심각하게 말했어요.

'사실 우리 연맹의 기금은 빨간 머리 사람을 보호하는 것뿐 아니라 자손의 번영을 도모하기 위해 조성된 것입니다. 당신이 독신이라니 정말 유감입니다.'

이 말을 듣고 나는 결국은 떨어졌다고 생각해서 실망했지요. 그런데 상대는 2, 3분 동안 생각하더니 괜찮겠다고 했어요.

'다른 사람이라면 이 결점이 어쩔 수 없는 결격 사유가 되지만 당신처럼 훌륭한 빨간 머리를 갖고 계신 분에게는 우리들도 양보하지 않을 수 없군요. 그럼 언제부터 일을 하시겠습니까?'

'그게 좀 곤란합니다. 가게가 있어서요.'

내가 말했습니다.

'아, 그런 건 상관없어요. 사장님, 내가 대신하면 되잖아요.'

빈센트 스폴딩이 옆에서 말했어요.

그래서 내가 물었습니다.

'근무시간은 어떻게 됩니까?'

'오전 열 시부터 오후 두 시까지입니다.'

그런데 홈즈 씨, 전당포는 대개 초저녁 장사인데 특히 급여일 전날인 목요일과 금요일이 바쁩니다. 그러니 열 시부터 두 시 사이라면 영업에 아무런 지장이 없지요. 게다가 스폴딩은 착한 사람이라 가게를 맡겨도 안심이고요.

'그렇다면 좋습니다. 그런데 급료는 얼마입니까?'

내가 물었지요.

'일주일에 4파운드입니다.'

'하는 일은요?'

'말이 일이지 별것 아닙니다.'

'너무 막연해서 감이 잡히지 않는군요.'

'근무시간에는 사무실에, 적어도 이 건물 안에 있어야 합니다. 만일 장소를 이탈하면 당신은 영원히 이 지위를 잃게 됩니다. 유언장에 그렇게 명기되어 있어요. 근무 시간 중 한 걸음이라도 밖에 나가면 규칙 위반이 됩니다.'

'하루에 네 시간이니까 외출할 일은 없겠지요.'

내가 말했지요.

'어떤 이유도 용납되지 않습니다. 병이 나도, 급한 일이 있어도, 기타 어떤 급한 이유도 안 됩니다.'

던컨 로스 씨는 저에게 단단히 일러두었습니다.

'사무실에 있느냐 파면되느냐, 둘 중의 하나입니다.'

'할 일은?'

'대영백과사전을 옮겨 쓰는 겁니다. 저기 책장에 한 권이 있습니다. 잉크와 펜과 압지는 본인이 갖고 와야 하지만, 이 테이블과 의자는 사용해도 좋습니다. 내일 오시겠습니까?'

'물론이죠.'

내가 대답했지요.

'그럼 제이베스 윌슨 씨. 오늘은 이만 돌아가십시오. 이 얻기 힘든 지위를 얻게 되신 행운을 진심으로 축하드립니다.'

로스 씨는 고개 숙여 인사하고 나를 배웅했습니다. 나는 스폴딩과 함께 집으로 돌아왔는데 무슨 말을 해야 좋을지, 또 무엇을 해야 좋을지 모를 만큼 나의 행운을 기뻐했지요.

그리고 온종일 그날 아침에 있었던 일만 생각했는데 밤이 되자 다시 맥이 풀렸습니다. 어떤 목적으로 이런 짓을 하는지는 몰라도 어쨌든 장난이 아니면 사기라는 생각이 들었기 때문입니다.

도대체 이런 유언을 할 사람이 있을까, 대영백과사전을 베끼는 따위의 어린애 장난 같은 일에 누가 그 많은 돈을 내놓는단 말인가. 나는 도저히 믿을 수 없었지요.

빈센트 스폴딩은 옆에서 나에게 용기를 주려고 애를 썼지만 내가 잠자리에 들었을 때는 완전히 체념한 뒤였습니다.

그러나 다음 날 아침이 되자 어쨌든 가보자는 생각이 들었지요. 그래서 작은 잉크병과 거위 깃털 펜과 풀스캡 페이퍼 일곱 장을 구입해 포프스 코트에 갔습니다.

깜짝 놀랐지요. 아니 기뻤습니다. 모든 게 어제 이야기와 같았거든요. 그곳에 책상이 놓여 있었고, 던컨 로스 씨는 내가 일을 시작하는 걸 확인하러 와 있었습니다. 그리고 나에게 A 항목부터 베끼라고 하며 나갔는데, 그 뒤에도 내 근무상태를 보기 위해 가끔 들어와 보곤 했습니다. 두 시가 되자 그만 가도 좋다면서 내가 쓴 종이를 보고 칭찬을 해주었고, 내가 나오자 문에 자물쇠를 채웠습니다.

그 후부터 매일 같은 일을 되풀이했지요. 그리고 토요일이 되자 관리인 로스 씨가 와서 일주일 급료로 소블린 금화 네 개를 주었습니다. 그 다음 주도 그 다음 주도 그러했습니다.

나는 매일 아침 열 시에 출근해서 오후 두 시에 돌아옵니다. 던컨 로스 씨는 나중엔 아침에 한 번 얼굴을 내밀더니, 얼마쯤 지나니까 아예 나타나지도 않았어요. 하지만 언제 나타날지 모르니 나는 사무실에서 한 걸음도 나가지 않았지요. 생각해 보세요. 일은 쉽고 급료는 많으니 해고당할 서툰 짓을 할 수 있겠어요?

이렇게 8주가 지나갔습니다.

나는 'Abbots, Archery, Armour, Architecture, Attica'의 순서로 열심히 써가면서 조금만 더 쓰면 'B'로 들어가게 된다고 신이 나 있었습니다. 풀스캡 페이퍼 값으로도 적지 않은 돈이 나갔습니다. 내가 쓴 종이로 선반 하나가 가득 찼습니다.

그때입니다. 갑자기 일이 끝나고 말았습니다."

"끝나다니요?"

"그렇습니다. 그것도 오늘 아침에 말입니다. 보통 때와 같이 열 시에 출근해 보니 문은 닫혀 있고 자물쇠가 채워져 있었는데, 문 가운데에 네모난 종이가 핀으로 꽂혀 있었습니다. 이것이 그것입니다. 직접 읽어보세요."

월슨은 편지지 크기의 하얀 판지를 내밀었다. 거기에는 다음과 같은 글이 쓰여 있었다.

빨간 머리 연맹을 해산함. 1890년 10월 9일.

홈즈와 나는 이 쌀쌀맞은 글과 월슨의 분한 듯한 표정을 물끄러미 보다가 이런저런 추리를 시도해 볼 생각도 잊고, 무엇보다도 이 사건의 우스꽝스러움에 그만 폭소를 터뜨리고 말았다.

"뭐가 그렇게 우습죠? 웃기만 한다면, 나는 다른 곳으로 가겠소."

의뢰인의 얼굴은 불빛 같은 머리털 언저리까지 시뻘게졌다.

"진정하세요. 이런 사건은 절대로 놓치지 않겠습니다. 정말 진기하고 재미있는 사건입니다. 그러나 실례지만 조금 우습기도 합니다. 이 종이를 보고 당신은 어떻게 했습니까?"

홈즈는 반쯤 일어났다가 다시 앉으며 큰 소리로 말했다.

"깜짝 놀랐지요. 어떻게 해야 좋을지 몰라 그 건물에 있는 다른 사무실에 이리저리 물어보고 다녔는데, 그것에 대해 알고 있는 사람은 한 명도 없었어요. 마지막으로 1층에 살고 있는 집주인인 회계사에게 가서 빨간 머리 연맹은 어떻게 되었느냐고 물었더니, 그런 연맹 이야기는 들어본 일조차 없다고 하더군요. 그래서 던컨 로스 씨는 어떤 인물이냐고 물었습니다. 그러자 그런 이름도 처음 듣는다고 거예요.

'4호실 남자입니다.'

'4호실? 그렇다면 머리가 빨간 사람 말이군요.'

'네.'

'그 사람은 윌리엄 모리스 변호사입니다. 새 사무실을 마련하는 동안 임시로 그 방을 쓰고 있었지요. 그런데 어제 이사했는데요.'

'어디로 가면 만날 수 있습니까?'

'이사 간 사무실로 가보는 게 좋겠군요. 주소는 알고 있어요. 음, 세인트 폴 사원 근처에 있는 킹 에드워드 가 17번지입니다.'

나는 곧 킹 에드워드 가에 가보았습니다. 그런데 그곳에는 의족과 의수를 만드는 공장이 있을 뿐이었고, 윌리엄 모리스나 던컨 로스라는 이름은 들어본 일조차 없다는 대답이었습니다."

"흠, 그래서요?"

"전당포로 돌아가 스폴딩과 의논했지요. 그러나 그는 도움이 되지 않았어요. '사장님, 기다리고 있으면 편지가 올 겁니다.' 하는 말뿐이었어요. 하지만 모든 일이 허사가 되려는 판에 그냥 우두커니 있을 수는 없는 일 아니겠습니까. 그러다 전부터 들어왔던 당신에 대한 소문이 떠올라 곧장 이곳으로 온 겁니다."

"잘하셨습니다. 윌슨 씨 사건은 아주 보기 드문 경우입니다. 나는 기꺼이 이 사건을 맡고 싶습니다. 말씀을 듣고 보니 이건 뜻밖의 중대한 결과를 낳을지도 모르겠습니다."

"그렇습니다, 중대합니다. 나는 일주일에 4파운드 벌이를 날렸으니까요."

"아니, 윌슨 씨 개인적으로는 이 괴상한 연맹에 항의할 이유는 없을 것 같군요. 대영백과사전의 A항목에 대해 상세한 지식을 얻었고, 지금까지 30파운드 정도의 돈까지 벌었으니까요. 윌슨 씨는 연맹과 관계한 이후 한 푼의 손해도 보지 않았어요."

"그건 그렇습니다. 하지만 나는 그것들을 조사해서 정체를 밝히고, 그것이 장난이었다면 어떤 목적이 있었는지 알고 싶습니다. 게다가 장난치고는 돈을 너무 쓰지 않았습니까? 무려 32파운드나 투자했으니까요."

"그런 점에 대해서는 우리가 조사해 보죠. 그 전에 윌슨 씨, 몇 가지 물어보겠습니다. 처음에 당신에게 그 광고를 보여준 종업원은 언제부터 근무했습니까?"

"그런 일이 있기 한 달 전부터입니다."

"어떻게 왔습니까?"

"광고를 냈더니 찾아왔더군요."

"광고에 응모한 사람은 그 친구 한 명뿐이었습니까?"

"아뇨, 열두 명쯤 됩니다."

"왜 그 사람을 채용했습니까?"

"싹싹하기도 하고 또 급료를 절반만 받겠다고 했으니까요."

"빈센트 스폴딩은 어떻게 생겼습니까?"

"작지만 단단한 체구에 절도가 있고, 나이는 서른이 좀 넘은 것 같은데 얼굴에 수염이 없습니다. 이마에는 산으로 화상을 입은 하얀 흉터가 있어요."

홈즈는 어지간히 흥분한 듯 자세를 고쳐 앉았다.

"그럴 줄 알았습니다. 그 남자의 귀에 귀고리 구멍이 있는 걸 보셨습니까?"

"보았습니다. 어릴 때 집시가 뚫어준 구멍이라고 하더군요."

"음."

홈즈는 신음하듯 숨을 내쉬고는 다시 깊은 생각에 잠겼다.

"그 남자는 지금도 전당포에 있습니까?"

"네. 내가 나올 때 있었으니까요."

"당신이 없을 때도 장사를 열심히 합니까?"

"장사랄 것도 없지요. 오전에는 거의 할 일이 없으니까요."

"잘 알았습니다. 윌슨 씨, 지금 같아서는 며칠 안으로 해결이 될 것 같군요. 오늘은 토요일이니까 월요일까지는 일의 전말을 밝혀드리겠습니다."

"왓슨! 이 사건을 어떻게 생각하나?"

의뢰인이 나간 뒤 홈즈가 물었다.

"전혀 모르겠어. 정말 기괴한 사건이야."

"일반적으로 사건이 수수께끼 같을수록 그 성질은 단순해. 평범한 얼굴이 기억하기 더 어렵듯이 평범하고 특징이 없는 사건일수록 까다로운 법이지. 그러나 이 사건은 빨리 처리하지 않으면 안 되네."

"어떻게 할 생각인가?"

"우선 파이프 담배를 좀 피워야겠어. 50분 정도는 말을 걸지 말게."

홈즈는 의자 위에서 몸을 구부려 앙상한 무릎을 매부리코 앞까지 들어올리더니 사기로 된 검은색 파이프를 괴조의 부리처럼 입에다 물고는 눈을 감았다. 이윽고 홈즈가 잠이 든 줄 알고 나도 곁에서 꾸벅꾸벅 얕은 잠에 빠지기 시작했는데, 그때 갑자기 문제 해결의 열쇠를 얻은 듯이 그가 의자에서 일어나더니 파이프를 벽난로 위에 놓았다.

"오후부터 세인트 제임스 홀에서 사라사테(1844~1908, 스페인의 바이올리니스트이자 작곡가)의 연주가 있어. 왓슨, 진찰이 바쁘지 않으면 같이 갈까?"

"오늘은 한가해. 내 직업은 별로 시간에 쫓기지 않으니까."

"그럼 모자를 쓰고 오게. 처음엔 시내에 들러서 갈 테니. 어디가서 점심을 먹지. 프로그램을 보니 독일 곡이 많은 것 같더군. 나는 이탈리아나 프랑스 음악보다 독일 음악이 더 좋아. 독일 음악은 사색적이거든. 나는 지금 조용히 사색을 하고 싶어."

우리는 올더스게이트까지는 지하철을 타고 갔다. 거기서 내려 조금 더 걸으니, 오늘 아침에 우리가 들은 기괴한 이야기의 현장인 코벅 스퀘어에 닿았다. 그곳은 좁고 너절하고 쓸쓸한 거리였다. 빛바랜 2층 벽돌집들이 울타리처럼 에워싸고 작은 공터를 내려다보고 있는데, 그 울타리 안에는 잡초처럼 자란 잔디와 월계수 몇 그루가 서 있었다. 그것들은 자신을 더럽히고 있는 독한 공기에 대항하여 싸움이라도 하는 듯 초라한 모습으로 서 있었다. 그리고 길모퉁이 집에는 전당포 표지인 도금한 구슬 세 개와, 갈색 바탕에 흰 글씨로 '제이베스 윌슨'이라고 쓴 간판이 붙어 있었다. 그곳이 바로 빨간 머리 의뢰인 제이베스 윌슨의 전당포였다.

홈즈는 그 앞에 서서 고개를 한쪽으로 숙이고 눈을 가늘게 뜬 채로 사방을 주의 깊게 둘러보았다. 그러고 나서 큰길을 천천히 걷다가 다시 그 모퉁이로 가서 주위의 집들을 날카롭게 관찰했다. 마지막에 전당포 앞으로 돌아와 포장도로의 돌을 지팡이로 두세 번 힘껏 두드려보더니, 문으로 다가가 노크를 했다. 그러자 곧 문이 열리면서 말끔히 면도를 한, 재빨라 보이는 젊은이가 나타났다.

"어서 오세요."

젊은이가 밝게 인사했다.

"고맙소. 스트랜드 가로 가는 길을 알고 싶습니다."

"세 번째 모퉁이에서 오른쪽으로 돌아서 가다가, 다시 네 번째 모퉁이에서 왼쪽으로 가세요."

종업원은 시원스럽게 대답하고 문을 닫았다.

"싹싹한 놈이야. 저 녀석은 이 런던에서 네 번째로 재빠른 놈일 거야. 대담무쌍한 점에서는 세 번째 아래로는 내려가지 않을 거고. 저 녀석에 대해서는 전부터 조금 알고 있지."

"틀림없이 윌슨의 종업원은 빨간 머리 연맹의 이상한 사건과 깊은 관계가 있어. 이제 알겠어. 자네가 일부러 길을 물어본 것은 저 녀석 얼굴을 확인하고 싶어서였지?"

내가 말했다.

"얼굴을 보고 싶었던 게 아냐."

"그럼 뭐야?"

"저 녀석 바지 무릎이야."

"뭔가 봤어?"

"예상했던 대로."

"왜 도로를 두드렸어?"

"왓슨, 지금은 얘기를 할 때가 아니라 살피고 관찰할 때야. 우리는 적지에 잠입한 스파이지. 삭스 코벅 스퀘어에 대해서는 대강 알았어. 이번에는 뒷길을 조사하자고."

뒷골목 거리인 삭스 코벅 스퀘어에서 모퉁이를 하나 돌아 나온 길은, 그림의 안팎만큼이나 차이가 있었다.

그곳은 시내의 교통을 북부와 서부로 유도하는 대동맥과 같은 곳이다. 두 줄기로 흐르는 많은 승객과 화물, 드나드는 마차들로 교통 체증이 빈발했고, 인도는 인도대로 오가는 사람의 물결로 넘쳐 났다. 아름다운 상점과 훌륭한 사무실이 처마를 잇고 있는 광경을 보고 있으면, 여기가 방금 우리가 다녀온 그 우중충하고 너절한 거리와 등을 맞대고 있는 곳이라고는 도저히 믿어지지 않았다.

"자, 이 거리의 건물 배치 순서를 잘 기억해 둬. 어디 보자, 모티머 상점, 담뱃가게, 신문 판매소, 시티 앤 서버밴 은행 코벅 지점, 채식 레스토랑, 맥파렌 마차 제조 창고……. 이것으로 이 구획은 끝나고 다음으로 이어지는군. 왓슨, 우리 일은 끝났으니 기분이나 전환하러 갈까. 샌드위치에다 커피 한 잔 마시고 바이올린의 나라로 가는 거야. 그곳은 섬세하고 감미로운 연주로 가득할 뿐 빨간 머리 손님에게 붙들려 기이한 질문에 시달릴 걱정은 하지 않아도 돼."

홈즈는 열렬한 음악 애호가다. 그 자신이 능숙한 연주 실력을 갖고 있을 뿐 아니라 뛰어난 작곡가이기도 하다. 그날 오후 내내 그는 공연장 맨 앞자리에 앉아 음악의 멜로디에 맞추어서 길고 가느다란 손가락을 느긋하게 움직이고 있었다. 지극한 행복에 잠긴 그의 조용한 미소나 꿈꾸는 듯 나른해 보이는 눈은, 예리하기가 칼날 같은 탐정 홈즈에게는 어울리지 않았다.

홈즈라는 특별한 개성 속에서는 두 종류의 성질이 번갈아 우열을 다투고 있는데, 내가 보기에 그의 극단적인 엄격함이나 민첩함은 이따금 그의 정신에 충만해 있는 시적·명상적 기분에 대한 반동이 아닐까 여겨진다. 그는 이러한 기분의 진동 때문에 극단적인 이완에서 싫증을 모르는 정열의 덩어리로 변했다.

나는 잘 알고 있지만, 며칠씩이나 안락의자에 맥없이 기대앉아 즉흥곡을 만들거나 오래된 서적을 읽거나 하고 있을 때야말로 그는 진정 두려운 남자가 된다. 그러는 동안 갑자기 새로운 활력이 솟아올라 마치 영감이라 여겨질 정도의 멋진 추리력이 발휘되는데, 익숙하지 못한 사람들은 그런 그를 보고 인간 이상의 지능을 갖고 있는 게 아닌가 하는 의심을 품기도 한다.

그날 오후도 나는 세인트 제임스 홀에서 음악의 포로가 된 홈즈를 보며, 그가 눈독을 들이는 놈들에게 바야흐로 크나큰 위기가 다가왔음을 느꼈다.

"왓슨, 집으로 갈 거지?"

"응, 그럴 거야."

"나는 잠시 할 일이 있어. 코벅 스퀘어의 사건은 심각해."

"어째서 심각하다는 건가?"

"엄청난 범죄를 꾸미는 놈이 있어. 그러나 그것을 막을 수 있는 시간 여유는 충분해. 그렇게 확신할 만한 근거는 있지만, 오늘이 토요일이기 때문에 문제가 약간 복잡해질 수도 있어. 오늘 밤 자네의 도움이 필요할지도 몰라."

"몇 시에?"

"열 시쯤."

"열 시에 베이커 가로 갈게."

"좋아. 왓슨, 위험할지도 모르니까 군용 권총을 가져와."

홈즈는 손을 흔들면서 몸을 빙글 돌리더니 금세 군중 속으로 자취를 감췄다.

나는 내가 남들보다 둔하다고는 결코 생각하지 않지만, 홈즈를 상대하고 있으면 언제나 나의 어리석음을 확인하며 환멸을 느끼곤 한다. 이번 일만 하더라도 나는 그와 함께 이야기를 들었고 같은 것을 보았다. 하지만 나는 사건의 전모가 아리송하기만 하고 수수께끼인 채로 남아 있는데, 그는 지금까지의 사건 경과뿐만 아니라 앞으로 일어날 일까지 분명하게 내다보고 있는 것 같다.

마차로 켄싱턴의 집으로 돌아가는 도중, 나는 빨간 머리 남자가 들려준 대영백과사전을 베껴 쓴 이상한 이야기에서부터 삭스 코벅 스퀘어로 조사하러 간 것, 헤어질 때 홈즈가 한 불길한 말에 이르기까지 모든 것을 다시 생각해 보았다.

오늘 밤의 모험은 무엇을 의미하며, 왜 권총을 준비해야 할까? 어디로 가서 무엇을 하려는 걸까? 홈즈가 암시한 바로는, 그 전당포의 멀쩡하게 생긴 종업원은 범죄자이고 흉악한 음모를 꾸미고 있는 것 같다. 나는 이 수수께끼를 풀어보려 했지만 결국 포기하고, 밤이 되어 만사가 분명해질 때까지 잊고 있기로 했다.

나는 9시 15분에 집을 나서, 공원을 지나고 옥스퍼드 가를 통과해 베이커 가로 갔다. 홈즈의 집 현관 앞에는 이륜마차가 두 대 기다리고 있었다.

내가 복도에 들어섰을 때 위층에서 말소리가 들려왔다. 방에 들어가자 홈즈는 두 남자와 뭔가 진지하게 이야기하고 있었다. 한 사람은 전부터 알고 있는 경찰청의 피터 존스였다. 또 한 사람은 마른 몸에 키가 크며 침울한 인상을 가진 사내였는데, 반짝거리는 실크 모자를 들고 거북스러울 만큼 고급인 프록코트 차림이었다.

"아, 이제 다 모였군."

홈즈가 말하면서 재킷 단추를 채우더니 선반에서 수렵용 채찍을 내렸다.

"왓슨, 경찰청의 존스를 알지? 이분은 메리웨더 씨, 오늘 밤 모험에 참가하시네."

"왓슨 씨, 서로 힘을 모아 잘해 봅시다. 홈즈 씨는 짐승을 몰아 가두는 솜씨가 뛰어나죠. 남은 일은 잘 훈련된 개가 꼼짝 못하는 짐승을 물어오듯 조수 노릇만 하면 됩니다."

존스가 좀 거만하게 말했다.

"잡아보니까 기러기 한 마리였다는 결과가 아니면 좋겠군요."

메리웨더가 무뚝뚝하게 말했다.

"안심하고 홈즈 씨를 믿어도 좋습니다. 이분에게는 남이 생각하지 못하는 독특한 방법이 있습니다. 양해를 구하고 말씀드린다면, 홈즈 씨는 다소 이론적이어서 공상에 쏠리는 면이 없지는 않지만 훌륭한 재능을 가진 탐정인 것만은 틀림없습니다. 이를테면 숄토 살인 사건이나 아그라 보물사건 같은 경우에는 전문가인 경찰보다도 더 정확하게 사건의 진상을 파악했다 해도 과언이 아니지요."

"오, 존스 씨. 당신이 그렇게 말씀하신다면 틀림없겠죠. 그러나 나는 카드를 못 하게 되어서 유감입니다. 토요일 밤에 카드를 하지 않는 것은 27년 만에 처음입니다."

오늘 처음 만난 메리웨더는 존스의 말에 곧 동의했다.

"어쨌든 두고 보세요. 오늘 밤에 있을 당신의 승부는 지금까지의 어떤 승부보다도 많은 돈이 걸려 있습니다. 게다가 아슬아슬한 도박이지요. 메리웨더 씨, 당신이 건 돈은 3만 파운드입니다. 존스, 자네는 오랫동안 추적해 온 범인을 체포하게 될 거야."

홈즈의 말에, 존스가 답하듯이 말했다.

"존 클레이는 살인, 절도, 화폐 위조, 위조 화폐 사용 등의 범인입니다. 메리웨더 씨, 놈은 아직 새파란 나이인데도 범죄라면 어느 분야든 전문가입니다. 나는 런던의 모든 악당 중에서도 제일 먼저 이놈에게 수갑을 채우고 싶습니다. 존 클레이는 무시무시한 놈입니다. 할아버지는 왕실 혈통의 공작이고, 그도 이튼과 옥스퍼드 대학까지 다녔습니다. 손재주가 있고 머리도 좋아 그의 범행 장소에는 언제나 흔적만 있을 뿐, 그의 소재를 파악할 만한 단서는 전혀 찾을 수가 없었죠. 이번 주에 스코틀랜드에서 절도를 했는가 하면, 다음 주에는 콘월에서 고아원 건설을 미끼로 돈을 모으고 다닙니다. 나도 오랫동안 뒤쫓아 다녔지만 아직 얼굴조차 본 일이 없어요."

"오늘 밤에야말로 자네에게 소개할 수 있을 거야. 존 클레이와는 나도 한두 번 관련된 적이 있었어. 자네 말처럼 그는 확실히 이 분야에서는 최고야. 그런데 벌써 열 시가 넘었군. 출발을 서둘러야겠어. 두 분은 앞쪽 마차에 타세요. 나는 왓슨과 함께 뒤쪽 마차에 타겠소."

마차에 오르자 홈즈는 말없이 의자에 깊숙이 기대앉아, 그날 오후 음악회에서 들었던 곡을 흥얼거렸다.

우리는 가스등이 비치는 미궁과 같은 거리를 한참이나 달려 패링턴 가로 나갔다.

"거의 다 왔어. 앞차에 있는 메리웨더는 은행 중역인데 이 사건과 직접적인 관계가 있어. 존스도 이 일에 참여하는 것이 좋다고 생각했고. 경찰관으로서의 능력은 신통치 않지만 나쁜 친구는 아냐. 게다가 커다란 장점이 하나 있지. 용감하기로는 불도그 못지않아서 한번 붙잡았다 하면 바다가재처럼 결코 놓치는 일이 없어. 자, 다 왔어. 앞차의 두 사람이 기다리고 있겠군."

그곳은 오늘 아침에 우리가 왔던 번화가였다. 마차를 돌려보내고 우리는 메리웨더의 안내로 좁은 골목을 지나 그가 열어준 문 안으로 들어갔다. 내부에는 짧은 복도가 있고, 그 끝에 튼튼한 철문이 있었다. 철문을 열고 나선형 돌계단을 내려가자 막다른 곳에 또한 엄중한 울타리가 있었다. 메리웨더는 그곳에 멈추어 서서 랜턴을 켰다. 그는 우리를 이끌고 흙냄새가 풍기는 캄캄한 통로를 지나 세 번째 문을 열더니 지하실 같기도 하고 동굴 같기도 한 방으로 들어갔다. 그 방의 벽면에는 나무 상자와 커다란 상자가 길게 쌓여 있었다.

"위에서 습격 받을 염려는 없군요."

홈즈는 랜턴을 높이 치켜들어 주위를 둘러보면서 말했다.

"밑에서 와도 끄떡없습니다."

메리웨더는 대답하며 지팡이로 바닥에 깔려 있는 돌을 두드렸다.

"어, 왠지 소리가 허전한걸."

"조용히 하세요. 당신은 벌써 우리들의 원정이 성공하는 데 상당한 지장을 주고 있습니다. 미안하지만 방해가 되지 않게 저 상자에 앉아 계세요."

홈즈의 말에, 메리웨더가 시무룩해져서 상자 위에 걸터앉았다. 자존심이 상한 듯 못마땅한 표정을 풀지 않았다.

홈즈는 바닥에 무릎을 꿇고 돌과 돌 사이의 틈새를 랜턴으로 비추면서 돋보기로 자세히 살피기 시작했다. 그런데 불과 2, 3초로 만족했는지 그는 일어서서 돋보기를 주머니에 넣었다.

"적어도 한 시간 여유는 있어요. 그 사람 좋은 전당포 주인이 잠들기까지 악당들은 아무 일도 하지 못할 테니까요. 그러나 잠이 들면 즉시 일을 시작할 겁니다. 작업을 빨리 하면 할수록 그만큼 도주 시간을 버는 거니까요. 왓슨, 여기는 자네도 이미 짐작했겠지만, 런던에서 손꼽히는 큰 은행의 지점 지하실이야. 메리웨더 씨는 이사니까, 런던 제일의 대담무쌍한 악당이 지금 왜 이 지하실에 눈독을 들이고 있는지 설명해 주실 거야."

"그것은 프랑스 금화 때문입니다. 그걸 노릴지도 모른다는 예감이 몇 번인가 들었습니다."

"프랑스 금화를 말입니까?"

"그렇습니다. 우리는 몇 달 전에 자본금을 늘리려고 프랑스 은행으로부터 나폴레옹 금화 3만 매를 차입했습니다. 그런데 그 금화가 봉함도 뜯지 않은 채 지금 이 지하실에 잠자고 있다고 소문이 났지요. 내가 앉아 있는 상자 속에는 납 호일로 싼 나폴레옹 금화가 한 상자에 2,000매씩 들어 있습니다. 이만한 금화 보유량은 일개 지점으로서는 흔치 않은 일인데, 중역들도 이 문제로 골치를 앓고 있습니다."

"당연합니다. 자, 우리도 미리 작전을 짜둡시다. 한 시간 안에 사건이 클라이맥스에 다다를 겁니다. 메리웨더 씨, 그때까지는 이 랜턴에 덮개를 씌워두어야 합니다."

"어둠 속에 앉아 있는 겁니까?"

"하는 수 없습니다. 적들의 음모가 꽤 많이 진행된 것 같아 불을 켜면 위험합니다. 먼저 우리의 위치를 정해 둡시다. 보통 대담한 놈들이 아니에요. 우리가 미리 잠복하고 있지만 각별히 조심하지 않으면 다칩니다. 나는 이 상자 뒤에 숨어 있을 테니 당신은 그쪽에 숨으세요. 그리고 내가 놈들에게 랜턴을 비추면 재빨리 뛰어나가세요. 왓슨, 만일 놈들이 권총을 쏘면 뒷일은 생각 말고 맞대응하게."

나는 권총의 공이쇠를 세워 몸을 숨기고 있는 나무 상자 위에 놓았다. 홈즈는 랜턴에 덮개를 씌워 주위를 캄캄하게 만들었다. 나는 지금까지 그토록 깊은 암흑을 본 적이 없다.

"도망갈 길은 한 군데뿐입니다. 건물 안을 지나 삭스 코벅 스퀘어로 나가는 길뿐이지요. 존스, 부탁한 대로 준비했겠지?"

"정문에 경사와 순경 둘을 잠복시켜 놓았소."

"그럼 구멍을 완전히 막은 셈이군. 이제 조용히 기다리기만 하면 됩니다."

정말이지 긴 기다림이었다. 나중에 홈즈와 이야기를 해보고 알았지만, 그때 흘러간 시간은 1시간 15분에 불과했다. 그러나 나는 이미 밤이 지나고 아침 해가 뜰 만큼의 시간이 흐른 것처럼 느껴졌다. 최대한 움직이는 걸 억제하느라 손발이 저리다가 막대기처럼 감각이 없어졌다. 그러나 신경은 극도로 긴장하여 청각이 아주 날카로워진 상태여서, 덩치가 큰 존스의 깊고 무겁게 들이마시는 숨소리와 은행 중역의 한숨 소리 같은 숨소리까지도 분간해서 들을 수 있었다.

나는 지하실 바닥과 직선을 이루고 있는 상자 뒤에 숨어 있었는데, 갑자기 빛 한 줄기가 들어왔다. 처음에는 돌바닥 위에 도깨비불같이 반짝거리는 정도였다. 그러나 그것이 차츰 크게 뻗어 나와 노란 빛줄기가 되었다. 다시 아무런 기척도 없이 바닥에 틈새가 생기는 듯하더니 거기서 여자 손 같은 하얀 손이 나타나 빛이 미치는 좁은 범위의 한복판을 더듬거렸다. 1분 아니면 그보다 몇 초 더 지났으리라. 그 손은 손가락을 꿈틀거리면서 바닥 위로 더 많이 솟아올랐다. 그러더니 갑자기 그 손이 사라졌고, 돌바닥의 틈새를 나타내는 푸르스름한 광채만 남은 채 주위는 다시 원래의 암흑으로 돌아왔다.

그러나 손이 사라진 것은 잠깐뿐이고 이윽고 물체가 부서지는 요란한 소리가 나면서 커다란 흰 돌 하나가 젖혀졌다. 그리고 뻥 뚫린 네모난 구멍에서 랜턴 불빛이 들어왔다. 그러더니 그 구멍으로 이목구비가 번듯한 젊은 얼굴이 떠올랐으며, 그는 주위를 날카롭게 둘러보았다. 이어 구멍의 양쪽을 붙들어 어깨까지 올라왔고, 다시 허리 그리고 한쪽 무릎을 구멍 가장자리에 걸쳤다. 다음 순간, 마침내 구멍 밖으로 완전히 올라온 후 아래의 동료를 끌어올렸다. 그도 먼저 남자처럼 몸매가 작고 날씬하며 얼굴이 창백했다. 새빨간 머리는 헝클어져 있었다.

"괜찮아. 끌과 가방은 갖고 왔겠지. 어, 안 되겠다. 아치, 뛰어내려. 빨리 하지 않으면 교수대에 매달리게 돼."

그때 홈즈가 뛰어나가 수상한 남자의 덜미를 잡았다. 또 한 남자는 구멍으로 뛰어들었으나, 존스에게 상의 자락을 움켜잡혀 옷이 찢어지는 소리가 났다. 순간 권총의 총신이 반짝 빛났다. 하지만 홈즈의 채찍이 세차게 손목을 때렸기 때문에 권총이 덜컥 하고 돌바닥에 떨어졌다.

"헛수고야, 존 클레이. 이젠 도망갈 구멍이 없어."

홈즈가 온화한 목소리로 말했다.

"그런 것 같군. 그러나 동료는 무사히 도망친 것 같은데. 옷 조각만 남기고 말이야."

상대는 침착하게 말했다.

"경관들이 문밖에서 기다리고 있어."

"오, 꽤 치밀하게 손을 썼군. 칭찬해 주지."

"우리야말로 당신에게 감탄하고 있어. 당신의 빨간 머리 연맹은 기발한 생각이었어."

홈즈가 말했다.

"같은 패거리도 곧 만나게 될 거다. 구멍에 떨어지는 건 나보다 더 잘하는 것 같군. 수갑 채우게 손을 내봐."

존스가 말했다.

"불결한 손으로 만지지 마. 네놈은 모르겠지만, 내게는 왕실의 피가 흐르고 있어. 그러니 나에게 말을 할 때는 '전하'라든가, '황공하옵니다.' 하고 공대를 하라고."

수갑을 채우자, 범인이 말했다.

"알았어. 황공하옵니다만 마차도 마련되었으니, 전하께서 계단을 올라가시면 경찰청까지 안내해 드리겠습니다."

존스는 눈을 크게 뜨고 킬킬 웃으면서 말했다.

"좋아."

존 클레이는 침착한 태도로 말했다. 그리고 우리 세 사람에게 가볍게 고개를 끄덕이고는 형사의 호위를 받으며 조용히 걸어 나갔다.

"홈즈 씨, 저희 은행은 당신에게 어떻게 감사해야 할지 또 무엇으로 보답해야 좋을지 모르겠습니다. 당신은 전대미문의 대담하기 짝이 없는 은행 강도 계획을 멋지게 탐지해서 그들을 일망타진했습니다."

메리웨더가 말했다.

"나는 존 클레이에게 한두 가지 갚아야 할 빚이 있었습니다. 이번 사건 때문에 약간의 돈을 썼는데, 그 돈은 은행에서 갚아주실 것으로 생각합니다. 그러나 그 밖의 것은 여러 가지 점에서 정말 귀한 경험이었고, 또 빨간 머리 연맹이라는 기발한 이야기까지 들었으니 이미 보수는 충분히 받은 셈입니다."

"왓슨. 처음부터 분명히 눈치챘던 것은 빨간 머리 연맹의 기묘한 광고나 대영백과사전을 베끼게 한 목적이, 그리 영리하지 못한 전당포 주인을 매일 몇 시간씩 점포에서 끌어내기 위함에 있었다는 거였네. 그 수단이 정말 야단스럽기는 했지만, 실제로 그만한 방법을 생각해 내기란 쉽지 않아. 물론 머리가 좋은 존 클레이가 공범의 머리카락 색을 보고 떠올린 아이디어였을 거야. 일주일에 4파운드가 전당포 주인을 유인해 내는 데 들어갔지만, 몇 천 파운드라는 도박판에 그 정도는 아무것도 아니지. 그래서 악당 중 한 사람이 광고를 내고, 또 한 사람은 임시로 사무실을 빌리고 그리고 또 한 사람은 윌슨을 응모하도록 꼬드겨 매일 오전마다 전당포를 비우게 하는 데 성공했지. 나는 종업원이 급료의 반만 받기로 하고 왔다는 이야기를 들었을 때부터 그 자리를 꼭 얻어야 될 분명한 이유가 있음을 알아챘어."

홈즈는 새벽 무렵 베이커 가의 집에서 위스키를 마시며 설명했다.

"하지만 그 분명한 이유를 어떻게 알았지?"

"전당포에 여자가 있으면 시시한 불륜 정도로 추측했겠지. 그러나 그건 아니었어. 또한 윌슨의 장사 규모가 작은 만큼 전당포에는 이렇게 신중하게 책략을 꾸미거나 급료의 반을 걸 만큼 가치 있는 물건이 없어. 그렇다면 문제는 전당포 밖이라고 생각할 수밖에. 그럼 대체 그것이 무엇일까? 나는 문득 그 종업원이 사진을 좋아해서 툭하면 지하실에 내려가 현상을 한다는 말이 떠올랐어. 지하실이다! 그곳이야말로 이 얽히고설킨 문제를 푸는 실마리의 한쪽 끝이 있다! 그래서 나는 그 수상한 종업원에게 말을 걸어보았는데, 그때 내 상대가 런던에서 손꼽히는 침착하고 대담한 악당임을 알아냈지. 존 클레이가 지하실에서 무언가 음모를 꾸미고 있다, 몇 달을 계속 매일 몇 시간씩 그 일에 몰두하고 있다, 대체 무엇일까……? 여기서 또 한번 생각에 잠길 수밖에 없었어. 하지만 어딘가 다른 곳으로 땅굴을 뚫고 있다고밖에 해석할 길이 없더라고.

자네와 함께 현장을 보러 갔을 때, 나는 여기까지는 이미 추리했어. 그때 내가 갑자기 지팡이로 인도를 두드려서 자네를 놀라게 했지? 땅굴이 전당포 앞쪽으로 뚫리고 있는지 아니면 뒤쪽으로 뚫리고 있는지 확인하고 싶었거든. 앞쪽은 아니었어. 그래서 벨을 눌렀는데, 내가 바랐던 대로 종업원이 나오더군. 나는 전에 그와 두세 번 작은 싸움을 한 적이 있지만, 서로 얼굴을 마주 대한 적은 없었어. 그때도 얼굴은 거의 쳐다보지 않았으니까. 알고 싶은 것은 무릎이었어. 자네도 그의 무릎이 많이 닳고 더러워져 있는 것을 보았을 거야. 며칠씩 굴을 팠다는 증거지. 이제 남은 것은 단 하나, 놈들이 무슨 목적으로 굴을 파느냐 하는 거였어. 나는 거리 모퉁이를 돌아가 봤지. 시티 앤 서버밴 은행이 전당포와 등을 맞대고 있다는 것을 발견했고, 그 순간 문제를 해결했다고 생각했지. 음악회 뒤 자네가 돌아간 다음, 나는 경찰청에 들렀다가 은행의 중역을 방문했어. 그리고 결과는 자네가 본 대로야."

"놈들이 오늘 밤에 일을 한다는 것은 어떻게 안 거야?"

"놈들이 빨간 머리 연맹의 사무실을 닫았을 때, 그때가 바로 제이베스 윌슨이 전당포에 있어도 방해가 되지 않는 시점이라고 생각했네. 바꾸어 말하면 땅굴이 완성된 거지. 그러니 한시라도 빨리 일을 끝내고 싶지 않겠는가. 땅굴이 발견될 염려도 있고, 은행에서 금화를 다른 곳으로 옮길 수도 있으니까. 또 토요일이 가장 유리한 까닭은 도망치는 데 이틀의 여유가 있기 때문이지. 그래서 나는 틀림없이 오늘 밤에 일을 벌일 것이라고 단정했어."

"멋진 추리야. 길고 긴 추리의 실이, 처음부터 끝까지 정확하게 이어져 있군."

나는 진심으로 감탄했다.

"덕분에 심심치 않았어. 아, 또 그것이 엄습해 와! 내 일생은 평범한 단조로움에서 도망치려는 끊임없는 노력의 연속인 것 같아. 가끔 이런 조촐한 사건이 있기 때문에 다소 숨통이 트이지만……."

홈즈는 말을 하다가 하품을 했다.

"자네는 인류의 은인이야."

내 말에 홈즈는 어깨를 으쓱해 보였다.

"그런지도 모르지만, 귀스타프 플로베르가 조르주 상드에게 써 보낸 말이 있네. 인간은 허무하고, 예술이야말로 완전하다."

종이 상자

The Adventure of the Cardboard Box
(1893)

8월의 햇살이 작열하는 무더운 날이었다. 베이커 가는 찜통처럼 후텁지근했고 햇빛마저 길가에 늘어선 노란 벽돌집에 반사되어 눈을 따갑게 했다. 이 거리가 겨울 안개 속에서 그렇게 우울하고 희미하게 보이던 바로 그곳이라고는 믿기지 않았다. 블라인드는 반쯤 내려져 있었고, 홈즈는 소파에 앉아서 그날 아침에 받은 편지를 되풀이해서 읽고 있었다. 인도에서 군복무를 한 탓에 더위에 단련된 나는 추위보다 더위를 잘 견뎠고, 섭씨 32도 정도의 더위는 내게 그리 대단치 않았다.

아침 신문은 별 내용이 없었다. 의회도 폐회 중이고 사람들은 모두 휴가를 떠났다. 나도 뉴포리스트 숲이나 사우스시 해변으로 당장 달려가고 싶었지만 은행 잔고가 모자라서 휴가를 미루고 있었다. 하지만 홈즈는 산이나 바다에 조금도 관심이 없었다. 다만 500만 명이 사는 이 도시 한복판에 남아서 해결되지 않은 갖가지 범죄들을 직접 알아보고 조사하기를 즐겼다. 그의 많은 취미 가운데 자연을 감상하는 일 따위는 물론 포함되지 않았다. 홈즈는 이 도시의 범죄자들과 관련된 다른 지역의 범죄자들을 추적할 때만 여행을 했다.

홈즈가 너무 편지에 열중해 있어서 말을 붙이기가 어려웠다. 나는 별로 읽을 것도 없는 신문을 옆으로 던져놓고 의자 뒤에 기대어 깊은 생각에 빠져들었다. 그러다 갑자기 홈즈의 목소리가 들려와 생각을 멈췄다.

"왓슨, 자네 생각이 옳아. 분쟁을 해결하는 방법으로는 정말 어리석은 일이지."

"그래, 정말 어리석은 짓이야!"

나는 소리쳤다. 그리고 내가 마음속으로 생각하고 있는 것을 홈즈가 그대로 얘기했다는 사실을 깨닫고는 몸을 일으켜 세우며 그를 바라보았다.

"홈즈, 어떻게 된 거야? 내 머리로는 도저히 상상할 수 없어."

내가 당황해하며 놀라는 모습을 보고 홈즈가 낄낄거렸다.

"자네도 기억할걸. 얼마 전에 에드거 앨런 포의 단편에서 뒤팽이 치밀한 추리로 친구의 생각을 알아맞히는 대목을 읽었을 때, 자넨 그저 작가의 놀라운 상상력이라고 했어. 나도 평소에 그런 습관이 있다고 얘기하자, 자네는 못 믿겠다고 했었지."

"그렇게 말하지 않았는데."

"자네가 말하지 않았어도 눈을 동그랗게 떴잖아. 그런데 조금 전에 자네가 신문을 내던지고 생각에 잠기는 것을 보고, 나는 자네의 생각을 읽을 수 있는 기회를 포착했지.”

　그러나 나는 아직 무슨 말인지 완전히 이해되지 않았다.

　“자네 말대로라면, 뒤팽은 상대의 행동을 보고 결론을 내렸어. 하지만 나는 조용히 의자에 앉아 있었고, 어떤 원인 제공도 하지 않았잖은가.”

　“인간의 얼굴에는 갖가지 감정이 담겨 있지. 특히 자네 얼굴은 그 감정을 드러내는 데 아주 충실하고.”

　“내 얼굴에서 생각을 읽었다는 거야?”

　“자네 얼굴, 특히 자네의 눈에서 어떻게 몽상이 시작되었는지 모르는 모양이군.”

　“전혀.”

　“자, 그럼 들어보게. 자네는 신문을 던졌어. 그다음엔 30초쯤 멍하니 앉아 있더니 새로 액자에 넣은 고든 장군의 초상화를 보더군. 자네의 표정이 바뀌는 것을 보고는 어떤 생각에 잠겼다는 것을 알았지. 하지만 자네의 그 표정은 오래가지 않았어. 자네의 시선은 곧 책무더기 속에 있는 헨리 워드 비처의 초상화로 옮겨가더군. 그리고는 벽을 흘끗 보았는데, 그 행동의 의미는 아주 명확해. 비처의 초상화를 액자에 넣어 벽에 걸어둔다면 고든 장군의 초상화와 잘 어울리고 장식도 될 거라고 생각했을 거야.”

　“아주 정확해!”

　나는 큰 소리로 말했다.

　“여기까지는 틀림없을 거야. 하지만 자네 생각은 다시 비처에게로 갔어. 자네는 눈을 가늘게 뜨고 그의 사진을 유심히 보더군. 비처가 남북전쟁 때 북부를 대표해서 맡은 임무에 대해 생각한다는 것을 알았어. 왜냐하면 일부 영국의 과격분자들이 비처에게 했던 언행에 대해 자네가 격분했던 일을 기억하기 때문이지. 잠시 후 자네는 초상화에서 눈을 떼더니 두 주먹을 불끈 쥐더군. 나는 자네가 남북전쟁에 대해 생각한다고 결론을 내렸지. 하지만 자네는 슬픈 얼굴로 고개를 설레설레 흔들었어. 전쟁의 비극에 대해 생각한 걸 거야. 그러다가 자네는 쓴웃음을 지으며 무심코 손을 옛날에 부상당한 부위로 옮기더군. 그것은 국제적인 분쟁을 해결하기 위해 전쟁이라는 방식을 사용하는 인간의 어리석음에 자네의 생각이 미쳤다는 것을 보여주는 행동일 거야. 바로 그때 나는 자네의 생각에 대한 동의의 표시로, 내 뜻을 말한 거라네."

"아주 정확해! 놀라울 뿐이야. 자네가 설명하는 걸 듣고 보니 소름이 끼치는군."

"왓슨, 이 정도는 별거 아니야. 자네가 내 말을 못 믿는 것 같아서 잠깐 자네 생각을 얘기해 준 것뿐이라네. 하지만 지금 내 손에 있는 문제는 좀처럼 풀기 어려울 듯싶네. 크로이던의 크로스 가에 사는 미스 커싱에게 이상한 물건이 담긴 소포가 배달되었다는 기사를 신문에서 읽었나?"

"아니, 못 봤는데."

"이런! 신문을 대충 보았군. 신문을 줘. 자, 여기 경제난 밑에 있어. 큰 소리로 한 번 읽어봐."

나는 홈즈가 건네준 신문을 받아 그가 말한 기사를 읽었다. 제목은 '무서운 소포'였다.

『크로이던의 크로스 가에 사는 미스 수잔 커싱에게 불쾌하고 이상한 일이 벌어졌다. 지금으로서는 짓궂은 장난이라고 판단되며, 아직 범죄와 관계가 있는지는 밝혀지지 않았다. 어제 오후 2시에 미스 커싱은 집배원으로부터 갈색 종이로 포장된 작은 소포를 받았다. 종이 상자 안에는 굵은 소금이 가득 채워져 있었다. 그 속에 사람의 귀가 두 개 들어 있는 것을 보고 미스 커싱은 소스라치게 놀랐다. 자른 지 얼마 되지 않은 것이 분명했다. 상자는 그 전날 아침, 벨파스트 우체국에서 발송된 것이었다. 발신인은 적혀 있지 않았다. 더 이상한 것은 미스 커싱은 50세의 독신으로 혼자 살고 있으며, 아는 사람도 별로 없고 서신을 주고받는 사람도 흔치 않아서 우체국을 통해 무엇인가를 받는 것은 아주 드문 일이라고 한다. 미스 커싱은 몇 년 전 펜지에 살 때 의대생 세 명에게 방을 빌려준 적이 있었는데, 너무 시끄럽고 생활이 불규칙해서 나가게 했었다. 경찰은 그 의대생들이 사건을 저질렀을 수도 있다고 했다. 미스 커싱에게 원한을 품은 그들이 그녀를 놀라게 하려고 해부실에서 귀를 잘라 보냈으리라고 추측한 것이다. 특히 이 의대생들이 북아일랜드 출신이라는 사실이 이러한 추측에 무게를 실어줬는데, 미스 커싱의 기억으로는 그들이 벨파스트 출신이었다고 한다. 사건은 현재 레스트레이드 경감 지휘 아래 조사 중이다.』

"≪데일리 크로니클≫은 그 정도면 됐어."
내가 다 읽고 나자 홈즈가 말했다.

"다음은 레스트레이드 차례인데, 오늘 아침에 그가 편지를 보내왔어. 내가 읽어보겠네.

　홈즈 씨가 아주 흥미롭게 여길 사건이 발생했습니다. 어렵지 않은 사건이겠지만 단서를 찾는 것이 쉽지 않습니다. 벨파스트 우체국에는 이미 연락했습니다. 그러나 그날 접수된 소포가 워낙 많아서 그 소포를 확인할 방법도 없고, 발신인이 누구인지도 기억할 수 없다고 합니다. 상자는 허니듀 반 파운드 담배 상자로 단서가 될 만한 것은 없습니다. 저는 의대생들이 가장 유력하다고 생각합니다. 잠시 시간을 내서서 오신다면 정말 감사하겠습니다. 저는 오늘 미스 커싱의 집이나 경찰서에 있을 겁니다.

어때, 왓슨? 덥지만 나와 함께 크로이던으로 가지 않겠나? 자네의 사건 기록에 도움이 될 수도 있을 텐데."
"할 일이 없어 심심하던 참이야."
"그럼 할 일을 하나 주지. 벨을 울린 다음 신발을 준비하고 마차를 부르라고 해줘. 나는 옷을 갈아입고 담배 상자를 채운 뒤에 내려갈 테니."
　기차를 타고 가는 동안 소나기가 내려서인지, 크로이던에 도착했을 때는 더위가 다소 누그러졌다. 홈즈가 보낸 전보를 받았는지, 레스트레이드가 역에서 기다리고 있었다. 그는 마른 체구에 말쑥했으며, 누가 봐도 한눈에 형사라는 것을 알 수 있는 분위기였다. 5분 정도 걸어, 미스 커싱의 집이 있는 크로스 가에 도착했다.

거리 양쪽에는 하얀 돌계단이 있는 깨끗한 이층 벽돌집들이 길게 늘어서 있고, 앞치마를 한 여자들이 문 앞에 모여 잡담을 하고 있었다. 거리의 중간에 이르렀을 때, 걸음을 멈춘 레스트레이드가 문을 두드렸다. 그러자 자그마한 체구의 하녀가 문을 열어주었다. 안내를 받아 거실로 들어가니 미스 커싱이 앉아 있었다.

그녀의 얼굴은 온화했고 눈은 크고 부드러웠으며 희끗희끗한 곱슬머리가 양쪽 관자놀이까지 내려와 있었다. 다리 위에는 뜨개질하던 의자 덮개가 놓여 있고, 옆 의자에는 색색 천이 담긴 바구니가 있었다.

"그 끔찍한 물건은 창고에 있어요. 모두 가져가시면 좋겠어요."

레스트레이드가 들어가자, 미스 커싱이 말했다.

"그렇게 하지요. 미스 커싱, 당신이 있을 때 그 물건을 홈즈 씨에게 보여드리기 위해 여기에 둔 것뿐입니다."

"왜 제가 있어야 하지요?"

"홈즈 씨가 질문을 할지도 모르니까요."

"제가 그 물건에 대해 전혀 아는 것이 없다고 말했는데도, 저에게 질문을 하는 이유가 뭐지요?"

"물론 그런 생각이 들 수 있을 겁니다, 부인. 이 일 때문에 많이 귀찮겠습니다."

홈즈가 달래듯이 말했다.

"정말 귀찮아요. 저는 조용하게 사는 사람이에요. 제 이름이 신문에 나고 집에 경찰이 찾아오는 일은 처음이에요. 다시 그 물건들을 여기에 들여놓고 싶지 않아요. 레스트레이드 씨, 보고 싶으면 창고로 가서 보세요."

좁은 뒤뜰로 가니 작은 창고가 있었다. 레스트레이드가 안으로 들어가 노란 종이 상자와 갈색 종이, 그리고 끈을 들고 나왔다. 우리는 정원 끝에 있는 긴 의자에 앉았고, 홈즈는 경감이 건네준 물건을 하나씩 검토했다.

"끈이 매우 흥미롭군."

홈즈가 끈을 빛에 비추어보고 냄새를 맡으면서 말했다.

"이 끈을 어떻게 생각합니까, 레스트레이드?"

"타르가 칠해져 있어요."

"그래요. 타르 칠을 한 끈입니다. 미스 커싱이 가위로 끈을 잘랐다고 했지요. 양끝에 올이 풀려 있는 걸 보니 사실이군요. 아주 중요한 점입니다."

"뭐가 중요하다는 건지 모르겠습니다."

레스트레이드가 말했다.

"매듭이 그대로 남아 있고 매듭이 아주 독특해요. 이 점이 중요하지요."

"아주 깔끔하게 묶여 있군요. 저도 이미 그 점을 메모했습니다."

경감은 흐뭇해하는 듯한 목소리로 말했다.

"끈은 이 정도면 됐습니다. 다음은 포장지. 커피 냄새가 나는 갈색 종이군. 분명히 커피 냄새가 납니다. 아주 꾸불꾸불한 글씨로 주소를 썼군. 'S. 커싱, 크로스 가, 크로이던'이라고 굵은 펜으로 썼는데 아마 J펜일 겁니다. 잉크는 질이 나쁜 것이고, '크로이던'의 'y'를 처음에 'i'로 썼다가 고쳤군요. 글씨를 보니 남자가 분명하고, 교육을 많이 받지 못했으며, 크로이던을 잘 모르는 사람입니다. 여기까지는 아주 좋아! 노란 상자는 반 파운드 담배 상자고, 왼쪽 바닥 구석에 엄지 자국이 두 개 있는 것 외에는 별다른 특징이 없어. 가죽을 보관하거나 상업용으로 사용하는 싼 굵은 소금을 채웠고, 그 안에 이 이상한 물건을 넣었군."

홈즈는 웃으면서 말한 후, 귀 두 개를 꺼내서 무릎에 펼쳐놓고 세밀히 검토했다.

홈즈를 사이에 두고 양옆에 앉은 나와 레스트레이드는 앞으로 고개를 숙여, 생각에 잠겨 있는 홈즈의 얼굴과 그 끔찍한 귀를 번갈아 바라보았다.

홈즈는 귀를 상자에 넣고는 다시 깊은 생각에 잠긴 듯 말없이 앉아 있었다.

"물론, 경감도 알겠지만 이 두 귀는 같은 사람의 것이 아닙니다."

홈즈가 마침내 말을 꺼냈다.

"물론, 알고 있습니다. 해부실에 있는 의대생들이 짓궂은 장난으로 한 짓이라면 두 사람의 귀를 보내는 것은 어렵지 않을 겁니다."

"그렇긴 하지만 이건 짓궂은 장난이 아닙니다."

"그래요? 그러면……?"

"해부실에 있는 시체에는 방부제를 주입하지요. 하지만 이 귀는 방부제가 처리되어 있지 않습니다. 자른 지도 얼마 되지 않았고 칼로 잘랐어요. 의대생들이라면 그렇게 하지 않아요. 또 의대생들이라면 굵은 소금이 아니라 석탄산이나 정제 알코올 보존제를 사용했을 겁니다. 다시 말하지만 단순한 장난이 아니라는 겁니다. 그러니까 우리는 지금 심각한 범죄를 조사하는 중입니다."

홈즈의 말을 들으며 심각하게 굳은 그의 얼굴을 보니, 나는 알 수 없는 전율이 느껴졌다. 이 끔찍한 일 뒤에는 불가사의한 사건이 숨겨져 있는 것 같았다. 그러나 레스트레이드는 완전히 믿지 못하겠다는 것처럼 고개를 저었다.

"물론 장난이라는 견해에 대한 반대도 있어요. 하지만 범죄가 아니라는 견해가 더 설득력이 있지요. 미스 커싱은 펜지와 크로이던에서 최근 20년 동안 아주 조용하게 살아왔어요. 거의 하루도 집을 비운 적이 없어요. 그런데 도대체 왜 범인이 범행의 증거를 그녀에게 보냈겠습니까? 부인이 완전히 연기를 하는 거라면 몰라도, 그녀는 우리와 마찬가지로 그 일에 대해 전혀 모르는 거 아닙니까?"

"그게 우리가 해결해야 할 문제입니다. 나는 내 추리가 정확하며 두 사람이 살해되었다는 가정 아래 조사를 시작하겠습니다. 하나는 여자의 귀입니다. 섬세하게 생겼고, 귀고리를 하기 위한 구멍이 뚫려 있는 걸 보면 알 수 있어요. 또 하나는 남자의 귀로 햇볕에 그을렸고, 역시 귀고리 구멍이 있어요. 이 두 사람은 죽었을 겁니다. 살아 있다면 귀가 잘린 그들에 대한 이야기가 벌써 들려왔을 테니까요. 오늘이 금요일, 소포는 목요일 아침에 보냈으니 사건은 수요일이나 그 이전에 발생했을 겁니다. 두 사람이 살해되었다면, 살인자 말고 누가 범죄의 증거를 미스 커싱에게 보냈을까요? 소포 발송인을 찾아야 합니다. 하지만 이 소포를 미스 커싱에게 보낸 데는 분명 무슨 이유가 있을 거예요. 그 이유가 무엇일까요? 아마 살인을 했다는 사실을 부인에게 알리거나 부인을 괴롭히기 위해서가 아닐까요? 흔히 이런 경우라면, 미스 커싱은 누구의 짓인 줄 알 거예요. 그런데 미스 커싱은 범인이 누군지 알고 있는 것 같지 않습니다. 알았다면 왜 경찰을 불렀겠어요? 귀를 없애 버리는 게 가장 현명한 처사였을 텐데요. 범인을 숨기려고 했다면 그렇게 했을 겁니다. 하지만 범인을 숨겨줄 생각이 아니기 때문에 신고한 거 아닙니까? 이 점이 우리가 해결해야 할 문제입니다."

홈즈는 정원 울타리 위를 표정 없이 바라보며 높은 목소리로 빠르게 말하더니 갑자기 벌떡 일어났다.

"미스 커싱에게 몇 가지 물어볼 게 있습니다."

홈즈가 이렇게 말하며 걸음을 옮겼다.

"그렇다면 저는 먼저 가겠습니다. 지금 처리해야 할 일이 있어서요. 저는 더 이상 미스 커싱에게 들을 이야기가 없을 것 같습니다. 그럼 경찰서에서 뵙겠습니다."

레스트레이드가 말했다.

"역으로 가는 길에 경찰서에 들르겠습니다."

홈즈가 대답했다.

잠시 후에 나와 홈즈는 거실로 다시 돌아왔다. 커싱 부인은 덤덤한 표정으로 여전히 의자덮개를 짜고 있었다. 우리가 들어가자 뜨개질감을 무릎에 놓은 채 순진하고 파란 눈으로 우리를 쳐다보았다.

"이 사건은 확실히 잘못된 거예요. 소포는 저에게 보낸 게 아니에요. 스코틀랜드 야드에서 나온 경감에게 여러 차례 말했지만 그저 웃기만 하더군요. 제가 아는 한, 저는 세상에 적이 없어요. 그런데 누가 무엇 때문에 저에게 이런 장난을 하겠어요?"

홈즈가 미스 커싱 옆에 앉으며 말했다.

"저도 같은 생각입니다. 확실합니다."

그런데 홈즈가 갑자기 말을 멈췄다. 내가 놀라서 돌아보니, 그는 부인의 옆얼굴을 아주 주의 깊게 보고 있었다. 한순간 무언가에 열중한 홈즈의 얼굴에 놀라움과 안도감이 나타났다.

하지만 부인이 무슨 일인지 의아해하며 돌아보자, 홈즈는 다시 원래대로 침착한 표정을 지었다. 나도 부인의 납작하고 희끗희끗한 머리, 깨끗한 모자, 작은 금 귀걸이, 얌전한 얼굴 등을 유심히 보았으나 홈즈가 무엇 때문에 그렇게 놀랐는지 전혀 짐작할 수 없었다.

"질문이 몇 개 있습니다."

"질문이라면 지긋지긋해요."

미스 커싱이 짜증스럽게 소리쳤다.

"여동생이 두 명 있죠?"

"그걸 어떻게 아셨어요?"

"이 방에 들어왔을 때 벽난로 선반에 부인 세 명이 함께 찍은 사진이 있는 걸 보았습니다. 그중 한 분은 틀림없이 부인이고, 다른 두 분은 부인과 아주 닮았더군요. 그래서 자매라고 생각했습니다."

"맞아요. 정말 정확하군요. 제 동생 새라와 메리에요."

"제 옆에 있는 이 사진은 부인의 여동생과 한 남자가 리버풀에서 찍은 거군요. 제복을 보니 남자는 선원 같습니다. 당시는 아직 결혼 전이고요."

"정말 관찰력이 대단하군요."

"그게 제 직업이니까요."

"참, 그렇지요. 홈즈 씨 말이 맞아요. 그 사진을 찍은 며칠 뒤 메리는 짐 브라우너와 결혼했어요. 결혼할 당시 그는 남미 노선의 배에서 일했는데, 동생을 너무 사랑한 나머지 오래 떨어져 있기 싫다면서 리버풀과 런던을 왕복하는 배로 일자리를 옮겼지요."

"그럼 컨커러 호입니까?"

"아니요. 지난번에 들으니 메이데이 호더군요. 짐이 이곳으로 저를 찾아온 적이 한 번 있어요. 그때는 다시 술을 마시기 전이었지요. 하지만 그 후 육지에 있을 때는 항상 술을 마셨고, 술만 마시면 완전히 제정신이 아니었어요. 다시 술을 마신 후로는 좋지 않은 일만 있었지요. 처음에는 저와 인연을 끊었고 그 후 새라와도 싸웠는데, 이제는 메리에게서 소식이 끊겨 그들이 어떻게 사는지도 몰라요."

미스 커싱은 마음이 아픈 듯했다. 외로운 삶을 사는 사람들이 대개 그렇듯이, 미스 커싱도 처음에는 수줍어하고 조심스러워하더니 점점 말이 많아졌다. 여동생의 남편인 선원에 대해 여러 가지 얘기를 하고 나서는 전에 하숙했던 의대생들에게로 화제를 돌려 그들의 무질서한 생활에 대해 길게 늘어놨다. 그리고 이름과 병원도 알려주었다. 홈즈는 처음부터 끝까지 주의 깊게 들으면서 가끔 질문을 던졌다.

"동생 새라도 독신인데, 왜 부인과 함께 살지 않는지 궁금하군요."

"오! 새라의 성질을 안다면 전혀 이상하게 생각하지 않을 겁니다. 제가 크로이던에 왔을 때부터 줄곧 같이 살다가 두 달 전에 헤어졌어요. 동생의 험담을 하고 싶지는 않아요. 하지만 새라는 항상 남의 일에 간섭하기 좋아하고 비위를 맞추는 것도 쉽지 않은 성격이에요."

"새라가 리버풀에 있는 동생 부부와도 싸웠다는 말인가요?"

"그래요. 한때 그들은 가장 좋은 친구였어요. 그래서 새라가 그들 가까이 있으려고 그곳으로 이사를 갔어요. 그런데 지금은 브라우너에 대해 아주 심한 말만 해요. 여기 있었던 지난 여섯 달 동안 새라는 브라우너의 술버릇에 대한 험담만 늘어놓았어요. 아마 새라가 술 좀 그만 마시라며 참견을 하자, 브라우너가 잔소리 좀 그만하라고 하며 다툰 것 같아요."

"미스 커싱, 감사합니다."

홈즈가 일어나서 인사했다.

"새라는 뉴스트리트 월링턴에 산다고 말씀하셨죠? 안녕히 계세요. 부인의 말대로 부인과는 관계없는 일로 불편을 끼쳐서 정말 죄송합니다."

우리가 집 밖으로 나갔을 때 마침 마차 한 대가 지나가자, 홈즈가 마차를 불러 세웠다.

"월링턴까지 거리가 얼마나 되오?"

"1마일 정도 됩니다."

"잘됐군. 왓슨, 마차에 타. 쇠도 달았을 때 때리라고 했어. 간단한 사건이지만, 이 사건과 관련된 흥미로운 사실 몇 가지를 알아봐야겠어. 마부, 월링턴으로 가기 전에 전신국에 잠깐 들러요."

짧은 전보를 보내고 마차를 타고 가는 동안, 홈즈는 뒤로 기댄 채로 생각에 잠겨 있었다. 햇볕을 가리기 위해 모자를 코 위까지 앞으로 내린 채였다.

우리가 방금 떠난 집과는 전혀 다른 집에 마차가 멈춰 섰다.

홈즈가 마부에게 잠깐 기다리라고 한 후 문고리에 손을 가져갔다.

그때 문이 열리더니 검은 옷에 반짝이는 모자를 쓴 점잖은 젊은 신사가 밖으로 나왔다.

"커싱 부인은 집에 있습니까?"

홈즈가 물었다.

"새라는 많이 아픕니다. 어제부터 심한 두통으로 고생하고 있어요. 그녀의 주치의로서 말씀드리는데, 아무도 새라를 만날 수 없어요. 열흘 후에 다시 방문하시기 바랍니다."

그는 장갑을 끼고 문을 닫더니 거리로 걸어갔다.

"음, 안 된다니 할 수 없군."

홈즈가 밝은 목소리로 말했다.

"아마 새라는 크게 도움이 안 됐을 거야."

내가 말했다.

"그녀에게 무슨 말을 들으려는 건 아니었어. 단지 그녀를 한 번 보고 싶었지. 어쨌든 내가 원하는 건 다 얻었어. 마부, 괜찮은 호텔로 우리를 안내하게. 점심을 먹은 다음 경찰서에 들러 레스트레이드를 만나야겠어."

우리는 간단하게 점심을 먹었다. 그동안 홈즈는 바이올린에 대해서만 얘기했다. 그는 아주 즐거워하며 스트라디바리우스를 어떻게 샀는지 얘기했다. 적어도 500기니는 됨직한 바이올린을 토트넘 코트 로드에 있는 유태인 전당포에서 55실링에 샀다는 것이었다. 그리고 파가니니 이야기를 시작했다. 한 시간 동안 우리는 포도주 한 병을 마셨고, 홈즈는 나에게 파가니니의 일화를 끊임없이 들려주었다.

오후가 거의 다 가고 뜨거운 햇볕이 부드러워질 때쯤 스코틀랜드 야드로 가자, 레스트레이드가 문에서 우리를 기다리고 있었다.

"홈즈 씨, 당신에게 전보가 왔습니다."

"오! 답장이 왔군!"

홈즈는 봉투를 뜯어 휙 훑어보더니 주머니에 구겨 넣었다.

"다 됐어."

"뭔가 알아냈습니까?"

"모든 걸 다 알았습니다."

"뭐라고요! 농담이죠?"

레스트레이드는 놀라서 홈즈를 쳐다보았다.

"난 아주 진지합니다. 충격적인 범죄가 발생했고, 나는 지금 모든 사실을 알아냈습니다."

"그럼 범인은?"

홈즈는 명함을 꺼내 뒤에 몇 자 휘갈겨 쓰더니 레스트레이드에게 건네주었다.

"범인의 이름입니다. 빨라야 내일 저녁에 체포할 수 있을 겁니다. 이 사건에 대해서 내 이름은 밝히지 않길 바랍니다. 나는 해결이 어려운 범죄에만 관여하고 싶으니까요. 왓슨, 이제 가보자고."

레스트레이드는 홈즈가 건네준 명함을 기쁜 얼굴로 계속 바라보았고, 우리는 그를 뒤로한 채 역으로 성큼성큼 걸어갔다.

그날 저녁 베이커 가에 있는 우리 방에서 홈즈와 나는 담배를 피우며 이야기를 나눴다.

"이 사건은 자네가 '주홍색 연구'나 '네 개의 서명'이란 제목으로 썼던 사건들처럼, 결과에서부터 원인을 찾아가며 추리해야 하는 사건이지. 지금은 상세히 밝혀지지 않았지만, 레스트레이드가 범인을 체포하면 모든 게 밝혀질 거야. 우리에게도 알려달라고 했어. 레스트레이드는 머리가 둔하지만, 일단 자기가 해야 할 일을 알고 나면 불독처럼 덤비는 사람이니까 문제없이 범인을 체포할 거야. 사실 그 끈질김 때문에 스코틀랜드 야드 최고로 인정받는 거지."

"그럼 사건은 아직 완전히 해결되지 않은 건가?"

"중요한 부분은 완전히 해결됐어. 이 끔찍한 일을 벌인 사람이 누구인지 알았으니까. 하지만 피해자 중 한 명의 신원은 아직 밝혀지지 않았어. 자네도 나름대로 결론을 내렸겠지."

"자네는 리버풀 선박의 선원 짐 브라우너를 범인으로 의심하나?"

"이런! 의심 정도가 아니야. 그가 확실한 범인이지."

"하지만 아직 뚜렷한 증거가 없잖은가?"

"그 반대야. 내 생각으로는 아주 명확하네. 처음부터 하나씩 살펴볼까? 자네도 알다시피 우리는 아무 정보 없이 이 사건을 조사하게 되었어. 정보가 없는 편이 언제나 더 유리하지. 우리는 가설을 세우지 않았어. 미스 커싱의 집에 가서 조사하고, 그 조사를 바탕으로 추리했잖은가. 우리는 처음 무엇을 보았지? 전혀 감추는 게 없는 것 같은 아주 온화하고 얌전한 미스 커싱과, 그녀에게 여동생이 둘 있다는 사실을 알려주는 사진을 한 장 보았어. 그 순간 문제의 그 상자는 부인의 여동생에게 보낸 것이 아닌가 하는 생각이 들더군. 하지만 우리가 조사하기 전에 편견을 가질 수 있는 생각은 우선 접어두었지. 그리고 정원으로 가서 작은 상자에 담긴 흉측한 내용물을 본 거야.

그 내용물을 담은 상자의 끈은 배에서 돛을 꿰매는 선원들이 사용하는 거야. 곧 이 사건이 선원과 관련되었다는 걸 알았지. 매듭은 선원들이 사용하는 방식으로 묶여 있었고, 소포는 항구에서 보낸 거야. 남자의 귀에는 귀고리 구멍이 있었는데, 이는 선원들이 많이 하는 것이지. 따라서 이 사건의 범인은 뱃사람이라는 확신이 들었어.

소포에는 미스 S. 커싱이라고 쓰여 있더군. 미스 커싱도 수잔이니 S자로 시작되지만, 동생 새라도 S로 시작되잖은가. 그래서 우리는 새롭게 조사해야 했고, 그래서 그 사실을 확실히 알아보려고 집으로 들어간 거야. 착오가 있었던 게 분명하다고 미스 커싱에게 말하려던 참이었어. 그런데 내가 갑자기 말을 멈췄던 걸 자네도 기억하지? 내가 아주 놀랄 만한 것을 보았기 때문이었어. 그 즉시 조사의 폭이 상당히 좁혀지더군.

자네는 의사니까 잘 알 거야. 사람의 귀처럼 사람마다 다양한 신체 기관은 없어. 사람의 귀는 저마다 독특한 특징을 갖고 있지. 작년에 보았던 인류학 잡지의 짧은 기사 두 개에 내가 밑줄을 쳐놓은 걸 본 적 있을 거야. 나는 상자 안에 있었던 귀를 전문가의 눈으로 검토했고, 주의 깊게 해부학적 특징들을 기억해 두었어. 그런데 미스 커싱을 보니, 그녀의 귀가 내가 방금 관찰했던 여자의 귀와 정확히 일치하는 거야. 그러니 내가 놀랄 수밖에 없지. 우연이 아니었어. 귓바퀴가 짧고 위 귓불은 넓게 구부러졌으며 안의 연골조직은 동일한 나선형을 그리고 있었지. 주요한 점으로 보면 똑같은 귀였어.

그게 뭘 의미하는지 바로 알았지. 피해자는 혈연관계가 있는 사람이며, 그것도 아주 가까운 혈연이라는 사실 말이야. 미스 커싱의 가족에 대해 내가 물어보자, 그녀는 곧 중요한 얘기들을 해주었지.

첫째, 여동생의 이름이 새라이며 최근까지 같이 살았어. 그것으로 소포가 누구에게 발송된 것인지가 분명해졌어. 둘째, 막내 동생과 결혼한 선원에 대해서도 얘기를 들었지. 한때는 새라와 아주 친해서, 새라가 리버풀로 가서 동생 부부와 가까이 살았다는 걸 알았어. 하지만 나중에 사이가 틀어져 헤어졌다고 들었지. 그 싸움이 있은 후 몇 달 동안 서로 소식이 끊겼고, 브라우너가 새라에게 소포를 보낸다면 분명히 옛 주소로 보내지 않겠는가.

그러니 사건의 실마리가 저절로 풀린 거야. 우리는 충동적이고 열정적인 그 선원의 생활방식에 대해 들었어. 아내와 가까이 있기 위해 훨씬 더 좋은 직업을 버렸다는 걸 기억하지? 또 때때로 술을 마셨다고 했어. 그의 아내는 살해되었을 거고, 뱃사람이라고 추측되는 한 남자도 동시에 살해되었을 거야. 물론 질투심이 바로 범죄의 동기겠지. 그런데 왜 범죄의 증거를 새라에게 보냈을까? 아마 그녀가 리버풀에 있을 때, 이 살인 사건의 원인을 제공했기 때문일 거야. 그리고 그가 타는 선박은 벨파스트, 더블린, 워터포드를 경유해. 따라서 브라우너가 범죄를 저지르고 나서 바로 메이데이 호를 탔다면, 그가 문제의 소포를 부칠 수 있는 첫 번째 장소는 벨파스트야.

이 과정에서 다른 설명도 물론 가능해. 거의 가능성이 없다고 생각하지만, 더 조사를 하기 전에 그 문제를 확인해 보기로 했어. 메리의 버림받은 애인이 브라우너 부부를 죽였고, 남자의 귀는 남편의 것일 수도 있을 거라는 생각이었지. 이 가설에는 여러 가지 커다란 문제가 있어. 하지만 고려해 볼 가치는 있었지. 그래서 리버풀 경찰서에 있는 내 친구 앨가에게 전보를 보내서 브라우너 부인이 집에 있는지, 브라우너가 메이데이 호를 타고 떠났는지 알아봐 달라고 부탁한 거야. 그리고 우리는 새라를 만나러 월링턴으로 갔던 거고.

처음에 나는 새라의 귀가 다른 가족들과 얼마나 닮았는지 궁금했어. 물론 우리에게 아주 중요한 정보를 줄지도 모를 일이었지. 하지만 별로 기대하지 않았어. 크로이던이 온통 그 사건으로 떠들썩했으니, 새라도 전날 그 사건을 들었을 거야. 그리고 그 소포가 누구에게 보내진 것인지 그녀는 알았을 거야. 경찰에 도움을 요청할 생각이었다면 벌써 연락했겠지. 그리고 그녀를 만나는 게 우리가 해야 할 일이라고 생각되어 그곳에 갔던 거야. 그때부터 고열로 시달릴 정도로 아팠던 걸 보니, 소포에 대한 뉴스가 그녀에게 큰 충격을 준 것이 분명하지 않은가. 이 점으로 미루어 그녀가 소포의 의미를 아주 잘 알고 있다는 게 명확해졌고, 그녀의 도움을 받는 데는 시간이 꽤 걸려야 한다는 것이 확실해졌어.

하지만 우리는 그녀의 도움이 필요 없었어. 경찰서에 이미 우리의 대답이 도착해 있었기 때문이지. 내가 앨가에게 경찰서로 연락을 하라고 했거든. 그 일이 아주 결정적이었어. 하지만 브라우너의 집은 3일 이상 닫혀 있었고, 이웃의 말로는 브라우너 부인이 친척을 만나러 남쪽으로 갔을 거라고 했어. 그리고 선박 사무실에서 확인한 바에 따르면, 브라우너는 메이데이 호를 타고 떠났다고 하더군. 내 계산으로는 내일 밤이면 메이데이 호가 템스 강에 도착할 거야. 그가 도착하면, 둔하지만 결단력 있는 레스트레이드를 만나겠지. 그러면 모든 사실이 자세히 밝혀지지 않겠는가."

홈즈가 예상한 대로였다. 이틀 후 홈즈는 레스트레이드가 쓴 짧은 쪽지와 타이프로 친 서류가 여러 장 들어 있는 두꺼운 봉투를 받았다.

"레스트레이드가 범인을 제대로 잡은 모양이군. 자네도 그가 뭐라고 썼는지 궁금할 테니 읽어보자고."

홈즈가 나를 흘끔 보더니, 내용물을 읽기 시작했다.

홈즈 씨에게

우리의 가설을 시험하기 위해 짠 계획에 따라(우리? 정말 웃기는군, 왓슨.) 어제 저녁 6시에 앨버트 선착장에 가서 리버풀, 더블린, 런던 기선 회사 소유의 메이데이 호에 올랐습니다.

알아보니 제임스 브라우너라는 선원이 승선했는데 그의 행동이 이상해서, 이번 항해 중에 일을 하지 못하게 했다고 선장이 말하더군요. 그의 방에 들어가 보니 브라우너는 소지품 상자에 앉아 머리를 손에 푹 파묻고 앞뒤로 몸을 흔들고 있었습니다. 크고 건장한 체구에 말끔히 면도를 했고, 거짓 세탁 사건에서 우리를 도왔던 앨드리지처럼 피부가 아주 검게 그을려 있었습니다.

제가 체포하겠다고 하자 그는 벌떡 일어났고, 저는 근처에 있는 해양경찰 두 명을 부르기 위해 호루라기를 입으로 가져갔습니다. 그러자 그는 저항할 생각이 없는 듯 조용히 손을 내밀어 수갑을 찼습니다. 브라우너를 감옥에 가두고, 증거가 될 만한 것이 있을까 하는 생각에 그의 소지품 상자도 갖고 왔습니다. 하지만 보통 선원들이 소지하는 커다랗고 날카로운 칼 외에는 특별한 것이 없었습니다. 우리는 더 이상 증거가 필요하지 않았습니다.

브라우너가 경감 앞에서 조사를 받으면서 진술서 작성을 원했고, 그가 진술한 대로 속기사가 받아 적었습니다. 타이프 친 복사본 석 장 가운데 하나를 동봉합니다.

제가 예상했던 것처럼 사건은 아주 간단한 것이었습니다. 그래도 수사에 협조해 주서서 감사합니다. 안녕히 계십시오.

G. 레스트레이드

"뭐, 이 사건이 아주 간단하다고? 처음에 나에게 도움을 요청했을 때는 그렇게 생각하지 않았을 텐데. 그건 그렇고 브라우너가 뭐라고 변명했는지 궁금하군. 이게 쉐드웰 경찰서의 몽고메리 경감 앞에서 작성한 진술서인 모양이네. 원문 그대로이니 한결 낫군."

『할 말이 있냐고요? 네, 아주 많습니다. 모두 털어놓겠습니다. 교수형에 처하든지 독방에 처넣든지 마음대로 하세요. 어떤 처벌이든 전 관심이 없어요. 그 일 이후 저는 한숨도 제대로 못 잤어요. 과거를 되돌리기 전에는 다시는 편히 잠잘 수 없을 겁니다.

때로는 그의 얼굴도 보이지만, 대부분은 아내의 얼굴입니다. 그 둘의 얼굴이 저를 떠나지 않아요. 그는 얼굴을 일그러뜨리고 화난 표정을 지었지요. 하지만 아내는 놀란 얼굴을 하고 있어요. 아, 가엾은 사람…… 전에는 사랑만 가득하던 내 얼굴에서 살기를 느꼈을 테니 당연히 놀랐을 겁니다.

하지만 모든 건 새라의 잘못입니다. 파멸한 남자의 저주를 그녀에게 내리게 하소서! 그녀의 피가 썩도록 하소서! 나를 변명하려고 하는 말이 아닙니다.

내가 짐승처럼 다시 술을 마시기 시작했다는 걸 잘 알아요. 그래도 아내는 절 용서했을 겁니다. 그 여자가 우리의 앞길을 방해하지 않았더라면, 아내는 바위에 묶인 줄처럼 내 곁에 꼭 붙어 있었을 겁니다.

새라 커싱은 저를 사랑했어요. 그게 사건의 발단이죠. 내가 새라의 몸과 마음보다 진흙에 찍힌 아내의 발자국을 더 생각한다는 걸 알고는 새라의 사랑은 악의에 찬 증오로 바뀌었어요.

그들은 세 자매입니다. 첫째는 마음씨 좋은 사람이고, 둘째는 악마며, 셋째는 천사였습니다. 내가 결혼할 때 새라는 서른셋, 메리는 스물아홉이었어요. 살림을 차렸을 때 나는 영원한 행복을 느꼈지요. 리버풀에서 아내보다 나은 여성은 없었거든요.

우리는 그때 새라에게 일주일 동안 놀러오라고 했어요. 그러나 일주일이 한 달이 되고 다시 여러 달이 되더니, 그러다가 마침내 새라는 그냥 주저앉아 우리와 함께 살게 되었지요.

그 당시 저는 금주를 해서 돈도 약간 모았고 모든 게 아주 낙관적이었어요. 맙소사! 이런 일이 생길 줄 누가 생각했겠습니까? 누가 상상이나 했겠습니까?

저는 주말에 주로 집에 있었어요. 때때로 선적을 위해 배가 항구에 정박하면 일주일 내내 있기도 했지요. 이렇게 해서 새라를 자주 보게 되었어요. 그녀는 검은 머리에 날씬하고 키가 컸으며, 눈치 빠르고 공격적이었지요. 거만하게 머리를 쳐들고 다녔고, 부싯돌의 불꽃처럼 눈이 반짝였어요. 하지만 메리가 있을 때 한 번도 새라를 생각한 적이 없어요. 신에게 맹세합니다.

때로는 새라가 저와 단둘이 있고 싶어 하거나 자신과 산책을 하자는 등으로 유혹의 눈길을 보내기도 했어요. 하지만 저는 그럴 생각이 전혀 없었어요.

그러던 어느 날 밤 저는 사실을 알게 되었지요. 배에서 돌아왔더니 아내는 없고 집에 새라만 있었어요. '메리는 어디 갔나요?' 하고 내가 묻자 '계산할 일이 있어 나갔어.' 하고 말하더군요. 저는 조바심이 나서 방을 서성댔죠. '짐, 메리가 없으면 단 5분도 마음이 편치 않나요? 잠시라도 나와 있는 건 불편하다는 뜻이군요.'라고 하기에, 나는 '그런 게 아니에요. 새라.' 하고 말하면서 손을 그녀 쪽으로 부드럽게 내밀었어요. 그 순간, 새라가 두 손으로 제 팔을 잡았지요. 열이 있는 듯 그녀의 손이 불덩이 같더군요. 그때 저는 새라의 눈을 보고 그녀가 무얼 원하는지 알았어요. 서로 말이 필요 없었지요. 하지만 저는 얼굴을 찌푸리며 손을 뺐어요. 그러자 그녀는 잠시 아무 말 없이 제 옆에 서 있더니, 손을 들어 내 어깨를 두드렸어요. '정말 메리에게 성실하네요, 짐!' 하고 비웃더니 밖으로 뛰어나갔습니다.

그때부터 새라는 저를 미친 듯이 증오했어요. 그런데도 새라를 계속 우리 집에 머무르게 놔두다니…… 제가 정말 바보였지요. 하지만 메리에겐 한마디도 하지 않았어요. 사실을 알면 메리가 몹시 마음 아파할 테니까요. 모든 게 전과 다름없었어요.

　그러나 시간이 흐르면서 메리에게 변화가 생겼다는 사실을 알게 되었어요. 메리는 본래 사람을 의심할 줄 모르는 순진한 사람이었는데 의심이 많아지기 시작한 거예요. 내가 어디에 있었는지 무얼 했는지 누구에게 온 편지인지, 내 주머니에 뭐가 들어 있는지 등 쓸데없는 여러 가지 것들을 알고 싶어 했어요. 날이 갈수록 메리는 점점 이상해지면서 신경질적이 되었어요. 우리는 사소한 일로 끊임없이 말다툼을 했어요. 저는 도대체 무슨 영문인지 알 수 없었지요.

　새라는 저를 피하면서 메리와 아주 단짝이 되었어요. 그제야 아내의 마음이 저에게서 멀어지도록 새라가 계획적으로 종용했다는 사실을 알았지요. 하지만 그 당시 저는 눈 뜬 장님처럼 무슨 일이 일어나고 있는지 이해할 수 없었어요.

　그 후 인정받던 제 일도 엉망이 되었고, 다시 술을 입에 대기 시작했지요. 하지만 메리가 변하지 않았다면 그런 일은 없었을 겁니다. 그 일로 메리는 저를 더 혐오하게 되었고, 우리 사이는 점점 더 멀어졌어요. 그때 알렉 페어베언이 끼어들어 일이 몇천 배 더 악화된 거예요.

　페어베언이 처음 우리 집에 온 것은 새라를 만나기 위해서였어요. 하지만 그는 어딜 가나 사람들과 잘 어울렸고, 우리와도 바로 친해졌지요. 페어베언은 씩씩하고 재치 있으며 으스대길 좋아하는 성격이었어요. 세계 여러 곳을 여행하면서 자신이 본 것을 재미있게 얘기하곤 했어요. 그는 괜찮은 친구였지요. 저도 인정해요. 선원치고는 행동거지가 반듯해서, 그가 고생을 많이 했나 보다 하고 생각한 적도 있어요.

그는 한 달 동안 제 집을 들락거렸지만, 저는 부드럽고 쾌활한 그가 우리에게 해를 끼치리라고는 한 번도 생각하지 않았어요. 그러던 중 마침내 뭔가 미심쩍은 일이 일어났고, 그날 이후로 제 마음의 평화가 영영 사라졌지요.

지금 생각하면, 그리 대단한 일은 아니었어요. 어느 날 뜻밖의 휴가를 얻어 연락 없이 집에 들어갔더니 아내가 아주 반기는 표정으로 나왔어요. 그러나 저라는 사실을 알고 나자, 반기는 기색이 이내 사라지고 실망한 표정이더군요. 그걸로 충분했어요. 저의 발소리를 페어베언의 것으로 착각했던 게 분명했어요. 그때 그를 만났다면 그 자리에서 죽였을 겁니다. 저는 흥분하면 미친 사람처럼 되니까요.

내 눈에서 살기를 느꼈는지, 메리가 '안 돼요, 짐.' 하고 외치며 저의 팔을 잡았어요. 나는 팔을 뿌리치며 '새라는 어디 있소?' 하고 물었어요. '주방이요.' 하고 메리가 대답하기에, 나는 주방으로 들어갔지요.

내가 '새라! 페어베언 그 자식을 다시는 내 집에 발도 들여놓지 못하게 해요.' 하고 소리치자, 새라가 '왜 안 되죠?'라고 묻더군요. 나는 거두절미하고 '그렇게 하라면 해요.' 하고 쏘아붙였지요. 그랬더니 새라가 '맙소사! 내 친구가 이 집에 들어올 수 없다면 나도 마찬가지이겠군요.' 하고 나를 노려보기에, '당신 마음대로 생각해요. 하지만 페어베언이 다시 여기 나타난다면 한쪽 귀를 잘라 당신에게 보내겠소.' 하고 냉랭하게 말했지요. 새라는 그런 저를 보고 놀란 듯했고, 그녀는 아무 말도 하지 않은 채 그날 밤 제 집을 떠났어요.

지금 생각해 보면, 새라가 단지 우리를 괴롭히려 했던 건지 아니면 아내에게 부정한 행동을 하게 해서 내가 자신에게 마음을 주게 하려 했던 건지 알 수 없어요. 어쨌든 새라는 우리 집 근처에 집을 얻어 선원들에게 방을 빌려주었지요. 페어베언은 그곳에 묵고 있었고요.

그 후 메리는 새라와 함께 차를 마시겠다면서 페어베언에게 가곤 했어요. 메리가 얼마나 자주 그곳에 갔는지는 모릅니다. 그러나 어느 날 제가 메리를 뒤쫓아 가 갑자기 문을 열고 들어섰더니, 페어베언이 겁쟁이처럼 뒤뜰 담을 넘어 도망쳤어요. 나는 다시 그와 함께 있는 걸 본다면 새라를 죽이겠다고 아내에게 으름장을 놓았지요. 그런 다음 하얗게 질린 채 울고 있는 아내를 끌고 집으로 돌아왔어요.

하지만 우리 사이에 더 이상 사랑은 남아 있지 않았어요. 아내는 저를 증오했고 두려워했어요. 그 생각만 하면 저는 견딜 수 없어 술을 마셔댔고, 아내는 그런 저를 더욱 경멸했지요.

리버풀에서 장사가 잘 되지 않자, 새라는 그곳을 떠나 크로이던으로 가서 언니와 함께 살았어요. 아내와 제 사이는 별 변화가 없었지요. 그러다가 지난주에 돌이킬 수 없는 비극이 일어난 겁니다.

저는 7일 예정으로 메이데이 호에 승선했는데 기관이 고장

낳어요. 배를 수리하려고 다시 항구로 돌아왔고, 24시간 정박하게 되었지요. 배에서 내린 저는 아내가 저를 보면 놀랄 거라고 생각하면서 집으로 돌아갔어요. 저를 보고 반가워하기를 기대하면서 집으로 가고 있는데, 마차 한 대가 지나갔어요. 그런데 마차 안에서 아내가 페어베언과 나란히 앉아 얘기를 나누며웃고 있는 거예요. 그들은 제가 길에서 자신들을 보며 서 있는줄은 꿈에도 생각지 못했을 겁니다. 그때부터 저는 정말 제정신이 아니었어요.

돌이켜 생각해 보면 모든 게 희미한 꿈만 같군요. 최근에는술을 더 많이 마셨거든요. 두 사람 때문에 저는 완전히 미쳐버린 거지요. 지금도 망치 같은 것이 머리를 계속 두드려대는것만 같아요.

하지만 그날 아침에는 귀가 온통 윙윙거렸어요. 저는 머뭇거림 없이 마차를 쫓아갔지요. 손에는 무거운 참나무 방망이를들고 있었고, 처음에는 무척 흥분했어요. 그러나 달리면서 생각을 고쳐먹고, 눈치채지 못하게 그들을 따라가려고 약간 거리를두었지요.

그 마차는 곧 기차역에서 멈추었어요. 매표소에는 사람이 많아서 그들이 눈치채지 않게 따라갈 수 있었지요. 그들은 뉴브라이튼행 표를 샀고, 저도 세 칸 뒤 좌석으로 같은 표를 샀어요. 기차에서 내린 그들이 광장을 따라 걷기에, 저는 100미터 정도뒤에서 그들을 미행했지요. 마침내 그들이 보트를 빌려서 배를저어 나갔어요. 날씨가 무더워서 배를 타는 게 더 시원할 거라고 생각했던 모양입니다.

　그들은 제 손에 들어온 거나 마찬가지였어요. 그날따라 안개가 잔뜩 끼어 있어서 2, 3백 미터 앞도 잘 보이지 않았어요. 저도 배를 하나 빌려 그들 뒤를 따랐지요. 희미하게 그들의 배를 볼 수 있었지만, 그들도 저와 비슷한 속도로 가고 있어서 해변에서 한참 멀어진 뒤에야 그들을 따라잡을 수 있었어요. 안개가 우리 둘레를 커튼처럼 둘러쌌고, 그 안에는 우리 세 사람이 있었지요.

　제가 가까이 다가갔어요. 그때 저를 보고 놀라던 그들의 얼굴을 제가 어떻게 잊을 수 있겠습니까? 메리는 비명을 질렀어요. 내 눈에 비친 살의를 보았는지, 페어베언이 미친놈처럼 욕을 퍼부어대며 노를 들어 저를 향해 내리치더군요. 저는 그걸 피하면서 제 방망이를 내리쳐 그의 머리를 부숴 버렸지요. 메리가 울면서 페어베언을 안고는 '알렉'이라고 부르더군요. 제가 아무리 미쳤어도, 메리가 그렇게만 하지 않았으면 그녀를 살려주었을 겁니다. 저는 다시 방망이를 내리쳤고, 그녀는 페어베언 옆에 쓰러졌어요. 저는 피 맛을 본 맹수 같았지요. 아마 새라가 거기 있었다면 같이 때려눕혔을 겁니다.

　저는 나이프를 꺼냈지요. 이 정도면 충분하겠죠. 새라가 자신 때문에 벌어진 결과의 증거를 보면 어떤 기분일까 생각하니 희열이 느껴지더군요. 그다음 시체를 배에 묶고 배에 구멍을 낸 뒤 가라앉는 것을 지켜보았어요. 배 주인은 안개에 길을 잃고 바다로 떠내려갔다고 생각할 게 분명했습니다.

저는 몸을 씻은 후 돌아와 아무 일도 없었다는 듯이 제 배에 탔어요. 그리고 그날 저녁 새라 커싱에게 보낼 소포를 만들었고, 다음 날에 벨파스트에서 보냈습니다.

　이게 전부입니다. 교수형에 처하든 마음대로 하세요. 이미 저는 벌을 받고 있습니다. 눈만 감으면 저를 쳐다보는 두 얼굴이 보이니까요. 제 배가 안개 속에서 나타났을 때 그들이 바라보던 그 모습 그대로요. 저는 단번에 그들을 죽였지만, 그들은 저를 서서히 죽이고 있어요. 또다시 그런 밤을 보낸다면 아침이 오기 전에 미치거나 죽을 겁니다.

　저를 독방에 가두는 건 아니지요? 제발 그러지 마세요. 그렇게 하면 당신도 언젠가는 나와 같은 고통을 당할 겁니다.』

"이걸 보고 무얼 느꼈나, 왓슨?"

서류를 내려놓으면서 홈즈가 진지하게 말했다.

"불행과 살인과 공포의 반복을 통해 도대체 무얼 얻지? 뭔가 의미하는 바가 있을 텐데. 그렇지 않다면 우주는 우연의 지배를 받고 있다는 건데…… 그건 아닐 거야. 어떤 의미냐고? 인간의 이성으로는 해결할 수 없는 영원불변의 문제가 있다는 걸 이 사건은 말하고 있는 게 아닐까……."

내가 말했다.

마지막 사건
The Final Problem
(1893)

펜을 들어 마지막 글을 쓰는 내 마음이 무겁다. 특별했던 친구 홈즈의 뛰어난 재능에 대해 글을 쓰는 일도 이번이 마지막이다. 비록 서투른 문장이긴 하지만, 나는 홈즈와 함께했던 특별한 경험들을 제대로 전달하기 위해 항상 최선을 다해 왔다. 홈즈를 처음 만난 '주홍색 연구' 사건부터 홈즈가 개입해서 심각한 국제분쟁을 막을 수 있었던 최근의 '해군 조약' 사건에 이르기까지 말이다.

원래는 이쯤에서 그만두고, 흘러간 지난 2년의 세월로도 공허감을 전혀 채울 수 없었던 '마지막 사건'에 대해서도 침묵하려 했다. 그러나 최근 동생인 모리아티 교수를 못 잊는 제임스 모리아티 대령이 보낸 편지 때문에 나는 홈즈의 마지막 사건을 기록하려고 한다.

나는 대중 앞에 사건을 사실 그대로 옮길 것이다. 사건의 진상을 나만 알고 있는 채로 입을 다물고 있어봐야 홈즈를 둘러싼 소문에 좋은 영향을 끼칠 수 없다는 점을 결국 깨달았기 때문이다.

내가 알기로 언론 매체가 그 사건을 다룬 것은 세 차례에 불과하다. 1891년 5월 6일자 〈제네바 저널〉, 5월 7일자 영국 신문들에 실린 로이터 통신 기사, 그리고 마지막으로 앞서 언급한 최근 제임스 모리아티 대령이 보낸 편지들이다.

첫 번째와 두 번째 경우에는 사건의 전말이 너무나 많이 생략되어 있었다. 그리고 마지막 세 번째, 즉 제임스 모리아티 대령의 편지는 사실을 완전히 왜곡하고 있었다.

따라서 모리아티 교수와 홈즈 사이에 일어난 사태의 진상을 제대로 밝히는 것은 나의 당연한 의무가 될 것이다.

아마 내가 결혼하고 난 뒤였을 것이다. 병원을 개업하고부터는 홈즈와 나 사이의 친밀했던 관계는 얼마간 변화를 겪었다. 그러나 여전히 홈즈는 때때로 사건 수사에 친한 벗이 필요하면 나를 찾아오곤 했다. 그러나 이런 만남도 차츰차츰 줄어들어 1890년도에 내가 기록한 홈즈의 사건은 겨우 세 건에 불과했다.

그해 겨울과 1891년 이른 봄 동안, 나는 신문을 통해 홈즈가 프랑스 정부와 관련된 중요한 사건을 맡고 있다는 것을 알고 있었다. 그리고 홈즈로부터 프랑스 나르본느와 니임의 소인이 찍힌 짤막한 편지를 받았다. 두 통의 편지로 나는 홈즈가 프랑스에 꽤 오래 머물 것이라고 생각했다.

그래서 4월 24일 저녁, 내 진찰실로 홈즈가 걸어 들어오는 것을 보고 깜짝 놀랄 수밖에 없었다. 더구나 홈즈의 얼굴이 평소에 비해 몹시 창백했고 몸도 수척해서 더욱 놀랐다.

"요새 과로해서 그래. 최근에 스트레스를 많이 받았어. 덧문을 내려도 되지?"

내가 말을 꺼내기도 전에, 걱정스러운 내 표정을 보고 홈즈가 설명하듯이 말했다.

책상 위에 있는 독서용 램프 불빛이 방에 있는 유일한 빛이었다. 홈즈는 벽을 따라 재빨리 창가로 가더니 덧문을 닫고 단단히 빗장을 걸었다.

"걱정되는 일이라도 있나?"

내가 물었다.

"그래."

"무슨 걱정인데?"

"공기총."

"홈즈, 무슨 소리야?"

"왓슨, 자네는 나를 잘 알지? 내가 절대로 쉽게 흥분하는 사람이 아니란 걸 말이야. 그러나 위험이 자신에게 가까이 닥쳤다는 것까지도 인정하지 않는 건 용기가 아니라 무모함이지. 성냥 좀 주겠어?"

홈즈는 담배에 불을 붙인 뒤, 연기를 깊게 들이마셨다.

"이렇게 늦게 찾아와서 미안해. 그리고 잠시 후 자네 집을 떠날 때 정원 담을 타고 넘어가는 괴상한 짓을 해도 미리 이해해 주길 바라네."

"도대체 무슨 얘기야?"

홈즈가 손을 내밀었다. 독서용 램프 불빛 아래로 드러난 그의 손가락 관절에서 피가 흐르고 있었다.

"보다시피 근거 없는 말이 아니야. 손이 꺾여서 부러질 만큼 확실한 상황이지. 자네 부인은 여기 있나?"

홈즈가 웃으며 말했다.

"아니, 여행 중이야."

"자네 혼자야?"

"나 혼자야."

"그럼 부탁하기가 쉽겠군. 유럽으로 일주일 정도 나와 함께 가주겠나?"

"유럽 어디로?"

"어디라도 좋아. 유럽은 어디든 나한테는 다 똑같으니까."

홈즈의 행동에는 뭔가 이상한 점이 있었다. 홈즈는 이유 없이 휴가를 떠날 사람이 아니었다. 창백하고 피로에 지친 안색으로 보아 홈즈가 극도로 긴장한 상태라는 것을 알 수 있었다.

홈즈는 내 눈빛에서 이런 의문을 읽었는지 두 손을 모아 무릎 위에 올려놓은 채 상황을 설명했다.

"모리아티 교수라는 이름을 들어본 적 있나?"

홈즈가 물었다.

"한 번도 못 들어보았어."

"아, 그는 정말 놀랄 만한 천재야! 런던에 때때로 나타나는데도 아무도 그에 관해 알지 못하니 말이야. 그래서 최고의 범죄자가 될 수 있었겠지. 왓슨! 확실히 말하는데, 그를 잡을 수만 있다면, 사회에서 그를 제거할 수만 있다면 탐정으로서의 소임을 다했다고 할 수도 있어. 그리고 좀 더 평범한 생활로 돌아갈 수 있겠지. 우리끼리 얘기지만, 최근 스칸디나비아 왕가와 프랑스 정부를 도와준 덕분에 난 꽤 안락하고 쾌적한 생활을 누릴 수 있게 되었어. 좋아하는 화학 연구에 집중할 수도 있고 말이야. 그런데 왓슨, 난 쉴 수가 없어. 그냥 조용히 의자에 앉아 있을 수가 없단 말일세. 모리아티 교수가 런던 거리를 아무렇지도 않게 돌아다닌다고 생각하면 가만히 있을 수가 없거든.”

홈즈가 목소리를 높여 말했다.

“그가 무슨 일을 저질렀는데?”

“모리아티의 경력은 무척 화려해. 훌륭한 가문 태생에 교육도 잘 받았고, 더군다나 타고난 수학적 재능이 매우 뛰어난 사람이야. 스물 한 살에 이항 정리에 대한 논문으로 유럽에서 큰 호평을 받았지. 그 덕분에 작은 대학에서 수학 교수 자리를 얻게 되었고, 아무튼 장래가 촉망되는 젊은이였어.

그러나 그의 몸에는 사악한 범죄의 피가 흐르고 있었어. 그의 사악함은 시간이 지나면서 사라지는 대신 비범한 두뇌의 힘을 얻어 오히려 더욱 위험해졌지. 대학가에 모리아티에 대한 좋지 않은 소문들이 떠돌자, 결국 그는 교수직을 사임하고 런던으로 와서 군대 교관으로 일하고 있어. 여기까지가 세상에 알려진 내용이지만, 지금부터 말하는 것은 내가 직접 발견한 사실들이야.

왓슨, 자네도 잘 알겠지만 런던에서 일어나는 모든 범죄에 대해서 나만큼 잘 아는 사람은 없잖은가. 지난 몇 년 동안, 나는 런던에서 일어나는 범죄 사건의 배후에 어떤 악당 하나가 숨어 있다는 점을 항상 느껴왔어. 법을 어기는 조직적인 세력, 잘못된 길로 나가는 문을 열어놓는 악의 세력이 어딘가 숨어 있다고 생각해 온 거지. 갖가지 위조사건, 강도사건, 살인 사건에서도 나는 어떤 세력이 존재한다는 것을 느낄 수 있었거든. 내가 개인적으로 담당하지 않은, 그리고 아직 밝혀지지 않은 범죄에 이 세력이 영향을 미치고 있다는 사실을 알아냈지. 몇 년 동안 나는 이 세력의 베일을 벗겨내려고 노력했어. 그리고 마침내 실마리를 잡아서 교묘히 엉켜 있는 실타래를 풀어가다 보니 수학의 천재, 모리아티 교수라는 결론에 도달한 거야.

왓슨, 모리아티는 범죄계의 나폴레옹이야. 런던에서 일어나는 미궁에 빠진 많은 사건을 모리아티 교수가 계획했어. 그는 천재이고 철학자이며 논리가일세. 매우 논리 정연한 사고의 소유자지. 마치 수백 개의 거미줄로 짜여 있는 거미줄 한가운데 자리 잡은 거미처럼, 가만히 앉아 있지만 거미줄의 미세한 흔들림도 곧바로 알아챈다네. 자신이 직접 행동하는 일은 거의 없어. 단지 계획만 짤 뿐이야. 하지만 그 밑에 있는 모리아티의 대리인들이 거대한 조직을 이루고 있어. 어떤 서류를 훔치거나 어떤 범죄를 저지를 계획이 있다면, 예를 들어 어떤 집을 털거나 누군가를 살해하려고 할 때 이들은 모리아티에게 이야기하는 거야. 그러면 모리아티가 범죄를 자세히 계획하고, 그 일당이 실행에 옮기는 거지. 그의 패거리는 가끔 잡히기도 해. 하지만 그런 경우에는 항상 보석금을 내고 풀려나거나 변호사가 붙지. 그러나 그 일당을 이용하는 핵심 세력은 절대 잡히지 않아. 의심받는 일도 절대 없고. 이게 내가 추리해 낸 모리아티 교수의 조직이야. 왓슨, 난 전력을 다해서 그 조직을 파헤치고 무너뜨리고 싶네.

그러나 모리아티는 아주 교묘하게 구성된 보호막에 둘러싸여 있어. 내가 그의 입장이어도 그렇게 했겠지만, 그 보호막이 어찌나 교묘한지 모리아티의 유죄를 입증할 만한 증거를 확보하기조차 불가능해 보이더군. 하지만 왓슨, 자네는 내 의지력을 알고 있지 않나. 지난 3개월 동안의 추적 끝에, 나는 마침내 숙적 모리아티 교수의 조직을 파악하게 되었네. 모리아티는 두뇌 싸움에서 나와 대적할 만한 유일한 범죄자란 생각이 들 정도로 대단해. 그가 계획한 끔찍한 범죄를 보면 그 기술에 경탄하지 않을 수가 없거든. 그런데 마침내 모리아티가 그답지 않게 사소한 실수를 해서 내가 아주 가까이 다가갈 수 있었어. 기회를 잡은 거지. 처음부터 준비해 온 일이 성과를 거두게 된 거야.

모리아티 주변에 그물을 쳐놓고 지금은 잡을 준비가 다 되어 있네. 다음 주 월요일이면 모리아티 교수는 조직의 주요 부하들과 함께 경찰에 붙잡힐 거야. 금세기 최대의 범죄자가 재판정에 서게 되면 마흔 건이 넘는 미궁에 빠졌던 사건들도 해결되고, 모두 교수형에 처해지겠지. 하지만 우리가 조금이라도 성급하게 움직이면 그들은 마지막 순간에 우리 손에서 빠져나갈 거야.

이 모든 일이 모리아티 교수 모르게 진행되었다면 꽤 수월했을 거야. 하지만 모리아티는 그렇게 만만한 상대가 아니야. 내가 자기 주변에 그물을 치고 있다는 걸 모두 알고 있었어. 몇 번이나 그는 내가 애써 진행한 작업을 헛수고로 돌려 버리려고 시도했고, 나 또한 매번 그의 방해를 막느라고 애썼지. 왓슨, 조용히 진행한 이 작업의 상세한 부분을 모두 적는다면, 이 기록은 범죄 수사 역사에 길이 남게 될 거야. 이번처럼 내가 긴장한 적도 없었고, 상대와 이렇게 팽팽히 맞선 적도 없을 정도로 대단하게 밀고 당겼거든. 모리아티도 악당 중의 최고 악당이지만, 나 역시도 탐정 중의 최고 탐정 아닌가.

아무튼 나는 모리아티 교수의 조직을 무너뜨릴 만반의 준비를 마친 상태였어. 오늘 아침에 마지막으로 할 일을 마쳤고, 삼 일만 있으면 모든 일이 끝나게 되어 있었거든. 그런데 내가 방에 앉아 생각에 잠겨 있는데, 갑자기 방문이 열리더니 모리아티가 내 앞에 나타난 거야.

왓슨, 지금 내가 전에 없이 긴장한 이유가 그 때문이야. 항상 내 머릿속에 등장해 와서인지, 모리아티 교수가 바로 문 앞에 서 있는 모습이 그다지 낯설지만은 않았어. 키가 크고 마른데다가 두 눈은 움푹 들어갔고, 흰머리가 앞이마를 덮고 있었지. 깔끔하게 면도를 한 창백한 얼굴은 까다롭고 꼼꼼한 성미를 지닌 교수다웠어. 지나치게 공부를 많이 한 탓인지 등이 구부정하고 얼굴이 앞으로 툭 튀어나왔는데, 마치 교활한 파충류로 조금씩 진화하는 듯한 느낌이었어. 호기심에 가득 찬 주름진 눈이 나를 뚫어져라 바라보더군.

'내가 기대했던 것보다 일의 진행이 안 되는군. 장전된 권총을 주머니 속에 넣는 건 위험한 짓이야.'

마침내 모리아티가 입을 열었어.

사실, 모리아티가 나타나자마자 나는 극도의 위협을 느꼈어. 하지만 그 위기를 모면하려면 일단 아무 말도 하지 않는 게 유일한 방법이라고 생각하며, 나는 순간 서랍에 있던 권총을 살짝 꺼냈거든. 그런데 주머니에 넣는 모습을 들키고 만 거야.

모리아티의 말에, 나는 권총을 꺼내 테이블 위에 올려놓았지. 모리아티는 계속 미소를 지으면서 눈을 깜박였는데, 그 냉혹한 모습을 보며 나는 그나마 권총이 앞에 놓여 있어 다행이라고 생각했지.

'자네는 나를 전혀 모르겠지.'

모리아티가 말했어.

'아니, 난 당신을 꽤 잘 알아. 그 의자에 앉겠나? 할 말이 있다면 5분 정도 시간을 내줄 수 있네.'

'내가 무슨 말을 할지 잘 알고 있을 텐데.'

'그렇다면 내가 어떤 대답을 할지도 알고 있겠군.'

'그 생각에 변함이 없나?'

'절대로.'

모리아티가 주머니에 손을 넣자마자, 나는 테이블 위에 있던 권총을 집어 들었어. 하지만 그는 주머니에서 무엇인가를 적은 수첩을 꺼내더군.

'1월 4일 내 뒤를 밟았고, 23일에는 나를 방해했어. 2월 중순에는 자네 덕분에 상황이 꽤 불편했어. 3월 말에는 내 계획이 완전히 차질을 빚었지. 그리고 4월 말인 지금, 상황을 보니 자네의 끈질긴 추적 때문에 나는 자유를 잃을 위험에 처했네. 있을 수도 없는 불가능한 상황이 벌어지고 있군.'

'할 말이 있나?'

'그만두지. 홈즈. 정말 그만두는 게 좋을 거야. 잘 알고 있겠지?'

'월요일이 지나면 그만두지.'

'쯧쯧. 이런 일에는 한 가지 결말밖에 나올 수 없다는 사실을 자네처럼 똑똑한 사람이 모를 리가 없을 텐데. 이쯤에서 멈춰. 자네가 열심히 일한 탓에 우리 조직이 많이 줄었어. 자네는 꽤 영리한 방법을 썼더군. 하지만 아무 영향도 못 끼쳤어. 과격한 수단을 쓰게 될까 봐 걱정일세. 홈즈, 웃고 있군. 경고하네. 정 그렇게 나오면 나도 어쩔 수 없으니까.'

'내 일에는 항상 위험이 뒤따르지.'

'이건 위험이 아냐. 피할 수 없는 파멸이지. 자네는 단순히 한 개인을 상대하는 게 아니라, 거대한 조직을 상대하는 거야. 자네가 아무리 머리를 굴려도 깨닫지 못할 규모를 가진 조직이지. 홈즈, 그만두는 게 좋을걸. 그렇지 않으면 결국 짓밟히고 말 테니까.'

'무서운 말이군.'

권총을 들면서 내가 대답하자, 모리아티가 의자에서 일어나며 말없이 나를 보더니 안타깝다는 듯이 고개를 저었어.

'다른 중요한 볼일을 잊게 만들 만큼 재미있는 대화였어. 이런, 이런. 애석하군! 하지만 내가 할 수 있는 일은 여기까지야. 난 자네가 뭘 하는지 다 알고 있어. 하지만 월요일까지 아무것도 못 할 걸세. 홈즈, 그간은 나와 자네와 둘의 결투였지. 내게 올가미를 씌우고 싶겠지만 절대로 그렇게 되지는 않아. 날 이기고 싶겠지만 자넨 날 이기지 못해. 자네는 날 파괴할 정도로 똑똑하지만, 그건 나 역시 마찬가지야.'

'칭찬해 주어서 고맙군. 모리아티 교수. 그 보답으로 하나는 장담하겠지만, 다른 하나는 못하겠는걸. 시민들을 위해서 난 기꺼이 내 할 일을 하겠네.'

'나 역시 한 가지는 약속하지만, 다른 하나는 못하겠군.'

그가 비웃으면서 말하더니, 순식간에 방에서 사라졌어.

이게 모리아티 교수와 나눈 대화야. 그 때문에 기분이 많이 언짢더군. 모리아티 교수의 어조는 단순히 위협하려는 말투가 아니었어. 차분하고 침착했지. 한번 결심한 것은 꼭 실행에 옮길 사람이야.

왓슨, 자네는 왜 경찰에 신고하지 않느냐고 말하고 싶겠지. 경찰에 알리지 않은 이유는 모리아티의 부하들이 공격할 게 분명해서야. 그렇게 되리라는 확실한 증거가 있거든."

"이미 공격당하지 않았나?"

"왓슨, 모리아티는 풀이 발목을 덮을 때까지 그냥 자라게 두는 사람이 아니야. 오늘 나는 옥스퍼드 가에서 처리할 일이 있어 낮에 집에서 나왔어. 벤틱 가에서 웰벡 가로 가기 위해 골목을 돌아 나오는데, 말 두 마리가 끄는 이륜마차가 쏜살같이 달려오더니 갑자기 나를 향해 덮치더군. 재빨리 골목길로 몸을 숨겼기에 망정이지 하마터면 죽을 뻔했어. 그 마차는 메릴본 레인 쪽으로 달려가더니 곧 눈앞에서 사라졌어. 나는 가던 길을 계속 갔지.

왓슨, 그런데 이번에는 베어 가에 도착하자 어느 집의 지붕에서 벽돌 한 장이 내 코앞으로 떨어지면서 박살이 나는 거야. 나는 경찰을 불러서 현장을 조사해 달라고 했지. 경찰은 보수 공사에 쓰려고 지붕에 슬레이트와 벽돌들을 쌓아둔 상태였고, 바람이 불어서 그런 거라고 나를 설득하더군. 물론 사실은 그게 아니지. 하지만 증명할 길이 없었어.

즉시 마차를 타고 펠멜 가에 살고 있는 마이크로프트 형에게 갔네. 그리고 지금 자네에게 온 거야. 그런데 여기 오는 도중에 곤봉을

든 괴한을 만났어. 격투 끝에 그놈을 때려눕히고 경찰에 연락해서 체포하게 했지. 하지만 난 분명히 알아. 경찰은 그 앞니 튀어나온 모리아티와 이 모든 일 사이에서 어떤 연관성도 밝혀내지 못할 거라는 걸. 내가 여기서 관절이 부러지는 동안, 저 은퇴한 수학 교수는 10마일 떨어진 곳에서 칠판에 쓴 연습 문제를 풀며 강의하고 있었을 거야.

왓슨, 이제는 이 방에 들어오자마자 창문을 닫은 내 행동을 이해하겠지? 그리고 현관 대신 눈에 덜 띄는 방법으로 여길 나가겠다고 말한 것도 이해가 가겠지?"

나는 종종 친구 홈즈의 용기에 존경심을 표했지만, 이번처럼 그의 용기에 감탄한 적은 없었다. 공포에 질릴 만한 사건들이 계속 일어났음에도 홈즈는 의자에 앉아 담담하게 이야기했다.

"여기서 자고 갈 거지?"

내가 물었다.

"아니야, 왓슨. 나처럼 위험한 손님을 집에 재울 수는 없지. 나는 계획이 따로 있어. 잘 될 거야. 지금까지의 일은 내 도움 없이도 잘 되게끔 진행된 상태야. 유죄 판결이 내려지려면 내가 필히 있어야 하겠지만 말이야. 그러나 경찰이 자유롭게 행동하려면 내가 며칠 동안 떠나 있는 게 좋아. 왓슨, 나와 같이 유럽으로 가준다면 매우 기쁘겠어."

"요새는 병원 일이 한가하니 같이 갈 수 있어."

"내일 아침에 출발하는 것도 가능한가?"

"필요하다면."

"물론이야. 꼭 그래야 해. 그럼 왓슨, 여기 적혀 있는 대로 움직여. 자네는 지금 나와 함께 가장 교활한 범죄자이자 유럽에서 가장 강력한 범죄조직의 우두머리와 맞서고 있어. 잘 들어. 갖고 갈 짐은 오늘 밤에 믿을 만한 사람에게 맡겨서 빅토리아 역에 미리 갖다 둬. 내일 아침에는 이륜마차를 부르되, 처음 오는 마차나 두 번째 오는 마차는 타지 말게. 일단 마차에 타면 로더 아케이드 끝에 있는 스트랜드로 가게나. 마부에게 행선지를 적은 쪽지를 건네주되 버리지 말라고 부탁해. 요금은 미리 지불하고, 마차가 서면 시간에 늦지 않게 서둘러서 9시 15분까지는 로더 아케이드에 도착해 있도록 해. 모퉁이 가까이에 소형 이륜마차가 대기하고 있고, 붉은 칼라가 달린 두꺼운 검은 외투를 입은 마부가 타고 있을 거야. 그 마차를 타면 유럽행 특급 열차 출발시간에 맞춰 빅토리아 역에 도착할 거야."

"자네를 어디서 만나지?"

"역에서. 앞 칸 1등석 두 번째 자리가 예약되어 있을 거야."

"그럼 열차 안에서 만나는 건가?"

"그래."

홈즈에게 자고 가라고 권유했지만 헛수고였다. 홈즈는 자신이 이곳에 있게 되면 말썽이 생기리라고 생각하는 게 분명했다. 홈즈가 굳이 떠나겠다고 고집한 이유는 그 때문이었다. 그는 내일 계획에 대해 몇 마디 서둘러 말하고는 자리에서 일어나 나와 함께 정원으로 나왔다. 홈즈는 정원 담을 넘어 모티머 가 쪽으로 사라졌다. 그리고 곧 마차를 부르는 휘파람 소리가 들리더니, 마차가 떠나는 바퀴 소리가 들렸다.

다음 날 아침 나는 홈즈가 남긴 편지에 쓰인 대로 움직였다. 홈즈가 말한 대로 마차를 불러, 먼저 도착한 마차와 두 번째 마차는 타지 않고 세 번째 마차를 이용해 로더 아케이드로 출발했다. 최대한 빨리 가자고 마부에게 말해 로더 아케이드에 도착하니 커다란 덩치에 검은 망토를 입은 마부가 이륜마차 안에서 기다리고 있었다. 내가 그 마차에 타자마자 마부는 채찍을 휘두르며 급히 빅토리아 역을 향해 달려갔다. 역에 도착하자, 내가 마차에서 내리자마자 마부는 다시 방향을 돌렸다. 순식간에 마차는 내 시야에서 멀어졌다.

그때까지는 모든 일이 순조롭게 진행되었다. 짐 가방은 역에 도착해 있었고, 홈즈가 말한 열차 칸을 찾는 것도 어렵지 않았다. 예약 표시를 한 자리는 한 곳밖에 없었기 때문이다. 한 가지 불안한 것은 홈즈가 보이지 않는다는 사실뿐이었다. 역의 시계는 출발 7분 전을 가리키고 있었다. 여행객 무리를 이리저리 둘러보았지만 호리호리한 홈즈의 모습은 역 어디에서도 보이지 않았다.

한편 서투른 영어로 자기 짐이 파리를 통과하기로 예약되어 있다고 짐꾼에게 애써서 설명하는, 어떤 점잖은 이탈리아 신부를 도와주느라 몇 분이 흘러갔다. 다시 주위를 둘러보고 자리로 돌아온 나는 짐꾼이 그 이탈리아 신부를 내 옆자리에 앉혀놓고 간 것을 발견했다. 신부에게 그 자리가 아니라고 설명했지만 소용없었다. 내 이탈리아어가 그 신부의 영어보다 더 형편없었기 때문이었다.

체념한 나는 어깨를 으쓱하고는 홈즈를 찾느라 초조하게 주위를 둘러보았다. 두려움이 온몸을 스치고 지나갔다. 지난밤에 어떤 사건이 발생해서 홈즈가 나타나지 않은 것이 아닌가 하는 생각이 들었기 때문이다. 잠시 후 열차 문이 닫히고 출발을 알리는 기적소리가 들렸다. 그때였다.

"왓슨, 좋은 아침이라고 인사할 만한 정신도 없나?"

나를 부르는 목소리가 들렸다.

나는 깜짝 놀라 얼굴을 돌렸다. 나이 지긋한 신부가 나를 바라보고 있었다. 한순간 얼굴의 쭈글쭈글한 주름이 펴졌고, 코는 높아졌으며, 튀어나와 있던 아랫입술이 들어갔고, 웅얼대던 중얼거림도 멈췄다. 흐릿했던 눈은 생기를 찾았고, 구부정하던 어깨도 꼿꼿하게 펴졌다.

그러나 다음 순간 이 모든 모습이 사라지더니, 내 친구 홈즈는 눈 깜짝할 사이에 다시 원래의 늙은 이탈리아 신부로 돌아갔다.

"이런, 세상에! 깜짝 놀랐잖아."

내가 소리를 지르자, 홈즈가 속삭이듯이 말했다.

"아직도 모든 걸 조심해야 하네. 그들이 우리 뒤를 바짝 쫓고 있어. 아, 저기 모리아티가 있군."

홈즈가 말하는 동안, 열차는 이미 움직이기 시작했다.

뒤를 향해 열차 밖을 돌아보니, 키 큰 남자가 사람들을 헤치고 바삐 걸어오고 있는 모습이 보였다. 손을 휘젓는 모습이 열차를 향해 정지하라고 외치는 듯했다. 그러나 이미 출발한 열차는 곧 빅토리아 역을 벗어났다.

"그렇게 조심했지만 꽤 아슬아슬했어."

홈즈가 웃었다. 자리에서 일어선 그는 위장하고 있던 검은 모자와 신부복을 벗어 손가방에 넣었다.

"왓슨, 오늘 아침 신문 봤어?"

"아니."

"그렇다면 베이커 가도 못 봤겠군."

"베이커 가?"

"그들이 내 방에 불을 질렀어. 큰 피해는 없었지만."

"맙소사! 홈즈, 정말 너무 심하군."

"어제 괴한이 체포되는 바람에 나를 추적하던 게 완전히 실패한 것이 분명해. 그렇지 않았다면 내가 집으로 돌아왔으리라는 생각은 하지 못했을 테니까. 그건 그렇고, 모리아티가 빅토리아 역까지 쫓아온 걸 보면 자네를 감시했나 봐. 오는 동안 실수를 한 건 아니겠지?"

"정확히 자네가 말한 대로 했어."

"이륜마차도 찾았고?"

"그래, 기다리고 있더군."

"마부를 알아보겠던가?"

"아니."

"마이크로프트 형이었어. 이런 일에 믿을 수 있는 사람을 대가 없이 쓸 수 있다는 건 큰 이득이지. 하지만 이제 모리아티를 어떻게 해야 할지 계획을 짜야 해."

"특급 열차에서 내리면 시간에 맞게 운행하는 배가 있으니 아주 간단하게 따돌릴 수 있을 것 같은데."

"아니, 그렇지 않아. 내 말을 깨닫지 못한 것 같군. 모리아티는 나와 똑같은 지능을 지닌 상대야. 내가 만약 모리아티를 쫓는 추적자라면, 사소한 장애물 때문에 일을 망칠 거라고 생각해? 절대로 모리아티를 낮게 평가하면 안 된다네."

"그렇다면 모리아티는 무슨 방법을 쓸까?"

"내가 할 일을 하겠지."

"그렇다면 자네가 할 일은 뭐야?"

"특별 열차를 타는 것."

"그러면 늦을 텐데."

"전혀! 이 열차는 캔터베리에서 서는데, 항상 여객선 출발 시간보다 15분 정도 지연이 돼. 그러면 모리아티가 거기서 우릴 따라잡게 되지."

"마치 우리가 쫓기는 범죄자 같군. 모리아티가 도착했을 때 경찰이 체포하면 되지 않나?"

"그렇게 되면 석 달에 걸친 노력이 물거품으로 돌아가. 큰 물고기를 낚으려면 작은 물고기들은 그물을 빠져나가게 두어야지. 월요일이면 모두 잡을 수 있을 텐데 체포라니! 절대 안 돼."

"그럼 어떻게 해야 하나?"

"우리는 캔터베리에서 내려."

"다음엔?"

"뉴헤븐에서 디에프로 가로질러 가는 여행을 해야 해. 모리아티는 분명 내가 한 행동대로 따라 할 거야. 파리로 가서 우리의 짐을 확인한 다음에 역에서 이틀 동안 기다리겠지. 그동안 우리는 가방 업자처럼 제조공장을 둘러보면서 지방을 여행하고 스위스, 룩셈부르크, 베이즐에서 휴가를 즐기는 거야."

그래서 우리는 캔터베리에서 내렸는데, 뉴헤븐 행 열차를 타기 위해 한 시간을 기다려야 했다. 내가 잠옷이 있는 가방을 실은 짐차가 사라지는 모습을 애처롭게 바라보고 있을 때, 홈즈가 내 소매를 잡아끌면서 반대편을 가리켰다.

"이봐, 벌써 특별 열차가 왔어."

멀리 켄트 주의 숲 속에서 희미한 연기가 한 가닥 피어오르고 있었다.

1분 뒤에 객차를 하나만 매단 열차가 커브를 돌아 역으로 다가오는 것이 보였다. 우리는 서둘러서 역에 잔뜩 쌓인 짐 뒤로 몸을 숨겼다. 그러자 곧 열차가 뜨거운 열기를 뿜어내면서 요란하게 지나갔다. 흔들거리며 달려가는 객차를 보면서 홈즈가 말했다.

"놈이 타고 있군. 보다시피 모리아티의 머리에도 한계가 있어. 내가 생각한 대로 추리해 행동했다면 정말 대단한 솜씨가 될 뻔했어."

"만약 우리를 잡았다면 어떻게 했을까?"

"의심할 것도 없이 우리를 죽이려고 했을 테지. 하지만 이건 두 명이 벌이는 게임이야. 지금 문제는 여기서 조금 이른 점심을 먹느냐, 아니면 뉴헤븐에 도착해서 성찬을 벌일 때까지 굶느냐 하는 거야."

우리는 브뤼셀로 가서 그날 밤을 보내고 이틀을 머문 다음 3일째 되는 날 스트라스부르그로 갔다. 월요일 아침, 홈즈는 런던 경찰청에 전보를 쳤다. 그날 저녁, 호텔에 도착하니 답장이 와 있었다. 홈즈가 봉투를 열더니, 나지막하게 욕설을 내뱉으며 편지를 난로 속에 던져 버렸다. 그리고는 신음하듯이 말했다

"미리 알았어야 했는데! 그가 도망쳤어!"

"모리아티?"

"경찰이 모리아티만 빼고 패거리를 다 체포했대. 모리아티는 빠져

나갔어. 물론 내가 영국을 떠났으니, 그와 대적할 만한 맞수가 없었겠지. 경찰 손에 모든 걸 맡겨도 될 거라고 생각했는데. 왓슨, 자네는 영국으로 돌아가는 편이 좋겠어."

"왜?"

"자네에겐 내가 위험한 동반자가 될 거야. 모리아티의 조직이 다 파괴되었으니, 그는 런던으로 돌아갈 수도 없어. 내가 모리아티를 제대로 봤다면 무슨 수를 쓰든 내게 복수하려고 들 거야. 나를 찾아와서도 말했지만, 그는 한다면 하는 사람이야. 왓슨, 자네는 영국으로 돌아가 병원 일을 계속하는 게 좋겠어."

그러나 나는 홈즈를 두고 돌아갈 마음이 전혀 없었다. 우리는 스트라스부르그의 식당에서 반시간 동안 의논한 끝에 결국 여행을 계속하기로 했고, 그날 밤 스위스 제네바로 출발했다.

우리는 일주일 동안 아름다운 론 계곡의 경치를 즐기면서 로이크로 갔다가 겜미패스로 갔다. 인터라켄 지방을 거쳐 마이링겐으로 가는 길은 아직 눈이 덮여 있는 산길이었다. 여행은 매우 즐거웠다. 산 아래는 산뜻한 봄기운이 감돌았고, 산 위는 아직도 흰 눈으로 덮여 있었다. 그러나 홈즈는 자기 주변을 감도는 그늘을 잠시도 잊지 않았다. 날카롭고 재빠른 눈초리로 스쳐 지나가는 사람들 얼굴을 자세히 관찰하는 홈즈의 눈빛은, 우리 뒤를 쫓는 위험에서 홈즈와 내가 아직 완전히 벗어나지 못했다는 사실을 말해 주고 있었다.

한번은 이런 일도 있었다. 쓸쓸한 다우벤제 지방의 경계를 따라 겜미패스 산맥을 지나고 있을 때 커다란 돌이 위에서 굴러 내려와 뒤에 있는 호수 속으로 엄청난 소리를 내며 떨어졌다. 홈즈는 재빨리 산등성이로 올라가 꼭대기에서 아래를 살펴보았다. 안내인이 봄철에 흔히 발생하는 자연현상이라고 설명했지만 소용없었다. 홈즈는 아무 말도 하지 않았지만, 마치 예상했던 일을 본 사람처럼 얼굴에 미소를 지으며 나를 보았다.

이렇게 조심스러워하면서도 홈즈는 절대로 낙심하지 않았다. 기운이 없기는커녕 내가 본 모습 중에서 가장 힘이 넘쳤다. 그리고 모리아티 교수가 없어진 걸 확인하기만 한다면, 탐정 생활을 마음 편히 즐겁게 매듭지을 수 있을 거라고 내게 말했다.

"왓슨, 나는 보람 있는 인생을 살았다고 자부해. 오늘이 내 회고록의 마지막 장이라 해도 침착하게 되돌아볼 수 있어. 런던의 공기는 내 덕분에 조금 더 맑아졌지. 기억 못하는 사건들도 많지만, 내 능력을 나쁜 쪽으로 사용한 기억은 한 번도 없어. 요즘은 감옥이나 형벌로 처벌할 수밖에 없는 범죄 사건을 해결하는 일보다는 자연현상을 연구하고 싶은 생각이 더 많이 들어. 왓슨, 유럽에서 가장 위험하고 사악한 범죄자를 잡거나 파멸시키면, 자네의 회고록도 끝을 맺게 될 거야."

이제부터 간결하고 정확하게 이야기를 끝내야겠다. 내가 이 회고록을 쓰는 이유는 사건의 주제가 아니라, 일어난 사건을 사실 그대로 자세하게 알리는 데 있기 때문이다.

우리가 마이링겐 지역의 여관에 도착해서 짐을 푼 것은 5월 3일이었다. 주인은 페터 스타일러라는 나이가 지긋한 사람으로 눈치가 빠르고 영어를 아주 잘했는데, 런던에 있는 그로스베너 호텔에서 4년 동안 웨이터로 일했다고 말했다. 주인의 충고에 따라 4일 오후에 우리는 언덕을 넘어 로젠라우이 마을에서 하룻밤을 묵기로 했다. 그러나 언덕 중간에 있는 라이헨바흐 폭포를 그냥 지나칠 수는 없었다. 그래서 우리는 폭포를 보기 위해 약간 돌아가기로 했다.

라이헨바흐 폭포는 정말 압도적인 장관이었다. 눈이 녹은 물이 엄청난 기세로 폭포 아래 연못의 심연으로 떨어졌고, 주변은 온통 안개 같은 물보라로 자욱하게 덮여 있었다. 폭포 양쪽에는 깎아지른 듯한 검푸른 바위 절벽이 둘러서 있었고, 깊이를 알 수 없는 연못으로 쏟아지는 물기둥이 물보라를 일으키면서 흘러넘쳤다. 초록빛을 띤 커다란 물줄기가 큰 소리를 내면서 계속 위에서 아래로 떨어졌고, 뿌연 물보라가 마치 바람에 흔들리는 커튼처럼 춤을 추며 위로 올라갔다. 우리는 낭떠러지 끝 부근에 서서, 저 아래 검은 바위에 부딪쳐 부서지는 물거품을 내려다보며 거대한 외침과도 같은 폭포수의 울림에 귀를 기울였다.

한 바퀴 돌아 폭포 전체를 완전히 볼 수 있는 길이 중간에서 갑자기 끝나 버린 탓에 우리는 왔던 길을 되돌아 내려갔다. 내려오던 길에 한 스위스 젊은이가 뛰어오더니 우리에게 편지를 전해 주었다. 편지에는 우리가 묵고 있던 여관의 도장이 찍혀 있었다.

편지는 내게 온 것으로, 우리가 떠난 지 몇 분 안 지나서 영국인 부인이 도착했는데 매우 위독한 상태라고 쓰여 있었다. 루체른에 있는 친구를 만나기 위해 여행 중인 이 여성은 다보스 플라츠에서 겨울을 지내다가 결핵에 걸렸다고 전하고 있었다. 몇 시간 살지 못할 것 같은데 스위스인 의사가 아닌 영국인 의사에게 진찰을 받고 싶다고 고집하니, 만약 내가 와준다면 부인에게 큰 위안이 될 것 같아

실례를 무릅쓰고 어려운 부탁을 한다는 여관 주인의 말이었다.

거절하기 어려운 부탁이었다. 이국땅에서 죽어가는 같은 영국인의 불쌍한 처지를 모른 체할 수는 없었다. 그러나 홈즈를 혼자 두고 떠나는 것이 꺼림칙했다. 결국 나는 환자를 보러 가기로 하고, 대신 마이링겐에 갔다 올 때까지 심부름 온 스위스 젊은이가 홈즈와 함께 있기로 했다. 홈즈는 폭포를 조금 더 보다가 로젠라우이 마을로 천천히 출발하겠으니 거기서 만나자고 했다. 돌아보자 검은 절벽을 배경으로 팔짱을 끼고 물줄기를 내려다보는 홈즈가 보였다. 이것이 이 세상에서 마지막으로 본 홈즈의 모습이 될 줄이야…….

거의 산을 다 내려와서 돌아보았기 때문에 폭포는 보이지 않았지만 산등성이를 휘감아 올라가는 길은 어렴풋이 보였다. 그 길을 따라 한 남자가 아주 빠른 걸음으로 가고 있었다.

초록색 산 빛깔이 그 사람의 검은 모습과 대비되어 눈에 띄었다. 그가 급하게 걷는 모양이 자꾸 신경에 거슬렸지만 서둘러 길을 재촉하다 보니 그 모습은 곧 뇌리에서 지워졌다.

마이링겐에 도착한 것은 한 시간이 조금 넘어서였다.

입구에 서 있는 여관 주인의 모습이 보였다.

"환자는 차도가 있습니까?"

내가 황급하게 묻자, 주인이 놀란 기색을 하며 눈을 치켜떴다. 그 모습에 내 심장이 얼어붙는 것만 같았다.

"이 편지 당신이 쓰지 않았습니까? 아픈 영국인 부인이 여기 없습니까?"

주머니에서 편지를 꺼내며 내가 묻자, 주인이 대답했다.

"없습니다."

"하지만 편지에 도장이 찍혀 있군요! 분명히 아까 왔던 키 큰 영국인이 쓴 게 분명해요. 그 사람……."

그러나 나는 주인의 설명을 기다릴 수가 없었다. 나는 두려움에 휩싸인 채 내려왔던 길을 다시 뛰어올라갔다. 내려오는 데는 한 시간이 걸렸지만, 라이헨바흐 폭포로 다시 올라가는 데는 있는 힘을 다했지만 두 시간이 넘게 걸렸다.

홈즈의 등산용 지팡이가 아까 그 자리에 세워져 있었다. 그러나 홈즈의 흔적은 어디에도 없었다. 소리쳐 불러봤지만 아무런 응답이 없었다. 건너편 절벽에서 메아리만 다시 돌아올 뿐이었다.

홈즈의 등산용 지팡이를 보자, 온몸이 오싹해졌다. 홈즈는 로젠라우이 마을로 가지 않았던 것이다. 한쪽은 깎아지른 듯한 절벽, 다른 한쪽은 낭떠러지로 둘러싸인 폭 3피트 정도의 좁은 길에서 홈즈는 적에게 습격을 당한 것이다. 그 스위스 젊은이도 사라지고 없었다. 아마도 모리아티에게 돈을 받고 가 버렸으리라.

그 뒤에 무슨 일이 생긴 것일까? 무슨 일이 생긴 건지 누가 말해 줄 것인가?

공포로 아득해진 정신을 수습하기 위해 잠시 그 자리에 서 있었다. 그리고 홈즈가 하던 대로 이 비극적인 일을 차근차근 뒤따라가기 시작했다. 우리가 대화를 나누던 장소를 표시하듯 길에는 홈즈의 지팡이가 그대로 그곳에 남아 있었다. 기름진 검은 땅은 폭포로 인해 생기는 물보라 덕분에 매우 부드러워서, 새가 살짝 앉아도 선명히 발자국이 남을 듯했다. 길 끝을 향해 두 사람의 발자국이 선명히 이어져 있었다. 이곳으로 올라간 흔적은 있지만 내려온 발자국은 없었다. 길이 끝나는 곳에서 좀 벗어나자 엉망이 된 진흙탕이 있었고, 벼랑 가장자리는 덤불이 뜯겨나간 흔적이 있었다.

나는 온몸을 감싸고 올라오는 물보라를 헤치면서 밑을 내려다보았다. 날은 이미 어두워져서 검은 절벽이 물기를 머금은 채 반짝였고, 저 멀리 폭포 아래에서 부서지는 물결만 보일 뿐이었다.

나는 홈즈의 이름을 외쳤지만, 폭포의 굉음만이 내 귀를 울려댔다.

그럼에도 난 친구의 마지막 인사만은 받을 운명이었던 모양이다. 길가 절벽에 세워져 있던 홈즈의 등산용 지팡이 위에서 뭔가 반짝이는 것이 눈에 띄었다. 반짝이는 그 물건은 홈즈가 갖고 다니던 은 담뱃갑이었다. 담뱃갑을 들자, 그 밑에 눌려 있던 종이 한 장이 팔랑팔랑 땅으로 떨어졌다. 그것은 네모나게 접혀 있었다. 메모장에서 뜯은 종이에 쓴, 홈즈가 내게 보내는 편지였다. 매사가 분명한 홈즈답게 마치 서재에서 쓴 것처럼, 글씨는 또박또박하고 깨끗했다.

왓슨. 나는 모리아티 교수의 호의로 짧은 편지를 쓰고 있네. 그는 나와 마지막 결투를 치르기 위해 내가 편지 쓰는 것을 기다리고 있지. 그가 지금 어떻게 영국 경찰을 따돌리고 우리의 동정을 알았는지 간단하게 설명해 주었네. 내가 생각했던 대로 그의 두뇌가 아주 뛰어난 것이 확인된 셈이지.

내 힘으로 이 세상에서 이 악한의 존재를 없앨 수 있다는 점이 매우 기쁘군. 그리고 그 대가로서 내 친구들, 특히 왓슨 자네에게는 커다란 슬픔을 주는 것이 유감이야. 그러나 이미 자네에게 말한 대로 내 인생은 어쨌든 새로운 전기를 맞았고, 이렇게 마침표를 찍는다면 이보다 내게 더 만족스러운 결말은 없을 걸세.

사실 자네에게 진심으로 고백하지만, 나는 마이링겐에서 온 편지가 가짜였다는 것을 알고 있었네. 자네에게 가라고 설득한 건 이런 일에는 어떤 결말이 있어야 한다고 생각했기 때문이야.

'모리아티'라고 적은 파란 봉투 안에 모리아티 일당을 유죄 판결로 소탕하는 데 필요한 서류를 다 넣어 서류함 'M' 항목에 두었으니 패터슨 경감에게 전해 주게. 그리고 영국을 떠나기 전에 모든 재산을 마이크로프트 형 앞으로 남겨두고 왔네. 자네 부인에게도 안부 전하게.

자네의 진실한 친구 셜록 홈즈

나는 몇 마디 짧게 덧붙이면서 이 모든 이야기를 끝내고자 한다.

경찰 조사로, 두 사람이 싸우다가 서로 붙잡은 채 폭포 아래로 떨어진 것이 확실하다는 결론이 내려졌다. 때문에 시신을 찾으려는 시도는 무모한 짓이었다. 홈즈와 모리아티는 흰 물거품을 일으키며 기세 좋게 떨어지는 폭포의 엄청난 물줄기 아래 깊은 곳에 영원히 잠들어 있을 것이다.

스위스 젊은이는 다시 나타나지 않았다. 그는 모리아티가 고용한 일당 중 한 명이 틀림없었다.

모리아티의 조직은 홈즈가 수집해 둔 증거들로 모두 발각되어, 많은 사람들에게 죽은 모리아티의 힘이 얼마나 컸는지를 새삼 깨닫게 만들었다. 그러나 그들의 사악한 두목에 관해서는 수사 도중 드러난 사실이 거의 없었다.

　내가 여기에 그 경력과 죄업을 정확히 쓰려는 이유는, 홈즈를 비난함으로써 범죄자 모리아티의 오명을 없애려고 하는 바보 같은 무리들에게 단호한 반격을 하고 싶었기 때문이다.

빈집의 모험

The Adventure of the Empty House

(1903)

로널드 아데어가 이해할 수 없는 방법으로 살해되어, 그 사건으로 런던 전체가 떠들썩해지고 상류사회가 발칵 뒤집힌 것은 1894년 봄이었다. 경찰 수사 중에 드러난 사건의 내용은 이미 널리 알려졌지만, 이 사건은 검찰이 확보한 증거가 너무 결정적이어서 제대로 된 사실을 공표하지 못한 채 상당 부분이 세상에 알려지지 않고 끝이 났었다.

그로부터 거의 10년이 지난 지금에야 비로소 그 기이한 사건의 공표되지 않은 부분을 내가 발표할 수 있도록 허락받았다.

그런데 이 사건 자체도 흥미로웠지만, 그 뒤에 일어난 일은 누구보다 모험적인 삶을 살아온 나에게도 지금까지 겪은 어느 사건보다 더 뜻밖이었고 놀라웠다. 그로부터 오랜 세월이 흘렀지만 지금도 그때를 생각하면 온몸이 짜릿해지면서 당시 내 마음을 뒤덮었던 갑작스러운 환희와 경이, 꿈같았던 감정들이 생생하게 떠오른다.

지금까지 내가 가끔 발표한 매우 독특한 인물의 생각과 행동에 얼마쯤 흥미를 가져준 독자들에게 말하고 싶은 것이 있다.

이 사건에 관해 내가 알고 있던 모든 사실을 지금까지 여러분께 알리지 않았던 점을 부디 책망하지 않기 바란다. 그가 굳이 나에게 함구령만 내리지 않았더라면 무엇보다도 먼저 그 일에 대해 여러분에게 알리는 것이 내 임무였겠지만, 지난달 3일에야 그 함구령이 풀렸으므로 나는 별 도리가 없었다.

홈즈와 친구로 지내면서 나는 범죄에 깊은 관심을 갖게 되었고, 그가 행방불명이 되고 난 후에도 세상에 발표되는 여러 가지 사건들을 주의 깊게 읽었다. 그건 나만의 만족을 위해서였고, 그리고 별로 성공을 거두지는 못했지만 실제로 그런 문제들을 해결하려고 그의 수법을 응용해 본 적도 한두 번이 아니었다.

그러나 이 로널드 아데어의 비극적인 사건만큼 마음이 끌리는 사건은 없었다. 검시 결과는 한 명 내지 몇 명에 의한 고의적인 살인이었지만, 나는 증언 기록을 읽으면서 홈즈의 죽음이 얼마나 큰 사회적 손실인지를 새삼 실감해야 했다.

이 이상한 사건에는 홈즈의 흥미를 끌 만한 점이 몇 가지 있었는데, 유럽 최고 명탐정의 훈련된 관찰력과 재빠른 두뇌로 경찰의 노력을 보충하거나 그 이상으로 도와주었다는 생각이 들었다.

나는 하루 종일 마차로 환자들의 집을 왕진하면서도 사건에 대해 생각했다. 하지만 끝내 만족할 만한 설명은 찾지 못했다. 이미 알고 있는 사실을 다시 말하는 것이지만, 그 당시 세상 사람들에게 알려진 검시 결과를 요점만 말하겠다.

로널드 아데어는 오스트레일리아 식민지 총독의 한 명이었던 메이누스 백작의 둘째 아들로, 그 무렵 때마침 백내장 수술을 받기 위해 귀국해 있던 어머니와 여동생 힐다와 함께 파크레인 427번지에 살고 있었다. 로널드는 상류층 사람들과 교제하고 있었으며, 알려진 바에 의하면 원한을 품을 만한 적도 없었고 특별히 품행도 나쁘지 않았다.

그는 카스테어즈의 미스 이디스 우들리와 약혼한 사이였지만, 사건이 일어나기 몇 달 전에 서로 합의하여 파혼했다. 그러나 그로 인해 깊은 감정의 골이 남았다는 징후는 어디에서도 찾아볼 수 없었다. 또한 그의 일상생활은 조용한 습관과 냉정한 성격으로 인해 한정된 범위 안의 평범한 사람들과 접촉하고 있을 뿐이었다. 그런데 이 태평스러운 젊은 귀족이 1894년 3월 30일 밤 10시부터 11시 30분 사이에 갑작스럽게 살해된 것이다.

로널드 아데어는 카드를 즐겼지만, 자신을 위태롭게 할 만큼 큰 도박은 결코 하지 않았다. 그는 볼드윈, 카벤디시, 배거텔 카드클럽의 회원이었다. 살해된 날 저녁에도 식사 후에 배거텔 클럽에서 휘스트를 했다는 것이 판명되었다. 그와 함께 판을 벌인 사람들인 머레이, 존 하디 경, 모런 대령의 진술에 의하면 그들은 휘스트를 했지만 승부는 격렬하지 않았다. 아데어는 5파운드쯤 잃었을지 모르나 그 이상은 아니었다고 한다. 그는 상당한 재산이 있었으니, 5파운드쯤 잃었다고 해서 그에게는 아무런 영향도 끼치지 않았으리라.

그는 거의 하루도 빠지지 않고 어딘가의 클럽에서 카드를 했지만 조심스러운 승부사였기 때문에 주로 따는 편에 속했다. 조서에 의하면 몇 주일 전에도 모런 대령과 편을 짜서 고드프리 밀러와 발모랄 경을 상대로 하룻밤에 420파운드나 땄다고 한다.

이상이 검시에서 밝혀진 피해자의 신변 정황이다.

사건이 있던 날 그는 밤 10시 정각에 클럽에서 돌아왔는데, 그의 어머니와 여동생은 친척집에 가고 집에 없었다. 그가 평소 거실로 사용하고 있던 3층의 앞쪽 방으로 들어가는 기척을 분명히 들었다고 하녀가 증언했다. 하녀는 그 방 난로에 불을 피웠고 연기가 나서 창문을 열어두었다고 했다. 그리고 11시 20분에 노부인과 딸이 돌아올 때까지 3층에서는 아무 소리도 없었다고 한다.

집에 돌아온 노부인은 아들에게 밤 인사를 하기 위해 아들 방에 가보았지만 방은 안에서 잠겨 있었고, 문을 두드려도 대답이 없었다. 사람들을 불러 억지로 문을 부수고 방에 들어가 보았더니 불쌍한 젊은이는 테이블 옆에 쓰러져 있었다. 그의 머리는 탄두가 퍼지는 리볼버 탄환을 맞아 무참하게 박살나 있었지만 방 안에는 흉기라고 할 만한 것은 아무것도 없었다.

테이블 위에는 10파운드 지폐 두 장과 금화와 은화를 합쳐 17파운드 10실링의 돈이 각각 액면이 다른 여러 개의 무더기로 쌓여 있었다. 그리고 종이가 한 장 있었는데, 그 종이에는 클럽의 몇몇 친구들 이름이 적혀 있고, 그 밑에는 숫자가 기록되어 있었다. 이것으로 보아, 그는 죽기 직전까지 카드에서 따고 잃은 돈을 계산하고 있었던 것으로 추측된다.

그러나 세밀하게 조사할수록 사건은 점점 더 복잡해질 뿐이었다. 첫째로 그가 무엇 때문에 문을 안에서 잠갔는지 이유가 명백하지 않았다. 가해자가 자물쇠를 안으로 채우고 창문을 통해 달아났을 가능성도 있었다. 그러나 창문은 높이가 20피트쯤 되었고, 창문 밑에는 활짝 핀 크로커스 꽃밭이 있었다. 꽃밭은 꽃도 흙도 전혀 흐트러진 데가 없었고, 집과 도로 사이에 있는 좁은 잔디밭에도 아무 이상이 없었다. 이런 점으로 볼 때 방문을 안에서 잠근 사람은 로널드 자신 같은데, 그렇다면 그는 누구에게 살해되었단 말인가?

어떤 사람도 흔적을 남기지 않고 벽을 기어 올라가서 창문을 통해 방 안으로 들어갈 수는 없다. 그럼 창 너머에서 총을 쏘았다고 한다면? 리볼버로 그렇게 치명적인 상처를 입힐 수 있다면 상당한 솜씨라 하지 않을 수 없다. 게다가 파크레인은 사람들의 왕래가 많은 거리이고, 집에서부터 100야드도 떨어져 있지 않은 곳에 영업용 마차의 대기 장소가 있지만 누구 한 사람도 총소리를 듣지 못했다고 한다. 그러나 분명히 사람이 살해되었고, 그곳에는 권총 탄환도 있었다. 로널드는 분명 총을 맞자마자 즉사했을 것이다.

파크레인 사건의 상황은 대략 이러한데, 내가 말했다시피 아데어에게는 적이 없었으며, 또 방 안의 현금이나 귀중품에도 손을 대지 않아 살해의 동기가 보이지 않았으므로 사건은 더욱 복잡해졌다.

나는 이 같은 사실들을 생각하면서, 모든 정황에 맞는 합리적인 설명을 발견하려고 하루 종일 노력했다. 또 모든 수사는 가장 허술한 부분부터 시작해야 한다고 홈즈가 자주 말하던 것을 상기하고, 그 허술한 부분이 무엇일까 생각했지만 아무런 진전이 없었다.

저녁때 집을 나와 공원을 가로질러 어슬렁거리며 걷다가 6시쯤에는 파크레인 끝에 있는 옥스퍼드 가에 다다랐다. 길에서 한 무리의 사람들이 한가롭게 모여 어떤 집의 창문을 올려다보고 있었기 때문에 내가 보러 온 집이 그 집이라는 것을 바로 알 수 있었다.

사복형사가 틀림없다고 생각되는 색안경을 쓴 키가 멀쑥한 남자가 주위에 모인 사람들에게 사건에 대한 자기의 생각을 피력하고 있어서 되도록 가까이 가서 들어보았다. 그런데 그의 사건에 대한 관찰이 너무 엉터리라 나는 정나미가 떨어져서 뒤로 물러났다. 그 순간 뒤에 서 있던 늙은 장애인 노인에게 부딪쳤고, 노인은 들고 있던 책을 몇 권 떨어뜨렸다.

나는 그 책들을 황급히 집어 주었는데, 책들 중에 있는 《나무 숭배의 기원》이라는 책이 흘긋 눈에 띄었다. 노인은 가난한 애서가로서 장삿속인지 취미인지는 모르나 세상에 파묻힌 이름도 없는 서적을 수집하고 있는 것이 틀림없다고 나는 생각했다. 나는 실수를 정중히 사과했지만, 이 노인에게는 내가 부딪쳐 떨어뜨린 책이 대단히 귀중했던지 저주 섞인 욕설을 내뱉고 나서 몸을 홱 돌려 사람들 사이로 섞여 들어갔다.

파크레인 427번지의 집을 관찰해 보아도 사건 해결의 단서는 아무것도 발견할 수 없었다. 집과 길 사이에는 낮은 담과 난간이 있었으나, 담과 난간을 합쳐도 높이가 5피트가 되지 않아 아무나 쉽게 뜰 안으로 들어갈 수 있었다. 그러나 3층 창문에는 절대로 접근할 수 없었다. 수도관 등 잡고 올라갈 수 있는 게 아무것도 없어서, 아무리 날쌘 사람이라도 불가능했다. 점점 더 알 수 없게 된 나는 켄싱턴의 집으로 돌아갔다.

서재에 들어간 지 5분도 지나지 않아 하녀가 와서 나를 찾아온 사람이 있다고 알렸다. 놀랍게도 방문객은 아까 만난, 서적을 수집하는 노인이었다. 흰 수염의 노인은 날카로운 눈빛으로, 적어도 열 권은 됨직한 그의 소중한 책들을 오른쪽 옆구리에 끼고 서 있었다.

"깜짝 놀랐지요?"

노인은 이상하게 들리는 목쉰 소리로 말했다.

나는 고개를 끄덕였다.

"마음이 꺼림칙해서 왔지요. 선생을 따라 길을 절름거리며 걷다가 선생이 이 집으로 들어가는 것을 봤지요. 그래서 친절하신 분을 찾아뵙고, 책을 주워주셔서 감사했다는 말을 해야겠다고 마음먹고 찾아왔습니다. 아까는 제가 너무 퉁명스럽게 굴었지만, 나쁜 감정이 있어서 그랬던 것은 아닙니다."

"별것도 아닌 일에 너무 신경을 쓰십니다. 그런데 어떻게 저를 아시지요?"

"저는 이웃에 살고 있습니다. 처치 가 모퉁이에 작은 책가게를 열고 있는데, 만나 뵙게 되어 반갑습니다. 선생도 책을 모으는 모양이지요? 저기 있는 ≪영국의 조류≫, ≪캐툴러스 시집≫, ≪성전≫ 등 희귀한 책들이 많군요. 저 책꽂이의 두 번째 빈칸은 다섯 권만 더 있으면 채워지겠어요. 저 상태로는 좀 보기 흉하지 않습니까?"

나는 고개를 돌려 뒤에 있는 책꽂이를 보았다. 그리고 다시 고개를 돌리자, 홈즈가 테이블을 사이에 두고 미소를 머금으며 서 있었다.

나는 깜짝 놀라 자리에서 벌떡 일어나 그를 잠깐 동안 멍하니 보다가, 생전 처음이자 마지막으로 기절했다.

정신이 들었을 때는 옷깃이 열려져 있고, 입술에는 브랜디의 찌르는 듯한 뒷맛이 남아 있었다. 홈즈가 술병을 들고 몸을 굽혀 나를 내려다보고 있었다.

"이봐, 왓슨. 정말 미안해. 자네가 그렇게까지 충격을 받으리라고는 생각지 못했어."

귀에 익은 홈즈의 목소리였다.

나는 그의 팔을 잡고 소리쳤다.

"홈즈! 정말 홈즈인가? 자네가 정말 살아 있었어? 어떻게 그 무서운 심연에서 기어 올라올 수 있었지?"

"잠깐 기다려. 이야기를 해도 괜찮겠나? 내가 쓸데없이 극적으로 모습을 나타내는 짓을 해서 자네를 정말 놀라게 했군."

"나는 괜찮지만 내 눈을 믿을 수 없어, 홈즈. 세상에! 다른 사람도 아닌 자네가 내 서재에 나타나다니!"

나는 다시 한 번 그의 팔을 잡았다. 가늘지만 힘이 센 그의 팔이 옷 밑에서 느껴졌다.

"역시 유령은 아니군. 자네를 다시 보니 미칠 듯이 기쁘네. 어쨌든 그 무서운 절벽에서 어떻게 살아나왔는지 얘기해 주게."

홈즈는 나를 마주 보고 앉아 담배에 불을 붙였다. 입고 있는 옷은 서적상의 초라한 프록코트였고, 아까 변장했던 흰 가발과 변장용 수염과 책들은 테이블 위에 쌓여 있었다. 전보다 더 여윈 듯한 홈즈는 그래서인지 더 날카롭게 보였다. 독수리 같은 얼굴에 깃든 창백한 빛은 그의 생활이 얼마나 고되었는지를 짐작하게 했다.

"팔다리를 마음대로 뻗을 수 있어 아주 좋군, 왓슨. 키가 큰 내가 계속 1피트나 몸을 오그리고 있으려니 얼마나 힘들었겠나. 왜 이런 짓을 하고 있느냐면, 오늘 밤에는 어렵고 위험이 따르는 일이 있는데, 자네의 협조가 필요해서 그래. 모든 설명은 그 일이 끝나고 하는 것이 좋겠어."

"무슨 일인지 궁금하군. 그런데 무슨 협조가 필요한 건가?"

"그럼 오늘 밤 같이 가겠나?"

"언제든지 어디든지, 자네 말대로 하겠어."

"전에 우리가 같이 일하던 때와 똑같군. 출발하기 전까지 식사할 시간은 있으니, 그동안 설명하지. 절벽을 기어 올라오는 일은 조금도 어렵지 않았어. 애당초 나는 절벽에서 떨어지지 않았으니까."

"떨어지지 않았다고?"

"그래, 떨어지지 않았어. 왓슨, 내가 자네에게 쓴 편지는 진짜야. 안전한 곳으로 통하는 좁은 길목을 모리아티 교수가 막고 서 있는 것을 보았을 때, 나는 내 생애도 이것으로 끝장이라는 것을 똑똑히 깨달았어. 그의 회색 눈에서 냉혹한 그의 목적을 읽었거든. 그래서 나는 그와 두서너 마디 말을 나눈 뒤, 유서를 쓸 수 있는 시간을 달라고 했지. 그는 친절하게도 허락해 주더군. 그리고 나는 유서를 담뱃갑과 지팡이와 함께 그곳에 두고 좁은 길을 걸어갔어. 모리아티 교수는 내 뒤를 바짝 쫓아왔지. 막다른 골목에 다다르자, 나는 궁지에 몰려 그곳에 섰어. 모리아티는 무기는 꺼내지 않고 내게 달려들어 긴 두 팔로 나를 껴안더군. 그는 자기의 악운이 다 되었음을 깨닫고 내게 복수할 일념만 갖고 있었어. 우리는 맞붙은 채로 폭포의 절벽 위에서 뒤엉켜서 싸웠어. 나는 일본의 무술 바리츠를 조금 배운 적이 있어서 그전에도 여러 번 유용하게 사용한 적이 있었지만, 그때도 어렵지 않게 그의 팔을 빠져나올 수 있었어. 모리아티는 비명을 지르며 미친 듯이 헛발질을 하더군. 두 팔을 허공에 휘저었으나, 그는 애쓴 보람도 없이 몸의 균형을 잃고 절벽 밑으로 떨어져 버렸어. 나는 절벽 끝에 서서 고개를 내밀고 내려다보았는데, 그는 아득한 밑으로 떨어져 바위에 부딪친 다음 물보라를 일으키며 물 속으로 빠졌어.”

홈즈가 담배를 뻐끔뻐끔 피우면서 설명하는 내용을 나는 놀라움을 금치 못하며 들었다.

“하지만 발자국은 어떻게 된 거야? 두 사람이 좁은 길을 가기는 했지만, 돌아오지 않은 발자국들을 나는 내 두 눈으로 똑똑히 봤어!”

내가 소리치듯이 물었다.

“그것은 이렇게 된 거야. 모리아티 교수가 사라진 순간, 나는 문득 운명의 신이 대단한 행운의 기회를 내게 마련해 준 것이라는 생각이 들었어. 내 목숨을 노리는 것은 모리아티 한 사람뿐이 아니라는 사실을 나는 알고 있었으니까. 두목이 죽었다는 사실을 알게 되면, 나에 대해 복수심을 더욱 불태울 놈들이 적어도 세 명은 되거든. 놈들은 대단히 위험해서, 그 가운데 누군가는 자신의 목적을 위해 달려들 것이 틀림없다고 생각했지. 반면에 여기서 내가 죽은 것으로 세상 사람들이 믿도록 해두면, 그들은 나에게서 해방된 줄 알고 못된 짓을 시작할 게 뻔했고. 그러면 언젠가 놈들은 약점을 보일 것이고, 그러면 그들을 파멸의 구렁텅이로 몰 수 있다고 생각했지. 나는 그런 때가 오면 내 모습을 나타내야겠다고 마음먹은 거야. 모리아티가 라이헨바흐 폭포 바닥에 떨어지기도 전에, 내 두뇌는 재빠르게 움직여서 이런 일들을 생각했어.

나는 일어서서 뒤쪽의 암벽을 조사했지. 그때의 일을 쓴 자네의 생생한 기록은 몇 달이 지나서야 흥미롭게 읽었어. 자네는 그 암벽이 깎아지른 것 같다고 썼더군. 하지만 그것은 사실이 아니야. 거기에는 발을 디딜 만한 곳도 있었고, 돌이 약간 튀어나온 곳들도 있었어. 그러나 암벽은 대단히 높아서 기어 올라가는 것은 불가능하게 보였고, 눅눅한 좁은 길에 발자국을 남기지 않고 돌아가기도 불가능했어. 이런 비슷한 상황에서, 전에 했던 것처럼 구두를 거꾸로 신고 걷는 방법도 떠올렸지만 그렇게 하면 세 사람의 발자국이 같은 방향으로 간 게 되므로 금방 속임수라는 사실이 드러날 거라고 생각했지.

결국 나는 위험을 무릅쓰고 그 절벽을 기어오르기로 마음먹었어. 그것은 결코 쉬운 일이 아니었지. 밑에서는 폭포 소리가 크게 들렸는데, 나는 결코 공상가는 아니지만 모리아티의 목소리가 심연 속에서 나를 부르며 고함치는 것만 같았어. 조금만 잘못해도 끝장나는 판이었지. 붙잡고 있던 풀이 뽑히기도 하고 젖은 바위 모서리를 디딘 발이 여러 번 미끄러지기도 했는데, 그때마다 이제 죽었다는 생각이 들더군. 그러나 나는 버둥거리면서 기어올라서, 마침내 바위가 5, 6피트 정도 움푹 파인 곳에 다다랐어. 그곳은 부드러운 녹색 이끼가 깔려 있고, 남의 눈에 띄지 않게 편히 누워 있을 수 있는 곳이었지.

자네들이 나타나서 내가 죽었다는 것을 애석하게 생각하면서, 나의 죽음을 전혀 효과 없는 방법으로 조사하는 동안 나는 그곳에 누워 있었어. 결국 자네들이 틀린 결론을 내리고 나서 호텔로 돌아간 후 나는 그곳에 혼자 남게 되었지. 하지만 자네들은 그럴 수밖에 없었어. 그래서 나는 이것으로 모든 것이 잘 됐다 싶었는데, 전혀 뜻하지 않은 일이 생겼어. 커다란 바위 하나가 위에서 굴러 내 옆을 아슬아슬하게 스치고 좁은 길에 떨어져서 퉁긴 다음 폭포 아래로 떨어지는 거야.

처음에 나는 그것이 우연히 생긴 일이라고 생각했지. 그러나 흘끗 위를 올려다보았더니 어두운 하늘을 배경으로 사람의 머리가 보이는 거야. 그리고 또다시 큰 바위가 떨어져서 내 머리에서 1피트도 되지 않는 곳에 떨어졌다네.

나는 곧 사태 파악을 했지. 모리아티는 혼자가 아니었어. 그의 패거리 중 한 놈이 모든 것을 지켜보고 있었던 거야. 얼마나 무서운 놈인지는 한번 흘낏 보고서도 알 수 있었어. 그는 내게 들키지 않도록 멀리에 숨어서 모리아티가 죽고 내가 살아남는 것을 목격했던 거야. 그래서 놈은 기회가 오기를 기다렸다가 우회하여 절벽 끝으로 와서 모리아티가 실패한 일을 성공시키려 했던 거지.

왓슨, 그렇게 됐다는 것을 생각하는 데는 그리 시간이 걸리지 않았어. 나는 절벽 위에 있는 무서운 얼굴을 다시 보고, 바위가 또 떨어질 것이란 것을 알아차린 후 밑에 있는 좁은 길로 급히 기어 내려갔어. 내가 좀 더 냉정하게 생각했더라면, 그 일은 할 수 없었을 거야. 내려가는 일은 올라가는 것보다 100배는 더 힘들었으니까. 그러나 내가 움푹 파인 곳 끝에 매달려 있을 때 다른 바위가 소리를 내며 내 옆을 지나가는 바람에, 나는 위험에 대해서는 생각할 겨를이 없었어. 도중에 손발이 미끄러졌지만, 운이 좋아서인지 살갗이 여기저기 벗겨지고 피가 나는 것으로 끝난 거야.

　그렇게 좁은 길로 내려선 뒤 나는 캄캄한 산 속을 10마일이나 기다시피 걸어서 빠져나왔고, 일주일 후에는 세상 누구도 모르게 이탈리아의 피렌체에 도착했어.

　나는 단 한 사람에게만 사정을 털어놓았어. 마이크로프트 형이야. 자네에게는 정말 미안하지만, 세상 사람들이 내가 죽었다고 믿는 것이 내게는 대단히 중요했거든.

　만일 자네가 나의 불행한 최후를 정말로 믿지 않았다면 내가 조난당한 이야기를 그토록 설득력 있게 쓸 수는 없다고 생각하고, 나는 자네에게 알리지 않았어.

　지난 3년 동안 나는 자네에게 편지를 쓰려고 몇 번이나 펜을 들었는지 몰라. 하지만 나에 대한 자네의 애정 때문에 자네가 이 비밀을 폭로하는 경솔한 짓을 하지 않을까 염려되어, 그때마다 편지 쓰는 일을 그만두었지. 같은 이유로, 자네가 오늘 내가 책을 떨어뜨리도록 했을 때도 나는 자네로부터 급히 떨어졌던 거야. 그때 나는 위험한 처지에 있었기 때문에 자네가 나를 알아보고 놀라서 떠들던가 했다면 대단히 비참한 일이 일어났을 거야.

　돈이 필요해서, 마이크로프트 형에게는 부득이 털어놓을 수밖에 없었어. 하지만 런던에서의 사건 결과는 내가 희망했던 것처럼 되지 않았어. 모리아티 일행의 재판 결과, 놈들의 일당 중에서 가장 위험하고 나에 대한 복수심이 가장 강한 두 놈이 석방되었어. 그래서 나는 2년 동안 티베트를 여행하며 티베트의 수도인 라사도 방문하고 라마교의 성자도 만나면서 재미있는 세월을 보냈지. 시겔손이라는 노르웨이 사람의 훌륭한 탐험 기사를 자네도 읽었겠지만, 그 사람이 나였다는 사실은 자네 역시도 짐작하지 못했을 걸세.

그런 다음 나는 페르시아를 지나 메카를 방문하고 카루툼에서 회교 교주를 잠시 접견했지. 이러한 일들은 외교부에 보고했어.

그리고 프랑스에 돌아와서는 남프랑스의 몽펠리에에 있는 연구소에서 콜타르 유도체에 대한 연구를 몇 달 동안 했다네. 그에 대한 만족할 만한 결과를 얻은 다음, 한 사람밖에 적이 남아 있지 않은 런던으로 돌아오려고 하던 참에 파크레인 사건이 일어나서 급히 돌아왔지. 이 사건 자체에 마음이 끌린 것도 사실이지만, 사건은 나에게 어떤 개인적인 기회를 제공한 거야.

런던으로 돌아오자마자 나는 베이커 가를 찾아가서 허드슨 부인을 까무러칠 만큼 놀라게 했다네. 옛 보금자리는 마이크로프트 형의 배려로 서류들을 포함해서 고스란히 보존되어 있었어. 오늘 오후 두 시에는 그 방에 있는 안락의자에 앉아서, 친구 왓슨도 옛날처럼 낯익은 의자에 앉아 있었으면 하고 생각했지."

이상이 4월 어느 날 저녁에 홈즈가 나에게 들려준 놀랄 만한 이야기다. 얘기하는 사람이, 두 번 다시 만날 수 없다고 생각했던 홈즈라니……. 키가 크고 여윈 몸에 날카롭고 진지한 얼굴을 가진 그를 내 눈으로 똑똑히 확인하지 않았다면 도무지 믿을 수 없는 일이었다.

내가 홈즈를 잃고 슬퍼했다는 사실을 느끼고 있었는지, 그의 동정심은 말보다는 태도에 더 잘 나타났다.

"왓슨, 슬픔에는 일이 가장 좋은 약이야. 오늘 밤엔 둘이서 할 일이 있어. 그 일을 성공시킬 수만 있다면, 우리가 지구상에 존재하고 있다는 것을 알릴 수 있을 걸세."

나는 조금 더 자세한 얘기를 들려달라고 부탁했지만, 홈즈는 응하지 않았다.

"내일 아침이 되기 전에 모든 것을 보고 듣게 될 거야. 우리에게는 3년 동안 쌓인 못 다한 이야기가 있지 않은가. 9시 30분에는 우리가 빈집으로 모험을 떠나야 하니, 그때까지는 쌓였던 이야기나 나누자."

이윽고 9시 30분이 되었다. 나는 주머니에 권총을 넣은 다음, 모험에 대한 두근거리는 기대를 가슴에 품고서 옛날처럼 홈즈와 나란히 이륜마차에 올랐다. 홈즈는 냉랭한 표정으로 묵묵히 앉아 있었다. 눈썹을 모으고, 입술은 굳게 다문 채 생각에 잠긴 채……

범죄 도시 런던의 검은 정글에서 어떤 맹수를 사냥하려는 것인지 모르지만, 뛰어난 사냥꾼의 태도로 보아 오늘 밤의 모험이 대단히 중요하다는 것을 짐작할 수 있었다. 그러나 고행자 같은 그의 얼굴에 때때로 떠오르는 쓸쓸한 미소는 오늘 밤의 추적에 좋은 징조라고 생각되지는 않았다.

나는 우리가 베이커 가로 가는 줄로만 생각하고 있었는데, 홈즈는 캐번디시 가의 모퉁이에서 마차를 세웠다. 그는 마차를 내릴 때 주위에 세심한 주의를 기울였고, 걷기 시작한 후에도 모퉁이를 돌 때마다 미행자가 없는지 주위를 살폈다.

홈즈는 런던 시내의 골목길을 놀라울 정도로 환하게 꿰고 있었다. 이날 밤에도 그는 아무 망설임 없이, 나는 그런 골목이 있는지도 몰랐던 마구간 사이의 골목을 빠져서 재빨리 걸어갔다.

이윽고 우리는 낡고 음침한 집들이 늘어선 작은 길로 나왔고, 그 길을 지나 맨체스터 가를 거쳐 블랜드포드 가에 도달했다. 그곳에서 홈즈는 재빨리 좁은 통로로 들어가더니, 나무문을 통해 인기척이 없는 어느 뜰로 들어갔다. 그는 열쇠를 꺼내 어떤 집의 뒷문을 열었고, 나와 함께 안으로 들어선 다음 급히 문을 닫았다.

안은 칠흑같이 깜깜했지만 빈집이라는 것은 알 수 있었다. 바닥에는 두꺼운 판자가 깔려 있어 발을 움직일 때마다 삐걱거렸고, 앞으로 뻗은 내 손끝에는 리본처럼 찢어진 종이가 매달려 있는 벽면이 닿았다. 홈즈의 마르고 차가운 손이 내 손목을 잡고 긴 복도를 지나 문이 있는 곳으로 이끌었다. 그 문의 위쪽에 있는 채광창을 통해 희미한 불빛이 보였다. 그곳에서 홈즈는 갑자기 오른쪽으로 방향을 틀어 커다란 빈방으로 나를 데리고 갔다. 방의 네 귀퉁이는 캄캄했지만, 방 가운데는 밖의 길에서 들어오는 불빛으로 어렴풋하게 물체를 식별할 수 있었다. 그러나 집 근처에는 가로등이 없고, 창문에는 먼지가 잔뜩 끼어 있어서 가까스로 서로의 모습을 알아볼 정도였다.

홈즈가 내 어깨에 손을 얹고 속삭였다.

"여기가 어딘지 알아?"

"베이커 가가 틀림없어."

나는 먼지투성이 창문으로 밖을 내다보며 대답했다.

"맞아. 이곳은 캠던하우스로, 우리 집 바로 맞은편에 위치하고 있는 집이야."

"그런데 우리가 왜 이곳에 온 건가?"

"그 아름다운 건물이 여기서는 매우 잘 보이기 때문이야. 왓슨, 조금 더 창문 옆으로 다가가서 자네 모습이 밖에서 보이지 않도록 조심하면서 우리의 방을 올려다보게. 자네의 동화 같은 이야기들의 출발점인 그 방을 말이야."

나는 창문으로 살살 다가가서 눈에 익은 창문을 올려다보았다. 창문이 눈에 들어오는 순간, 나는 놀라서 낮은 비명을 질렀다. 창문에 커튼은 쳐져 있었지만 방 안은 대낮처럼 밝았다. 그런데 그 커튼에 남자의 그림자가 비치고 있었다. 의자에 앉아 있는 그림자는 창문의 밝은 커튼을 통해 검은빛으로 뚜렷이 비쳤다. 머리를 들고 있는 모습이나 반듯한 어깨, 반쯤 옆으로 돌리고 있는 날카로운 얼굴 모습 등……. 그것은 홈즈의 모습이 틀림없었다.

나는 순간 너무 놀라서 손을 들어 옆에 진짜 홈즈가 서 있는지 확인해 보았다. 홈즈는 소리를 내지 않고 배를 잡고 웃고 있었다.

"어때?"

"세상에! 정말로 똑같군."

홈즈가 묻자, 내가 소리쳤다.

"세월도 나의 끝없는 재능은 무디게 하지 못한 모양이야."

그의 목소리에는 예술가가 자신의 작품에 대해 갖는 환희와 자랑이 담겨 있었다.

"어때? 나와 꼭 같지?"

"하늘에 맹세할 정도야."

"그르노블의 오스카 뮈니에 씨의 작품이지. 그는 내 사진을 갖고 며칠에 걸려 밀랍으로 저 흉상을 만들었어. 그 밖의 것들은 내가 오늘 오후에 집에 갔을 때 준비했지."

"왜 이런 짓을 하지?"

"내가 다른 곳에 있을 때에도, 어느 놈들에게는 내가 방에 있다고 믿게 해야 할 절대적인 이유가 있었기 때문이야."

"그럼 누군가 자네 방을 지켜보고 있다고 생각하는 건가?"

"그렇다고 확신하네."

"누구지?"

"내 오래된 적들. 두목이 라이헨바흐 폭포에 빠진 집단의 패거리들이지. 내가 아직도 살아 있다는 것을 알고 있는 사람들은 그들밖에 없어. 따라서 그들은 언젠가는 내가 베이커 가의 내 방으로 돌아오리라고 생각했을 거야. 그들은 내 방을 계속 감시했고, 오늘 아침에 내가 도착하는 것을 봤어."

"그걸 어떻게 알아?"

"내가 밖을 흘깃 내다봤을 때 내 방을 지켜보는 감시자를 봤거든. 파커라고 하는데, 대단한 놈은 아니야. 주로 사람의 목을 죄고 강도 짓을 하는 놈인데 유태 하프를 잘 다루지. 그를 두려워하지는 않지만 그의 배후에 있는 만만치 않은 놈이 대단히 신경 쓰여. 모리아티의 어릴 적부터 친구인데, 라이헨바흐 절벽 위에서 나에게 바위를 떨어뜨린 놈으로 런던에서 가장 교활하고 위험하지. 놈은 오늘 밤 나를 노리고 있는데, 반대로 우리가 자기를 노리고 있다는 사실은 모르고 있어."

홈즈의 계획이 차츰 이해되었다. 이 은신처는 감시자를 감시하고,

추적자를 반대로 추적하게 만들었다. 저 위쪽 창문의 여윈 그림자는 미끼였고, 우리는 사냥꾼이었다.

우리는 말없이 어둠 속에 서서 바쁜 걸음으로 오고가는 창 밖의 사람들을 지켜보았다. 홈즈는 꼼짝도 않고 서 있었으나 잔뜩 긴장한 듯했다. 차가운 바람이 소리를 내며 거리를 휩쓸고 있는 밤이었다.

거리를 오가는 사람들은 대부분 외투와 머플러로 몸을 감싸고 있었다. 나는 그들 중에 같은 사람이 몇 번이나 왔다 갔다 하는 것을 발견했다. 특히 조금 떨어진 곳의 집 현관에 바람을 피하려는 듯이 서 있는 두 사람이 눈에 띄었다. 홈즈에게 그 사실을 알려주려고 했는데, 홈즈는 조바심을 내며 계속해서 거리만 보고 있었다. 그가 여러 번 발을 움직이고 손가락으로 벽을 빠르게 톡톡 치는 것으로 보아, 무언가 걱정되는 것이 생각했던 대로 되지 않는 게 분명했다.

드디어 자정이 가까워지고 거리에 사람들의 발길이 뜸해지자, 홈즈는 마음의 동요를 억제할 수 없는지 방 안을 서성거렸다.

그에게 말을 걸려고 하던 찰나, 나는 불이 켜져 있는 창문을 보고 다시금 깜짝 놀랐다. 나는 홈즈의 팔을 꽉 잡고 위쪽의 창을 가리키며 소리쳤다.

"저 그림자가 움직였어!"

실제로 창문에 비친 홈즈의 그림자는 옆모습이 아니라 등을 우리 쪽으로 향하고 있었다.

"물론 움직였을 테지. 언뜻 보아도 인형이라고 알 수 있는 것을 세워 놓고 유럽에서 가장 날카로운 놈이 속아주길 기대할 순 없지. 자네는 내가 그렇게 남을 웃기는 바보라고 생각했단 말인가?"

홈즈가 말했다.

그의 무뚝뚝함이나, 자기보다 덜 똑똑한 사람을 대할 때의 그 무시하는 듯한 태도는 그를 보지 못한 3년 동안 전혀 변하지 않았다.

"우리는 이 방에 두 시간 동안 있었어. 그동안 허드슨 부인은 여덟 번이나 저 상반신을 돌려놨어. 십오 분마다 바꾼 셈이지. 부인은 방의 안쪽에서 돌렸기 때문에 부인의 모습이 창문에 비치지 않은 거야. 앗!"

홈즈가 갑자기 날카롭게 숨을 들이켰다. 어둠 속에서 홈즈가 긴장으로 온몸을 굳히며 머리를 앞으로 내미는 것이 보였다. 창 밖의 거리에는 아무도 없었다. 아까 두 사람은 아직도 현관 출입구에 웅크리고 있을 것 같은데 보이지 않았다. 주위는 조용하고 어둡기만 했다. 다만 맞은편 창문만 밝은 노란 불빛 속에 홈즈의 모습을 보여줄 뿐이었다.

나는 완전한 정적 속에서 숨을 들이마시는 나지막한 소리를 들었다. 그것은 홈즈가 격한 흥분을 숨기려고 낸 소리였다. 잠시 후에 그는 방의 가장 어두운 구석으로 나를 끌고 가서, 소리를 내지 말라고 손으로 내 입을 막았다. 그 손가락이 떨리고 있었는데, 홈즈가 이토록 감정을 나타낸 적을 본 적이 없었다.

창 밖에 보이는 거리는 어둡고 쓸쓸했으며 움직이는 것은 아무것도 없었다. 그 순간 나는 갑자기 나보다 날카로운 홈즈의 감각이 이미 감지한 것을 듣게 되었다. 은밀하게 움직이는 희미한 소리가 내 귀에 들렸다. 그 소리는 베이커 가 쪽에서 나지 않고 우리가 숨어 있는 집의 뒤쪽에서 들렸다. 문이 열리고 닫히는 소리가 들리더니,

잠시 후에 사람의 발소리가 복도를 통해 우리 쪽으로 다가왔다. 발소리를 내지 않으려고 했지만 빈집이라 소리가 울려 퍼졌다.

홈즈가 벽에 기대어 몸을 웅크려서, 나도 권총을 단단히 쥐고 그의 행동을 따랐다. 어둠 속을 지켜보고 있으려니 검은 문에 사람의 모습이 더 검게 나타났다. 놈은 그곳에 잠시 서 있다가 몸을 구부리고 위협적인 모습으로 살금살금 안으로 들어왔다. 놈은 우리 앞 3미터쯤 이내로 다가왔다. 나는 놈을 상대할 태세를 갖췄지만, 놈은 우리가 있다는 사실을 모르는 듯했다. 놈은 우리 바로 옆을 지나 창문으로 살금살금 다가가더니 창문을 소리 없이 반 피트쯤 들어올려서 열었다. 놈이 열린 창문만큼 몸을 낮추자, 창 밖의 가로등 불빛이 놈의 얼굴을 정면으로 비췄다.

놈도 흥분으로 제정신이 아닌 모양이었다. 두 눈이 번쩍였고, 얼굴에서는 꿈틀꿈틀 경련이 일고 있었다. 나이가 꽤 들어 보였는데, 가늘고 오뚝한 코에 이마가 높았고 반백의 굵은 콧수염을 기르고 있었다. 오페라 모자를 뒤로 젖혀 쓰고 있었으며, 열려 있는 외투 앞섶으로 하얀 야회복 셔츠가 언뜻 보였다. 검고 수척한 얼굴에는 잔인해 보이는 주름살이 깊게 새겨져 있었다. 손에는 지팡이 같은 걸 들고 있었는데, 그것을 바닥에 내려놓자 금속 소리가 났다.

놈은 외투 주머니에서 무엇인가 부피가 큰 물건을 꺼내 작업에 열중했다. 잠시 후 스프링이나 볼트가 제자리를 찾는 것 같은 소리가 찰칵 났고, 그제야 일이 끝난 것 같았다. 놈은 계속 바닥에 무릎을 꿇고 앞으로 몸을 굽혀 무슨 지렛대 같은 것에 온몸의 무게를 실어 힘을 가했다. 그러자 무언가 돌아가는 듯 삐걱거리는 소리가 났으며,

다시 한 번 찰칵 소리가 크게 들렸다.

그런 다음 놈이 몸을 일으켰는데, 이상한 모양의 개머리판이 달린 총으로 보이는 것을 들고 있었다. 놈은 총열을 꺾은 다음 총신에 무언가를 넣고 총열을 닫았다. 그리고는 바닥에 쭈그리고 앉아 총신 끝을 열려 있는 창턱에 걸쳤다. 기다란 콧수염이 개머리판에 닿았고 눈은 한층 번쩍였다. 놈은 만족스럽다는 듯이 작은 한숨을 내쉬면서 총대를 어깨에 대고 조준했는데, 그가 노리고 있는 것은 놀랍게도 밝은 창문에 비치고 있는 홈즈의 검은 그림자였다.

놈은 잠깐 동안 꼼짝도 하지 않다가 방아쇠를 당겼다. 쉿 하는 이상한 소리가 들리더니 곧장 유리창이 깨지는 소리가 길게 울려 퍼졌다.

그 순간, 홈즈는 호랑이처럼 저격자의 등으로 달려들어 놈의 얼굴이 바닥을 향하도록 메다꽂았다. 그러나 놈은 재빠르게 일어나서 무서운 힘으로 홈즈의 목을 움켜잡았다. 그것을 보고 있던 내가 권총의 손잡이로 놈의 머리를 후려치자 놈은 다시 바닥에 길게 누웠다. 나는 즉시 놈에게 몸을 던져 꼼짝 못 하게 압박했고, 홈즈는 날카롭게 호루라기를 불었다. 잠시 후 거리에서 달려오는 발소리가 들리더니, 경관 두 명과 사복형사 한 명이 방으로 뛰어들었다.

"레스트레이드 경감, 당신이 왔군요."

홈즈가 말했다.

"홈즈 씨, 내가 직접 이 일을 처리하기로 했습니다. 런던에서 다시 뵙게 되어 반갑습니다."

"당신에게 비공식적인 도움이 필요할까 싶어 제가 나섰습니다.

미궁에 빠진 사건이 일 년에 세 건이나 생기면 곤란하니까요. 당신은 몰세이 사건을 당신답지 않게…… 아니, 내 말은 매우 훌륭하게 처리했단 말이지요."

우리는 모두 일어섰고, 우리에게 잡힌 남자는 건장한 두 경관 사이에서 숨을 몰아쉬고 있었다. 밖에는 구경꾼들이 벌써 몇 명 모여 있었다. 홈즈는 창문을 닫고 커튼을 쳤다. 레스트레이드가 초 두 자루를 켠 다음 경관들이 갖고 있던 랜턴의 덮개를 벗기자 붙잡힌 남자의 얼굴이 드러났다.

놈의 얼굴은 놀랄 만큼 남성적이었다. 철학자 같은 이마와 호색한의 턱을 갖고 있었는데, 대단한 악인 아니면 선인으로 보이는 인상이었다. 그러나 냉소적으로 보이는 푸른 눈과 무섭게 공격적인 코, 깊게 주름이 팬 이마를 보고 있으면 누구라도 두려움에 떨 것 같았다. 놈은 우리를 거들떠보지도 않은 채 증오와 경탄이 섞인 눈으로 홈즈를 쏘아보았다.

"너는 악마야! 이 간사하고 교활한 악마 같은 놈!"

놈은 혼잣말을 하듯 중얼거렸다.

홈즈는 흐트러진 남자의 칼라를 고쳐주면서 말했다.

"대령, 옛날 연극 대사에서 '나그네 길의 끝은 애인과의 만남이다.'라고 했던가? 내가 라이헨바흐 폭포 중간에 있을 때 나를 공격한 이후, 처음 만났군요."

대령이라 불린 남자는 얼빠진 사람처럼 홈즈를 멍하니 보면서 '너는 악마야! 악마!' 하고 계속 중얼거렸다.

"당신을 아직 소개하지 않았군요. 이분은 세바스찬 모런 대령으로, 한때는 우리 대영제국 인도군의 장교였지요. 또한 맹수 사냥에서는 가장 훌륭한 명사수였습니다. 호랑이 사냥에 있어서는 아직도 당신의 기록을 깬 사람이 없지요, 대령?"

홈즈가 말했다. 그러자 사납게 생긴 남자는 아무 말도 하지 않고 홈즈를 계속 노려보았다. 부릅뜬 눈과 뻣뻣한 수염을 가진 노인의 얼굴은 호랑이를 연상케 했다.

"내 간단한 책략에 당신 같은 노련한 사냥꾼이 걸려들다니 이상하군. 이런 책략은 당신도 많이 썼을 거야. 나무 아래에 어린양을 미끼로 붙들어 매놓고, 호랑이가 나타날 때까지 총을 갖고 나무 위에서 기다린 적이 있었겠지? 이 빈집은 내 미끼였고, 당신은 내 호랑이였소. 그런 경우, 당신은 호랑이가 동시에 여러 마리 나타나거나……그럴 가능성은 적지만 혹시 호랑이를 맞추지 못했을 때에 대비해서 예비로 다른 총을 준비했겠지요?"

홈즈가 우리를 흘낏 바라보더니 계속 말을 이었다.

"이들이 내 예비 총이었소. 당신이 호랑이 사냥 때 준비한 예비 총처럼 이 사람들이 그 역할을 한 것이오."

그 말에 모런 대령이 분노 섞인 욕설을 퍼부으며 홈즈에게 덤볐다. 그러자 경관들이 그를 제지했는데, 노기를 띤 그의 얼굴은 정말이지 무시무시했다.

그러나 홈즈는 얼굴색도 바꾸지 않은 채 계속 말했다

"솔직히 말해서 나도 놀랐소. 당신이 직접 이 빈집과 이 편리한 창문을 이용하리라고는 생각하지 못했으니까. 나는 당신이 집 밖에서 조준할 줄 알았소. 그래서 내 친구 레스트레이드와 그의 동료들이 밖에서 기다리고 있었던 거요. 그 점만 빼면 모든 것이 내 예상대로 들어맞았소."

홈즈의 말을 듣고 있던 모런 대령이 레스트레이드를 향해 말했다.

"당신이 나를 체포할 정당한 이유가 있는지 모르지만, 내가 이 남자의 빈정거림을 참아야 할 이유는 없어. 나를 체포했다면 법대로 하라고!"

"이치에 닿는 말이군. 이 사람을 데리고 가기 전에 더 할 말은 없습니까, 홈즈 씨?"

레스트레이드가 말했다. 그러자 홈즈는 바닥에 있던 강력한 공기총을 집어 들고 살핀 다음 말했다.

"훌륭하고 진기한 무기군. 대단한 힘을 가졌을 뿐만 아니라 아주 조용한 무기야. 죽은 모리아티 교수가 독일의 폰 헤르데르라는 시각 장애 기술자에게 만들도록 한 것이지. 이 총이 있다는 것은 알고 있었지만 실물을 보는 것은 처음이오. 이 총과 탄환을 조심해서 관리하세요, 레스트레이드 경감."

"그 점은 믿어주십시오, 홈즈 씨."

경관들이 출입구 쪽으로 향하자, 레스트레이드가 다시 말했다.

"달리 하실 말씀은 없습니까?"

"대령을 무슨 죄로 연행하는지 그 점을 알고 싶군요."

"무슨 죄를 졌느냐고요? 그야 물론, 홈즈 씨 살인 미수죄이죠."

"그렇지 않아요, 경감. 나는 이 일에 이름을 드러내고 싶지 않아요. 대령 체포에 대한 공로는 모두 경감에게 가야 할 것이오. 경감 혼자서 대령을 체포한 것입니다. 레스트레이드 경감, 축하합니다. 언제나 그랬듯이, 경감의 교묘하고도 대담한 행동이 놈을 체포한 거요."

"체포해요? 누구를 체포했다는 말입니까, 홈즈 씨?"

"경찰이 온 힘을 기울이면서도 아직 못 잡고 있는 범인, 즉 지난달 30일에 파크레인 427번지 건물 3층 앞쪽의 열려 있는 창문을 통해 공기총으로 로널드 아데어를 사살한 범인, 세바스찬 모런 대령을 말하는 거요. 이 사람의 진짜 죄명은 그것이요."

홈즈는 레스트레이드 경감에게 그렇게 말한 후, 나를 바라보았다.

"자, 왓슨. 유리창이 깨져서 바람이 들어오는 것을 참을 수 있다면, 내 서재에서 시가를 피우면서 30분쯤 보내는 것도 자네에게는 유익한 즐거움이 될 걸세."

우리가 함께 쓰던 방은 마이크로프트 홈즈의 감독과 허드슨 부인의 관리 덕분에 옛날 모습 그대로였다. 방에 들어간 순간 전과 다르게 지나치게 정리되었다는 느낌이 들었지만, 중요한 것은 모두 옛날 그대로의 위치에 있었다.

구석에는 산으로 더러워진 테이블과 화학 실험 설비가 있었고, 선반 위에는 많은 런던 시민이 태워 버리고 싶어 하는 스크랩북과 참고 서류, 도표, 바이올린 케이스, 파이프걸이, 그리고 담배를 넣은 페르시아 슬리퍼 등이 즐비하게 얹혀져 있었다.

방을 둘러보니 모든 것이 눈에 들어왔다. 방에는 손님이 두 명 있었다. 한 사람은 우리를 싱글싱글 웃는 얼굴로 맞이해 준 허드슨 부인이고, 또 한 사람은 오늘 밤 모험에서 아주 중요한 역할을 한, 홈즈와 똑같이 생긴 밀랍인형이었다. 인형은 홈즈의 옛날 가운을 입은 모습으로, 작은 받침대 위에 놓여 있었다. 길에서 보면 틀림없이 진짜 홈즈처럼 보일 것이다.

"지시대로 잘했어요, 허드슨 부인."

홈즈가 말했다.

"일러준 대로 무릎으로 걸었지요."

"좋아요. 정말 잘했어요. 탄환이 어디에 맞았는지 보았나요?"

"보았죠. 이렇게 훌륭한 인형을 망가뜨리다니! 어쨌든 머리를 뚫고 벽에 맞았어요. 카펫에 떨어진 것을 주워 두었습니다. 보세요, 이겁니다!"

홈즈는 그것을 손에 들고 나에게 보여주었다.

"왓슨, 역시 리볼버 탄이야. 정말 천재적이군. 공기총에서 이런 탄환이 날아간다고는 아무도 생각할 수 없을 거야. 허드슨 부인, 정말 수고했어요. 왓슨, 옛날처럼 그 의자에 앉겠나? 몇 가지 얘기할 게 있다네."

홈즈는 초라한 프록코트를 벗고 나서 인형에게 입혔던 쥐색 가운을 입었다. 옛날 홈즈의 모습으로 돌아온 것이다.

홈즈가 밀랍 인형의 부서진 이마를 보고 웃으며 말했다.

"노련한 사냥꾼은 배짱도, 날카로운 눈도 옛날 그대로군. 후두부 정중앙을 명중시켜 뇌를 날려 보냈군. 인도 최고의 명사수였던 그와 겨룰 사람이 런던에는 없을 거야. 그의 이름을 들은 적이 있나?"

"아니."

"그래, 명성이란 그런 거야! 모를 수도 있지. 그 선반에서 내가 만든 인명록을 꺼내주겠나?"

홈즈는 의자에 깊이 파묻혀, 담배 연기를 길게 내뿜으며 페이지를 넘겼다.

"M 항목은 정말 장관이야. 모리아티만으로도 화려한데, 그 위를 보게나. 독사 같은 모건이 있고, 생각만으로도 기분이 나빠지는 메리듀도 있어. 그리고 채링크로스 역 대합실에서 내 왼쪽 송곳니를 부러뜨린 매튜스, 그리고 마지막으로 오늘 밤의 모런! 정말 대단한 인물들이라고 생각되지 않나?"

홈즈가 인명록을 넘겨주어, 나는 그것을 읽어보았다.

"세바스찬 모런 대령, 무직. 벵갈군 제1 공병대 소속, 1840년 런던 출생. 아버지는 페르시아 공사로 배스 훈작사 오거스터스 모런 경. 이튼 교와 옥스퍼드 대학에서 공부. 죠와키, 아프가니스탄 전투에 참가, 챠라시압(수훈자 보고서에 이름을 올리다), 셔풀, 카불에 전전. 저서 ≪서부 히말라야의 맹수 사냥≫(1881) ≪정글의 3개월≫(1884). 주소 콘듀잇 가. 앵글로 인디언 클럽, 탱커빌 클럽, 바가텔 카드 클럽 소속."

여백에 홈즈의 글씨로 '런던에서 두 번째 위험인물'이라고 쓰여 있었다.

"놀랍군. 군인으로서 훌륭한 경력을 갖고 있군."

내가 인명록을 홈즈에게 돌려주며 말했다.

"그대로야. 어느 시기까지는 잘하고 있었지. 원래 강철 같은 신경을 가진 사람으로, 식인 호랑이를 쫓아 배수구를 기어간 이야기 등은 지금도 인도에서 화제가 될 정도야. 왓슨, 어느 높이까지는 곧바로 뻗다가 갑자기 추하게 구부러진 나무를 본 적 있나? 인간도 때때로 그런 경우가 있다네. 개인은 성장하면서 조상으로부터 받은 모든 인자가 재현되는 것 같아. 선이나 악, 어느 쪽으로 향하든 그런 변화는 혈통에 흐르는 강력한 인자에서 생기는 거야. 즉 개인은 한 집안 역사의 축도라고 할 수 있으니까……."

"어쩐지 공상적인 이야기 같군."

"나도 고집할 생각은 없어. 어쨌든 모런 대령은 나쁜 방향으로 가기 시작했지. 겉으로는 아무 스캔들도 없었지만, 그는 인도에 살 수 없게 되었거든. 전역한 후 런던에 돌아왔지만, 다시 나쁜 평판이 돌기 시작했다네. 이때 모리아티 교수를 만났고, 한때는 보스 역할까지 한 거지. 모리아티는 그에게 아낌없이 돈을 주고, 보통 악당이 할 수 없는 최고급 일만 시켰어. 1887년에 로더에서 스튜어트 부인이 죽은 사건을 기억할 거야. 생각나나? 그것은 분명히 모런의 짓이었는데 증거를 잡지 못했어. 전혀 증거를 남기지 않기 때문에 모리아티 일당이 괴멸했을 때도 그는 죄를 면했지. 언젠가 자네의 방을 방문했을 때, 내가 공기총을 두려워하며 덧문을 닫았던 걸 기억하지? 자네는 나의 망상이라고 생각했겠지만, 나는 당연히 경계를 하지 않을 수 없었어. 그 무서운 총의 존재를 알고 있었고, 세계에서도 손꼽히는 사격의 달인이 그것을 사용하고 있다는 것을 알고 있었기 때문이야. 우리가 스위스에 갔을 때도 그는 모리아티와 함께 우리를 쫓아왔어. 라이헨바흐 바위에서 나에게 공포의 5분간을 맛보게 해준 것도 그가 틀림없어.

나는 프랑스에 있을 때도 그를 감옥에 넣을 기회가 없을까 하고, 계속 주의해서 신문을 읽었지. 그가 활개 치며 런던을 돌아다니는 한, 나는 살아 있다고 할 수 없었으니까. 밤이나 낮이나 그의 그림자에 위협당하다가 언젠가 꼭 당할 거라고 생각했지. 그렇다면 어떻게 하면 좋을까……? 그렇다고 그를 발견하자마자 쏘아 죽일 수도 없는 노릇이었어. 그렇게 하면 내가 피고석에 서야 하기 때문이지. 판사에게 하소연해도 소용없는 일일 테니까. 확실한 증거가 없는데, 법의 힘을 행사할 수는 없는 것 아닌가. 하지만 언젠가는 내 손으로 잡을 것이라고 믿고, 범죄 뉴스를 열심히 체크했지. 그런데 로널드 아데어 살인 사건이 일어난 거야. 드디어 기회가 온 거지! 모든 정보로 판단해 보니, 모런 대령의 짓이 틀림없었거든. 그는 아데어와 카드를 하고 클럽에서 집까지 뒤를 쫓아와, 열린 창으로 쏜 거야. 의심의 여지가 없었어.

증거품인 탄환만으로도 그를 충분히 교수대로 보낼 수 있다고 생각하고, 나는 런던으로 돌아왔어. 하지만 감시자에게 발견된 거지. 대령은 내가 돌아온 것을 곧바로 알았을 거야. 그리고 나의 갑작스런 귀국을 자신의 범죄와 연결시켜 생각하고 당황한 것이 틀림없어. 그는 곧 나를 죽이려고 계획하고, 그 목적을 위해 다시 그 무서운 총을 사용하려고 한 거지.

나는 창에 멋진 표적을 준비한 후, 만일에 대비해서 경찰에 응원을 요청했어. 그런데 왓슨, 자네는 그 문에 있던 경관들을 알아본 것 같더군. 나는 감시하기에 아주 좋은 장소를 선택했는데, 설마 그가 같은 장소를 저격 지점으로 선택하리라고는 꿈에도 생각하지 못했어. 왓슨, 아직 내가 더 설명할 것이 남아 있나?"

"있지. 모런 대령이 로널드 아데어를 살해한 동기에 대해 아직 아무 설명도 하지 않았네."

"그것은 아직 추측밖에 할 수 없는 상태네 지금 단계에서는 아무리 논리적인 두뇌를 가진 사람이라도 정확히 알 수 없을 거야. 현재의 증거를 근거로 가설을 세워보면, 자네나 나나 답을 맞힐 가능성은 동일할 거고⋯⋯."

"자네는 벌써 생각했나?"

"사실의 설명은 그렇게 어렵지 않아. 모런 대령이 아데어와 같이 많은 돈을 딴 것은 증언으로 알 수 있어. 모런이 속임수를 쓴 것도 틀림없고. 나는 전부터 알고 있었네. 사건이 있던 날, 아데어가 모런의 속임수를 눈치챘을 거야. 그러자 아데어는 모런과 이야기를 나눴겠지. 즉 모런이 자발적으로 클럽을 탈퇴하고 앞으로 카드를 하지 않겠다고 약속하지 않으면 부정을 폭로하겠다고 협박했을 거야. 하지만 아데어 같은 젊은 사람이 자신보다 훨씬 나이가 많고 유명한 인물의 스캔들을 갑자기 폭로하지 못했을 테니까, 지금 말한 것 같은 행동을 한 걸 거야. 한편 모런으로서는 클럽에서 추방당하면 파멸이거든. 속임수 트럼프 수입으로 생활해 왔으니까. 그것이 아데어를 죽인 이유인데, 아데어는 살해되기 직전에 돌려주어야 할 돈을 계산하고 있었던 것 같아. 상대의 속임수로 딴 돈을 주머니에 넣을 수는 없었을 테니까. 방을 잠근 것은 어머니와 동생이 갑자기 들어와서, 종이에 쓴 이름과 현금을 보고 이유를 묻는 것이 싫어서였겠지. 자, 이제 됐나?"

"그래, 정말 그것이 진상이라고 생각하네."

"사실 여부는 재판에서 밝혀지겠지. 어쨌든 모런 대령이 두 번

다시 우리를 괴롭히는 일은 없을 거야. 폰 헤르데르의 유명한 공기총은 경찰청의 박물관을 장식할 것이고……. 셜록 홈즈는 다시 자유롭게, 런던의 복잡한 생활이 풍요롭게 제공해 주는 흥미 있는 사건 수사에 몰두할 수 있게 되었어."

수수께끼의 하숙인

The Adventure of the Veiled Lodger

(1927)

독자 여러분은 사건이 발생했을 때, 홈즈가 언제나 뛰어난 관찰력과 본능적 직감을 발휘했으리라 지레짐작하지 않는 편이 좋다.

나는 사건 비망록을 통해 홈즈의 월등한 능력을 제대로 묘사하려고 애를 쓰긴 했지만, 때로는 홈즈도 사건 해결이란 열매를 얻기 위해 무진장 노력을 했다. 물론, 아주 쉽게 사건이 해결된 경우도 적지 않았지만…….

그러나 안타깝게도 사건 발생 당시에는 홈즈에게 사건 의뢰가 들어오지 않아, 몇 년이 지나서야 수수께끼가 풀렸던 경우들도 종종 있었다. 지금 쓰고자 하는 사건도 역시 그와 같은 경우다. 이름이나 장소는 약간 바꿨지만, 여기 쓴 내용은 모두 사실이다.

1896년 초의 어느 날 오전이었다. 홈즈가 급히 와달라는 전보를 보내왔다.

베이커 가의 방문을 열자, 홈즈가 담배 연기가 자욱한 방 한가운데의 의자에 앉아 나이 지긋한 부인과 이야기를 하고 있었다. 시골집 안주인처럼 아주 뚱뚱한 여자였다.

"이분은 남부 브릭스턴에서 오신 메릴로우 부인. 메릴로우 부인은 담배 연기가 괜찮다고 하니, 자네도 평소대로 고약한 담배를 피우고 싶다면 그렇게 해. 부인이 아주 흥미진진한 이야기를 하는 중이었어. 앞으로 어떻게 일이 진행될지 모르지만 자네가 있는 게 좋을 것 같아서 불렀어."

홈즈가 나에게 손짓을 하며 부인을 소개하자, 내가 말했다.

"내가 할 수 있는 일이라면 뭐든……."

"메릴로우 부인, 론더 부인을 만나러 갈 때 이 친구를 데리고 가도 되겠지요? 부인이 미리 론더 부인에게 말해 두셨으면 좋겠습니다."

"그럼요. 그러고 말고요. 홈즈 씨를 열렬히 만나고 싶어 해요. 론더 부인에게는 큰 도움이 될지 모르지요."

홈즈의 말에, 메릴로우 부인이 대답했다.

"그럼 내일 오후 일찍 찾아뵙도록 하지요. 출발하기 전에 말씀하신 내용을 다시 한 번 확인해 볼게요. 여기 계신 왓슨도 상황 파악에 도움이 될 테니까요. 7년 동안 론더 부인에게 방을 빌려주었는데, 론더 부인의 얼굴을 본 것은 단 한 번뿐이라고 하셨죠?"

"차라리 안 보는 게 좋았을 뻔했어요!"

메릴로우 부인이 말했다.

"흉한 얼굴이었나요?"

"홈즈 씨, 그건 얼굴이라고 할 수도 없어요. 그런 얼굴은 생전 처음 봤어요. 우유 배달부가 2층 창문에서 밖을 내다보던 론더 부인 얼굴을 흘깃 올려다보고는 우유 통을 엎지르는 바람에 앞마당이 우유 바다가 된 적도 있었어요. 어쨌든 아주 흉측하게 생긴 얼굴이었어요. 저도 어쩌다 그 여자 얼굴을 한 번 봤는데, 제가 보고 있다는 걸 눈치채고는 얼른 베일로 얼굴을 가리면서 '메릴로우 부인, 제가 이 베일을 한 번도 벗지 않은 이유를 이제야 아시겠지요?' 하고 말하더군요."

"론더 부인의 과거에 대해서는 알고 있습니까?"

"전혀 몰라요."

"처음 하숙을 구하러 왔을 때 신원 보증 서류 같은 걸 갖고 오지 않았나요?"

"아뇨, 그런 건 갖고 오지 않았어요. 대신 현금으로 뭉칫돈을 내놓더군요. 석 달 치 집세를 선불로 미리 내면서도 임대차 계약서에 대해서는 한마디 언급도 하지 않았어요."

"부인의 집을 선택한 이유를 뭐라고 하던가요?"

"저희 집은 큰길에서 멀리 떨어져 있어 다른 집들에 비해 조용하고 한적해요. 게다가 제가 혼자 살기 때문에, 다른 식구들이 없는 것이 가장 맘에 들었던 모양이에요. 론더 부인이 원하는 것은 완전하게 사생활이 보장되는 집이었는데, 그런 집이라고 생각하고 선뜻 집세를 지불했던 것이지요."

"우연히 한 번 본 것 말고는 지금까지 한 번도 론더 부인의 얼굴을 못 보았다고 했는데, 참 특이한 경우네요. 정말 특이해요. 그런데 단지 론더 부인의 사연이 궁금해서 제게 사건을 의뢰하는 겁니까?"

"그런 게 아니에요, 홈즈 씨. 전 집세만 받으면 다른 건 상관하지 않아요. 그리고 지금까지는 아주 만족스러웠어요. 론더 부인보다 더 조용한 하숙인은 없을 테니까요. 별문제도 없었고요."

"그럼 이렇게 찾아온 이유가 뭡니까?"

"론더 부인의 건강이 염려되어서예요. 홈즈 씨, 론더 부인이 점점 쇠약해지는 것 같아요. 큰 걱정거리가 있는 게 분명해요. '살인자!'라고 소리를 지를 때도 있어요. 한번은 '이 잔인한 짐승! 괴물!' 하고 소리 지르는 걸 들은 적도 있어요. 밤중이었는데, 온 집 안에 다 들릴 만큼 큰 소리였어요. 너무나 놀라서 온몸이 떨릴 지경이었지요. 그래서 다음 날 아침 론더 부인을 찾아가서 '론더 부인, 괴로운 일이 있으면 마을 신부님을 찾아가 보세요. 아니면 경찰에 맡기시든지. 도움을 받을 수 있을 거예요.'라고 말했더니, '무슨 일이 있어도 경찰은 싫어요!' 하고 대답하는 거예요. 그리고는 '신부님이 과거를 바꿔주실 수는 없잖아요. 단지 제가 죽기 전에 누군가에게 진실을 털어놓을 수만 있었으면 좋겠어요. 그러면 마음이 한결 편할 것 같아요.'라고 하더군요.

그래서 제가 '글쎄요, 평범한 방법이 정 싫으면 탐정을 고용해 보면 어떨까요?' 하고 론더 부인에게 권유했어요. 그렇게 말해서 죄송해요, 홈즈 씨. 어쨌든 론더 부인은 이 말에 귀가 솔깃해진 모양이었어요. '맞아요, 그 사람이 있었군요. 그 탐정을 고용하면 되겠네요. 왜 그 생각을 미처 못 했는지 모르겠어요. 그 사람을 이리로 데려오세요. 메릴로우 부인, 만약 오지 않겠다고 하면 론더 맹수 서커스의 론더 부인이라고 말해 보세요. 그리고 압바스 파바라고 말하세요.'라고 하더군요.

여기 종이에 '압바스 파바'란 이름을 적어 왔어요. 론더 부인은 자기가 제대로 봤다면, 홈즈 씨가 자신을 보러 올 거라고 하더군요."

"네, 그럴 것 같군요. 메릴로우 부인, 잠깐 왓슨과 점심때까지 얘길 해야겠네요. 브릭스턴에 있는 부인 집에서 3시 전에 뵙도록 하지요."

홈즈가 대답했다.

메릴로우 부인은 뒤뚱거리며 방을 나갔다. 뒤뚱거린다는 말 외에는 달리 표현할 단어가 없는 걸음새였다.

부인이 나가자, 홈즈는 낡은 서류와 책들이 쌓여 있는 구석으로 달려가 앉았다. 한동안 이 책, 저 책의 책장을 넘기는 소리가 나더니 원하는 것을 찾았는지 홈즈가 나지막하게 탄성을 내뱉었다.

홈즈는 만족스러운 얼굴로 바닥에 앉은 채 마치 명상하는 부처처럼 생각에 잠겼다. 주위에는 온통 책들이 널려 있었고, 홈즈의 무릎 위에도 책 한 권이 펼쳐진 채 놓여 있었다.

"사실 그때 당시에 그 사건에 신경이 쓰였어. 왓슨, 이걸 봐. 개인적으로 그 사건을 알아보려고 수첩에 메모도 해놓았지. 하지만 결국 사건은 해결되지 않았어. 틀림없이 당시 검시관이 뭔가 잘못 판단했다고 생각했지. 압바스 파바란 이름을 기억해?"

"아니, 전혀."

"그러면 간단히 얘기하지. 하지만 나 역시 그 사건의 경위를 추상적으로 짐작할 뿐이어서, 내가 내린 결론은 개인적인 느낌에 불과해. 게다가 당시 경찰이나 사건 당사자가 내게 직접 사건을 의뢰한 것이 아니라, 조사하지 않았거든. 한번 여기 메모들을 읽어보겠나?"

"그냥 말로 하면 안 돼?"

"그러지. 얘기하다 보면 금세 기억날 거야. 론더는 당대 최고의 서커스맨으로, 새인저와 웜웰 서커스 극단의 큰 라이벌이었어. 론더가 술을 마시기 시작하면서 서커스도 점점 내리막길에 들어섰고, 결국 서커스단은 큰 비극으로 막을 내렸지.

그 당시 론더 서커스 극단은 버크셔의 작은 마을 압바스 파바에서 하룻밤을 묵었어. 그 끔찍한 사건은 바로 그곳에서 일어났지. 서커스단은 웜블던으로 가는 도중에 압바스 파바에서 하룻밤 야영을 할 작정이었던 거야. 하지만 그 마을에서는 서커스 공연이 잡혀 있지 않았어. 워낙 작은 마을이라서 서커스 공연을 해도 수지가 맞지 않았으니까.

인기 많은 공연 중, 북아프리카 사자를 데리고 하는 맹수 공연이 하나 있었어. '사하라 킹'이라는 이름의 사자였지. 론더 부부가 사자 우리에 들어가는 묘기를 보여주는 쇼였어. 그 사자 쇼를 찍은 사진이 여기 있어. 보면 알겠지만 론더는 덩치가 크고 우락부락했고, 부인은 반대로 마른 편이었어. 사건 당시 사자가 매우 흥분한 상태였다는 사실이 드러났지만, 맹수가 사나운 것은 당연하다고 생각했기 때문에 아무도 그 사실에 대해 신경 쓰지 않았을 거야.

밤에 사자의 먹이를 주는 일은 주로 론더가 했고, 론더가 하지 못할 경우에는 론더 부인이 했어. 한 명이 주거나 부부가 같이 먹이를 줄 때도 있었지만, 어떤 경우라도 두 사람 외에 다른 사람이 그 일을 대신하지 못하게 했어. 왜냐하면 이제껏 론더 부부가 사자에게 계속 먹이를 주었기 때문에, 사자가 그들 부부에겐 절대 해를 끼치지 않을 거라고 생각했기 때문이지. 7년 전 사건이 발생했던 그날 밤도 론더 부부는 함께 먹이를 주러 갔어. 그리고 비참한 사태가 일어난 거야. 그런데 불행히도 자세한 경위를 밝혀내지는 못했어.

　야영 중이던 자정 무렵, 서커스단 사람들이 모두 잠을 깼지. 사자의 사나운 울음소리와 여인의 찢어지는 것 같은 비명 소리 때문이었어. 서커스 단원들이 모두 랜턴을 들고, 자고 있던 텐트 밖으로 달려 나왔지. 그리고 처참한 현장을 목격했어. 론더는 머리가 으스러진 채 땅에 쓰러져 있었고, 머리 뒤에 깊이 할퀸 사자발톱 자국이 있었어. 우리 문은 열려 있었고, 10야드 정도 떨어진 곳에서 론더 부인이 발견됐어. 끔찍하게도 사자가 부인을 움켜쥐고 앉아 사납게 으르렁 대고 있었지. 부인의 얼굴이 심하게 뜯겨나가 모두 부인의 목숨이 끊어졌다고 생각했지. 잠시 후 곡예사 레오나르도와 광대 그릭즈가 막대기로 사자를 쫓아 우리에 몰아넣고 문을 잠갔어. 도대체 어떻게 우리 문이 열렸는지가 수수께끼였어. 론더 부부가 사자 우리 안으로 들어가려고 했는데, 문이 열리자 사자가 뛰쳐나와 이들 부부를 덮쳤다고 짐작할 뿐이었지. 비참한 사건이지만 달리 이상한 점은 없었어. 들것에 누워 실려 가던 론더 부인이 정신이 혼미한 상태에서 '겁쟁이, 비겁자!'라고 계속 비명을 질렀다는 점 외에는……

　론더 부인이 당시 상황을 설명할 수 있을 정도로 회복된 때는 그로부터 6개월 뒤였어. 하지만 이미 실수로 인한 참사라는 결론을 내리고 수사는 종결된 후였지."

　"그 사건에 대해 달리 설명할 방도가 있나?"

　내가 물었다.

"뭐, 없을 수도 있지. 실수로 인한 참사라는 결론이 옳을지도 몰라. 하지만 버크셔 경찰서의 에드먼드 형사는 한두 가지 맘에 걸리는 점이 있다고 했어. 에드먼드는 꽤 똑똑하거든. 그는 나중에 알라하바드로 갔는데, 그곳에서 나를 만났지. 그래서 내가 그 사건 이야기를 듣게 된 거야. 에드먼드 형사가 파이프 담배를 두 대 정도 피우면서 그 사건에 대해 이야기했었어."

"그 빼빼 마른 금발머리?"

"맞아, 그 사람이야. 이제 기억이 나나 보군."

"사건의 어디가 껄끄럽다고 했어?"

"사실 껄끄럽긴 나 역시 마찬가지였어. 사건을 재구성하다 보니 어딘지 모르게 앞뒤가 맞지 않은 곳이 있었어. 사자의 눈으로 그때 상황을 한번 재연해 볼까? 우리 문이 열리자, 자유로워진 사자가 앞으로 돌진해 론더를 덮쳤어. 론더는 달아나려고 했지. 사자가 할퀸 발톱 자국이 머리 뒤통수에 나 있었던 점으로 알 수 있지. 사자는 론더를 덮쳐 쓰러뜨렸어. 그런 뒤에도 도망가지 않고 우리 곁에 있던 론더 부인 쪽으로 방향을 틀어 그녀를 공격해 덮친 다음 얼굴을 씹어 삼켰어. 그렇다면 한번 생각해 봐. 론더 부인이 비명을 질렀다는 건 누군가에게 살려달라고 소리쳤다는 뜻일 수도 있잖아. 그런데 이미 죽은 남편이 뭘 어떻게 도와줄 수 있겠나. 뭔가 이상하지 않아?"

"그렇군."

"이상한 점은 또 있어. 곰곰이 사건을 생각하다가 떠오른 건데, 당시 사자가 포효하는 소리가 들렸을 때 론더 부인의 비명 소리와 함께 공포에 질린 남자의 고함 소리가 들렸다는 증언이 있었어."

"그야 당연히 남편 론더의 비명이었겠지."

"글쎄, 머리가 완전히 으깨진 상태에서 고함을 칠 수 있을까? 론더 부인의 비명 소리와 함께 남자의 비명 소리를 들었다는 증인이 두 명이나 있었거든."

"야영 중이던 서커스 단원들도 그걸 보고 놀라 소리를 질렀던 건 아닐까? 그렇게 생각하면 간단할 것 같은데."

"그렇게도 생각할 수 있겠군."

홈즈의 대꾸에 나는 설명을 계속했다.

"두 사람은 사자 우리에서 떨어진 곳에 같이 있었는데, 사자가 우리에서 풀려나와 남편을 먼저 공격하자 부인은 우리 안으로 도망가려고 했겠지. 달리 도망갈 곳이 없었을 테니까. 그때 부인이 우리 안으로 도망가려던 찰나 사자의 공격을 당한 거야. 그녀는 사자와 맞서 싸우지 않은 남편의 비겁한 태도에 분노했겠지. 두 명이 같이 싸웠다면 사자에게 겁을 주어 쫓았을 수도 있었을 테니까. 그래서 남편에게 '겁쟁이, 비겁자!' 하고 악을 쓴 게 아닐까?"

"왓슨, 다이아몬드처럼 빛나는 추리야. 단 하나 흠집이 있는 다이아몬드이지만."

"그 흠집이 뭔가, 홈즈?"

"두 사람 모두 우리에서 멀리 떨어져 있었다면, 문을 어떻게 열었을까? 이상하지 않나?"

"론더 부부를 미워하는 누군가가 두 사람 모르게 우리 문을 연 것은 아닐까?"

"그렇다면 왜 사자가 난폭하게 공격했을까? 맹수이긴 하지만 먹이를 주는 론더 부부에게 익숙했을 텐데. 심지어 사자 우리 안으로 들어가는 공연을 할 정도였는데 말이야."

"누군가가 사자의 공격성을 부추기는 짓을 했겠지."

홈즈는 깊이 생각에 잠긴 얼굴로 한동안 침묵을 지켰다.

"흠, 왓슨 자네 이론을 설명해 줄 이야기를 하지. 론더는 주위에 적이 많았어. 에드먼드 형사가 말하길, 서커스 단원 사이에서도 악명이 높았다더군. 성격도 난폭하고, 자기 앞에서 얼쩡대는 사람을 때리거나 욕설을 퍼붓기가 일쑤였대. 난 메릴로우 부인이 얘기했던 것처럼 한밤중에 론더 부인이 '괴물, 짐승'이라고 소리친 이유가 죽은 남편에 대한 나쁜 기억 탓이라고 생각해. 그러나 사실을 모두 알기 전에는, 이렇게 생각만 한다고 해서 해결될 일은 아무것도 없을 거야. 찬장에 차가운 꿩고기와 몽라세 포도주 한 병이 있어. 출발하기 전에 식사를 하고 힘을 내야겠는걸."

우리가 탄 마차가 브릭스턴의 간소하고 소박한 하숙집에 도착하자, 뚱뚱한 메릴로우 부인이 이미 나와서 문을 열어놓고 기다리고 있었다. 메릴로우 부인은 행여 론더 부인처럼 좋은 하숙인을 잃을까 걱정한 나머지, 우리에게 제발 론더 부인이 하숙집을 나가는 일은 생기지 않게 해달라고 거듭 당부했다.

걱정하는 메릴로우 부인을 안심시키면서, 우리는 경사가 급하고 카펫이 대충 깔린 계단을 올라가 의문투성이 하숙인이 사는 방의 문 앞에 이르렀다.

좁고 곰팡내가 나며 환기가 잘 되지 않는 방이었다. 예상했던 대로 론더 부인은 거의 바깥출입을 하지 않는 듯했다. 맹수를 우리에 가두어 두던 여인이 이제는 반대로 바뀌어 조롱에 갇힌 새의 신세나 다름 없게 된 것이다.

그녀는 그늘진 방구석에 있는 부서진 의자에 앉아 있었다. 7년이란 오랜 세월 동안 꼼짝도 하지 않은 탓에 몸매가 변하긴 했지만, 아직도 한때 아름다웠던 자태를 충분히 느낄 수 있었다. 론더 부인은 윗입술만 살짝 보일 정도로, 두꺼운 검은 베일로 얼굴을 가리고 있었다. 검은 베일 아래로 드러난 단정한 입술 모양이 아름다웠고, 역시 둥근 턱 선에서도 섬세함이 엿보였다. 한때는 정말 미인이었으리라. 목소리 또한 차분하여 듣는 사람의 귀를 즐겁게 했다.

"제 이름은 알고 계시겠지요, 홈즈 씨. 오시리라 생각했습니다."

"네, 그렇습니다. 부인, 그런데 제가 부인의 사건에 흥미를 갖고 있다는 걸 어떻게 아셨는지는 모르겠군요."

"몸이 회복되고 난 뒤 에드먼드 형사가 날 찾아와 이것저것 물어보다가, 홈즈 씨 이야기를 했어요. 그분에게는 거짓말을 해서 미안하지만, 당시 상황에서 진실을 밝힌다는 건 현명치 못한 일이었죠."

"보통은 진실을 말하는 것이 현명한 처사이긴 합니다만, 왜 에드먼드 형사에게 거짓말을 했나요?"

"누군가의 목숨이 달려 있었기 때문이에요. 전혀 쓸모없는 남자란 걸 알지만, 진실을 말해야 하는 내 양심 때문에 그 사람을 망치고 싶진 않았어요. 우리는 가까운 사이였어요. 정말로 가까운……."

"그런데 지금은 그 장애물이 사라졌나요?"

"네, 홈즈 씨. 그 사람은 죽었어요."

"왜 그때, 경찰에 사실대로 밝히지 않았나요?"

"처지를 고려해야 할 사람이 한 명 더 있었어요. 바로 저 자신이었어요. 전 경찰 조사로 밝혀질 추문과 남들의 따가운 시선을 견디지 못할 것 같았어요. 오래 살지는 않았지만, 방해 없이 조용히 죽길 원했지요. 하지만 죽기 전에 모든 사실을 털어놓을 만한 믿을 수 있는 사람을 찾았으면 했어요. 제가 떠나고 난 후에 사람들이 사실을 이해할 수 있도록 해줄 훌륭한 전달자 말이에요."

"과찬의 말씀입니다. 부인, 만약 부인이 하실 이야기가 반드시 경찰에게 전달되어야 할 만한 성질의 것이라고 판단되면 책임감 있는 탐정으로서 제 임무를 다할 겁니다."

"홈즈 씨의 수사 방법이나 인격에 대해서는 잘 알고 있어요. 몇 년 동안 홈즈 씨가 해결한 사건 기사들을 읽었으니까요. 운명이 나를 저버린 후로 독서는 유일한 기쁨이 되었지요. 하지만 바깥세상 이야기는 별로 그립지 않아요. 홈즈 씨가 제 이야기를 들으려고 오신 만큼 어떠한 일이 있어도 전 이 기회를 꼭 잡아야겠어요. 이젠 마음 편하게 말할 수 있을 것 같아요."

"기꺼이 듣겠습니다."

론더 부인은 자리에서 일어나 책상 서랍에서 사진을 한 장 꺼냈다. 사진 속의 남자는 체조 선수처럼 균형 잡힌 아름다운 체격의 소유자였다. 잘 발달된 가슴에 팔짱을 낀 자세가 자신감이 넘쳐 보였다. 짙은 콧수염 밑에는 시원스런 미소가 흘렀다. 그는 많은 전투에서 승리를 거둔 듯한 당당한 장군의 모습이었다.

"그 사람은 레오나르도예요."

론더 부인이 설명했다.

"레오나르도라면 그 서커스단에 있던 사람이군요? 사건 현장으로 달려왔던?"

"맞아요, 그 사람이에요. 그리고 이 사진에 있는 사람은 제 남편이고요."

인상이 고약한 남자였다. 거칠고 사나운 수퇘지 같다고 할까? 짐승처럼 잔인한 면모가 엿보이는 인상이었다. 야비한 입가에는 분노가 어려 있었고, 작고 교활한 두 눈은 악의로 가득 차 심술궂기 짝이 없었다. 두텁고 살찐 아래턱은 그가 욕심 많고 잔인한 악당임을 여실히 보여주었다.

"이 사진 두 장을 보면 훨씬 이해가 잘 될 거예요. 전 가난한 서커스 소녀 단원이었어요. 열 살이 되기도 전인 아주 어릴 때부터 후프 통과하기 같은 묘기들을 배웠어요. 어느덧 더 이상 소녀가 아니라 여자라고 할 만큼 내 나이가 차게 되자, 론더가 저를 사랑하게 되었어요. 그의 짐승 같은 욕정도 사랑이라고 할 수 있다면요. 악마의 손에 놀아난 것인지, 저는 어느 순간 그의 아내가 되어 있더군요. 그날부터 제 생활은 지옥과 다름없었어요. 그는 끊임없이 절 고문하고 괴롭히는 악마였답니다.

서커스 단원 중에 론더의 행패가 어떠했는지 모르는 사람은 아무도 없었어요. 내가 반항이라도 하면 절 묶어놓고 채찍질을 했지요. 서커스 단원 모두가 절 불쌍히 여겼고 남편을 역겨워했지만, 뭘 어떻게 할 수 있었겠어요? 모두 남편을 무서워했으니까요. 게다가 술을 마시기만 하면 누구라도 죽일 듯이 더욱 날뛰는 바람에 모두 꼼짝도 못 했지요. 행패는 날이 갈수록 심해져서 거의 짐승에 가까울 정도였지만 그는 어쨌든 극단의 주인이고, 월급을 주는 사람이었어요.

남편은 결코 남을 배려하는 사람이 아니었지요. 결국 주위에 있던 좋은 사람들이 하나둘 떠나기 시작했고, 서커스 공연은 점점 내리막길을 걸었어요. 그나마 서커스를 계속할 수 있었던 까닭은 저와 레오나르도가 남아 있었기 때문이었지요. 그리고 어릿광대 지미 그릭즈도 있었고요. 불쌍한 광대 그릭즈, 관객에게 웃음을 줄 만한 상황이 아니었지만 그는 항상 최선을 다했어요.

그렇게 어렵고 비참한 상황에서 레오나르도가 내 생활 속으로 조금씩 다가왔어요. 사진을 보셔서 알겠지만, 매력적인 외모를 가졌지요. 사실은 패기 있게 잘생긴 겉모습 속에 그만한 용기가 없는 사람이라는 걸 시간이 지나면서 알게 되었지만, 남편하고 비교해 보면 레오나르도는 그리스 신화에 나오는 훌륭한 신처럼 보였어요. 절 동정하고 도와주던 마음이 점점 깊어지더니 마침내 사랑으로 변했지요. 우리 둘은 아주 깊고 열정적인 사랑을 나누었어요. 항상 꿈에서 그려온 사랑이었지만, 현실로 이뤄지리라고는 감히 상상도 하지 못했었지요.

남편은 절 의심했지만, 전 남편이 사나운 만큼 겁도 많은 사람인데다 레오나르도라면 잔인한 남편도 섣불리 대하지 못하리라 생각했어요. 남편은 그 어느 때보다도 더욱더 저를 가혹하게 학대하는 것으로 앙갚음했지요.

어느 날 밤, 매를 맞는 제 비명 소리가 레오나르도가 잠든 마차까지 들렸는지 절 만나러 왔더군요. 사건이 일어나기 며칠 전이었어요.

그리고 그날 밤 우리는 더 이상 피하지 말자고 결심했어요. 론더는 살아 있을 가치가 없는 사람이었으니까요. 우리는 그를 죽일 계획을 짠 거예요.

레오나르도는 절대로 멍청한 사람이 아니었어요. 오히려 꾀가 많은 사람이었죠. 모든 계획은 레오나르도 머리에서 나왔지만 전 그를 탓하고 싶지 않아요. 저 역시 레오나르도와 함께라면 어디든지 갈 준비가 되어 있었으니까요. 레오나르도에 비해 전 그런 계획을 짤 만큼 머리가 좋지 않거든요.

우리는 방망이를 준비했어요. 레오나르도가 만들었지요. 그리고 납자루 끝에 긴 쇠못을 다섯 개 박았어요. 사자가 발톱으로 할퀸 것처럼 보이게 하기 위해서였어요. 남편이 죽은 원인은 사자가 아니라 바로 이 흉기 때문이었지요. 하지만 우리는 론더를 죽인 후 사자가 한 짓이라는 증거를 남기려고, 우리 문을 열어 사자를 풀어주기로 한 거예요.

칠흑같이 어두운 밤, 남편과 나는 사자 우리로 내려갔어요. 늘 하던 대로 사자 먹이를 주기 위해서였지요. 나와 남편이 통에 담긴 날고기를 들고 사자 우리 쪽으로 내려가는 길목의 마차 뒤에, 레오나르도가 숨어서 기다리고 있었어요. 우리로 가려면 반드시 그 마차를 지나가야 했거든요. 그러나 레오나르도가 남편을 때리기 전에 나와 남편은 그 길목을 지나쳐갔어요. 레오나르도의 행동이 느렸던 거지요. 하지만 그는 우리 뒤를 몰래 살금살금 뒤따라와 남편의 머리를 방망이로 힘껏 내리쳤어요. 머리가 부스러지는 소리가 들렸고, 제 심장은 기쁨으로 두근거렸지요.

전 재빨리 우리로 달려가 맹수가 갇혀 있는 문의 빗장을 올렸어요. 끔찍한 일이 생긴 건 바로 그 순간이었어요. 맹수가 인간의 피 냄새에 얼마나 빨리 반응하고 흥분하는지 알고 계실 거예요.

순간, 사자는 죽은 사람의 피 냄새를 본능적으로 알아차렸어요. 우리의 빗장을 올리자마자 사자는 나를 향해 덮쳐왔어요. 레오나르도가 절 구해 줄 수도 있었어요. 얼른 달려와 방망이로 위협했다면 사자가 겁을 먹고 도망쳤을 수도 있었으니까요. 하지만 그는 겁에 질려 비명을 지르더니 몸을 돌려 도망가더군요. 그리고 사자의 하얀 송곳니가 내 눈앞에 다가왔지요. 사자의 더운 입김과 냄새에 정신이 아뜩해지더군요. 거의 고통을 느끼지도 못할 정도였어요. 전 손바닥으로 얼굴을 가리면서 사자를 막아보려고 했어요. 피로 범벅된 사자의 송곳니를 피하려고 애쓰면서 전 도와달라고 비명을 질렀지요.

그러고 얼마 뒤 사람들이 달려오는 소리를 들었어요. 레오나르도와 그릭즈, 그리고 다른 남자들이 사자가 물고 있던 저를 빼내던 일도 어렴풋이 기억나요. 그 후엔 정신을 잃었지요.

몇 달 동안 입원해 치료를 받다가 드디어 몸이 회복되어 거울 앞에 섰을 때, 전 제 모습을 보고 그 사자를 저주했어요. 뜯겨나간 아름다움이 안타까워서가 아니었어요. 사자는 차라리 제 생명을 앗아갔어야 했어요. 현실이 저주스러웠지요.

남은 소망은 하나였어요. 그리고 소망을 이룰 돈도 있었지요. 홈즈 씨, 전 제 얼굴을 누구에게도 보이지 않은 채 살고 싶었어요. 절 아는 사람이 찾지 못할 장소에 숨어 살겠다고 결심했지요. 제가 할수 있는 일이란 그게 전부였어요. 그래서 저는 상처 입은 맹수가 죽을 장소를 찾는 것처럼, 이곳까지 와서 살아온 거예요. 유지니아 론더의 삶, 내 삶의 마지막을 장식하려고요."

그녀의 이야기가 끝이 난 후에도 우리는 한동안 아무 말도 하지 못한 채 묵묵히 앉아 있었다.

홈즈가 팔을 내밀어 그녀의 손을 잡고 토닥거렸다. 깊은 동정심과 안쓰러움이 배어 있는 손길은 홈즈에게서 흔히 볼 수 있는 모습이 아니었다.

"정말 안됐습니다. 정말 안타깝군요. 운명의 장난이 이렇게 얄궂을 수 있다니. 하늘이 보고 있다면 분명히 부인에게 상을 내릴 겁니다. 헌데 레오나르도는 어떻게 되었나요?"

"다시는 소식을 듣지도, 얼굴을 보지도 못했어요. 그 사람을 원망하는 내가 잘못인지도 모르겠어요. 사자가 짓밟고 간 저처럼 흉측한 물건을 사랑하느니, 차라리 재주넘는 원숭이를 사랑하는 편이 나았을 테니까요. 하지만 여자의 사랑은 쉽게 변치 않나 봐요. 그는 나를 사자와 함께 내버려둔 채 도망갔고, 내가 구원을 필요로 했을 때도 날 저버렸지만, 차마 교수형에 처하도록 만들고 싶진 않았어요. 난 내 처지가 어찌 될지에 대해서는 신경 쓰지 않았어요. 어차피 지금보다 더 나쁜 상황에 놓이진 않았을 테니까요. 하지만 나는 당시 레오나르도의 운명을 좌우할 수 있는 처지였지요."

"그는 죽었습니까?"

"지난달 마게이트 지방 근처 해변에서 익사했다는 신문 기사를 보고 알았어요."

"대못 다섯 개 달린 방망이는 어떻게 했나요? 정말 기발한 아이디어였습니다."

"모르겠어요. 야영지 근처에 석회암을 캐는 갱이 있었는데, 아마 그 깊은 구덩이 속에 던졌을 거예요. 아마 그 속 깊은 곳에……."

"알겠습니다. 이제야 사건의 내막을 다 알겠군요. 사건은 모두 끝났습니다."

"네, 끝났어요. 정말 모든 사건이 끝난 거예요."

론더 부인이 대답했다. 우리는 집을 나서기 위해 자리에서 일어났다. 그러나 그녀의 말투가 어딘지 모르게 홈즈의 발걸음을 붙잡았다. 홈즈가 재빨리 그녀를 돌아봤다.

"생명은 당신 마음대로 할 수 있는 것이 아닙니다. 부인, 그만두세요."

"제가 살아서 무슨 소용이 있나요?"

"왜 그런 말을 합니까? 그 긴 세월 동안 고통을 참은 것만으로도, 조급하고 참을성 없는 요즘 세상에 훌륭한 본보기가 됩니다."

론더 부인은 홈즈의 말에 아무런 대꾸 없이 조용히 얼굴에 쓴 베일을 걷어 올리더니, 잘 보이도록 햇빛이 드는 쪽으로 한 걸음 뒤로 물러섰다.

"이런 꼴도 참으실 수 있을지 모르겠군요."

그녀가 말했다. 그녀의 모습은 처참했다. 어떤 말로도 표현할 수 없을 만큼 비참한 모습이었다. 거기에는 얼굴이라 할 만한 것은 모두 사라지고 하나도 남아 있지 않았다. 단지 슬프게 빛나는 아름다운 갈색 눈동자만 그 끔찍한 폐허 속에서 우리를 바라보고 있었다. 그러나 이는 기괴함만 더할 뿐이었다.

홈즈는 동정과 연민 그리고 만류의 뜻이 담긴 손짓을 해보였다. 그리고 우리는 방을 나왔다.

이틀 후, 홈즈를 만나러 갔을 때 그는 의기양양한 태도로 벽난로 위 선반에 있는 작은 파란색 약병을 손가락으로 가리켰다.

병에는 붉은색 독약 표시가 붙어 있었다. 뚜껑을 열자, 달착지근한 아몬드 냄새가 풍겨 나왔다.

"청산칼리?"

내가 물었다.

"맞았어. 우편으로 왔더군. '저를 유혹하던 것을 보냅니다. 홈즈 씨의 충고를 따르겠습니다.'라는 편지도 함께 말이야. 이걸 보낸 용감한 여성이 누군지는 말하지 않아도 알겠지?"

춤추는 인형

The Adventure of the Dancing Men
(1903)

홈즈는 한동안 등을 구부린 채 시험관을 들고 냄새가 고약한 화학 물질을 혼합하는 일에 열중하고 있었다. 머리를 깊이 숙인 모습이 마치 회색 깃털과 검은색 볏을 가진, 낯선 나라에서 온 가녀린 새처럼 보였다.

"왓슨, 광산에 투자하지 않기로 결정했나?"

홈즈가 갑자기 말을 꺼냈다.

나는 깜짝 놀라서 몸을 움찔했다. 홈즈의 특별한 재능에는 이미 익숙해져 있지만, 그가 이렇게 느닷없이 마음속에 있는 생각을 훤히 꿰뚫어볼 때마다 어떻게 그런 일이 가능한지 이해하기 어려웠다.

"도대체 그걸 어떻게 알았나?"

그는 연기가 나는 시험관을 한 손에 들고 앉아서 의자를 한 바퀴 빙그르 돌렸다. 홈즈의 움푹 들어간 눈에는 재미있다는 표정이 어려 있었다.

"왓슨, 정말 놀랐어?"

"그래."

"하지만 너무 놀랄 필요 없어."

"어째서?"

"5분 후면 자네는 이 모든 것이 실은 우스울 정도로 단순하다는 걸 알게 될 테니까."

"글쎄, 그럴 것 같지 않은걸."

"왓슨. 추리를 해나가는 과정은 생각보다 어렵지 않아. 하나의 추리는 다른 추리로 이어지게 마련이지. 그런 다음, 유치한 방법이긴 하지만 대강 중요한 추리만 끝내고 나서 추리를 시작한 지점과 결론을 발표하면 사람들은 놀랍다는 반응을 보여. 자, 내 추리는 정말 어렵지 않았어. 자네 왼손 검지와 엄지를 보고, 자네가 광산에 돈을 투자하지 않을 거라고 확신했지."

홈즈는 시험관을 내려놓고 학생들에게 강의하는 교수처럼 말했다.

"무슨 말인지 모르겠어."

"잘 생각해 보면 알 거야. 결정적인 단서를 몇 가지 알려주지. 내가 추리한 과정은 이런 거야. 우선, 어젯밤에 자네가 집에 돌아왔을 때 나는 자네 왼쪽 검지와 엄지에 분필 자국이 있는 걸 봤어. 그건 자네가 당구를 쳤다는 것과 큐를 잘 잡기 위해서 그 두 손가락에 분필 칠을 했다는 걸 의미하지. 그런데 자네가 당구를 치는 건 써스톤을 만날 때뿐이지.

한 달 전에 자네가 했던 말 기억해? 써스톤이 남아프리카에 있는 토지를 매매할 수 있는 권리를 갖고 있는데 한 달 후에 그 권리가 소멸되기 때문에 자네에게 공동투자를 제안했다고 말했어. 그리고 자네 수표책이 내 서랍에 있는데도 열쇠를 달라고 하지 않더군. 결국 자네는 투자하지 않기로 결심한 거야."

"이렇게 간단할 수가!"

"그래. 일단 설명을 듣고 나면 모든 문제가 아주 간단하게 느껴지지. 하지만 이건 좀처럼 설명하기가 어려워. 왓슨, 이게 뭔지 한번 생각해 봐."

홈즈는 종이 한 장을 탁자 위에 올려놓고, 다시 화학약품을 분석하기 위해 돌아앉았다. 그가 준 종이 위에는 기묘한 그림 문자가 그려져 있었다.

"홈즈, 이건 애들이 그린 그림 같은데?"

"글쎄, 그렇게 보여?"

"그럼 아니란 말인가?"

"노퍽에 사는 힐튼 큐빗 씨가 해석해 달라고 의뢰한 그림이야. 큐빗 씨는 다음 열차로 이곳에 온다고 했어. 꽤나 급했던 모양이야. 이 수수께끼 같은 그림을 우편으로 먼저 보냈거든. 왓슨, 벨 소리가 나는군. 큐빗 씨일 거야."

계단을 올라오는 둔탁한 발소리가 나더니 잠시 후에 키가 크고 수염을 말끔하게 깎은 혈색 좋은 신사가 문을 열고 들어왔다.

눈빛이 맑고 뺨에 혈색이 도는 모습이 안개가 자욱한 런던 시내에서 멀리 떨어진 곳에서 살고 있는 사람처럼 보였다. 그가 들어서자 바닷가의 신선하고 상쾌한 바람 냄새가 방 안을 가득 메우는 것 같았다. 그는 우리와 악수를 나눈 다음 의자에 앉았다. 그리고 우리가 조금 전까지 살펴보다가 탁자 위에 놓아둔 이상한 그림을 보고는 홈즈에게 물었다.

"홈즈 씨, 이 그림이 대체 뭘까요? 당신이 기묘한 수수께끼들을 좋아한다고 들었습니다만, 이렇게 이상한 건 아마 처음 보셨을 겁니다. 그림을 해석하는 데 시간이 걸릴 것 같아서 제가 도착하기 전에 먼저 우편으로 보낸 겁니다."

"이것은 확실히 흥미로운 그림입니다. 언뜻 보면 아이들 장난 같기도 합니다만, 종이 위에 춤추는 사람들의 모습이 일렬로 그려져 있군요. 그런데 왜 이 괴상한 그림에 중요한 의미가 있다고 생각하는 겁니까?"

"그렇게 생각하는 건 제가 아니라 제 아내입니다. 아내는 이 그림 때문에 몹시 겁에 질려 있어요. 내색은 하지 않지만 아내는 항상 두려움에 떨고 있어요. 그래서 이 그림을 조사해 달라고 부탁한 겁니다."

홈즈가 종이를 들어 올려 햇빛에 비치자 내용이 선명하게 드러났다. 노트에서 찢어낸 것 같은 종이 위에는 연필로 다음과 같은 그림이 그려져 있었다.

홈즈는 그림을 잠시 들여다보더니 조심스럽게 접어서 수첩 속에 끼워 넣었다.

"아주 흥미롭고 특이한 사건이 될 것 같군요. 큐빗 씨, 저는 편지를 읽어서 자초지종을 알고 있지만 제 친구를 위해 다시 한 번 설명해 주시겠습니까?"

"저는 얘기를 잘 못합니다."

그는 초조함 때문인지 크고 단단해 보이는 손을 쥐었다 폈다 하면서 이야기를 계속했다.

"왜 이런 일이 일어났는지 잘 모르겠습니다. 어쨌든 작년에 제가 결혼한 시점부터 얘기해야 할 것 같군요. 하지만 그 전에 할 말이 있습니다. 저는 그다지 부유하지 않지만 노퍽에서 500년 동안 살아온 명문가 출신입니다. 그 지방에서 저희만큼 잘 알려진 가문은 없지요. 작년에 여왕 즉위 기념제를 맞아 런던에 간 적이 있습니다. 저희 교구를 담당하는 파커 목사님이 러셀 광장에 있는 하숙집에 묵고 있어서 저도 그곳을 숙소로 정했지요. 그 하숙집에는 엘시 패트릭이라는 젊은 미국 여자가 있었습니다. 처음엔 친구처럼 지내다가 그곳에 머무는 동안 그녀를 진심으로 사랑하게 되었습니다. 우리는 조촐하게 결혼식을 올리고 함께 노퍽으로 돌아왔습니다. 명문가 자손이 만난 지 얼마 되지 않은 여자와 그런 식으로 갑자기 결혼을 한다는 게 이상해 보일 수도 있을 겁니다. 하지만 당신이 제 아내를 만나고 그녀에 대해 알게 된다면 제 행동을 이해할 수 있을 겁니다.

엘시는 솔직한 여자였습니다. 그녀는 내가 원한다면 언제든지 떠날 수 있도록 기회를 주었으니까요.

'제게는 좋지 않은 기억이 있어요. 가능하다면 전부 잊고 싶은 기억이에요. 그 일을 떠올리는 게 너무 고통스러워서 차라리 말하지 않는 편이 나을 것 같아요. 하지만 힐튼, 지금 저는 부끄러울 게 아무 것도 없어요. 그러니 당신이 나와 결혼한다 해도 당신의 명성에 해가 되지 않을 거예요. 하지만 제 말을 믿고 결혼식을 올릴 때까지 과거에 대해 묻지 않았으면 합니다. 그럴 수 없다면 혼자 노픽으로 돌아가도 괜찮아요. 저는 이곳에 남겠어요.'

엘시가 그 말을 한 건 결혼식 전날이었습니다. 저는 그녀의 말을 믿고 결혼하겠다고 말했죠. 그리고 그녀와 한 약속을 지금까지 지키고 있습니다.

이제 결혼한 지 일 년이 지났고, 우리는 정말 행복하게 지냈지요. 하지만 한 달 전인 6월말에 처음으로 이상한 일이 일어났어요. 어느 날 아내는 미국에서 온 편지를 받았습니다. 내용은 모르지만 봉투에 미국 소인이 찍혀 있는 걸 봤어요. 편지를 받은 순간 아내의 얼굴이 몹시 창백해지더군요. 아내는 편지를 읽자마자 불 속에 던져 버렸어요. 그 후에도 아내는 편지에 대해서 한 마디도 하지 않았어요. 저 역시 아내와 약속했기에 아무것도 묻지 않았고요.

하지만 그날 이후로 아내는 늘 불안해 보였어요. 두려운 표정으로 무언가를 기다리는 것 같더군요. 아내가 저를 신뢰했으면 좋겠다고 생각했어요. 가장 소중한 친구는 바로 저라는 걸 아내가 기억해 주길 바랐지요. 하지만 아내가 입을 열 때까지 아무 말도 할 수 없어요. 아내는 정직한 사람이거든요. 과거에 어떤 문제가 있었다 해도 그건 아내의 잘못이 아니었을 겁니다.

홈즈 씨, 저는 노픽의 소지주이지만 누구보다도 가문의 명예를 중요시하는 사람입니다. 아내도 결혼 전부터 이 사실을 잘 알고 있어요. 전 아내가 가문을 더럽힐 만한 일은 절대로 하지 않을 거라고 확신합니다.

그럼 지금부터 저희 집에서 일어난 이상한 일에 대해 말씀드리도록 하겠습니다. 일주일 전, 그러니까 지난주 화요일이었습니다. 춤을 추는 것 같은 이상한 모양의 그림이 창틀에 그려진 걸 발견했습니다. 이 종이에 그려진 그림하고 비슷한 형상이었어요. 분필로 낙서하듯 그려 놓았기에 마구간을 지키는 소년이 장난을 친 거라고 생각했지요. 하지만 그 아이는 전혀 모르는 일이라고 하더군요. 어쨌든 그림은 밤중에 그린 게 분명했습니다. 저는 일단 그림을 지웠고, 나중에 아내에게 지나가는 말로 얘기했지요. 그런데 놀랍게도 아내는 굉장히 심각한 표정으로 이런 일이 또 생기면 자기에게 꼭 보여 달라고 부탁하더군요. 그리고 일주일 동안은 아무 일도 일어나지 않았어요.

그런데 바로 어제 아침, 정원에 있는 해시계 위에서 이 종이를 발견한 겁니다. 엘시는 그림을 본 순간 정신을 잃었어요. 그때부터 아내는 정신 나간 사람처럼 멍해져 있고, 눈에는 두려운 기색이 역력하더군요. 그래서 당신에게 편지를 썼던 겁니다. 이런 일을 경찰에 알렸다간 웃음거리가 되겠죠. 당신이라면 어떻게 해야 좋을지 알려줄 수 있을 거라 생각했습니다. 홈즈 씨, 저는 부자는 아니지만 만일 아내가 위험에 처한다면 재산을 다 털어서라도 그녀를 보호할 겁니다."

큐빗은 옛 영국인의 기질을 물려받은 성실하고 정직하며 온화한 사람이었다. 크고 진지해 보이는 파란 눈과 잘생긴 이목구비가 그를 한층 돋보이게 했다. 우리는 그의 모습에서 아내에 대한 사랑과 신뢰를 읽을 수 있었다. 홈즈는 이야기를 열심히 듣고 나서 한동안 조용히 생각에 잠겼다.

"큐빗 씨. 부인에게 비밀을 얘기해 달라고 부탁하는 게 제일 좋은 방법 아닐까요?"

마침내 홈즈가 말을 꺼냈다. 하지만 힐튼 큐빗은 천천히 고개를 저었다.

"아내와 한 약속을 저버릴 수는 없어요. 엘시가 얘기하고 싶다면 먼저 말을 꺼냈을 거예요. 저에게는 비밀을 털어놓으라고 강요할 권리가 없어요. 아내의 의견을 존중하는 건 당연한 도리라고 생각합니다."

"알겠습니다. 저도 최선을 다해 돕겠습니다. 우선 집 주변에서 낯선 사람을 보았다는 얘기를 들은 적이 있습니까?"

"없었습니다."

"거긴 아주 조용한 마을 아닌가요? 낯선 사람이 들어오면 금방 눈에 띨 텐데요."

"가까운 이웃에 그런 사람이 나타난다면 바로 알 수 있겠지요. 하지만 근처에 가축의 물을 먹이는 장소가 여럿 있는데다 농가들이 하숙을 치고 있어서 뭐라고 말씀드리기가 어렵습니다."

"이 그림 문자에는 분명 어떤 의미가 담겨 있습니다. 누군가 일시적으로 만든 거라면 해독은 거의 불가능할 겁니다. 하지만 이 암호에 어떤 규칙이 있다면 모양이 달라져도 전부 해석할 수 있습니다. 문제는 그림이 너무 짧아서 규칙을 찾기가 어렵고, 사건 내용도 막연해서 수사에 필요한 단서를 얻을 수 없다는 겁니다.

큐빗 씨, 우선 노픽으로 돌아가시는 게 좋을 것 같습니다. 이 그림이 다시 나타나면 잊지 말고 반드시 본을 떠놓아야 합니다. 창틀 위에 분필로 그려진 그림은 이미 지웠으니 어쩔 수 없지만요. 그리고 이웃에 낯선 사람이 있는지 잘 알아보세요. 그리고 새로운 증거가 나타나면 제게 알려주시고요. 지금 당신에게 해줄 수 있는 조언은 이것뿐입니다. 새로운 사실이 발견되면 제가 노픽으로 곧장 달려가겠습니다."

큐빗이 돌아간 다음에도 홈즈는 한동안 깊은 생각에 잠겨 있었다. 그 후 며칠 동안 홈즈는 수첩에 끼워 놓았던 종이를 여러 차례 꺼내서 그 이상한 그림들을 열심히 들여다보았다. 하지만 사건에 대해서는 아무 말도 하지 않았다. 그렇게 2주가 지난 어느 날 오후, 홈즈가 외출하려던 나를 갑자기 불러 세웠다.

"왓슨, 오늘은 집에 있는 게 어때?"

"왜?"

"아침에 큐빗 씨의 전보를 받았거든. 한 시 이십 분쯤 리버풀 가에 도착한다고 했으니 금방 올 거야. 전보를 친 걸 보니 뭔가 중요한 일이 있는 모양이야."

그리고 얼마 지나지 않아 큐빗이 우리를 찾아왔다. 그는 역에서 내리자마자 마차를 타고 달려왔다고 했다. 그의 얼굴에는 근심이 가득했고 우울해 보였다. 눈에는 피로한 기색이 역력했고, 이마에는 주름이 깊게 패어 있었다.

"홈즈 씨, 이 사건 때문에 하루도 편할 날이 없습니다."

그는 지친 사람처럼 흔들의자에 몸을 기대며 말했다.

"눈에 보이지도 않고 누군지도 모르는 사람이 어떤 의도를 갖고 주변에서 서성거린다면 기분이 어떻겠습니까? 그 때문에 아내는 하루가 다르게 쇠약해지고 있어요. 저러다가는 뼈만 앙상하게 남을 겁니다. 바로 제 눈앞에서 아내가 죽어가고 있어요."

"부인은 아직 아무 말도 없습니까?"

"없어요. 불쌍하게도 여러 번 말을 하려고 했던 것 같은데 차마 용기가 나지 않나 봅니다. 저는 나름대로 아내를 도우려고 노력했지만 오히려 더 놀라게 만든 것 같아요. 아내는 우리 집안과 명성, 명예로운 집안에 대한 나의 자부심에 관해 얘기하곤 합니다. 그때마다 아내가 무언가 털어놓을 거라고 기대하지만, 결국은 다른 얘기로 끝나고 맙니다."

"뭐 알아낸 거라도 있습니까?"

"네. 그동안 춤추는 인형 그림이 여러 번 나타났습니다. 홈즈 씨 말대로 모두 본을 떠놓았습니다. 하지만 그보다 중요한 건 제가 범인을 봤다는 겁니다."

"그림을 그린 사람 말입니까?"

"네. 그림을 그리는 걸 직접 보았습니다. 그동안 있었던 일들을 차례로 말씀드리지요. 홈즈 씨를 만나고 돌아간 다음 날이었습니다. 아침에 일어나보니 새로운 그림이 또 있더군요. 이번 그림은 창고에 있는 검은 나무 문 위에 분필로 그려져 있었습니다. 창고는 잔디밭 옆에 있는데, 현관 창문 앞에 서면 전체가 다 보입니다. 저는 그림을 똑같이 베꼈습니다. 이게 본뜬 그림입니다."

그는 종이를 펴서 탁자 위에 올려놓았다. 그림은 다음과 같은 모양을 하고 있었다.

彡其彡其彡其 其 其其

"좋습니다! 정말 훌륭해요! 그리고 어떻게 되었습니까?"
"본을 다 뜨고 나서 원래 있던 그림은 지웠습니다. 그런데 이틀 후에 또다시 그림이 나타났어요. 이건 두 번째 그림을 본뜬 겁니다."

其其其其其其其其

홈즈는 손을 비비며 기쁜 얼굴로 미소 지었다.
"좋은 자료가 되겠군요."
"그리고 3일 후에 해시계가 있는 돌 아래에서 그림을 또 발견했어요. 여기 복사본이 있습니다. 이건 보시다시피 마지막 그림과 모양이 똑같아요. 이 그림이 나타난 후 저는 범인을 직접 기다려보기로 했지요. 그날 밤 권총을 갖고 서재 창가에 앉아서 정원을 살펴보고 있었어요. 달빛이 비치긴 했지만 밤이라 정원은 매우 어두웠지요. 아마 새벽 두 시쯤 되었을 겁니다. 발소리가 들려서 뒤를 돌아보았더니 아내가 잠옷을 입은 채 서 있었어요. 아내는 제게 방으로 돌아가자고 부탁하더군요. 그래서 저는 아내에게 이런 못된 장난을 하는 놈이 누군지 꼭 밝혀내고 싶다고 솔직하게 말했어요. 그러자 아내는 뜻 없는 장난일 뿐인데 제가 너무 과민하게 받아들이는 거라고 말하더군요.

'힐튼, 그 일 때문에 신경이 쓰인다면 우리 여행이라도 다녀오는 게 어때요? 그러면 이 성가신 일 따윈 금세 잊을 거예요.'

'그깟 장난 때문에 우리가 왜 떠나야 하지? 그랬다간 온 동네에 웃음거리가 될 거야.'

'어쨌든 이제 그만 방으로 가요. 그리고 내일 아침에 다시 얘기해요.'

그런데 갑자기 그렇게 말을 하고 난 아내의 얼굴이 하얗게 질리더니 내 어깨를 꽉 잡았습니다. 창고 옆에서 뭔가 움직이고 있었던 겁니다. 어두운 그림자는 창고 모퉁이를 돌아 살금살금 기어가더니 문 앞에 웅크리고 앉았습니다. 제가 권총을 들고 밖으로 뛰어나가려 하자, 아내는 저를 뒤에서 안으며 온 힘을 다해 말렸어요. 아내를 떼어놓으려 했지만 필사적으로 매달리는 바람에 그러지 못했지요. 간신히 아내를 제쳐놓고 창고로 뛰어갔지만, 이미 범인은 어디론가 사라지고 없었어요.

하지만 역시 흔적을 남겨놓았더군요. 문 위에는 아까 보여드렸던 마지막 두 그림과 똑같은 모양의 춤추는 사람들이 그려져 있었습니다. 그것도 이렇게 본을 떠갖고 왔습니다. 정원을 모두 뒤졌지만 범인이 남긴 건 창고에 있는 그림뿐이었어요. 그런데 놀랍게도 범인은 창고 근처에 그대로 숨어 있었던 모양이에요. 다음 날 아침에 창고 문을 다시 살펴보았을 때 전날 그림이 있던 곳 근처에 새로운 그림이 있었으니까요."

"그 그림도 갖고 왔습니까?"

홈즈가 물었다.

"그럼요. 아주 짧은 그림이지만 본을 떠두었습니다. 바로 이겁니다."

"이 그림이 그 전 그림과 연결된 걸까요, 아니면 전혀 별개의 그림일까요?"

나는 홈즈의 눈빛을 보며, 그가 매우 흥분해 있다는 것을 알았다.

"창고 문은 나무판자 여러 개를 이어 붙여 만든 겁니다. 그런데 이 그림은 첫 번째 그림이 있던 판자가 아닌 다른 판자에 그려 있었어요."

"좋습니다. 이 그림은 우리에게 가장 중요한 그림이 될 겁니다. 희망이 보이기 시작하네요. 큐빗 씨, 이야기를 계속하세요."

"홈즈 씨. 그 사건에 대해 할 말은 그것뿐입니다. 다만 그날 밤에 제가 도둑고양이 같은 그놈을 잡으려고 했을 때 필사적으로 말린 아내가 야속하더군요. 아내는 제가 다칠까봐 겁이 나서 그랬다고 했지만, 아내가 정말 걱정했던 건 그놈이 아니었을까 하는 생각이 들었거든요. 아내는 그 사람을 알고 있고, 그 기묘한 그림의 의미도 알고 있을 거라는 생각이 들거든요. 하지만 아내의 목소리와 눈빛 속에서는 그런 기색을 전혀 읽을 수 없었어요. 그래서 아내가 진심으로 저를 걱정하고 있다는 걸 알았지요.

사건 이야기는 이게 전부입니다. 홈즈 씨, 이제 저는 어떻게 하면 좋을까요? 제 생각엔 농장에 있는 일꾼들을 풀어서 관목 숲을 지키게 하면 좋을 것 같은데…… 놈이 나타났을 때 붙잡아서 혼내면 다시는 찾아오지 않을 것 아닙니까."

"그렇게 간단하게 해결할 수 있는 사건이 아닌 것 같습니다. 큐빗 씨, 런던에는 얼마나 계실 수 있습니까?"

"오늘 돌아가야 합니다. 아내를 밤새 혼자 둘 수는 없으니까요. 아내는 신경이 몹시 쇠약해져서 제게 빨리 돌아오라고 했어요."

"그렇겠군요. 이곳에서 조금 더 머물 수 있다면 내일이나 모레쯤 당신과 함께 가려고 했습니다만, 사정이 그렇다니 어쩔 수 없군요. 그림은 두고 가세요. 며칠 내로 찾아뵙고 사건에 대해 말씀드리지요."

홈즈는 큐빗이 돌아갈 때까지 냉정한 태도를 잃지 않았다. 하지만 나는 홈즈가 내심 흥분해 있다는 것을 알 수 있었다.

큐빗의 넓은 등이 문밖으로 사라지자, 홈즈는 탁자로 달려가서 춤추는 인형이 그려진 그림 조각들을 나란히 늘어놓고는 복잡하고 정교한 계산에 몰두했다. 나는 두 시간 동안 홈즈가 종이 몇 장에 그림과 글자들을 잔뜩 써내려가는 것을 지켜보았다. 홈즈는 일에 너무 몰두한 나머지 내가 있다는 사실조차 잊은 듯했다. 가끔은 뭔가 알아냈는지 휘파람을 불거나 노래를 불렀고, 계산이 잘 풀리지 않을 때는 한참 동안 눈썹을 찌푸린 채 골똘히 생각에 잠기기도 했다. 마침내 그는 만족스러운 탄성을 지르며 자리에서 벌떡 일어나더니, 양손을 비비면서 방 안을 서성거렸다. 그리고 전보용지에 길게 무엇인가를 쓰고는 내게 말했다.

"왓슨, 내가 기대하는 것과 같은 내용의 답장을 받게 된다면, 자네의 사건 기록에 아주 흥미로운 사건 하나가 추가될 거야. 내일 나와 함께 노퍽에 가서 큐빗 씨에게 이 까다로운 사건의 비밀이 무엇인지 확실하게 알려주도록 하세."

나는 궁금해서 견딜 수 없는 지경이었지만, 홈즈가 적당한 시기에 자신이 원하는 방법으로 사건에 대해 설명하기를 좋아한다는 걸 알고 있기 때문에 비밀을 알려줄 때까지 기다리기로 했다.

하지만 예상 외로 기다리는 답장이 늦어지자, 홈즈는 벨 소리가 날 때마다 귀를 기울였다. 전보를 보낸 지 이틀째 되던 날 저녁에 드디어 큐빗의 편지가 도착했다. 편지에는 그날 아침 해시계 위에서 또다시 그림이 발견되었다는 내용과 함께 복사본이 들어 있었다.

홈즈는 이 괴상한 그림을 한동안 들여다보더니 갑자기 놀라움과 절망이 뒤섞인 목소리로 탄식하면서 튀어 오르듯 자리에서 일어났다. 그런데 그의 얼굴이 근심으로 창백해져 있었다.

"너무 오래 기다렸어. 왓슨, 오늘 밤 노스 월섬으로 떠나는 열차가 있을까?"

나는 열차 시간표를 찾아보았지만 막차가 이미 출발한 뒤였다.

"그러면 내일 일찍 아침을 먹고 첫차를 타야겠군. 가능한 한 빨리 그곳에 가야 해."

그때 아래층에서 전보가 왔다는 소리가 들렸다.

"아, 드디어 기다리던 전보가 왔어. 잠깐, 허드슨 부인! 제 전보일 겁니다."

홈즈는 허드슨 부인에게 전보를 받아 읽었다.

"역시 내 예상이 맞았어. 이 전보로 모든 게 확실해졌어. 큐빗 씨에게 빨리 이 사실을 알려야 해. 그 사람은 지금 자신이 얼마나 위험한 사건에 휘말려 있는지 모르고 있어."

홈즈의 말은 사실이었다. 장난처럼 보였던 이 별난 사건의 결말을 알았을 때 나는 놀라움과 공포에 사로잡혔다. 독자들에게 더 나은 결말을 전해 줄 수 있다면 얼마나 좋을까. 그러나 사실대로 기록하는 것이 내 의무이므로, 지금부터 며칠 동안 영국 전체를 떠들썩하게 했던 기묘한 사건의 전말을 밝히려고 한다.

이튿날 노스 월섬에 도착해서 다음 행선지를 밝히자, 역장이 급하게 달려오더니 물었다.

"런던에서 오신 탐정님들이시죠?"

그 순간, 홈즈의 얼굴에 괴로운 기색이 스쳐 지나갔다.

"어떻게 아셨습니까?"

"노위치의 마틴 경감이 방금 이곳을 지나가면서 알려주었습니다. 그런데 한 분은 의사 선생님 같군요. 그 여자는 죽지 않았다고 합니다. 지금 가시면 목숨은 구할 수 있을 겁니다. 하지만 살아난다고 해도 교수형에 처해지겠지요."

역장의 말에 홈즈의 얼굴이 어두워졌다.

"지금 힐튼 큐빗 씨의 저택으로 가려고 합니다. 그곳에서 대체 무슨 일이 있었던 겁니까?"

"끔찍한 일이 있었습니다. 하인들이 그러는데, 부인이 총으로 큐빗 씨를 먼저 쏘고 자신에게도 쏘았답니다. 큐빗 씨는 그 자리에서 사망했고, 부인의 생명도 몹시 위독하답니다. 노퍽 제일의 명문가에서 어떻게 그런 일이 일어났는지 모르겠습니다."

홈즈는 아무 말 없이 서둘러 마차에 올랐고, 7마일의 긴 거리를 가는 동안 줄곧 침묵을 지켰다. 나는 그가 그렇게 기운이 쑥 빠진 모습을 본 적이 거의 없었다. 노퍽에 도착할 때까지 홈즈는 불안한 심정을 감추지 못했고, 나는 그가 근심스러운 표정으로 조간신문을 뒤적이는 것을 지켜보았다.

홈즈는 자신이 가장 걱정했던 일이 실제로 일어나자 몹시 우울해하는 것 같았다. 그는 의자에 등을 기댄 채 슬픈 얼굴로 생각에 잠겨 있었다. 창 밖에는 영국 시골 지방에서 볼 수 있는 독특한 풍경들이 펼쳐졌다. 점점이 흩어져 있는 작은 집들이 보였고, 푸른 들판 위로 솟은 교회의 웅장한 탑들이 옛 이스트 앵글리아 왕국의 영광과 번영을 말해 주고 있었다. 마침내 노퍽의 푸른 바닷가 너머로 독일 해의 보랏빛 가장자리가 눈에 들어오자, 마부는 채찍을 들어 나무로 지붕을 얹은 두 채의 오래된 벽돌집을 가리키며 말했다.

"저기가 힐튼 큐빗 씨의 저택입니다."

마차가 현관 앞에서 멈추었을 때 나는 이상한 일들이 일어났던 현관 앞, 테니스장, 검은색 창고, 받침대 위에 놓인 해시계를 눈여겨보았다.

그때 콧수염을 말끔하게 정돈한 작달막하고 민첩해 보이는 한 남자가 서둘러 마차에서 내리더니 우리에게 다가왔다. 그는 자신을 노퍽 경찰서의 마틴 경감이라고 소개했다. 그는 홈즈의 이름을 듣자 깜짝 놀라며 말했다.

"홈즈 씨, 정말 놀랍군요. 사건은 오늘 새벽 세 시에 일어났는데, 도대체 런던에서 어떻게 알고 오신 겁니까? 저와 비슷한 시각에 도착하시다니, 혹시 사건이 일어날 걸 미리 알고 계셨던 겁니까?"

"이런 일이 일어날까봐 걱정하고 있었지요. 사건을 막으려고 달려왔는데 너무 늦었군요."

"그렇다면 우리가 찾지 못한 중요한 증거를 갖고 계시겠군요. 두 사람은 아주 사이가 좋은 부부였다고 하던데요."

"제가 갖고 있는 증거라곤 춤추는 사람 그림들뿐입니다. 그림에 대해선 나중에 말씀드리지요. 어쨌든 비극을 막지는 못했습니다만, 제가 확보한 증거들이 사건 해결에 도움이 될 거라고 생각합니다. 저희와 함께 수사하시겠습니까, 아니면 따로 하시겠습니까?"

"홈즈 씨, 함께 수사해 주신다면 제게는 큰 영광이 될 겁니다."

마틴 경감이 진지한 표정으로 말했다.

"그러면 지금 즉시 증인들의 얘기를 듣고, 진술 내용을 검토해 보는 게 좋겠습니다."

마틴 경감은 홈즈가 자유롭게 수사할 수 있도록 배려하면서, 수사 결과가 나올 때마다 홈즈의 말에 열심히 귀를 기울였다. 마침 머리가 하얗게 센 의사가 큐빗 부인의 방에서 나왔다. 그는 부인의 상처는 매우 깊지만 생명에는 지장이 없으며, 탄환이 뇌를 관통하지 않아서 얼마 후면 의식을 회복할 수 있을 거라고 말했다. 하지만 총을 쏜 사람이 부인이었는지, 아니면 다른 사람이었는지에 대해서는 확실한 대답을 꺼리는 눈치였다.

탄환이 매우 가까운 곳에서 발사되었다는 것만은 분명했다. 방 안에서 발견된 권총은 한 자루뿐이었고, 약실은 탄환 두 개 분이 비어 있었다. 탄환은 힐튼 큐빗의 심장을 관통했다. 권총이 쓰러진 두 사람 가운데에 떨어져 있었기 때문에, 큐빗이 먼저 부인을 쏘고 자살했을 가능성과 큐빗 부인이 범인일 가능성은 반반이었다.

"큐빗 씨의 시신을 옮겼나요?"

"부인을 옮긴 것만 빼고, 아무것도 손대지 않았어요. 부인의 상처가 깊었기 때문에 바닥에 그냥 둘 수 없었지요."

"선생은 여기에 얼마 동안 계셨습니까?"

"새벽 네 시부터 있었습니다."

"다른 사람은 없었습니까?"

"경찰이 한 명 왔었지요."

"선생은 아무것도 손대지 않으셨지요?"

"그렇소."

"정말 잘하셨습니다. 누가 선생을 부르러 갔지요?"

"가정부 손더스 부인입니다."

"그녀가 위급한 일이 있다고 알려주었나요?"

"손더스와 요리사 킹 부인이 얘기해 줘서 알았습니다."

"두 사람은 지금 어디에 있지요?"

"주방에 있을 겁니다."

"그럼 지금 두 사람의 얘기를 들어보도록 하지요."

떡갈나무로 만든 벽에, 창이 높게 달린 낡은 거실은 곧바로 수사실로 탈바꿈했다. 여윈 얼굴에 날카로운 눈빛을 한 홈즈는 커다란 구석 의자에 앉았다. 나는 홈즈의 눈빛에서, 범인을 끝까지 추적하여 그가 목숨을 구하지 못했던 큐빗의 원한을 풀어주겠다는 강한 의지를 읽을 수 있었다. 민첩한 마틴 경감, 나이든 의사, 나, 별로 도움이 될 것 같지 않은 경찰 한 명이 홈즈의 수사팀에 합류했다.

두 여자는 목격한 일들을 숨김없이 얘기했다. 그들은 총소리에 놀라 잠에서 깼는데, 1분쯤 후에 다시 총소리가 났다고 했다. 그들의 방은 나란히 붙어 있었는데 총소리에 놀란 킹 부인이 손더스의 방으로 뛰어가서 둘이 함께 계단을 내려왔다고 했다. 서재 문은 열려 있었고, 탁자 위에 촛불이 켜져 있었다. 큐빗은 방 한가운데에 엎드린 채 쓰러져 있었다. 그는 이미 숨이 끊어진 상태였다. 부인은 벽에 머리를 기대고 창문 근처에 웅크리고 앉아 있었다. 부인의 상처는 매우 심했고 얼굴 한쪽이 피로 붉게 물들어 있었다. 그녀는 힘겹게 숨을 쉬고 있었지만 말을 할 수 있는 상태는 아니었다. 연기와 화약 냄새가 서재와 복도를 가득 메우고 있었고, 창문은 분명 안에서 잠겨 있었다. 상황을 파악한 두 여자는 곧 의사와 경찰을 부르러 갔다. 그리고 두 사람은 마부와 마구간지기 소년의 도움을 받아 부인을 방으로 옮겼다고 했다.

부인과 남편은 그날 한 침대에서 잤고, 부인은 평상복 차림이었으며 남편은 잠옷 위에 가운을 입고 있었다. 서재는 사건 당시의 모습 그대로 보존되어 있었다. 하인들은 두 사람이 한 번도 싸운 적이 없고, 언제나 다정한 모습이어서 이웃의 부러움을 샀다고 했다.

여기까지가 하인들이 증언한 내용의 전부다. 마틴 경감의 질문에 하인들은 모든 문이 안에서 잠겨 있어서 누군가 밖으로 빠져나간다는 건 불가능하다고 대답했다. 또한 홈즈의 질문에 그들은 맨 위층에 있는 방에서 뛰어내려온 순간 화약 냄새가 났다고 증언했다.

"이 증언을 기억해 두는 게 좋을 것 같군요. 자, 이제 서재를 조사합시다."

홈즈가 마틴 경감에게 말했다.

서재로 쓰이는 작은 방에는 세 벽면에 책이 가득 꽂혀 있었고 정원이 내다보이는 창 앞에 테이블이 하나 있었다. 방 안에 들어섰을 때 가장 먼저 우리의 시선을 끈 것은 바닥에 누워 있는 큐빗의 시신이었다. 흐트러진 옷차림으로 보아 그가 잠자다가 급하게 뛰어나왔다는 것을 알 수 있었다. 총은 바로 앞에서 발사되었고, 심장을 관통한 탄환이 몸속에 그대로 남아 있었다. 고통 없이 즉사한 모습이었다. 그의 가운과 손에는 화약 자국이 전혀 없었다. 의사는 부인의 얼굴에는 화약 자국이 있었지만 손에는 없었다고 말했다.

"손에 화약 자국이 있고 없고는 사실 중요하지 않아요. 물론 화약 자국이 있으면 분명한 증거가 되겠지만 말입니다. 탄창을 잘못 끼운 경우에는 화약이 뒤쪽으로 뿜어 나오기 때문에 여러 발을 쏘아도 손에 흔적이 남지 않지요. 이제 큐빗의 시신을 치워도 좋습니다. 의사 선생님, 부인의 몸속에 아직 탄환이 남아 있지요?"

"네. 탄환을 빼내려면 복잡한 수술이 필요하답니다. 그런데 연발 권총 안에는 탄환이 네 개 남아 있어요. 여섯 발 중 두 발이 큐빗 씨와 부인에게 발사되었으니, 탄환 개수는 딱 맞아떨어집니다."

"글쎄요. 그렇다면 저기 창가에 박혀 있는 탄환은 어디서 나온 거지요?"

홈즈는 갑자기 돌아서서 가늘고 긴 손가락으로 한 곳을 가리켰다.

그것은 바닥에서 일인치 정도 떨어진 아래쪽 창틀을 완전히 뚫고 지나간 구멍이었다.

"아니! 어떻게 그것까지 보셨습니까?"

마틴 경감이 감탄하며 외쳤다.

"다른 탄환 자국을 찾고 있었거든요."

"정말 훌륭합니다. 홈즈 씨, 당신 말이 맞아요. 세 번째 탄환이 발사되었다면 분명 이 자리에 다른 사람이 있었군요. 그렇다면 누가 들어왔다가 나간 걸까요?"

"그게 우리가 지금 해결하려는 문제입니다. 마틴 경감, 하인들이 방에서 나왔을 때 화약 냄새를 맡았다고 한 것과 제가 그 증언이 매우 중요하다고 말했던 것을 기억합니까?"

"물론입니다. 하지만 왜 그렇게 말씀하셨는지는 모르겠군요."

"그 증언은 탄환이 발사되었을 때 창문과 방문이 모두 열려 있었다는 걸 암시합니다. 문이 닫혀 있었다면 연기가 그렇게 빠른 속도로 온 집 안에 퍼지지 못했겠지요. 아마 서재에서만 화약 냄새가 났을 겁니다. 하지만 문이 잠깐 동안 열려 있던 것 같습니다."

"그걸 어떻게 증명할 수 있지요?"

"촛불이 계속 타고 있었으니까요."

"그렇군요! 정말 훌륭한 추리예요!"

마틴 경감이 소리쳤다.

"사건이 일어났을 때, 창문은 분명 열려 있었습니다. 제 생각엔 이 사건에 다른 사람이 개입된 것 같습니다. 그 사람이 창 밖에 서서 열린 문 사이로 큐빗 씨와 그 부인에게 총을 쏘았을 겁니다. 그리고 창틀에 있는 탄환 자국은 서재 안에서 범인을 향해 쏠 때 생긴 거겠지요. 창틀에 있는 구멍은 탄환 자국이 분명합니다."

"그렇다면 누가 창문을 닫아걸었을까요?"

"부인이 그랬을 겁니다. 위급한 상황에서 남편과 자신을 지키기 위해 본능적으로 문을 닫은 거죠. 그런데 이건 뭡니까?"

홈즈가 탁자 위에 있는 여성용 지갑을 보면서 물었다. 은장식이 달린 악어가죽 지갑이었다. 그는 지갑을 열고 탁자 위에 내용물을 쏟아놓았다. 지갑 안에 있던 것은 고무줄로 동여 맨 영국 은행의 50파운드짜리 지폐 스무 묶음이 전부였다.

홈즈는 지갑과 지폐 다발들을 마틴 경감에게 건네주었다.

"잘 보관하세요. 재판에 중요한 증거물이 될 테니까요. 이제 세 번째 탄환을 조사하죠. 나무 창틀이 쪼개진 모양으로 보아 이 탄환은 서재에서 창 밖으로 발사된 것이 분명합니다. 킹 부인에게 몇 가지 더 물어보겠습니다. 킹 부인, 커다란 총소리 때문에 잠에서 깼다고 하셨죠? 그러면 첫 번째 총소리가 두 번째 소리보다 컸나요?"

"글쎄요, 잠을 자다 총소리를 들었기 때문에 분명하게 말하기는 어렵지만 어쨌든 첫 번째 총소리가 매우 컸던 걸로 기억합니다."

"그렇다면 동시에 두 발이 발사된 거라고 생각하지 않습니까?"

"잘 모르겠어요."

"분명 그랬을 겁니다. 마틴 경감, 서재 조사는 이것으로 충분합니다. 이제 정원으로 나가서 새로운 증거를 찾아봅시다."

서재 창문 앞까지 화단이 길게 이어져 있었다. 화단에 가까이 갔을 때 우리는 모두 깜짝 놀랐다. 꽃들은 모두 짓밟혔고 부드러운 흙 위에는 커다란 발자국이 여기저기 나 있었다. 발자국은 남자의 것으로 발끝이 길고 좁은 것이 특징이었다. 홈즈는 다친 새를 찾는 사냥개처럼 잔디와 나무 사이를 샅샅이 뒤졌다. 그리고 마침내 만족스러운 탄성을 지르며 작은 놋쇠 실린더를 하나 집어 들었다.

"범인은 탄피 제거 장치가 있는 권총을 사용한 것 같군요. 여기 세 번째 탄피가 있어요. 마틴 경감, 이제 사건을 마무리할 때가 된 것 같군요."

마틴 경감은 홈즈의 수사가 빠르고 정확하게 진행되는 것을 보고 놀라움을 감추지 못했다. 처음에는 자기 방식대로 수사를 진행하던 그는 홈즈의 추리력에 몹시 감탄한 나머지 지금은 홈즈가 가는 곳이라면 어디든지 묵묵히 따라다녔다.

"의심 가는 사람이 있습니까?"

"나중에 말씀드리지요. 아직은 알려드릴 수 없는 문제들이 몇 가지 있으니까요. 확실한 결론을 얻으려면 조금 더 수사를 하는 게 좋겠습니다. 그런 다음에 모든 것을 알려드리죠."

"그렇다면 범인을 잡은 다음 얘기를 듣도록 하지요."

"여러분에게 비밀로 할 생각은 전혀 없습니다. 다만 내용이 길고 복잡해서 한 번에 설명하는 것이 어렵군요. 사건의 실마리는 제가 갖고 있습니다. 만일 부인이 의식을 회복하지 못한다 해도 어젯밤에 일어난 사건을 추측해 볼 수 있습니다. 물론 범인을 잡는 것도 가능합니다. 그건 그렇고 이 근방에 '엘리지'라는 여관이 있습니까?"

마틴 경감이 하인들을 불러 물어보았지만 모두들 그런 여관은 들어본 적이 없다고 했다. 그때 마구간지기 소년이 이스트 러스톤

방향으로 몇 마일 떨어진 곳에 엘리지라는 이름의 농부가 살고 있다는 것을 기억해 내고, 홈즈에게 알려주었다.

"외진 곳에 있는 농장인가?"

"네, 아주 외진 곳이에요."

"그렇다면 어젯밤에 이 집에서 일어난 사건에 대해서 아직 모르고 있겠지?"

"아마 그럴 거예요."

홈즈는 잠시 생각에 잠겨 있다가 뜻 모를 미소를 지었다.

"빨리 말을 준비해. 네가 엘리지 농장에 편지를 전해 줘."

홈즈는 주머니에서 춤추는 사람 그림들을 모두 꺼내더니 탁자 위에 늘어놓고 그 앞에 앉아서 무언가를 쓰기 시작했다.

잠시 후 그는 마구간지기 소년에게 편지를 건네주었다. 홈즈는 소년에게, 자신이 말한 사람에게 편지를 직접 전해야 하며 그 사람이 어떤 질문을 해도 대답하지 말라고 당부했다. 편지 겉봉에는 '노퍽, 이스트 러스톤, 엘리지 농장, 에이브 슬레이니.'라고 적혀 있었다.

홈즈는 원래 필체가 정확한데, 이번에는 아무렇게나 휘갈겨 쓴 것 같았다.

"경감님, 전보를 쳐서 죄수를 호송할 준비를 하세요. 제 추리가 옳다면 경감은 이제 아주 위험한 범인을 체포하게 될 겁니다. 편지를 갖고 가는 소년에게 전보를 보내라고 하세요. 왓슨, 오후에 런던행 열차가 있으면 그걸 타고 돌아가지. 이 사건도 거의 다 끝나가고, 집에 가서 화학 분석을 마쳐야 하니까."

소년이 편지를 갖고 떠나자, 홈즈는 하인들에게 누가 와서 힐튼 큐빗 부인을 찾거든 부인의 상태에 대해 절대 얘기하지 말고, 바로 응접실 안으로 안내하라고 지시했다. 홈즈의 표정은 매우 진지했다.

"우리가 할 수 있는 일은 여기까지야. 이제는 시간을 잘 활용하면서 우리에게 어떤 일이 일어날지 기다리면 된다네."

홈즈는 우리를 거실로 데려갔다. 의사는 다른 환자들을 돌보러 갔고, 남은 사람은 나와 마틴 경감뿐이었다.

"자, 재미있고 유익하게 시간을 보내는 방법을 알려드리지요."

홈즈가 테이블 앞으로 의자를 바짝 당겨 앉았다. 그는 탁자 위에 춤추는 사람이 그려진 기괴한 그림들을 죽 펼쳐놓았다.

"왓슨, 오랫동안 궁금하게 해서 정말 미안해. 그리고 마틴 경감, 이번 사건은 경찰관인 당신에게는 더욱 의미 있는 사건이 될 겁니다. 힐튼 큐빗 씨가 나를 찾아와 조언을 구한 적이 있는데, 우선 그것부터 말해야겠군요."

홈즈는 경감에게 그때 나눴던 얘기를 짤막하게 들려주었다.

"이 앞에 있는 그림들이 끔찍한 사건을 미리 예고하고 있다는 것을 모르는 사람들은 이 그림들을 보고 그저 웃어넘길 겁니다. 저는 비밀 문자에 익숙한 편입니다. 160개의 독립된 암호문을 분석한 논문을 한 편 쓴 적도 있지요. 하지만 솔직히 이렇게 생긴 그림 문자는 처음 봅니다. 이 그림을 만든 사람은 그림에 글자의 의미가 있다는 걸 숨기고 아이들 낙서처럼 보이게 하고 싶었을 겁니다.

하지만 일단 이 그림들이 글자를 나타낸다는 걸 알게 된다면 모든 암호를 해독하는 데 필요한 규칙들을 적용해 볼 수 있겠지요. 그러면 답은 의외로 간단해집니다. 첫 번째 그림은 너무 짧아서…… 어쨌든 이것을 보세요.

이 그림이 'E'를 의미한다는 것밖에는 알아내지 못했습니다. 여러분도 알다시피 'E'는 영어에서 가장 많이 사용되는 글자입니다. 그렇기 때문에 아무리 짧은 문장에도 'E'가 다른 것보다 더 많이 나타납니다. 첫 번째 그림에는 열다섯 개의 인형이 있는데, 그중 네 개가 같은 모양입니다. 그래서 저는 그 인형이 'E'일 가능성이 높다고 생각했지요. 그 인형과 똑같은 모양의 인형이 깃발을 들고 있는 그림도 있었지만 한 그림 안에 깃발을 든 인형이 사이사이에 나타나는 걸로 보아, 깃발이 단어와 단어 사이를 구분하는 칸막이 역할을 한다는 걸 알 수 있었습니다. 이런 가정 하에 이 그림(⚘)의 모양이 'E'를 나타낸다고 적어놓았습니다.

그러던 중 저는 실질적인 문제에 부딪치게 되었습니다. 'E' 다음에 오는 영어글자의 순서가 분명하지 않고, 'E'를 나타내는 인형이 어떤 그림에서는 거꾸로 그려져 있었던 거지요. 예를 들어, 인형이 그려진 순서대로 글자를 나열해 보면 'T, A, O, I, N, S, H, R, D, L'라는 문장이 나오는데, 'T, A, O, I'는 너무 가까이 붙어 있어서 의미를 알아내는 것이 불가능해 보였습니다. 그래서 다른 그림이 나타나기를 기다렸지요. 힐튼 큐빗 씨가 두 번째로 저를 찾아왔을 때 짧은 그림 두 장과 깃발 없이 한 단어로 된 그림 한 장을 가져다주었지요. 여기 그 그림이 있습니다. 다섯 개의 인형 중 두 번째와 네 번째는

'E'를 나타냅니다. 그렇다면 이 단어는 'sever(끊다)', 'lever(지렛대)', 'never(결코 ~하지 않다)' 중 하나가 될 겁니다. 간청에 대한 답변이라면 'never'라는 단어가 가장 적합하겠지요. 그렇게 본다면 이 답변은 큐빗 씨의 부인이 썼을 거라는 추측이 가능합니다. 그러한 생각이 옳다고 가정한다면,

이 그림은 각각 N, V, R을 뜻하게 됩니다. 그림 문자를 해독하는 일이 상당히 어렵긴 했지만, 여러 개의 글자를 해독해 놓고 보니 문득 떠오르는 게 있었습니다. 만일 내 추측대로 예전에 부인과 가깝게 지냈던 사람이 이 편지를 보낸 거라면 두 개의 'E' 사이에 세 개의 인형이 그려진 단어는 부인의 이름인 'ELSIE(엘시)'를 의미할 거라고 생각한 거죠. 그림들을 다시 살펴보니 그중 세 그림의 마지막 부분에 이 단어가 적혀 있었습니다. 편지는 'Elsie'에게 호소하는 것 같은 어조로 쓰인 게 분명했습니다. 이렇게 해서 L, S, I를 나타내는 인형도 찾아낼 수 있었습니다. 하지만 편지를 쓴 사람은 엘시에게 무엇을 호소했던 걸까요? 'Elsie'라는 단어 앞에는 'E'로 끝나는 네 개의 인형이 그려져 있었습니다. 저는 그 단어가 'COME(오다)'일 거라고 생각했습니다. 그리고 'E'로 끝나는 네 글자를 모두 찾아봤지만 이 경우에 맞는 단어는 없었습니다. C, O, M을 나타내는 인형을 찾은 상태에서 저는 첫 번째 그림을 다시 살펴보았지요. 그리고 아직 알아내지 못한 인형은 점으로 표시해서 첫 번째 그림으로

문장을 만들었습니다. 그랬더니 다음과 같은 글이 나오더군요.

　•M　•ERE　••E SL•NE•

첫 번째 자리에 들어갈 글자는 'A'일 거라고 생각했습니다. 'E'를 제외한다면 일반적으로 이렇게 짧은 문장에서 세 번이나 나올 수 있는 글자는 'A'밖에 없으니까요. 두 번째 글자는 'H'가 적당하겠지요. 그대로 글자를 짜 맞추면 이렇게 됩니다.

　AM HERE A•E SLANE•

그리고 이름으로 보이는 단어의 빈 칸에 각각 글자를 집어넣으면 이런 문장이 나옵니다.

　AM HERE ABE SLANEY(나 에이브 슬레이니가 여기 왔다).

이제 꽤 많은 글자들을 알아냈기 때문에 두 번째 편지도 어렵지 않게 풀 수 있었습니다. 그 내용은 다음과 같습니다.

　A•　ELRI•ES

빈 칸에 T와 G를 넣었더니 'AT ELRIGES(엘리지에서).'라는 말이 되더군요. 저는 엘리지라는 단어가 편지를 쓴 사람이 묵고 있는 여관이나 하숙집 이름을 나타낸다고 가정했지요."

마틴 경감과 나는 어려운 문제들을 쉽고 명확하게 풀어서 설명하는 홈즈의 능력에 감탄하면서 열심히 귀를 기울였다.

"그런 다음 어떻게 했습니까?"

마틴 경감이 물었다.

"저는 에이브 슬레이니는 미국인일 거라고 생각했지요. 에이브는 에이브라함이라는 미국 이름을 줄인 거니까요. 이 미국인이 보낸 편지가 사건의 발단이 된 겁니다. 저는 여러 면에서 이 사건이 어떤 범죄와 연관되어 있다고 확신했지요. 부인의 과거가 베일에 가려져 있고 남편에게조차 비밀을 털어놓지 않는다는 것 역시 그런 생각을 뒷받침해 주었습니다.

그래서 뉴욕 경찰서에 있는 윌슨 하그리브에게 전보를 쳤습니다. 윌슨 역시 제게 몇 번 도움을 청한 적이 있었지요. 어쨌든 그에게 에이브 슬레이니라는 이름을 들어본 적이 있느냐고 물었더니 '시카고에서 가장 위험한 악당'이라고 쓴 전보를 보냈더군요. 그리고 그날 저녁 힐튼 큐빗 씨에게서 마지막 그림을 받았습니다. 알아낸 글자를 가지고 쫙 맞춰보니 다음과 같은 문장이 나오더군요.

ELSIE •RE •ARE TO MEET THY GO •

빈 공간에 P와 D를 넣어보니 'ELSIE PREPARE TO MEET THY GOD(엘시 하느님 곁으로 갈 준비를 해라).'라는 뜻이 되었습니다. 이 악당의 말투는 이제 호소에서 협박으로 변했습니다. 윌슨이 알려준 말이 사실이라면, 범인은 자신이 한 말을 즉시 행동으로 옮길 게 분명했지요. 그래서 왓슨과 함께 노퍽으로 달려왔지만 안타깝게도 최악의 상황이 벌어진 다음이었습니다."

"당신과 함께 사건을 수사하게 돼서 정말 기쁩니다. 그런데 사실 지금 이 얘긴 홈즈 씨의 개인적인 수사 이야기라서 제 상관에게 뭐라고 보고해야 할지 난감하군요. 에이브 슬레이니가 엘리지 농장에서 묵고 있다면, 그리고 그가 진짜 살인을 저질렀다면 여기에 가만히 앉아서 범인을 놓칠 수는 없지 않습니까? 그랬다간 제 처지가 몹시 난처해질 겁니다."

마틴 경감이 부드러운 말투로 조심스럽게 말했다.

"경감님, 걱정하지 마십시오. 범인은 도망치지 않을 겁니다."

"그걸 어떻게 아십니까?"

"죄를 자백하러 지금 여기로 오고 있을 테니까요. 그때 체포해도 늦지 않을 겁니다. 저는 아까 이 거실에 들어온 순간부터 지금까지 범인을 기다리고 있었습니다."

"범인이 왜 여기에 오겠습니까?"

"제가 와 달라고 편지를 보냈으니까요."

"홈즈 씨, 말도 안 됩니다. 당신이 부탁한다고 해서 범인이 여기에 오겠습니까? 오히려 의심을 품고 달아나지 않겠습니까?"

"제가 편지를 조작했습니다. 경감, 제가 잘못 본 게 아니라면 저기 걸어오는 사람이 바로 그 범인일 겁니다."

한 남자가 현관문으로 성큼성큼 걸어오고 있었다. 키가 크고 가무잡잡한 피부를 가진 잘생긴 남자였다. 회색 면바지에 모자를 쓰고 있었으며, 억세 보이는 검은 턱수염과 갈고리처럼 휘어진 콧날이 공격적인 인상을 주었다. 손에는 지팡이를 들고 있었는데, 걸을 때마다 지팡이를 휘젓는 폼이 예사롭지 않았다.

"모두 문 뒤에 숨어요. 저런 놈을 상대할 때는 조심해야 합니다. 경감님, 수갑을 준비해야 할 겁니다. 범인과 얘기하는 건 제가 맡을 테니까요."

홈즈가 목소리를 낮추며 말했다.

우리는 몇 분 동안 숨을 죽인 채 기다렸다. 결코 잊지 못할 긴장된 순간이었다. 마침내 현관문이 열리고 남자가 나타났다. 그가 안으로 들어선 순간, 홈즈는 재빨리 권총을 그의 머리에 갖다 댔다. 그러자 마틴 경감이 손에 수갑을 채웠다. 두 사람의 동작이 매우 신속하고 정확하게 이루어졌기 때문에 범인은 잠시 멍하니 서 있다가 뒤늦게야 속았다는 걸 알고는 분노가 가득한 검은 눈동자로 우리를 한 사람씩 쏘아보았다. 그리곤 쓸쓸하게 웃음을 터뜨리며 말했다.

"이봐! 여기에 숨어서 갑자기 덮치다니, 이거 된통 얻어맞은 기분이군. 하지만 난 힐튼 큐빗 부인의 편지를 받고 온 것뿐이야. 설마 그녀가 이 일을 꾸민 건 아니겠지? 그녀가 나를 잡아달라고 부탁한 건가?"

"큐빗 부인은 부상이 너무 심해서 생명이 위태로워."

그 말에 남자는 펄펄 뛰면서 온 집 안이 떠나갈 듯이 큰 목소리로 소리쳤다.

"당신 미쳤군! 부상을 입은 건 그놈이었어. 엘시가 아니야! 누가 엘시에게 그런 짓을 했지? 나는 그저 겁만 주려고 했을 뿐인데. 오, 하느님! 난 그녀의 머리카락 한 올도 건드린 적이 없어. 당신 헛소리 한 거지? 어서 그녀가 무사하다고 말해!"

"부인은 심하게 상처를 입고 남편 옆에 누워 있었어."

그는 신음 소리를 내며 의자에 주저앉았다. 그러고는 괴로운 듯이 수갑을 찬 손으로 머리를 감싸 안은 채 5분 정도 아무 말 없이 앉아 있었다. 마침내 그가 얼굴을 들고는 모든 것을 체념한 듯 침착하게 말을 꺼냈다.

"이제 아무것도 숨길 필요가 없군. 내가 그놈을 쏘고, 그놈도 나를 쏘았어. 만일 내가 엘시에게 상처를 입혔다고 생각한다면, 그건 당신들이 나와 엘시를 잘 알지 못하기 때문이지. 이 세상에 나보다 더 그녀를 사랑하는 남자는 없어. 나에게는 그럴 권리가 있으니까. 우리는 몇 년 전에 약혼한 사이야. 그런데 그 영국 놈이 우리 사이에 끼어들었어. 나에겐 그녀를 차지할 권리가 있고, 단지 그 권리를 찾으려고 했을 뿐인데 뭐가 잘못이지?"

"부인은 당신이 어떤 사람이라는 걸 알고는 벗어나고 싶어 했어. 그래서 당신을 피하기 위해 미국에서 도망쳐 온 거야. 그리고 훌륭한 영국 신사와 결혼했지. 당신은 그녀를 따라다니면서 괴롭혔고, 결국은 그녀의 인생마저 망쳐놓고 말았어. 그녀는 남편을 진심으로 사랑했어. 하지만 당신은 그녀에게 두려움과 증오의 대상이었지. 그런데도 당신은 남편을 버리고 함께 도망가자고 그녀를 끈질기게 설득했고, 결국 당신 때문에 한 남자가 목숨을 잃은 거야. 그리고 그의 아내는 자살을 시도했어. 에이브 슬레이니, 당신이 무슨 죄를 저질렀는지 이제 알겠나? 당신은 그에 마땅한 처벌을 받을 거야."

"엘시가 죽었다면, 난 어떻게 되든 상관없어."

그는 손에 쥐고 있던 구겨진 편지 조각을 살펴보았다. 그리고 갑자기 의심스러운 눈초리로 소리쳤다.

"이봐! 이걸 보면 그 따위 말로 날 겁주지는 못할걸? 만일 엘시의 부상이 그렇게 심하다면 이 편지는 누가 쓴 거지?"

"내가 썼지. 당신을 이곳으로 불러들이려고."

"당신이 썼다고? 우리 단원들 말고 이 암호를 아는 사람은 아무도 없어. 그런데 어떻게 당신이 이 편지를 썼다는 거지?"

"만든 사람이 있으면 푸는 사람도 있는 법이지. 슬레이니, 노위치에서 당신을 호송해 갈 마차가 오는 중이야. 하지만 당신이 저지른 죄를 보상할 기회를 주지. 지금 힐튼 큐빗 부인은 남편을 살해했다는 혐의를 받고 있어. 나는 여기에 와서 그녀가 범인이 아니라는 걸 알았지. 자네에겐 그녀가 무죄라는 사실을 사람들에게 알려야 할 책임이 있어. 그리고 직접적으로든 간접적으로든 큐빗 씨의 죽음에도 책임을 져야 해."

홈즈의 말에 슬레이니는 전과는 다른 말투로 대답했다.

"죗값은 받겠습니다. 이제 모든 것을 사실대로 말씀드리지요."

"자네에게 불리한 증언이 될 수도 있네."

마틴 경감이 영국 법에 규정된 내용을 범인에게 알려주었다. 그러나 슬레이니는 상관없다는 듯이 어깨를 한 번 으쓱하고는 말을 꺼냈다.

"나와 엘시는 어릴 적부터 알고 지낸 사이였습니다. 저와 친구 여섯 명은 시카고 갱의 단원이었는데 엘시의 아버지가 두목이었지요. 그는 영리한 사람이었습니다. 이 암호도 그가 만들었어요. 당신이 암호에 대해 잘 알지 못했다면, 아이들 낙서쯤으로 생각하고 그냥 지나쳤을 겁니다. 엘시도 우리가 하는 일을 배운 적이 있지만 잘 적응하지 못했어요. 결국 그녀는 혼자 돈을 모아서 몰래 런던으로 떠났지요. 나는 우리가 약혼한 사이였기 때문에 그녀가 당연히 나와 결혼할 줄 알았습니다. 내가 다른 직업을 갖고 있었다면 이런 일은 일어나지 않았겠지요. 내가 그녀의 거처를 알아냈을 때는 영국인과 결혼한 직후였습니다. 그녀에게 편지를 보냈지만 답장이 없었습니다. 아무리 편지를 보내도 소용이 없어서 그녀가 볼 수 있는 곳에 편지를 남기려고 여기에 왔던 겁니다.

그러고 보니 여기에 온 지 한 달이 지났군요. 그동안 계속 엘리지 농장에 있었습니다. 아래층에서 묵었기 때문에 아무에게도 들키지 않고 밤마다 드나들 수 있었지요. 저는 엘시를 구슬리기 위해 무척 애를 썼습니다. 제가 편지를 놓았던 자리에 엘시가 답장을 놓았던 적이 한 번 있어서, 그녀가 제 편지들을 읽는다는 걸 알았어요. 엘시의 태도에 점점 화가 난 저는 그녀를 협박했지요. 그러자 엘시가 다시 편지를 보냈습니다. 나에게 떠나달라고 부탁하면서, 이 일이 남편에게 알려지면 자신은 견딜 수 없을 만큼 괴로울 거라고 하더군요. 그녀는 편지에 제가 더 이상 그녀를 괴롭히지 않고 떠나준다면, 남편이 세 시쯤 잠드니까 그때 1층 창문 앞에서 만나겠다고 적었습니다. 그런데 그날 엘시는 돈을 갖고 나왔습니다. 돈을 주면 제가 떠날 거라고 생각했던 모양입니다. 그 순간 저는 너무 화가 나서 그녀의 팔을 붙잡고 창 밖으로 끌어내려 했습니다. 그런데 그때 엘시의 남편이 권총을 들고 방 안으로 뛰어 들어온 겁니다. 엘시가 바닥에 쓰러지자, 그 남자와 저는 서로 마주 보았지요. 저도 권총을 움켜잡았습니다. 권총으로 겁만 주고 그 틈을 타 도망치려고 했어요. 그런데 갑자기 그 남자가 제게 총을 쏘았습니다. 탄환은 빗나갔고, 저도 곧바로 방아쇠를 당겼습니다. 그러자 남자가 바닥에 쓰러졌습니다. 그리고 정원을 지나 도망갈 때 뒤에서 창문 닫히는 소리가 들렸습니다. 그날 있었던 일은 이것이 전부입니다. 그리고 오늘 어떤 소년이 전해 준 편지를 받고 여기에 올 때까지, 그 사건에 대해 아무 소식도 듣지 못했습니다. 그러고 보니 얼간이처럼 제 발로 덫에 걸려든 셈이 됐군요.”

그가 이야기하는 동안 마차가 도착했다. 마차 안에는 제복을 입은 경관 두 명이 타고 있었다. 마틴 경감이 일어서서 슬레이니의 어깨를 툭 치며 말했다.

"자, 이제 갈 시간이네."

"마지막으로 엘시를 볼 수 없을까요?"

"안 돼. 아직 의식을 회복하지 못했어. 홈즈 씨, 이번처럼 중요한 사건이 있을 때 다시 한 번 당신과 일할 수 있다면 더 바랄 것이 없겠습니다."

홈즈와 나는 창가에 서서 마차가 멀어져 가는 것을 지켜보았다. 창가에서 돌아서자, 슬레이니가 테이블에 던져둔 종이 조각이 보였다. 그 종이는 홈즈가 슬레이니를 유인하기 위해 쓴 그림 편지였다.

"왓슨, 이 편지 읽을 수 있겠어?"

홈즈가 미소를 지으며 말했다.

편지에는 춤추는 사람들이 한 줄로 그려져 있었다.

"내가 설명해 준 글자를 적용해 봐. 그러면 이 그림이 'Come here at once(지금 여기로 오세요).'라는 뜻이라는 걸 쉽게 알 수 있지. 이렇게 쓰면 그가 반드시 올 거라고 확신했지. 다른 사람이 이 편지를 썼다고는 상상도 못 할 테니까 말이야. 이 그림 문자들은 지금까지 나쁜 일에 사용되었지만, 범인을 잡는 데 한몫했으니 결국 좋은 일에도 쓰인 셈이 되었군. 자, 이걸로 자네의 기록 수첩에 특별한 사건을 추가해 주겠다는 약속은 지킨 거지? 세 시 사십 분에 출발하는 열차가 있다니까 저녁은 집에서 먹을 수 있겠군."

마지막으로 몇 마디 덧붙이자면, 에이브 슬레이니는 노위치의 재판에서 사형을 선고받았다. 하지만 힐튼 큐빗이 먼저 총을 쏜 사실이 인정된 후에 무기징역으로 감형되었다.

들리는 소문에 의하면 힐튼 큐빗 부인은 완전히 건강을 회복했고, 그 후로 재혼도 마다한 채 가난한 사람들을 돌보면서 남편이 남긴 영지를 관리하면서 살아가고 있다고 한다.

소어 다리

The Problem of Thor Bridge

(1922)

　바람이 강하게 부는 10월의 아침이었다. 나는 옷을 입으면서 뒤뜰에 홀로 서 있는 플라타너스에서 낙엽들이 떨어지는 것을 보았다. 위대한 예술가들이 대개 그러하듯, 홈즈는 환경에 쉽게 영향을 받았다. 그래서 나는 홈즈가 침울해 있을 거라고 생각하며 아침을 먹으러 아래층으로 내려왔다. 그러나 예상과 달리 홈즈는 아침을 거의 다 먹은 상태였고 유난히 즐겁고 명랑해 보였다. 사건이 생기면 으레 홈즈는 활기에 넘쳤다.

　"홈즈, 사건이라도 생긴 건가?"

　내가 말했다.

　"왓슨, 자네가 내 비밀을 알아내다니, 추리력은 확실히 전염성이 있어. 맞아. 사건이 하나 생겼어. 한 달 동안 시시한 일들뿐이었는데 드디어 다시 일을 시작하게 됐지."

　"어떤 사건인데?"

"아쉽지만 지금은 얘기할 게 별로 없어. 일단 우리의 새 요리사가 내놓은 이 팍팍한 달걀 두 개를 먹어. 그리고 사건 얘기를 하지. 내가 어제 현관에서 본 〈패밀리 헤럴드〉에 실린 기사 때문에 계란이 이 모양이 된 것 같아. 계란을 삶는 것처럼 사소한 일에도 주의가 필요하지. 저 잡지에 실린 연애사건에 정신이 팔려서, 계란을 불에 올려놓고 까맣게 잊어서는 안 돼."

15분 후에 식탁이 치워지고 우리는 서로 마주 앉았다. 홈즈는 주머니에서 편지를 꺼냈다.

"금광왕 닐 깁슨을 알아?"

"미국 상원의원?"

"서부 어느 주에서 상원의원을 한 적이 있지. 하지만 세계 최고의 금광 부호로 더 알려져 있어."

"얘기는 들었어. 잉글랜드에서 산 적이 있지? 이름을 들은 적이 있거든."

"맞아, 5년 전에 햄프셔의 부동산을 많이 매입했어. 닐 깁슨 부인의 비극적인 사건도 이미 들었겠지?"

"물론. 이제야 기억나는군. 그래서 닐 깁슨이란 이름이 낯설지 않았군. 하지만 사건의 자세한 내막은 몰라."

홈즈는 의자에 놓인 종이를 가리켰다.

"그 사건을 내가 맡게 되리라고는 예상 못 했어. 그랬다면 기사를 따로 모아놨을 거야. 아주 충격적인 사건이지만 범인이 쉽게 밝혀졌어. 피고는 착하다는 평판이지만 증거가 아주 명백하다더군. 검시 재판의 배심단도, 경찰 재판소의 심리도 그렇게 판단했어. 지금은 윈체스터에 있는 순회재판에 회부되었어. 쓸데없는 일일 수도 있어. 왓슨, 나는 사실을 알아낼 뿐이야. 재판 결과를 뒤집을 수는 없어. 아주 새롭고 예상치 못했던 사실이 밝혀진다면 모를까, 내 의뢰인이 뭘 기대하는지 모르겠어."

"자네 의뢰인이라니?"

"아, 얘기하지 않았군. 거슬러 올라가면서 이야기하는 자네의 습관을 내가 닮나봐. 이걸 먼저 읽어봐."

홈즈가 나에게 건넨 편지에는 굵고 훌륭한 필체로 다음과 같이 적혀 있었다.

　홈즈 씨에게

　이 세상에서 가장 훌륭한 여인이 파멸해 가는 것을 이대로 그냥 보고만 있을 수는 없소. 그녀를 구할 수 있다면 뭐든 하겠소. 설명할 수는 없지만, 미스 던바가 무죄라는 것을 나는 확실히 알고 있소. 이 사건에 대해 들었을 거요. 누군들 모르겠소? 어딜 가나 이 이야기뿐이오. 그런데 미스 던바를 옹호하는 사람이 한 명도 없다니, 이렇게 불공평할 수 있는 거요? 나는 미칠 것 같소. 미스 던바는 파리 한 마리도 죽이지 못하는 사람이오. 어쨌든 내일 11시에 찾아가겠소. 이 난관을 극복할 수 있게 당신이 도와주시오.

　내가 아는 사실이 사건 해결에 도움이 될 수 있을지 모르겠소. 그러나 당신이 미스 던바를 구할 수만 있다면 내가 아는 모든 사실과 재산, 그리고 명예를 모두 당신에게 드리겠소. 당신이 정말 뛰어난 사람이라면 이 사건도 해결해 주시오.

J. 닐 깁슨

"이제 자네도 알았겠지."

셜록 홈즈는 담뱃재를 털고는 천천히 다시 파이프에 담배를 채우면서 말했다.

"내가 기다리는 사람은 닐 깁슨 씨야. 자네가 이 서류를 모두 읽기에는 시간이 별로 없군. 이 사건에 대해 알고 싶다면 아주 간단히 얘기하지. 닐 깁슨 씨는 세계 최고의 경제적 거물이야. 그리고 내가 들은 바에 의하면 가장 폭력적이고 무서운 성격을 가졌다는군. 이 사건의 피해자인 그의 부인에 대해서는 아는 게 별로 없어. 나이가 들면서 아름다움이 시들해졌다는 것과, 더욱 불행하게도 아주 매력적인 여자 가정교사가 두 아이들의 교육을 맡았다는 것이 전부야. 세 사람이 관련되어 있고, 무대는 역사적인 잉글랜드의 대농장 중앙에 있는 크고 오래된 영주 저택이지. 다음은 사건에 관한 얘기야. 늦은 저녁 집에서 반 마일 정도 떨어진 곳에서 부인이 발견되었어. 디너 드레스를 입고 어깨에 숄을 걸친 채로 머리에 권총을 맞은 흔적이 있었어. 부인 주위에 총은 없었고 살인 사건이라 할 만한 현장의 단서도 없었지. 왓슨, 부인 주위에 총이 없었다는 것을 기억해 두게. 범죄는 밤늦게 일어났고, 11시쯤에 사냥터 관리인이 시체를 발견했어. 즉시 경찰관과 의사가 검사를 하고 시신을 집으로 옮겼지. 너무 간단히 얘기했나? 하지만 명확하게 이해할 수 있겠지?"

"모든 게 아주 명확해. 그런데 왜 여자 가정교사를 의심하지?"

"음, 우선 아주 직접적인 증거가 있어. 탄환 하나가 발사된 권총이 그녀의 옷장 바닥에서 발견되었거든. 시체에 있는 탄환의 직경과도 일치했지."

홈즈는 초점 없는 눈으로 천천히 말을 되풀이했다.

"그녀……의……옷장……바닥……에서."

그리고 홈즈는 아무 말이 없었다.

나는 그가 생각에 잠겼다는 사실을 알았기 때문에 섣불리 끼어들지 않았다. 홈즈는 갑자기 깜짝 놀란 표정으로 말을 이었다.

"그래, 왓슨. 총을 발견했어. 정말 치명적이지? 두 명의 배심은 그렇게 판단했어. 또 피해자가 손에 쪽지를 쥐고 있었는데 그 쪽지는 미스 던버가 쓴 것이었어. 바로 그 장소에서 만나자는 내용이었지. 어때? 깁슨 의원은 매력적인 사람이지. 그의 부인이 죽는다면 깁슨 씨로부터 이미 깊은 관심을 받고 있는 미스 던버 말고 누가 부인이 되겠나? 사랑, 재산, 권력, 모든 것이 한 중년 여자의 목숨에 달려 있는 셈이지. 추하지 않은가, 왓슨? 정말 추해!"

"정말 그렇군, 홈즈."

"미스 던바는 알리바이도 증명할 수 없었어. 오히려 그 시간에 사건 현장인 소어 다리 근처에 갔었다는 사실을 인정했지. 지나가는 이웃들이 미스 던바를 그곳에서 목격했으니까."

"정말 결정적이군."

"게다가 왓슨, 소어 다리는 갈대가 가득한 길고 깊은 저수지의 가장 좁은 부분 위로 드리워져 있어. 다리는 아주 좁고 옆에는 기둥 난간이 있지. 소어 호수라고 불리는 곳이야. 그 다리 입구에 부인의 시체가 누워 있었어. 이게 주된 사실이야. 이런! 내가 틀린 게 아니라면 우리 의뢰인이 왔군. 약속 시간보다 상당히 일찍 왔는걸."

빌리가 문을 열었는데, 그가 알린 이름은 우리가 기다린 사람의 이름이 아니었다. 말로우 베이츠라는 이름은 홈즈나 내가 처음 듣는 이름이었다. 그는 마른 체구에 신경질적으로 보였으며, 놀란 눈으로 당황하며 몸을 떨었다. 의사인 내가 보기에, 베이츠는 극단적인 신경쇠약이었다.

"흥분한 것 같군요, 베이츠 씨. 앉으시죠. 제가 11시에 약속이 있어서 당신과 얘기할 수 있는 시간이 별로 없습니다."

홈즈가 말했다.

"알고 있습니다."

베이츠는 숨이 가쁜 사람처럼 짧게 말을 내뱉으며 헐떡거렸다.

"깁슨 씨가 오고 있습니다. 깁슨 씨는 저의 주인이고, 저는 그의 부동산 관리인입니다. 홈즈 씨, 그는 악당입니다. 아주 악독한 사람이라고요."

"말이 너무 심하군요. 베이츠 씨."

"시간이 별로 없으니 단도직입적으로 얘기하겠습니다. 저는 절대로 여기서 깁슨 씨를 만나면 안 됩니다. 깁슨 씨가 도착할 시간이 다 되어가는군요. 그러나 저는 더 일찍 올 수 없었습니다. 깁슨 씨의 비서 퍼거슨이 오늘 아침에서야 깁슨 씨가 당신과 약속을 했다는 사실을 알려주었습니다."

"당신은 깁슨 씨의 관리인입니까?"

"깁슨 씨에게 통보했습니다. 2주 후에 이 더러운 일을 그만둘 것입니다. 그는 정말 냉혹한 인간입니다. 사회 자선사업은 자신의 부정을 감추기 위한 수단이고, 그의 부인이 가장 큰 희생양입니다. 깁슨 씨는 부인에게 잔인하게 대했습니다. 그렇습니다. 짐승 같았죠! 부인이 어떻게 죽었는지 저는 모릅니다. 하지만 깁슨 씨가 부인의 인생을 불행하게 만든 건 사실입니다. 부인은 브라질 태생의 열대지방 사람입니다. 아시죠?"

"몰랐습니다."

"더운 지방에서 태어났고 성격도 열정적이었습니다. 태양과 정열의 화신이었죠. 정열적으로 깁슨 씨를 사랑했습니다. 그러나 부인이 나이가 들면서 점점 아름다움이 사라지자, 부인에 대한 깁슨 씨의 사랑이 식었습니다. 한때는 무척 아름다웠다고 합니다. 우리 모두 부인을 좋아했고 가엾게 여겨서, 깁슨 씨가 부인을 대하는 태도를 증오했습니다. 그는 말솜씨가 있는 교활한 사람입니다. 이것이 제가 말씀드리고 싶은 전부입니다. 그의 말을 곧이곧대로 믿지 마세요. 진실이 아닙니다. 저는 이제 가겠습니다. 안 됩니다. 저를 붙잡지 마세요! 깁슨 씨가 올 시간이 다 되었습니다."

베이츠는 놀란 눈으로 시계를 보더니 문으로 뛰어나갔다.

"그래, 깁슨 씨는 아주 충성스러운 하인을 둔 것 같군. 하지만 경고는 참고할 만해. 이제 깁슨 씨가 나타나기만 기다리면 되겠지."

잠시 후 홈즈가 말했다.

11시 정각이 되자 무겁게 계단을 오르는 소리가 들리더니, 그 유명한 백만장자가 우리 방에 나타났다. 깁슨 씨를 보자 베이츠의 두려움이나 혐오, 그리고 수많은 사업 경쟁자들이 그에게 퍼부었던 저주의 말이 이해되었다. 내가 만일 조각가이고, 조각해야 할 작품이 사업에 성공한 대담하고 뻔뻔스러운 인물이라면 닐 깁슨을 모델로 선택할 것이다. 그는 키가 크고 말랐으며 뼈마디가 굵었는데 매우 탐욕스러워 보였다. 호화롭지 않은 검소한 생활을 추구한 링컨 대통령과 조금 비슷해 보이기도 했다. 그의 얼굴은 화강암으로 조각한 것같이 딱딱하고 울퉁불퉁했으며 매정한 인상이었다. 그리고 깊은 주름과 수많은 흉터가 있었다. 짙은 눈썹 아래의 차가운 회색 눈은 우리를 번갈아가며 매섭게 훑어보았다.

홈즈가 내 이름을 말하자, 깁슨은 형식적으로 고개를 끄덕인 후 주인 같은 태도로 의자를 홈즈 가까이 가져갔다. 앙상한 그의 무릎이 홈즈에게 닿을 것만 같았다.

"바로 여기서 말하겠소, 홈즈 씨. 이 사건에서 나에게 돈은 중요하지 않소. 진실을 밝히는 데 도움이 된다면 당신이 내 전 재산을 불태워도 좋소. 미스 던바는 아무 죄가 없소. 그녀가 무죄임을 밝혀야 하오. 그건 모두 당신에게 달려 있소. 얼마면 되겠소?"

깁슨이 말했다.

"의뢰비용은 일정 기준에 따릅니다."

홈즈가 차갑게 말했다.

"돈을 받지 않을 때 말고는 요금을 변동하지 않습니다."

"좋소. 돈에 관심이 없다고 해도 명예를 생각해 보시오. 당신이 이 사건을 해결한다면, 잉글랜드와 미국의 언론들이 당신에 대해 대서특필할 거요. 당신은 두 대륙에서 화제가 되는 겁니다."

"고맙습니다, 깁슨 씨. 하지만 요란하게 신문에 나고 싶은 생각은 없습니다. 오히려 저는 익명으로 일하는 것을 더 좋아하며, 제가 관심이 있는 것은 사건 자체입니다. 이런 얘기를 하는 건 시간 낭비입니다. 사건 이야기로 들어가지요."

"주요 사실들은 신문기사를 보면 모두 알 수 있을 것이오. 내가 얘기를 해서 당신에게 도움이 될 만한 게 더 있는지 모르겠소. 그러나 당신이 더 명확히 알고 싶은 것이 있다면 내가 말하겠소."

"네, 딱 하나 있습니다."

"뭐요?"

"깁슨 씨와 미스 던바는 정확히 어떤 관계였습니까?"

깁슨은 깜짝 놀라더니 의자에서 일어났다. 그러더니 이내 당당함과 침착함을 되찾았다.

"일을 맡았으니 당신이 그런 질문을 할 권리가 있다고 생각하오, 홈즈 씨."

"그렇다고 생각합니다."

홈즈가 말했다.

"미스 던바가 아이들과 함께 있을 때 이외에는 나는 그녀와 얘기를 하거나 만난 적이 없소. 단지 주인과 젊은 아가씨의 관계였을 뿐이오."

홈즈가 의자에서 일어났다.

"저도 바쁜 사람입니다. 깁슨 씨, 쓸데없는 이야기에 허비할 시간이 없습니다. 그럼 안녕히 가세요."

깁슨도 일어났다. 키가 큰 깁슨이 홈즈 앞을 막았다. 짙은 눈썹 아래에는 분노로 찬 눈이 번뜩였고 창백했던 볼이 붉어졌다.

"홈즈 씨, 도대체 그게 무슨 뜻이오? 내 사건을 포기하는 거요?"

"글쎄요. 깁슨 씨, 내가 당신을 거부할 수도 있다는 겁니다. 내 질문은 간단했다고 생각하니까요."

"아주 간단했소. 하지만 숨은 뜻이 뭐요? 가격을 올려달라는 거요, 아니면 사건을 건드리는 것이 두려운 거요? 그것도 아니면 도대체 뭐요? 나에게는 간단하게 대답할 권리가 있지 않소?"

"네, 아마도 그러시겠죠. 하나 더 말하겠습니다. 거짓 정보로 사건을 어렵게 만들지 않아도 이미 이 사건은 충분히 복잡합니다."

"내가 거짓말을 했다는 의미군."

"글쎄요, 저는 최대한 완곡하게 표현하려 했는데 깁슨 씨가 거짓말이라는 단어를 고집하신다면 저도 굳이 부인하지는 않겠습니다."

순간 깁슨의 얼굴이 아주 험악해지더니, 커다랗고 마디가 굵은 주먹을 치켜들었다. 이를 보고 있던 내가 놀라서 벌떡 일어섰다. 하지만 홈즈는 무심하게 웃으며 파이프를 집기 위해 손을 뻗었다.

"소란 피우지 마세요, 깁슨 씨. 아침을 먹은 후에는 사소한 말다툼도 거북한 법입니다. 아침 공기에 산책을 하면서 조용히 생각하는 게 당신에게 도움이 될 것 같군요."

깁슨은 애써 자신의 분노를 억제했다. 불같이 화를 내던 그가 순식간에 냉담하고 무심해진 것을 보니 그저 존경스러울 뿐이었다.

"좋소, 당신이 선택한 거요. 자기 일을 하는 방식이 있겠지. 내가 강제로 당신에게 사건을 조사하게 할 수는 없소. 하지만 오늘 아침에 당신은 큰 실수를 한 거요. 당신보다 더 강한 사람들도 나는 무릎을 꿇게 만들었소. 나를 방해한 사람치고 잘된 사람이 없소."

"많은 사람들이 그렇게 얘기하더군요. 하지만 전 다릅니다. 그럼 안녕히 가세요, 깁슨 씨. 당신은 아직 배울 게 많은 것 같군요."

홈즈가 웃었다.

깁슨은 요란스럽게 나갔으나, 홈즈는 아무 말 없이 멍하게 천장을 쳐다보며 담배를 피웠다.

"어떻게 생각해, 왓슨?"

마침내 그가 물었다.

"글쎄, 깁슨 씨는 자신에게 방해되는 것을 확실히 없애는 사람 같군. 베이츠가 말하기를, 그의 부인은 장애물이고 혐오의 대상이라고 했지 않나?"

"정확해. 내 생각도 그래."

"그런데 가정교사와는 어떤 관계였고, 자네는 그걸 어떻게 알았지?"

"왓슨, 속임수! 깁슨의 편지는 열정적이었고 사무적이지 않은 말투였어. 그건 말수가 적은 그의 태도나 모습과는 상반되는 거지. 피해자보다는 기소된 여자에게 깊은 감정이 있는 게 분명해. 진실을 알기 위해서는 이 세 사람의 관계를 정확히 알아야 할 것 같아. 그에게 내가 정면 공격을 하는 걸 보았지? 하지만 그가 얼마나 침착하게 받아내던가. 나는 아주 확실한 척하면서 허세를 부렸지만 사실은 추측일 뿐이었어."

"깁슨이 다시 올까?"

"그는 분명히 다시 와. 사건을 그대로 둘 수는 없을 테니까. 아! 벨소리 아닌가? 그렇지, 그의 발소리가 들리는군. 네, 깁슨 씨. 지금 막 왓슨 박사에게 당신이 좀 늦는다고 얘기하던 참이었습니다."

깁슨은 나갈 때보다 부드러운 태도로 들어왔다. 자존심이 상한 듯 눈빛이 아직 분노에 차 있었지만, 목적을 이루기 위해서라면 모든 걸 얘기하겠다는 생각 같았다.

"홈즈 씨, 그 일에 대해 생각해 보았소. 내가 당신의 말을 오해했던 것 같소. 어떤 사실이든 당신은 따져볼 자격이 있어요. 그 이상도 가능하다고 생각하오. 그러나 맹세컨대, 정말 미스 던바와 나는 이 사건과 아무런 관계가 없소."

"판단은 제가 합니다. 그렇지 않습니까?"

"그렇소. 당신은 진단을 내리기 전에 모든 증상을 요구하는 의사 같군."

"맞습니다. 표현 그대로입니다. 사건의 진실을 숨기려는 사람은 의사에게 증상을 숨기려는 환자와 같습니다."

"그럴 수도 있겠지. 하지만 한 여성과 어떤 관계냐는 질문을 단도 직입적으로 받을 경우, 진짜 심각한 감정을 갖고 있다면 어떤 남자든 약간은 겁을 낼 것이오. 어떤 남자든 마음 한구석에 다른 사람들에게는 밝히고 싶지 않은 개인적인 비밀을 간직하고 있다고 생각하오. 그런데 당신이 갑자기 그걸 건드렸소. 하지만 미스 던바를 구하려는 목적이었으니 당신을 용서하겠소. 자, 자물쇠는 풀리고 보관함은 열렸소. 이제 당신이 원하는 것을 모두 물어볼 수 있소. 당신이 원하는 게 뭐요?"

"진실입니다."

깁슨은 생각을 정리하는 듯 잠시 말이 없었다. 사납고 주름진 얼굴이 차분하게 가라앉았다.

"아주 짧게 말하겠소, 홈즈 씨."

그가 마침내 입을 열었다.

"말하기도 어려울 만큼 고통스러운 일들이 좀 있소. 하지만 필요 이상으로 깊게 얘기하지 않겠소. 브라질에서 금광을 캘 때 아내를 만났소. 마리아 핀토는 마나오스 정부 관리의 딸이었고 매우 아름다웠소. 그 시절에 나는 젊었고 열정적이었소. 하지만 지금도 냉정하게 되돌아보면 마리아는 보기 드문 미인이었고, 감성이 풍부한 성격이었소. 내가 아는 미국 여성들과는 달리 열정적이고 성실했지. 간단히 말하면 나는 그녀를 사랑했고, 그녀와 결혼했소. 몇 년간 지속된 사랑이 식고 나서야, 우리가 공통점이 없다는 것을 알았다오. 나의 사랑은 완전히 식어 버렸소. 그녀 역시 그랬다면 쉬웠을 텐데, 하지만 그녀의 사랑은 좀처럼 변하지 않았소. 마리아의 사랑이 식거나 증오로 바뀐다면 우리 둘 다에게 좋을 거라고 생각해서, 나는 그녀에게 가혹하게 대했소. 다른 사람들의 말처럼 잔인하기까지 했지. 하지만 마리아는 전혀 변하지 않았소. 마리아는 20년 전에 아마존 강가에서 나를 사랑했던 것처럼, 이 잉글랜드의 숲에서도 나를 사랑했소. 내가 어떤 짓을 해도 마리아는 변함없이 충실했소.

그 무렵 그레이스 던바가 나타났소. 그녀는 우리가 낸 광고를 보고 연락을 했고, 우리 두 아이의 가정교사가 되었소. 아마 신문에 난 미스 던바의 사진을 보았을 거요. 그녀는 매우 아름다운 여성이오. 나는 다른 사람들보다 더 도덕적인 척하지 않겠소. 같은 집에서 살고, 매일 그녀와 만나다 보니 그녀에게 관심과 열정이 생겼소. 나를 비난하는 거요, 홈즈 씨?"

"관심과 열정을 가졌다는 점에 대해서는 당신을 비난하지 않습니다. 그러나 이 젊은 여성은 당신의 보호를 받고 있었다고 할 수 있는데, 당신이 그런 감정을 자제하지 못하고 표현했다면 그건 잘못된 거라고 생각합니다."

"글쎄, 그럴 수도 있겠지."

깁슨이 말했다. 그러나 곧 그 비난에 화가 난 듯 말했다.

"나는 더 괜찮아 보이려고 나를 거짓으로 꾸미지는 않소. 나는 내가 원하는 것은 뭐든지 얻을 수 있는 사람이었으니까. 미스 던바의 사랑을 얻는 것 외에 더 갈망한 것이 없소. 나는 그녀에게 그렇게 말했소."

"아, 당신이 정말 그렇게 말했습니까?"

홈즈의 놀란 얼굴이 심하게 일그러졌다.

"내가 할 수만 있다면 미스 던바와 결혼을 하겠지만, 그건 불가능한 일이라고 말했소. 돈은 중요하지 않고, 그녀를 행복하고 편안하게 해줄 수 있는 일이라면 무엇이든 하겠다고 말했소."

"인심이 아주 후하군요."

홈즈가 비웃었다.

"이보시오, 홈즈 씨. 나는 사건을 해결하려고 당신을 찾아온 것이지, 내 도덕성을 점검받으러 온 게 아니오. 당신의 비판 따위는 필요하지 않소."

"내가 당신의 사건에 관여한다면, 그건 오직 미스 던바를 위해서입니다."

홈즈가 단호하게 말했다.

"미스 던바의 죄목이 당신이 한 일보다 더 나쁠지도 모르겠습니다. 하지만 당신은 자신의 보호를 받고 있는 약한 소녀를 타락시키려고 했어요. 돈을 퍼붓는다고 해서, 세상이 당신의 죄를 용서해 주지 않는다는 사실을 당신처럼 돈이 많은 사람들은 알아야 합니다."

놀랍게도 깁슨은 비난을 침착하게 받아들였다.

"나도 그렇게 생각하오. 내 생각대로 그녀가 따르지 않은 것을 신에게 감사하오. 미스 던바는 아무것도 받으려 하지 않고 즉시 집을 떠나려 했소."

"그런데 왜 떠나지 않았습니까?"

"우선은 부양해야 할 가족이 있기 때문이었소. 가정교사 일을 포기함으로써 가족들을 저버린다는 게 그녀로서는 쉽지 않은 일이었을 거요. 내가 다시는 귀찮게 하지 않을 거라고 맹세하자, 미스 던바는 그냥 남아 있기로 했소. 그 후 나는 약속대로 다시는 그녀를 괴롭히지 않았소. 하지만 그녀가 떠나지 않은 데는 또 다른 이유가 있었소. 미스 던바는 자신이 나에게 가장 큰 영향을 미칠 수 있는 사람이라는 걸 알고 있었기 때문에 그걸 좋은 일에 쓰고 싶어 했소."

"어떻게 말입니까?"

"미스 던바는 내 사업에 대해 조금 알고 있었소. 홈즈 씨, 내 사업은 보통 사람들은 상상할 수도 없을 만큼 거대하오. 나는 이룩할 수도 있고 파괴할 수도 있소. 하지만 대부분이 파괴지. 개인만이 아니요. 단체, 도시, 심지어 국가도 그렇소. 사업이란 치열한 싸움이어서 약자는 밀려나게 되어 있소. 나는 승산이 있는 일만 했소. 그랬기에 나는 고통스러워한 적도 없고 다른 사람들의 고통 따위에는 전혀 관심이 없었소. 하지만 미스 던바는 다르게 생각했던 거요. 그녀가 옳았소. 그녀는 생계가 막막하고 어려운 사람들이 수도 없이 많은데, 한 사람이 필요 이상으로 부를 축적해서는 안 된다고 생각했소. 미스 던바의 생각이 그랬기 때문에 나는 가치 있는 일에 돈을 쓰리라고 다짐했소. 미스 던바는 내가 그녀의 말을 따르자, 자신이 내 행동에 영향을 줌으로써 세상에 봉사하고 있다고 생각했소. 그래서 미스 던바는 머물러 있었고, 이 사건이 일어난 것이오."

"사건에 대해 더 자세히 얘기해 주실 수 있습니까?"

깁슨은 잠시 말을 멈추더니, 머리를 손으로 감싸고 깊은 생각에 빠졌다.

"사건은 그녀에게 아주 불리하오. 나는 부정할 수 없소. 겉모습만으로는 여자의 속내를 알 수 없을 뿐 아니라, 어쩌면 숨겨진 남자가 배후에 있을 수도 있소. 처음에는 나도 너무 당황하고 놀라서 미스 던바가 자신의 성격을 속인 것이 아닌가 하고 의심할 뻔했소. 홈즈 씨, 도움이 될지도 모르니 내 생각을 말하겠소.

내 아내는 질투가 아주 많은 사람이었소. 외모에 대한 질투뿐 아니라 감정에 대한 질투도 대단했소. 아내도 알고 있었겠지만, 외모에 대해서는 질투할 게 없었소. 그러나 미스 던바가 내 마음과 행동에 영향을 미치고 있다는 것을 알았소. 그것은 아내로서는 해본 적이 없는 일이었지요. 좋은 일을 위한 영향이었지만 그렇다고 사실이 달라지는 것은 아니었소. 아내는 증오심으로 거의 미쳐 버렸소. 아마존의 열기가 항상 그녀의 피 속에 흐르고 있었던 거요. 아내가 미스 던바를 죽이려고 계획했을 수도 있소. 아니면 미스 던바를 총으로 위협하며 떠나라고 겁을 주었을 수도 있고……. 그래서 난투극이 벌어지고 총이 발사되었는데, 그때 아내가 총에 맞았을 수도 있소."

"저도 그런 가능성에 대해 이미 생각해 봤습니다. 사실, 살인이 아니었음을 주장할 수 있는 유일한 설명이죠. 하지만 미스 던바는 완전히 그 사실을 부인했습니다."

홈즈가 말했다.

"하지만 그게 결정적인 건 아니지 않소? 그런 끔찍한 상황에 처한 여자가 당황하여 권총을 그대로 든 채 집으로 황급히 달려왔을 수도 있는 일이잖소. 엉겁결에 권총을 옷장에 던져놓았고, 총이 발견되자 설명을 해도 사람들이 믿지 않을까봐 전부 부인하며 거짓말을 하려고 할 수도 있고……. 이러한 가정에 반박할 만한 것이 있소?"

"미스 던바 자신입니다."

"그렇군."

홈즈는 시계를 보았다.

"오늘 아침에 필요한 허가를 받으면 저녁까지 윈체스터에 도착할 수 있을 것 같군요. 미스 던바를 만나봐야 제가 이 사건에 도움을 줄 수 있을지 어떨지를 알 수 있습니다. 깁슨 씨가 원하는 것과 같은 결론이 나올지는 약속드릴 수 없습니다."

허가 절차가 지연되는 바람에 그날 우리는 윈체스터에 가지 못했다. 대신 깁슨 소유인 햄프셔의 소어 거리로 갔다. 깁슨은 우리와 같이 가지 않고, 처음 그 사건을 조사했던 코벤트리 경사를 소개해 주었다. 코벤트리 경사는 키가 크고 마른 체격에 얼굴이 창백했다. 비밀스럽고 수상한 태도로 보아 뭔가 중요한 것을 알고 있으나 섣불리 입 밖에 내지 못하는 것 같았다. 코벤트리 경사는 아주 중대한 사항을 얘기하는 것처럼 목소리를 갑자기 낮추는 버릇이 있었는데, 들어보면 대개 평범한 것이었다. 그러나 우리는 곧 그가 예의바르고 정직하다는 것을 알았다. 그는 이 사건은 자신의 능력 밖의 일이며 기꺼이 도움을 받고 싶다고 말할 만큼 솔직했다.

"어쨌든 저는 스코틀랜드 야드보다는 당신을 택하겠어요, 홈즈 씨. 스코틀랜드 야드가 이 사건을 맡게 되면, 사건이 해결되더라도 지구대가 신용을 잃거나 비난을 받을 수도 있거든요. 당신은 정직하게 행동한다고 들었습니다."

코벤트리 경사가 말했다.

"사건 전면에 나타나지 않아도 좋아요. 내가 사건을 해결하더라도, 내 이름을 알릴 필요는 없으니까."

홈즈의 말에, 풀이 죽어 있던 경사는 크게 안도하는 것 같았다.

"홈즈 씨, 당신은 정말 멋지군요. 왓슨 박사님도 믿을 수 있는 분이라는 것을 압니다. 그럼 홈즈 씨, 그 장소로 가시죠. 그런데 여쭤보고 싶은 게 하나 있습니다. 당신 말고는 아무에게도 말하지 않았습니다만⋯⋯."

경사는 말하기가 두려운 듯 주위를 둘러보았다.

"깁슨 씨를 범인이라고 생각하지 않나요?"

"그 점에 대해서 생각 중이네."

"미스 던바를 아직 못 만나셨죠? 여러 모로 봐서 그녀는 아주 훌륭하고 괜찮은 여성입니다. 깁슨 씨가 부인을 없애고 싶어 했던 것도 당연합니다. 미국 사람들은 우리 잉글랜드 사람들보다 총을 더 많이 지니고 있나 봅니다. 홈즈 씨도 아시겠지만, 그 총은 깁슨 씨 것이었어요."

"확실한가?"

"물론이죠. 깁슨 씨가 갖고 있는 한 쌍의 총 중에 하나입니다."

"한 쌍의 총이라니? 그럼 다른 하나는 어디 있나?"

"글쎄요, 깁슨 씨가 갖고 있는 총의 종류가 워낙 많습니다. 그 총과 똑같은 총을 찾을 수가 없었어요. 하지만 케이스는 두 개가 들어가는 것이었습니다."

"한 쌍으로 된 것이라면 당연히 짝을 찾을 수 있을 것 아닌가?"

"글쎄요. 총을 조사해 보고 싶으시다면, 집에 있는 총을 모두 보여드리겠습니다."

"그건 나중에 보고, 우선 같이 가서 사건 현장을 봤으면 좋겠군."

우리는 코벤트리 경사의 오두막에 있는 작은 앞방에서 대화를 나누었다. 그곳은 지구대로 사용되고 있었다. 시들어가는 누런 풀들이 가득한 황량한 벌판을 가로질러 반 마일 정도 걸어가자, 소어 거리로 들어가는 옆문에 도착했다. 꿩 보호지역을 지나자 개간지가 나타났고 언덕꼭대기에 옆으로 넓게 퍼진 나무 골조의 저택이 보였다. 튜더 왕조와 조지 왕조 풍을 섞어 지은 집이었다. 우리 옆에는 갈대가 많은 긴 저수지가 있었다. 중앙의 좁은 부분에서 주된 물살이 돌다리를 통과하여 양쪽에 있는 작은 연못으로 흘러들어갔다. 경사는 이 다리 입구에서 멈추더니 바닥을 가리켰다.

"저기가 깁슨 부인의 시신이 있던 곳입니다. 제가 돌로 표시해 놓았습니다."

"시신을 옮기기 전에 자네가 여기 도착했다고 했지?"

"네, 그들이 저를 즉시 불렀습니다."

"누가 불렀나?"

"깁슨 씨가 직접 불렀습니다. 그는 보고를 받자마자 다른 사람들과 함께 집에서 급하게 나왔습니다. 경찰이 오기 전에 아무것도 옮기지 않았다고 깁슨 씨가 말했습니다."

"잘한 일이네. 신문기사를 보니 권총은 가까운 거리에서 발사된 거라더군."

"그렇습니다. 홈즈 씨, 아주 가까운 거리입니다."

"바로 오른쪽 관자놀이 가까이?"

"바로 밑입니다."

"시체는 어떻게 누워 있었나?"

"등을 바닥에 대고 있었습니다. 저항한 흔적은 없었습니다. 상처도 없었고 총도 없었습니다. 미스 던바가 쓴 짧은 쪽지가 부인의 왼쪽 손에 꽉 쥐어져 있었습니다."

"자네, 꽉 쥐어져 있었다고 말했나?"

"그렇습니다. 손가락을 펴는 것이 불가능했습니다."

"그거 아주 중요한 일이군. 부인이 사망한 후에 거짓 단서를 제공하기 위해 누군가가 그곳에 쪽지를 갖다놓은 건 아니라는 얘기군. 이런! 기억나는군. 그 쪽지는 아주 짧았지. '소어 다리에서 9시에 뵙겠습니다. G. 던바' 이렇지 않았나?"

"맞습니다."

"미스 던바가 자신이 썼다는 것을 인정했나?"

"그렇습니다."

"미스 던바는 뭐라고 설명하던가?"

"미스 던바의 답변서는 순회재판소에 보관되어 있습니다. 그녀는 아무 말도 하지 않았을 겁니다."

"이거 아주 흥미로운 문제군. 쪽지가 뭔가 석연치 않아. 안 그런가?"

"그렇습니다. 건방진 말일 수도 있지만 이 사건을 통틀어 진짜 유일하게 의문이 가는 문제입니다."

경사의 말에, 홈즈가 머리를 끄덕였다.

"편지가 진짜이고 실제로 쓰인 것이라고 해도, 분명히 이전에 받았어. 말하자면 한두 시간 전에 말이지. 그런데 왜 깁슨 부인은 왼손에 그대로 움켜쥐고 있었을까? 왜 그렇게 소중하게 갖고 있어야만 했을까? 미스 던바와 만날 때 쪽지가 있어야 할 필요는 없잖은가. 이상하지 않나?"

"그렇습니다. 홈즈 씨의 설명대로 이상하군요."

"잠깐 동안 조용히 앉아서 잘 생각해 봐야겠군."

홈즈는 다리의 돌난간에 앉았다. 회색 눈을 굴리며 사방을 의심스런 눈초리로 살펴보았다. 잠시 후 홈즈는 갑자기 벌떡 일어나 반대쪽 난간으로 달려가더니 주머니에서 돋보기를 꺼내 난간을 조사했다.

"이거 이상하군."

"그렇습니다. 난간에 홈이 있는 걸 보았습니다. 지나가는 사람들의 짓이라고 생각합니다."

다리는 회색이었으나, 이 부분만은 6펜스 은화 정도 되는 크기의 하얀 상처가 있었다. 가까이서 살펴보면 표면이 날카로운 타격으로 흠집이 생겼다는 것을 알 수 있었다.

"저 상처는 어떤 힘이 가해졌기 때문에 생긴 거야."

홈즈가 생각에 잠겨 말했다.

홈즈가 지팡이로 난간을 몇 차례 때려보았지만 흔적이 남지 않았다.

"그래, 아주 강한 타격이었어. 게다가 의문스러운 위치야. 난간의 아랫부분에 흠이 있는 걸 보니, 위가 아니라 아래쪽에서 충격이 가해졌어."

"하지만 시체에서 적어도 30센티는 떨어진걸요."

"맞아, 시체에서 그 정도 떨어져 있어. 사건과 관련이 없을 수도 있지만 주목할 만한 문제야. 여기는 더 이상 얻을 만한 게 없는 것 같군. 발자국은 없었다고 했지?"

"바닥은 딱딱합니다. 전혀 아무런 흔적이 없었어요."

"그럼 이제 집에 가서 당신이 말한 그 무기들을 검토해 봐야겠어. 그런 후에 윈체스터로 출발할 거네. 사건을 더 깊이 조사하기 전에 미스 던바를 만나고 싶군."

깁슨 씨는 아직 마을에서 돌아오지 않았고, 집에는 오늘 아침 우리를 방문했던 신경과민증인 베이츠가 있었다. 베이츠는 불길한 기색으로 다양한 종류와 크기의 수많은 총기들을 우리에게 보여주었다. 깁슨이 험한 삶을 살면서 수집한 것들이었다.

"깁슨 씨와 그의 사업에 대해 아는 사람들이라면 누구나 아는 것처럼, 깁슨 씨는 적이 많습니다. 깁슨 씨는 잘 때 침대 옆 서랍에 장전된 총을 넣고 잡니다. 과격한 사람이지요. 우리 모두 그를 두려워할 때가 많습니다. 돌아가신 불쌍한 부인도 자주 놀라곤 했습니다."

"깁슨 씨가 부인에게 직접 폭력을 가하는 것을 목격한 적이 있습니까?"

"아닙니다. 그렇지는 않아요. 하지만 하인들 앞인데도 아주 심한 말로 냉정하게 비꼬며 모욕을 주곤 했습니다."

"우리 백만장자는 개인적인 삶이 그리 밝지 않았던 것 같군." 역으로 향하면서 홈즈가 말했다.

"왓슨, 아주 많은 사실을 알았어. 새로운 사실들도 있지. 하지만 아직 결론을 내리기는 이른 것 같아. 베이츠는 주인을 아주 혐오하지만, 그의 말을 들어보니 사건이 보고되었을 때 깁슨 씨가 자기 서재에 있었다는 것은 분명해. 저녁 식사는 8시 반에 끝났고, 그때까지 모든 것이 정상이었어. 밤늦게 사건이 알려졌다는 것도 사실이고. 하지만 사건은 쪽지에 쓰인 시간에 분명히 발생했어. 깁슨 씨가 5시에 마을에서 돌아온 이후, 밖에 나갔다는 증거는 전혀 없어. 반대로 미스 던바는 깁슨 부인과 그 다리에서 만나기로 약속했다는 사실을 인정했어. 그녀의 변호사가 방어하려고 그렇게 말하라고 했겠지. 이 사실 이외에 미스 던바는 아무 얘기도 하지 않았을 거야. 미스 던바에게 물어볼 중요한 질문이 몇 개 있어. 그녀를 만나봐야 내 마음도 좀 정리가 될 것 같군. 솔직히 한 가지 사실이 아니었다면, 나도 미스 던바를 매우 유력한 범인이라고 생각했을 거야."

"그게 뭔가, 홈즈?"

"미스 던바의 옷장에서 권총이 발견되었다는 것."

"맙소사, 홈즈! 내 생각으로는 그 사실이 무엇보다 가장 확정적인 것 같은데."

나는 소리쳤다.

"그렇지 않아, 왓슨. 나는 처음 기사를 대충 읽을 때도 그 점이 아주 이상하다고 생각했어. 사건을 더 깊이 조사해 보니, 그 점이 희망을 걸 수 있는 유일한 근거야. 모든 일에는 일관성이 있어야 해. 일관성이 없으면 속임수가 있나 의심해 봐야지."

"무슨 말을 하는지 모르겠군."

"왓슨, 잠깐 가정해 봐. 자네는 냉정하고 계획적인 성격을 가진 여성이야. 적을 제거하려고 해. 계획을 짰어. 편지를 썼지. 상대가 왔어. 자네는 총을 갖고 있어. 범죄를 완성했어. 능숙하고 완전한 범죄였지. 그렇게 솜씨 좋게 범죄를 저지른 후에 영원히 총을 숨길 수도 있었을 거야. 바로 옆에는 갈대밭이 있었으니까. 그런데 그 총을 던지는 것을 잊어서 완벽한 범죄에 실패할 수 있겠나? 그리고 무기를 소중하게 집으로 가져와서 가장 먼저 수색 받을 게 뻔한 자신의 옷장에 넣어두었겠나? 만약 그랬다면 누구도 자네를 책략가라고 말하지 않을 거야, 왓슨. 게다가 나는 자네가 그런 바보 같은 일을 하리라고 상상할 수 없거든."

"그 순간 흥분해서……."

"아니. 아니야, 왓슨. 불가능한 일이지. 범죄를 냉정하게 계획할 때는 그걸 은폐하는 방법에 대해서도 냉정하게 미리 계획하게 마련이야. 지금 우리는 심각한 오류에 빠져 있는 거야."

"하지만 설명할 길은 많아."

"그래, 우리가 그것을 설명할 거야. 생각을 바꿔보면, 아주 확정적인 바로 그 사실이 진실을 위한 단서가 되지. 예를 들면 이 권총이 있어. 미스 던바는 이 권총을 전혀 모른다고 했어. 우리 이론대로라면 미스 던바가 그렇게 말한 것은 진실이야. 그렇다면 누군가 권총을 그녀의 옷장에 놓아둔 거지. 누가 거기에 권총을 가져다놓았을까? 그녀에게 죄를 뒤집어씌우려는 사람이야. 그 사람이 진짜 범인이 아닐까? 이게 나의 추론 과정이네."

수속이 끝나지 않아, 우리는 윈체스터에서 밤을 보내야 했다. 다음 날 아침, 한창 주가가 오르고 있는 피고 측 변호사 조이스 커밍스 씨와 함께 미스 던바의 방에서 그녀를 면담하게 되었다. 지금까지 들은 바로 아름다운 여성을 만나리라 예상은 하고 있었지만, 미스 던바를 본 순간 내가 받은 인상은 정말이지 강렬했다. 건방진 백만장자라도 그녀 앞에서는 무력해질 만했다. 그녀의 얼굴은 강하고 윤곽이 뚜렷하면서 섬세했다. 비록 충동적으로 범죄를 저질렀다고 해도, 타고난 고귀한 성품 때문에 그녀가 항상 선한 것을 추구하리라고 누구나 생각할 것 같았다.

미스 던바는 갈색 머리에 키가 컸으며 우아하고 위풍당당한 모습이었다. 그러나 그녀의 갈색 눈동자는 올가미에 걸려 빠져나오지 못하는 짐승처럼 애처롭고 무력해 보였다. 그러나 유명한 내 친구가 도움을 주기 위해 찾아온 것을 알자 창백한 볼이 약간 붉어졌고, 우리를 쳐다보는 눈빛에 희망의 빛이 어렴풋이 나타났다.

"깁슨 씨가 당신에게 우리 사이에 있었던 일을 얘기했겠죠?"

미스 던바는 낮고 떨리는 목소리로 물었다.

"그렇습니다. 굳이 그 이야기를 다시 되풀이할 필요는 없습니다. 당신을 보니 당신이 깁슨 씨에게 영향을 미쳤으며, 깁슨 씨와 당신의 관계가 결백하다는 그의 말을 이해할 수 있겠군요. 그런데 왜 법정에서 모든 상황을 밝히지 않았습니까?"

홈즈가 대답했다.

"살인죄가 인정되리라고는 생각지 못했습니다. 기다리면 그 가정의 고통스러운 내부 생활을 자세히 밝히지 않고서도 모든 일이 명확히 밝혀지리라고 생각했습니다. 그런데 밝혀지기는커녕 점점 더 심각해지고 있다는 것을 알았습니다."

"맙소사. 현실을 냉정하게 보길 바랍니다. 현재 모든 정황들이 우리에게 불리하다는 건 여기 계신 커밍스 변호사도 잘 알 겁니다. 그리고 사실을 밝힐 수만 있다면 가능한 모든 일을 해야 합니다. 당신이 지금 큰 위험에 처해 있다는 걸 숨긴다는 건 아주 비열한 짓입니다. 최대한 저를 도와주세요. 그리고 진실을 밝힙시다."

홈즈가 진심을 다해 말했다.

"아무것도 숨기지 않겠어요."

"그렇다면 깁슨 부인과 당신의 관계를 솔직히 말하세요."

"깁슨 부인은 저를 증오했어요. 부인은 저를 끔찍이 미워했지요. 부인은 뭐든 대충 넘어가는 성격이 아니었어요. 남편을 사랑하는 만큼 저를 미워했어요. 우리의 관계를 오해한 것이 분명해요. 부인에 대해 나쁜 말을 할 생각은 없지만, 그 사람의 애정은 너무나 육체적 애정이었어요. 때문에 깁슨 씨가 저에게 가지는 정신적이라고 할까, 영적인 유대를 거의 이해하지 못했죠. 내가 그 집에 계속 머물렀던 이유가, 그를 바람직하게 변화시켜 그 힘을 좋은 데 사용하도록 하기 위함이었다는 것조차 알지 못했을 겁니다. 지금 생각해 보면 내가 틀렸다는 것을 알았어요. 어떤 이유로도, 제가 불행의 원인이 되는 곳에 남아 있었다는 사실을 정당화할 수 없어요. 그러나 제가 그 집을 떠났더라도 불행은 멈추지 않았을 겁니다."

"미스 던바, 그날 밤에 있었던 일을 정확히 말하세요."

"홈즈 씨, 내가 아는 한에서 진실을 말하지요. 하지만 저는 아무것도 증명할 수 없는 처지입니다. 가장 중요한 문제는, 어떻게 된 일인지 알지도 못하고 설명도 할 수 없어요."

"당신이 사실을 밝힌다면, 아마 다른 사람들이 해결하게 될 것입니다."

"그럼 그날 저녁 제가 소어 다리에 갔던 일에 대해 말씀드리지요. 그날 아침에 깁슨 부인으로부터 쪽지를 받았어요. 공부방 책상에 놓여 있었는데, 부인이 직접 놓고 간 것 같아요. 저녁 식사 후에 긴히 할 말이 있으니 만나자고 적혀 있었고, 우리의 약속을 아무에게도 알리고 싶지 않으니 답장을 정원에 있는 해시계에 남겨 달라고 적혀 있었어요. 비밀을 지켜야 할 이유는 없다고 생각했지만, 약속을 받아들이면서 부인이 시키는 대로 했어요. 부인은 자신의 쪽지를 없애 달라고 했어요. 그래서 저는 공부방에 있는 벽난로에 태웠지요. 부인은 자신을 거칠게 다루는 남편을 무서워했고, 저는 그 일로 여러 번 깁슨 씨를 책망했지요. 그래서 우리가 만나는 것을 남편이 알게 되는 것을 원치 않아, 그렇게 행동했다고만 생각했어요."

"하지만 깁슨 부인은 당신의 답장을 아주 소중하게 갖고 있었어요."

"네. 저도 부인이 죽었을 때 손에 제 답장을 갖고 있었다는 소리를 듣고 놀랐어요."

"그다음은 어떻게 되었습니까?"

"약속한 시간에 저는 그곳으로 갔어요. 다리에 도착하니 깁슨 부인이 저를 기다리고 있었어요. 그때까지 저는 부인이 저를 얼마나 증오하는지 전혀 몰랐어요. 정말, 부인은 미친 사람 같았어요. 그렇게 저를 증오하면서 어떻게 매일같이 저를 태연히 만날 수 있었는지⋯⋯. 부인이 한 말을 차마 입에 담을 수조차 없어요. 부인은 맹렬한 분노를 모두 끔찍한 말로 퍼부어댔어요. 저는 대답조차 하지 않았어요. 할 수도 없었지요. 부인을 보는 것이 끔찍했거든요. 손으로 귀를 가리고 달렸어요. 제가 자리를 뜬 뒤에도 부인은 다리 입구에서 저를 향해 저주를 퍼부으며 그대로 서 있었습니다."

"나중에 깁슨 부인은 어디에서 발견되었습니까?"

"부인이 서 있던 자리 근처입니다."

"그럼 당신이 떠난 후 곧 부인이 죽었다고 생각되는데, 당신은 총소리를 들었나요?"

"아무 소리도 못 들었어요. 홈즈 씨, 사실 저는 끔찍한 일에 너무 흥분하고 두려워서 제 방으로 달려왔어요. 그래서 무슨 일이 있어났는지도 알지 못했어요."

"당신의 방으로 돌아왔다고 했는데, 다음 날 아침까지 방을 나간 적이 있습니까?"

"네, 부인이 죽었다는 사실을 알았을 때 다른 사람들과 함께 뛰어나갔어요."

"깁슨 씨를 보았습니까?"

"네. 제가 보았을 때, 깁슨 씨는 그 다리에서 방금 돌아온 것 같았어요. 깁슨 씨가 의사와 경찰을 불렀거든요."

"깁슨 씨는 많이 당황하던가요?"

"깁슨 씨는 아주 강하고 자제력이 있는 사람이에요. 그가 감정을 드러내리라고는 생각지 않아요. 하지만 그를 잘 알고 있는 저로서는 그가 크게 충격을 받았다는 것을 알았어요."

"다음은 아주 중요한 부분입니다. 당신의 방에서 발견된 이 총을 본 적이 있습니까?"

"아니요. 맹세합니다."

"언제 발견되었습니까?"

"다음 날 아침, 경찰들이 수색할 때요."

"당신의 옷 사이에서?"

"네. 제 옷장의 드레스 아래에서요."

"총이 언제부터 그곳에 있었는지 알고 있습니까?"

"그 전날 아침에는 옷장에 없었어요."

"그걸 어떻게 알지요?"

"옷장을 정리했거든요."

"그게 결정적입니다. 그럼 누군가가 당신의 방에 들어와 당신에게 죄를 씌우기 위해 그곳에 총을 가져다놓았군요."

"그런 것 같아요."

"그렇다면 언제일까요?"

"식사 때이거나 제가 아이들과 공부방에 함께 있을 때뿐이에요."

"당신이 쪽지를 받았다는 그 방 말입니까?"

"네. 그 후 아침 내내 그곳에 있었어요."

"고맙습니다. 미스 던바, 이외에도 조사하는 데 도움이 될 만한 게 또 있습니까?"

"더 이상 없어요."

"시신이 있던 맞은편 다리 난간에 충격을 가한 흔적이 있어요. 분명히 최근에 생긴 겁니다. 그 이유가 뭐라고 생각합니까?"

"그냥 단순한 우연일 겁니다."

"미스 던바, 이상하군요. 아주 이상해요. 사건이 일어난 바로 그 시간에, 그리고 바로 그 장소에 왜 흠이 생겼을까요?"

"그렇다면 무엇 때문에 그렇게 되었다고 생각하시죠? 아주 강력한 충격만이 그런 결과를 가져올 수 있는 거잖아요."

홈즈는 대답하지 않았다. 그의 창백한 얼굴이 갑자기 긴장된 표정으로 바뀌었다. 추리를 하는 게 분명했다.

그가 너무 열중한 탓에, 변호사와 피고인 그리고 나는 아무 말도 못 하고 그를 바라보며 앉아 있었다. 갑자기 홈즈가 의자에서 벌떡 일어났다.

"왓슨, 가세!"

홈즈가 소리쳤다.

"무슨 일인가요, 홈즈 씨?"

"걱정하지 마세요. 미스 던바. 커밍스 씨, 내가 곧 소식을 전하겠습니다. 잉글랜드를 깜짝 놀라게 할 사건을 당신에게 알려주겠습니다. 미스 던바, 내일쯤이면 알게 될 겁니다. 나를 믿으세요. 구름이 걷히고 진실의 빛이 서서히 모습을 드러내고 있으니까요."

윈체스터에서 소어 다리까지는 그리 먼 거리가 아니었다. 그러나 무슨 일인지 빨리 알고 싶고 마음이 급해서인지 무척 길게 느껴졌다. 가만히 앉아 있지 않고 객차를 걸어 다니거나 그의 길고 예민한 손가락으로 옆에 있는 쿠션을 두드리는 걸 보니, 홈즈도 끝없이 길다고 느끼는 듯했다.

　그러다가 목적지가 가까워지자, 홈즈가 내 맞은편으로 와서 앉았다. 일등칸에는 우리 둘뿐이었다. 홈즈는 손을 내 무릎에 하나씩 올리더니 묘하게 장난스런 눈빛으로 내 눈을 보았다. 장난기가 발동한 표정이었다.

　"왓슨, 우리가 조사를 갈 때 자네는 총을 갖고 가지?"

　홈즈는 한번 문제에 마음을 빼앗기면 자신의 안전은 신경 쓰지 않기 때문에, 총은 그를 위한 것이었다. 내 총이 유용했던 적이 꽤 있었다. 나는 그 사실을 그에게 말했다.

　"맞아, 난 안전에 대해서는 별로 생각하지 않아. 그런데 지금 총 갖고 있어?"

　나는 바지 뒷주머니에서 작고 간편하지만 아주 쓸모 있는 총을 꺼냈다. 홈즈는 안전장치를 풀고 탄약을 흔들어 뺀 다음 주의 깊게 살펴보았다.

　"무거워. 아주 무거워."

　"그래. 꽤 튼튼하지."

　홈즈는 잠시 총을 유심히 보았다.

　"왓슨, 자네 총이 우리가 조사하는 이 사건과 아주 밀접한 관계를 갖게 될 거라고 믿어."

　"홈즈, 농담해?"

"아니, 왓슨. 난 아주 심각해. 실험을 하나 할 거야. 실험이 성공하면 모든 게 분명해져. 그 실험은 이 작은 무기가 하는 일에 달려 있어. 탄환을 하나 빼겠어. 자, 나머지 다섯 개를 다시 넣고 안전장치를 채웠어. 이런! 더 무거워져서 훨씬 나은 재현이 되겠는걸."

나는 홈즈가 무슨 생각을 하는지 또 나에게 무슨 말을 하는지 감을 잡을 수가 없었다. 하지만 햄프셔의 작은 역에 도착할 때까지 생각에 잠겨 앉아 있었다. 우리는 흔들거리는 이륜마차를 타고 15분 후에 우리의 믿음직스런 친구인 코벤트리 경사의 집에 도착했다.

"단서라고요, 홈즈 씨? 그게 뭡니까?"

"왓슨 박사의 총에 모든 게 달려 있어요. 여기 있지요. 코벤트리 경사, 10미터 길이의 끈이 필요합니다."

마을 가게에서 단단하게 꼰 실 한 타래를 샀다.

"이거면 모든 게 다 준비됐군. 이제 우리 여행의 마지막 무대가 될 곳으로 출발할까요?"

홈즈가 말했다.

해가 저물면서 기복이 진 햄프셔의 벌판은 아름다운 가을풍경으로 바뀌고 있었다. 코벤트리 경사는 비판적이고 의심스러운 눈초리로 우리 옆에서 비틀거리며 걸었다. 내 동료가 제정신인지 깊게 의심하는 것 같았다. 범죄 현장에 가까워지자 홈즈는 보통 때와 같이 침착한 척했지만, 사실은 아주 불안해하고 있다는 것을 나는 알았다.

내 생각에 대해 대답하듯이 홈즈가 말했다.

"자, 왓슨. 자네, 내가 전에 실패하는 것을 본 적이 있지. 추리에 재능이 있지만 때로는 잘못 생각한 때가 있어. 윈체스터의 그 방에서 처음 생각이 들었을 때는 확실한 것 같았어. 하지만 지금 우리의 직감이 틀린 것이고, 다르게 설명할 수도 있지 않나 하는 부정적인 생각이 들어. 하지만…… 하지만……. 자, 왓슨 시도해 보는 수밖에 없겠지?"

홈즈는 걸으면서 끈의 한쪽 끝을 총의 손잡이에 묶었다. 드디어 사건 현장에 도착했다. 홈즈는 경사의 말을 참고해 아주 조심스럽게 시체가 누워 있었던 장소를 정확히 표시했다. 그리고 잡초 사이를 헤매며 커다란 돌을 찾아왔다. 그 돌을 끈의 다른 쪽 끝에 묶은 후, 돌을 다리의 난간 위로 넘겨 수면 가까이 내려뜨렸다. 그리고 다리 난간에서 조금 떨어진 운명의 장소에 서서 손에 내 총을 들고 반대편에 있는 무거운 돌에 연결된 끈을 팽팽하게 당겼다.

"자, 가네!"

그 말과 함께 홈즈는 총을 머리 위로 들었다가 다음 순간 놓았다. 순간 돌의 무게로 인해 총은 휙 사라졌고, 난간에 날카로운 소리를 내며 부딪쳤다가 옆으로 사라져 물로 들어갔다. 총이 사라지자 홈즈는 난간 옆에 무릎을 꿇었고, 그가 원하던 바를 얻었다는 듯 즐겁게 소리쳤다.

"더 정확한 설명이 있겠나? 왓슨, 자네 총이 문제를 해결했어."

홈즈가 소리쳤다.

홈즈는 말하면서, 다리 난간 아래 가장자리에 찍힌 첫 번째 홈집과 같은 크기, 같은 모양의 두 번째 홈집을 가리켰다.

홈즈는 일어나 놀란 경사를 보면서 말했다.

"오늘 밤은 여관에서 보내야겠어요. 갈고랑쇠를 가져오면 내 친구의 총을 쉽게 찾을 수 있을 겁니다. 그리고 돌이 달린 끈과 총을 하나 더 찾을 수 있을 겁니다. 원한을 품은 부인이 미스 던바의 범죄로 가장하고 무고한 피해자에게 살인죄를 뒤집어씌우기 위해 사용한 것입니다. 아침에 뵙겠다고 깁슨 씨에게 전하세요. 그때면 미스 던바의 혐의를 풀 수 있을 겁니다."

그날 저녁 늦게 마을 여관에서 우리는 함께 담배를 피우며 앉아 있었다. 홈즈는 사건의 전말에 대해 간단하게 정리를 해주었다.

"왓슨, 소어 다리 사건을 자네 이야기로 쓰면 자네의 명성에 누를 끼칠까 걱정이네. 내가 생각이 모자랐어. 사실을 바탕으로 추리하는 능력이 부족했지. 그게 내 추리의 기본인데 말이야. 다리 난간에 난 흠집은 진정한 해결을 제시하기에 충분한 단서였어. 조금 더 일찍 그걸 알아차리지 못했던 내 자신이 부끄러워.

이 사건은 불쌍한 깁슨 부인의 계획이 너무도 치밀했기 때문에 그녀의 계획을 알아내기가 그리 쉽지 않았어. 이 사건은 그릇된 사랑이 불러온 아주 끔찍한 비극이지. 미스 던바와 깁슨 씨의 관계가 아무리 정신적인 것이라 해도 깁슨 부인은 용서할 수 없었던 것 같아. 부인은 남편이 자신의 맹목적인 사랑을 버거워하고, 거칠게 불친절하게 대했던 게 모두 이 무고한 여성 때문이라고 생각했을 거야. 처음 결심은 자살하려는 것이었고, 두 번째는 미스 던바를 갑작스런 죽음보다 훨씬 나쁜 운명에 빠뜨리려는 것이었지. 때문에 그런 방식으로 자살을 했던 거야.

그 각 단계를 아주 명확하게 알 수 있어. 아주 치밀했지. 현명하게도 미스 던바에게 편지를 쓰게 만들어서 미스 던바가 범행 장소를 선택한 것처럼 보이게 했어. 편지가 발견되어야 한다는 조바심에 깁슨 부인은 다소 지나치게 행동했지. 끝까지 손에 편지를 쥐고 있었던 거야. 이것만으로도 내가 조금 더 일찍 의심을 했어야 했는데……

그리고 남편의 총 가운데서 하나를 골랐어. 자네도 보았듯이, 집에는 무기 전시실이 있어. 그리고 하나는 자신이 쓰기 위해 갖고 있었지. 그날 아침 비슷한 총을 선택하고는 탄환 하나를 빼서 미스 던바의 옷장에 숨겼어. 숲에서 다른 사람들의 눈에 띄지 않고 쉽게 했을 거야. 그리고 다리로 가서 총을 제거하기 위한 교묘한 방법을 연구했지. 미스 던바가 나타나자 마지막 힘을 다해 증오의 말을 퍼붓고는 그녀가 멀리 사라지자 끔찍한 계획을 실행했지. 이제야 모든 실마리가 풀리는군. 신문에서는 왜 처음부터 호수의 물밑을 훑지 않았냐고 물을 수도 있어. 하지만 일이 밝혀진 뒤에는 말하기 쉽지. 어쨌든 정확히 찾는 것이 무엇이고 어디에 있는지 알지 않고는 갈대 가득한 넓은 호수 밑을 훑는 것은 쉬운 일이 아니야. 왓슨, 우리가 뛰어난 여성과 대단한 사람을 도왔어. 깁슨 씨가 이 비극적인 사건을 통해 많은 걸 배웠다는 사실을 사람들도 알게 될 거야."

세 박공의 집
The Adventure of the Three Gables
(1926)

 셜록 홈즈와 함께 한 모험은 수없이 많지만 세 박공의 집 사건만큼 극적으로 전개된 경우도 없을 것 같다. 당시 나는 며칠 동안 홈즈를 보지 못했기에, 홈즈가 최근 무슨 일을 하고 있는지 알지 못했다. 그런데 그날 아침 내 얼굴을 본 홈즈는 여러 가지 이야기를 하고 싶어 했다. 그는 벽난로 옆의 낡은 안락의자에 나를 앉혀놓고 맞은편에 앉아, 파이프를 물고 막 이야기를 시작하려 했다. 그때 손님이 찾아왔다. 내가 받은 느낌을 정확히 표현하면, 그는 마치 성난 황소 같았다.

 문이 홱 열리면서 성큼 방으로 들어선 사람은 체격이 큰 흑인이었다. 아주 화려한 회색 체크무늬 양복에 흐르는 것 같은 무늬의 연분홍색 넥타이를 맨 그를 보고 한순간 우습다고 느꼈지만, 그가 풍기는 무시무시한 느낌 때문에 이러한 기분은 곧 사라졌다.

 납작한 코와 넓적한 얼굴은 거만해 보였고, 악의가 가득한 두 눈은 무뚝뚝했다. 그는 시커먼 눈으로 우리를 번갈아 보았다.

"누가 홈즈 씨요?"

그가 물었다.

홈즈는 엷은 미소를 띠며 파이프를 위로 들었다. 그리고 그가 찾는 사람이 바로 자신이라고 말했다.

"아! 당신이군."

손님은 기분 나쁜 걸음으로 탁자의 모서리를 돌아 홈즈에게 다가섰다.

"홈즈 씨, 남의 일에는 아예 참견하지 마쇼. 자기 일은 자기들이 알아서 하도록 내버려두란 말이오. 알겠소?"

"계속하게. 재미있군."

홈즈가 대꾸했다.

"재미있어?"

손님이 고함을 질렀다.

"내가 손 좀 봐주면 재미있다는 따위의 말은 못할걸. 전에도 당신 같은 사람들 손봐준 적이 있지. 그러고 나면 그 따위 소리는 더 이상 입 밖에 내지 못하더군. 알겠소, 홈즈 씨?"

흑인은 굵은 못이 박힌 솥뚜껑 같은 주먹을 홈즈의 코앞에서 흔들어보였다. 홈즈는 아주 흥미로운 시선으로 그 주먹을 찬찬히 살펴보며 말했다.

"당신의 주먹은 원래 태어날 때부터 그랬습니까? 아니면 나중에 이렇게 되었나요?"

홈즈의 침착한 태도 때문이었는지 아니면 내가 딸그랑 소리를 내며 부지깽이를 집어 들어 그랬는지는 모르지만, 거창하게 나가던 손님의 태도가 다소 누그러졌다.

그는 이렇게 말했다.

"해로우 쪽에 일이 있는 친구가 있소. 무슨 말인지 아쇼? 내 친구는 당신이 간섭하는 걸 그냥 보고 있지는 않을 거요. 알겠소? 당신이나 나나 다른 사람을 간섭할 권리가 없는 것 아니요? 그래도 댁이 끼어들면 나도 가만히 있진 않을 거요. 이걸 잊지 마쇼!"

"자네를 만나고 싶었네. 자네 몸에서 나는 냄새가 싫어서 앉으란 소리는 안 했지만, 자네는 권투 선수 스티븐 딕시가 맞지?"

홈즈가 말했다.

"맞수. 내가 스티븐 딕시요, 홈즈 씨. 헌데 입을 잘못 놀리다가는 큰코다칠 거요."

홈즈는 그 권투 선수의 두터운 입술을 응시하며 말했다.

"그럴 리가 있겠나? 홀본 바 밖에서 퍼킨스를 죽인 것밖에 몰라. 자, 뭘 꾸물대나? 어서 돌아가지 않고."

그 말에 권투 선수는 얼굴이 사색이 되며 놀란 표정을 지었다.

"그 따위 일은 난 모르오. 여보쇼, 홈즈 선생, 도대체 내가 퍼킨슨지 뭔지 하고 무슨 상관이란 말이오? 버밍엄의 불 체육관에서 연습하고 있는데 그놈이 말썽을 일으킨 것뿐이오."

"그렇겠지, 스티븐. 그러면 치안판사 앞에 가서 그 사건을 설명하겠나? 난 지금까지 자네와 바니 스톡데일을 지켜보고 있었어."

"하느님 맙소사! 홈즈 씨!"

"이제 됐으니 그만 돌아가게. 필요하면 내가 당신을 데리러 가지."

"아니, 그렇다면 말이요, 홈즈 씨. 내가 오늘 여기 와서 한 말 때문에 선생께서 날 나쁘게 생각하지 않길 바랍니다."

"그러면 누가 자네를 오늘 이곳에 보냈는지 말해."

"뭐, 그건 감출 것도 없소, 홈즈 씨. 방금 선생이 말한 그 사람이 나를 여기에 보냈소."

"그렇다면 스톡데일 씨에게 그 일을 시킨 건 누구지?"

"이런 세상에! 홈즈 씨, 난 몰라요. 내가 어찌 알겠소? 그저 스톡데일이 날더러 '스티븐, 홈즈에게 가서 해로우 일에 끼어들면 무사하지 못할 거라고 말해.'라고만 했어요. 그게 전부요."

손님은 들어올 때 그랬던 것처럼 그대로 성급히 나갔다. 홈즈는 파이프의 재를 떨어내면서 나직한 소리로 껄껄 웃었다.

"왓슨, 자네 그 명석한 머리를 다치지 않아서 다행이군. 자네가 그 부지깽이를 집어 드는 걸 내가 봤지. 하지만 저 친구는 사실 순진한 사람이야. 말하자면 힘만 좋고 아둔한 어린아이나 마찬가지지. 금방 겁을 먹는 것 봤지? 스펜서 존의 패거리인데, 최근에 범죄 사건에 가담했어. 그 사건은 시간 나는 대로 내가 해결할 거야. 저 친구를 조종하는 바니는 저 친구보다는 조금 더 머리가 깨인 친구지. 공갈 협박 같은 것을 일삼는 자들이야. 내가 알고 싶은 것은 저들의 배후에 누가 있느냐 하는 문제야."

"그런데 왜 저들이 자네에게 겁을 주는 거지?"

"내가 맡고 있는 해로우 월드 사건 때문이야. 이제 저들이 하는 꼴을 보니 사건을 본격적으로 살펴봐야겠어. 애쓴 만큼 보람이 있는 일이 될 거야. 뭔가 있는 게 분명해."

"그게 뭔데?"

"안 그래도 자네하고 그 이야길 하려던 참이었는데, 저 흑인 권투 선수가 들어와 쇼를 한 거야. 여기 마벌리 부인의 메모가 있어. 내키면 나와 함께 가서 전보를 보내고 당장 출발하자고."

나는 마벌리 부인의 메모를 읽었다.

홈즈 선생님, 저희 집에서 이상한 일들이 계속 일어나고 있습니다. 선생님의 도움이 필요합니다.

내일 집에서 선생님을 기다리겠습니다. 저희 집은 월드 역에서 잠깐만 걸으시면 닿을 거리입니다. 세상을 떠난 제 남편 몰티머 마벌리가 선생님과 안면이 있는 것으로 알고 있어 이렇게 연락을 드립니다.

메리 마벌리 드림.

주소는 '해로우 월드, 세 박공의 집'이었다.

"이제 가볼까, 왓슨."

홈즈가 말했다.

잠시 기차를 타고 가다 역에서 내려 얼마를 가자 그 집이 나왔다. 벽돌과 목재로 지은 집이었다. 손질하지 않은 채 마구 잡초가 자란 풀밭 위에 덩그러니 서 있는 집이었다. 위층 창들 위쪽으로 튀어나온 작은 돌출부 세 군데가 그 집이 세 박공의 집임을 말해 주었다. 집 뒤로는 음산한 분위기의 키 작은 전나무 숲이 있었는데, 전체적으로 분위기가 을씨년스럽고 음산했다. 하지만 저택은 제법 괜찮게 사는 사람의 집처럼 여러 가지가 잘 갖춰져 있었다.

우리를 맞이한 사람은 지긋한 나이의 점잖은 여성으로 교양과 예절이 몸에 배어 있었다.

"부인, 저는 남편을 잘 기억하고 있습니다. 사소한 일을 하나 제가 도와드린 적이 있지요. 벌써 오래전의 일입니다만."

홈즈가 말했다.

"제 아들 더글러스의 이름이 더 친숙하겠지요."

그 말에 홈즈는 흠칫 놀란 눈으로 부인을 보았다.

"원 세상에! 부인께서 더글러스 마벌리의 어머니 되십니까? 전 아드님을 잘 아는 편은 아닙니다만, 런던 시민들 중에 더글러스 마벌리를 모르는 사람은 없지요. 정말 대단한 인물 아닙니까? 더글러스는 지금 어디 있습니까?"

"이미 이 세상 사람이 아니에요, 홈즈 선생님. 세상을 떠났어요. 로마 대사관에서 일하다가 지난달에 폐렴으로 그만."

"정말 안됐습니다, 부인. 그렇게 활달한 성격의 인물이 세상을 떠나다니! 정말 강한 모습을 보여준 청년이었습니다."

"지나치게 강했지요, 홈즈 선생님. 그런 성격이 결국 파멸을 불러온 것 같아요. 선생님이 기억하시는 대로 제 아들은 강하고 활달한 성격이었지요. 그런데 어느 날 갑자기 우울증에 걸린 사람처럼 행동하더니 화를 잘 내더군요. 뭔가 크게 상심한 일이 있었던 모양인지, 한 달 만에 그 활달하던 아이가 모든 일에 시큰둥해지며 살기 지친 노인 같은 모습으로 변하더니 결국 병이 났어요."

"좋아하던 여자와 헤어지기라도 했습니까?"

"그럴지도 모르겠어요. 아니면 친구 문제일지도 모르지요. 그런데 홈즈 선생님을 제가 뵙자고 한 것은 불쌍한 제 아들 일 때문은 아니에요."

"이쪽은 저와 함께 일하는 왓슨 박사입니다. 저와 함께 부인을 도와드릴 겁니다."

"그동안 제 주변에서 아주 이상한 일들이 일어났어요. 저는 이 집에서 산 지 일 년이 넘었지요. 이젠 사람들 만나는 일도 시들해지고 해서 이웃 사람을 만나는 일도 별로 없어요. 그런데 3일 전 부동산 중개인이 찾아왔어요. 그는 이 집이 자기 고객이 찾고 있는 바로 그런 집이라고 하면서, 이 집을 넘길 마음만 있다면 집값은 얼마든지 지불하겠다고 하더군요. 사실 찾으려고만 하면 주위에 이와 비슷한 집들이 여러 채가 있기 때문에 그 사람의 말이 이상하게 들렸지요. 그래도 저는 그 제안에 귀가 솔깃해졌어요. 그래서 집값을 내가 처음 살 때 준 금액보다 500파운드 올려서 말했지요. 그랬더니 그 사람은 그 자리에서 좋다고 하면서 자기 고객이 가구들도 필요로 하니 금액을 더 불러보라고 하더군요. 가구들 중 일부는 먼저 살던 집에서 가져온 것으로, 보시다시피 아주 쓸 만한 것들입니다. 그래서 욕심을 내어 가격을 높게 불렀어요. 그랬더니 그는 그 가격도 당장 받아들이더군요. 집을 좋은 가격에 넘기게 되면, 다니고 싶던 여행도 다니고 평생 넉넉하게 살겠구나 하고 전 생각했지요.

어제 그 사람이 다시 찾아와 계약서를 보여주더군요. 다행히도 전 그 문서를 해로우에 있는 수트로 변호사에게 보였어요. 그런데 수트로 변호사가 이렇게 설명하더군요.

'희한한 계약서로군요. 만약 부인이 여기에 서명하면, 댁에서 아무 것도 갖고 나갈 수 없어요. 개인 소지품조차도 말입니다.'

그래서 저녁 무렵 그 사람이 다시 찾아왔을 때 그 점을 지적하며, 저는 단지 가구만 팔 거라고 말했지요. 그런데 그 사람은 '아닙니다. 모두 팔아야 합니다.'라고 말하는 거예요.

'그러면 제 옷이며 보석들은 어쩌라는 건가요?'

'개인 소지품을 몇 가지 갖고 갈 수는 있습니다만, 이 집에서 물건 을 갖고 나가려면 모두 저의 동의를 받아야 합니다. 제 고객은 아주 관대한 분이시지만 일을 처리하시는 데는 나름대로의 주관이 있으 십니다. 그분이 안 된다고 하면 안 됩니다.'

'그렇다면 이번 계약은 없었던 걸로 해야겠어요.'라고 제가 말했어 요. 그것으로 끝나긴 했지만 너무도 이상한 생각이 들더군요."

그런데 갑자기 홈즈가 이상한 행동을 했다.

그는 손을 들어, 말하지 말고 조용히 하라는 시늉을 하더니 방을 가로질러 성큼성큼 걸어가 문을 홱 열었다. 그러고는 수척한 몸집의 키가 큰 여자의 어깨를 잡아 방 안으로 끌고 들어왔다. 그 여자는 마치 닭장에서 꼬꼬댁거리며 빠져 나온 암탉처럼, 큰 키에 어울리지 않게 홈즈의 손에 꼼짝 못하고 끌려 들어왔다.

"이거 놔요! 왜 이래요?"

여자가 소리를 질렀다.

"어머! 수잔, 웬일이야?"

"마님, 손님들 점심 준비를 해야 하는지 여쭤보려고 들어오려는 참에 이분이 절 이렇게 잡았어요."

"이 여자의 인기척을 5분 전부터 느끼고 있었습니다. 하지만 부인의 말씀을 방해하고 싶지 않아서 가만히 있었습니다. 이봐요, 수잔. 숨이 찹니까? 남의 집에서 일을 하려면 건강해야 할 텐데, 숨이 가쁘다는 건 좀 이상하지 않소?"

수잔은 샐쭉한 얼굴에 놀란 표정으로 자기를 붙들고 들어온 홈즈를 바라보았다.

"누군지 모르지만, 무슨 권리로 이렇게 잡아당기는 거예요?"

"당신이 보는 앞에서 마벌리 부인께 한 가지 여쭤봐야겠소. 마벌리 부인, 누군가와 함께 상의하시고 제게 편지를 보내셨습니까?"

"아뇨. 그런 일은 없습니다."

"그 편지 부치는 일을 누구에게 시키셨습니까?"

"수잔에게 시켰지요."

"네, 바로 그겁니다. 자, 수잔. 말해 봐요. 부인이 내게 편지를 썼다는 것을 누구에게 알렸소?"

"말도 안 돼요. 전 그런 일 없어요."

"수잔, 호흡이 곤란하면 생명에 지장이 있을 수도 있어요. 거짓말을 하는 건 옳지 못한 일이오. 누구에게 말했소?"

"수잔! 사람이 그러면 못 써요. 수잔, 얼마 전에 울타리 너머로 누군가와 이야기를 했잖아요?"

부인이 목소리를 높였다.

"가정부는 담 너머로 누구하고 이야기도 못 하나요?"

수잔이 샐쭉한 표정으로 말했다.

"이야기를 나눈 사람이 바니 스톡데일 맞지요?"

홈즈가 물었다.

"알면서 왜 물어요?"

"아까는 확신을 못 했지만, 이젠 확실하오. 바니를 배후에서 조종하는 사람이 누군지 말하면 내가 10파운드 주겠소."

"당신이 10파운드를 줄 거라면 그 사람은 천 파운드도 선뜻 내놓을 분이에요."

"그러니까 부자라 이 말이오? 이제 대충 알았으니 이름을 대요. 그러면 10파운드를 벌게 될 거요."

"말 같지도 않은 소린 그만두세요."

"이런, 수잔! 말버릇 좀 봐!"

"전 지금 당장 그만두겠어요. 당신 같은 사람들은 꼴도 보기 싫어요. 내일 사람을 보내서 짐을 가져가겠어요."

말을 마친 수잔은 문 쪽으로 달려갔다.

"잘 가요, 수잔. 숨쉬기가 곤란할 때에는 패러고릭이 특효입니다."

홈즈는 화가 나서 씩씩거리며 달려 나간 수잔이 문을 '탕!' 하고 닫고 난 뒤, 심각한 표정으로 말했다.

"이 사람들은 큰일을 꾸미고 있어요. 얼마나 치밀한지 보세요. 부인이 제게 보낸 편지는 오후 10시 소인이 찍혀 있었어요. 그리고 수잔이 바니에게 그 편지 이야기를 전했지요. 그리고 바니는 자기 주인에게 가서 지시를 받을 만큼 충분한 시간이 있었어요. 그 주인이 남자인지 여자인지는 모르지만, 제가 얘기할 때 수잔이 웃은 것으로 보아 여자 같군요. 그 주인은 흑인 권투선수 스티브를 불러들여, 다음 날 아침 11시까지 제게 찾아가 경고를 하도록 했어요. 아주 일사

불란하게 이루어진 일이었죠."

"이 사람들이 원하는 것이 뭐지요?"

"네, 저도 그 점이 궁금합니다. 부인, 전에 이 집에 살던 사람이 누구였습니까?"

"은퇴한 선장이었어요. 퍼거슨이라고 했어요."

"그 사람에 대해 기억에 남는 일이라도 있습니까?"

"별로 없는데요."

"전 그 사람이 이 집에 무엇인가 파묻은 게 아닌가 하고 생각했습니다. 물론 요즘 같으면 중요한 물건을 은행이나 우체국에 맡기면 되지만, 재미있게도 이상한 습관을 갖고 있는 사람들은 항상 있기 마련이니까요. 저는 처음에는 어떤 귀중한 물건을 집에 묻은 거라고 생각했지요. 하지만 그렇다면 왜 그들은 부인이 가구들을 남겨두고 가길 바랐을까요? 설마 값나가는 라파엘의 미술 작품이나 셰익스피어의 원본 원고를 갖고 계시진 않겠지요?"

"그런 건 제게 없어요. 값 나가는 물건은 더비 찻잔 세트 정도가 고작인 걸요."

"그 정도 갖고 수수께끼를 풀기는 어렵겠네요. 게다가 자기들이 원하는 것을 대놓고 이야기하지 못한 까닭이 뭘까요? 찻잔 세트가 탐이 났다면 몽땅 다 사겠다고 하지 않고 그것만 사겠다고 가격을 흥정했을 겁니다. 제 생각에는 부인이 알지 못하는 뭔가 귀중한 것을 이 집에 갖고 계시는 것 같습니다. 만약 아신다면 절대 내놓지 않을 그런 물건 말입니다."

"저도 그렇게 생각합니다."

내가 거들었다.

"왓슨도 그렇게 생각하니 틀림없을 것 같습니다."

"도대체 그게 뭘까요, 홈즈 선생님?"

"일단 이런 식으로 추리하면서 조금 더 진전이 있을지 두고 봐야겠습니다. 이 집에서 1년간 사셨다고 하셨지요?"

"2년이 다 되어 갑니다."

"흠, 그렇다면 더욱 이야기가 맞아떨어지는군. 2년이라는 짧지 않은 세월 동안 아무도 말하는 사람이 없다가, 이제 와서 불쑥 집을 급히 팔라고 했다······? 뭔가 생각나는 게 없습니까?"

"그렇다면 그 중요한 물건이 최근에 이 집에 들어왔다는 이야기군."

내가 끼어들었다.

"그렇지. 마벌리 부인, 최근 들어 중요한 물건을 집에 들여놓은 것이 있으십니까?"

홈즈가 말했다.

"아뇨. 금년에는 이 집에 새로 들인 물건이 없어요."

"흠, 그것 참! 조금 더 두고 보면 분명한 사실이 잡힐 것 같습니다. 부인의 변호사는 믿을 만한 사람입니까?"

"그럼요."

"수잔 말고 이 집에서 일하는 사람이 또 있습니까?"

"어린 여자아이가 한 명 있어요."

"수트로 변호사를 오게 하여 댁에서 하루 이틀 묵게 하세요. 어쩌면 부인을 보호해 줄 사람이 필요할지도 몰라서 드리는 말씀입니다."

"어떤 경우 말씀인가요?"

"그건 아무도 모릅니다. 아주 애매한 사건이군요. 그들이 노리는 게 뭔지 찾아낼 수 없다면 반대쪽에서 접근해야 할 것 같습니다. 그 부동산 중개인이라는 사람, 주소를 남겨놓은 것이 있습니까?"

"명함에는 이름하고 직업만 적혀 있어요. 헤인즈 존슨 부동산 중개인이라고 말이죠."

"부동산사업자 등록부에 그런 이름은 없을 것 같군요. 정직한 사업가라면 자기 사무실 위치를 감출 이유가 없겠지요. 새로운 일이 생기면 알려주세요. 제가 사건을 맡았으니 반드시 해결하겠습니다."

부인의 집을 나서면서, 나는 홈즈의 예리한 시선이 복도 모퉁이에 쌓아놓은 트렁크 몇 개와 상자들에 닿는 것을 보았다. 붙어 있는 꼬리표가 금방 눈에 들어왔다.

"'밀라노' '루체른' 이탈리아에서 온 가방들이로군요."

"가엾은 우리 아들 더글러스의 물건들이에요."

"아직 풀지 않았군요? 이렇게 두신 지 얼마나 됩니까?"

"지난주에 도착했어요."

"흠, 이게 실마리가 될지도 모르겠군요. 이 안에 중요한 물건이 있을까요?"

"그렇지 않을 거예요, 홈즈 선생님. 더글러스는 급여 외에는 큰돈이 생길 곳이 없었어요. 어떻게 값나가는 물건을 구했겠어요?"

골똘히 생각하던 홈즈가 드디어 말했다.

"이 가방들과 짐을 당장 부인 방으로 옮기고 어떤 짐인지 내용물을 살펴보세요. 내일 다시 올 테니, 그때 짐 안에 뭐가 있었는지 말해주세요."

세 박공의 집을 그 자들이 예의주시하고 있었던 것이 분명했다.

골목 길 모퉁이의 높은 담장 옆을 지나 돌아서려는데 나무 그늘 속에 그 흑인 권투선수가 서 있었다. 그와 맞닥뜨리고 보니 인적이 드문 한적한 장소에서 무슨 일을 당할지 알 수 없는 상황이 되었다. 홈즈는 손으로 주머니 위를 두드렸다.

"홈즈 씨, 권총이오?"

"아니. 향수병이지, 스티브."

"당신은 이상한 사람이군."

"내가 쫓기 시작하면 자네는 그런 말을 하지 못해. 오늘 아침에 경고한 걸 잊었나?"

"홈즈 씨, 난 당신이 한 말 따위엔 관심 없소. 퍼킨스의 일에 관해서도 더 이야기하고 싶은 생각이 없소. 단지 내가 혹시 도울 일이라도 있으면 말하쇼."

"그렇다면 이번 일을 자네 뒤에서 조종하는 사람은 누구지?"

"원, 세상에! 아까 아침에도 말했잖소. 나는 모르오. 보스 바니가 내게 지시를 할 뿐이오. 그게 다요."

"이봐, 스티브, 명심해. 저 집의 부인과 그 집 안에 있는 모든 걸 내가 보호하고 있어. 그 점을 잊지 마."

"알았어요, 홈즈 선생. 잊지 않겠소."

"왓슨, 스티브가 내 말에 잔뜩 겁을 먹는 걸 보았나? 저자는 자기 배후의 조종자가 누군지 알면 배반도 할 사람이야. 스펜서 존 패거리에 관해서 내가 들은 게 있어서 다행이야. 스티브는 그들의 일당이고. 자, 왓슨. 이것은 어쩌면 랭데일 파이크를 위한 사건 같으니 그를 만나야겠어. 그를 만나보면 일이 조금 더 분명해질 거야."

걸으면서 홈즈가 말했다.

그날 하루 종일 홈즈는 그림자도 보이지 않았으나, 나는 그가 무슨 일을 하고 있는지 짐작할 수 있었다. 랭데일 파이크는 세상에서 일어나는 온갖 스캔들에 관해 두루 꿰고 있는 백과사전 같은 사람이었다. 이 괴짜 인물은 잠이 깨어 있는 동안에는 내내 세인트 제임스 스트리트 클럽의 창가에 서서 런던에서 일어나는 모든 소문을 듣기도 하고 퍼뜨리기도 했다. 사람들의 말에 따르면, 파이크는 남의 일에 호기심 많은 사람들의 비위에 딱 맞을 통속 신문에 매주 글을 써서 큰돈을 번다고 했다. 랭데일 파이크가 모르는 런던 사교계의 이런저런 소문이나 상황은 거의 없었다. 홈즈는 이 랭데일에게 어떤 정보를 알려주기도 했고, 반대로 그가 가진 정보를 받기도 했다.

이튿날 아침 일찍 베이커 가로 찾아간 나는 홈즈의 태도에서 일이 제대로 돌아가고 있다는 것을 알아챘다. 그러나 한편으로는 전혀 반갑지 않은, 다음과 같은 전보가 우리를 기다리고 있었다.

급히 오기 바람. 간밤 부인 집에 도둑. 경찰이 수사 중

수트로

홈즈가 휘파람을 불었다.

"사건이 생각보다 빨리 결말이 나고 있군. 왓슨, 이 사건의 배후에 커다란 힘이 도사리고 있어. 내가 들은 이야기로 짐작하건대, 이처럼

큰 세력이 있다는 건 당연해. 자네에게 부인 집을 지키라고 할 걸 그랬어. 이 부인의 변호사는 있으나마나한 사람이야. 이제 해로우 월드로 다시 가보는 수밖에 없어."

다시 찾은 세 박공의 집은 모든 것이 가지런히 정리되어 있던 어제와는 전혀 다른 광경이었다. 한가한 구경꾼 몇 명이 문간에 모여 있었고, 경관 몇 명이 창문과 제라늄 화단을 살피고 있었다.

안에 들어간 홈즈와 나는 머리가 희끗희끗한 노신사를 만났다. 부인의 변호사였다. 혈색 좋은 얼굴에 분주히 돌아다니는 경사도 만났는데, 그는 홈즈를 알고 있어 반갑게 인사를 나누었다.

"홈즈 씨, 이번 일에는 홈즈 씨의 활약이 필요 없을 것 같습니다. 그저 흔히 보는 좀도둑 사건입니다. 보잘것없긴 하지만 우리 경찰이 충분히 감당할 수 있는 일로서, 홈즈 씨 같은 전문가의 도움이 필요하지 않을 것 같군요."

"네, 경찰에서 잘 하고 계시겠지요. 그런데 정말 평범한 좀도둑입니까?"

홈즈가 대꾸했다.

"그렇습니다. 도둑이 누군지도 알고, 어디에 숨어 있는지도 압니다. 바니 스톡데일 패거리 짓이지요. 흑인도 한 명 있습니다. 그들이 이 부근에서 얼쩡거리는 것을 본 사람들이 있어요."

"그렇습니까? 가져간 게 뭡니까?"

"특별한 것을 갖고 가지는 못했더군요. 마벌리 부인을 클로로폼으로 마취시키고 집을⋯⋯. 아! 부인이 오시는군요."

얼굴이 창백한 마벌리 부인이 방으로 들어왔다. 어린 하녀가 부축

하고 있었다.

"홈즈 선생님, 어제 제게 충고의 말을 해주셨는데도 제가 그만 대수롭지 않게 지나쳤어요. 수트로 변호사님에게 폐를 끼치기 싫어서 그냥 혼자 있었지 뭐예요."

"전 오늘 아침에서야 그 소식을 들었습니다."

수트로 변호사가 말했다.

"어제 홈즈 선생님이 오셔서, 보호자를 두고 하루 이틀 지내라고 한 말씀을 그냥 흘려들었다가 그 대가를 치렀네요."

"부인은 몸이 아주 좋지 않아 보입니다. 몸 상태가 그러니 무슨 일이 생긴 건지 설명해 달라고 부탁드리기도 어렵겠네요."

홈즈가 말했다.

"여기에 다 적어놓았습니다."

경감이 두툼한 수첩을 두드리며 말했다.

"그래도 부인이 기력이 좀 남아 있으면 직접 말씀해 주셨으면 합니다."

"별로 드릴 말씀도 없어요. 못된 수잔이 그들이 안으로 들어오도록 도와준 게 틀림없어요. 집 안 사정에 관해 속속들이 다 알고 있더군요. 마취 헝겊을 입 안에 틀어박아서 저는 아차 하는 순간 정신을 잃었어요. 얼마 동안 정신을 잃었는지도 모르겠어요. 깨어나 보니 남자 한 명이 침대 옆에 서 있었고, 또 한 명은 더글러스의 가방들 중에서 보따리 하나를 손에 들고 일어서던 참이었어요. 가방이 열려 안에 있던 물건들이 바닥에 어질러졌지요. 그들이 달아나기 전에 제가 벌떡 일어서서 한 명을 붙들었어요."

"그러시다가 봉변이라도 당하면 어쩌려고."

경감이 말했다.

"전 그를 꽉 붙들고 늘어졌지만 그가 나를 뿌리쳤고, 다른 한 명이 저를 때렸어요. 그리고는 생각이 나지 않아요. 가정부 메리가 이 소리를 듣고는 창밖으로 고함을 질러댔어요. 그래서 경찰이 달려왔지만, 그자들은 이미 달아나고 난 후였지요."

"가져간 게 뭔가요?"

"귀중한 물건은 아닐 거예요. 더글러스의 가방에 값나가는 게 있을 리 없거든요."

"그들이 남긴 흔적은 있습니까?"

"제가 붙들었던 남자가 갖고 있던 종이 한 장이 찢어져 바닥에 떨어졌어요. 종이에는 더글러스의 필적이 남아 있더군요."

"말하자면 별로 중요하지 않은 물건입니다. 그것이 도둑의……."

경감이 말했다.

"알겠습니다. 하지만 제가 좀 살펴보고 싶습니다."

홈즈의 말에, 경감이 주머니에서 접힌 종이 한 장을 꺼냈다.

"전 아무리 사소한 것이라도 그냥 넘기지 않습니다. 홈즈 씨, 이건 제가 선생께 드리는 충고입니다. 25년의 경찰 생활에서 얻은 교훈은 지문이나 어떤 흔적이라도 꼭 있기 마련이라는 것입니다."

경감이 대단한 이야기라도 하듯 말했다.

홈즈가 그 종이를 살핀 후 말했다.

"경감, 이걸 어떻게 생각합니까?"

"무슨 소설 나부랭이 같은 것의 끝 부분 같습니다만."

"아마도 어떤 희한한 이야기의 대단원의 막일 것 같군요. 종이 윗부분의 숫자를 보셨겠지요. 245입니다. 그런데 그 맞은편 244페이지는 어디 있을까요?"

"도둑들이 가져간 모양이지요. 그걸 뭐 대단히 중요한 거라고 가져가 놓고, 지금쯤은 한심하게 겨우 이런 거나 들고 나왔다고 생각하는 중이겠지요."

"그런 종이 한 장을 훔치려고 남의 집에 침입했다는 게 이상하지 않습니까? 생각나는 거 없습니까, 경감?"

"아, 도둑들이 서둘러 달아나느라고 그저 손에 닿는 대로 아무거나 쥐고 간 게 아니겠습니까? 그 잘난 종이 한 장 들고 축배의 노래를 부르고 있는지도 모르겠군요."

"왜 제 아들의 물건을 노렸을까요?"

마벌리 부인이 물었다.

"아래층에는 값나가는 물건이 없으니, 위층에 올라와 찾아보려고 했겠죠. 어떻습니까, 홈즈 씨?"

"그 점에 대해서는 깊이 생각해 봐야겠습니다. 왓슨, 이쪽 창가로 와."

나를 부른 홈즈는 그 종이쪽지를 읽어 내려갔다. 어떤 문장 중간에서 시작하는 그 종이쪽지는 이런 내용이었다.

얼굴은 베인 상처와 두들겨 맞은 상처로 피가 흘러내리고 있었다. 하지만 얼굴로 흐르는 피는, 사랑스러운 얼굴을 바라보며 가슴속에서 솟아오르는 피눈물에 비하면 아무것도 아니었다. 자기의 목숨까지도 바칠 준비가 되어 있던 그 얼굴. 똑같은 얼굴이 그의 고뇌와 굴욕감을 내려다보고 있었다.

여자는 미소 지었다. 맙소사, 어떻게 웃을 수가 있지? 위를 올려다보는 그의 눈에 마치 무정한 마귀처럼 웃고 있는 그녀의 모습이 들어왔다.

바로 그 순간 사랑의 마음이 사그라지고 증오의 불길이 타올랐다.

나는 뭔가를 위해 살아야 한다. 아가씨, 당신의 사랑을 얻지 못한다면, 내가 사는 목적은 당신의 파멸과 철저한 앙갚음이 될 것이오.

"문법이 엉망이군! '그'가 갑자기 '나'로 바뀌잖아. 글을 쓴 자가 자기 이야기에 너무 빠져들다 보니 스스로를 주인공으로 착각한 거야."

종이를 경감에게 돌려주면서 홈즈가 말했다.

경감은 그 종이를 수첩에 넣으며 말했다.

"너절한 글이지요. 아, 가시려고요, 홈즈 씨?"

"경찰이 잘하고 있으니 제가 더 이상 여기에 머물러도 할 일이 없을 것 같습니다. 그런데 부인, 어제 여행을 하고 싶다고 하셨지요?"

"네, 홈즈 선생님. 여행은 늘 저의 꿈이에요."

"어딜 가보고 싶나요? 카이로, 마데이라, 리비에라?"

"형편만 된다면 세계일주를 하고 싶어요."

"아, 그러시군요. 세계일주라. 그럼 이만 실례하겠습니다. 저녁때쯤 부인에게 연락을 드리겠습니다."

홈즈와 내가 창문을 지나가는데, 경감이 웃으면서 고개를 젓는 모습이 유리창 너머로 보였다. '비상한 머리를 가진 사람들이 어떤 때는 좀 어벙한 짓을 한단 말이야.' 하는 뜻을 담은 웃음이었다.

"왓슨, 이제 이 여행도 막바지에 이르렀어."

시끌벅적한 런던 중심부에 이르자, 홈즈가 말했다.

"이번 사건을 당장 해결하도록 하지. 자네도 함께 가자고. 이사도라 클라인 같은 여자를 상대할 때는 증인이 있는 것이 안전해."

우리가 잡아 탄 마차는 그로스브너 광장의 어느 곳으로 향하고 있었다. 골똘히 생각에 잠겨 있던 홈즈가 갑자기 바로 앉았다.

"왓슨, 이번 사건을 파악했어?"

"아니, 그렇지 않아. 이 사건의 배후에 있는 여자를 만나러 가고 있다는 것 말고는 모르겠어."

"그래, 바로 그거야! 이사도라 클라인 하면 뭐가 생각나? 유명한 미인이지. 순수 스페인 혈통으로, 스페인 정복자 집안의 직계 자손이야. 그들은 여러 세대에 걸쳐 페르남부코를 지배해 왔어. 이사도라 클라인은 나이가 지긋한 독일의 설탕 왕 클라인과 결혼하여, 지금은 세상에서 가장 우아한 미망인이 되었지. 그리고 남자들과 어울렸어. 런던에서 둘째가라면 서러워할 만큼 대단한 명성을 누리던 더글러스 마벌리도 이 여자와 가까이 지냈어. 그런 일은 더글러스 마벌리에게 모험 이상의 일이었지. 더글러스 마벌리는 사교계의 나비 같은 존재는 아니었지만, 강하고 자존심이 강해서 누구를 좋아할 때는 모든 걸 다 바치고 상대도 모든 걸 자기에게 바치기를 원하지. 하지만 이사도라 클라인은 소설에 나오는 것처럼 인정사정 보지 않는 매우 약은 여자야. 유명한 남자를 가까이하다가 싫증이 나면 그것으로 끝이지. 그러다가 상대가 포기하지 않으면, 관심이 없어졌음을 깨닫게 할 자기 나름의 방법을 쓰는 거야."

"그렇다면 그 종이의 이야기가 더글러스의 실제 이야기군."

"그래. 이제 자네도 전체 그림을 보기 시작하는군. 이사도라 클라인이 아들 뻘인 로먼드 공작과 결혼할 거라는 이야기를 들었어. 로먼드 공작의 어머니로서는, 아들의 신붓감이 나이가 많은 것까지는 넘어갈 수 있을지 모르지만 신붓감을 둘러싼 추잡한 소문이 들린다면 이야기가 달라지지. 그래서…… 아, 다 왔군!"

우리가 도착한 곳은 런던 웨스트엔드 지역의 가장 호화로운 저택 중의 하나였다. 기계처럼 딱딱한 태도의 집사가 홈즈의 명함을 받아들고 안으로 들어갔다가 나와서는, 부인이 집에 없다고 말했다.

"그렇다면 부인이 돌아올 때까지 기다려야겠군."

홈즈가 쾌활한 목소리로 말했다. 그러자 집사가 감정 없는 말투로 다시 말했다.

"부인이 댁들을 만날 생각이 없다는 뜻입니다."

"그래요? 그렇다면 기다릴 필요가 없겠군. 이 쪽지를 부인에게 전해 주시오."

홈즈는 수첩 종이에 몇 마디를 적더니, 접어서 하인에게 건넸다.

"뭐라고 썼어?"

내가 물었다.

"'그렇다면 경찰에 신고할까요?'라고. 이제 우리에게 들어오라고 할 걸."

놀랍게도 금방 집사가 나오고, 우리는 아라비안나이트에나 나올 것 같은 거창하고 화려한 거실로 안내되었다. 어두컴컴한 분위기 가운데 분홍빛 전구 몇 개가 빛을 발하고 있었다. 뛰어난 미모를 자랑하던 미망인이었지만, 이제는 나이가 들어 응접실에 마주 앉은 상대에게 얼굴 주름살을 모두 드러낼 수밖에 없었다.

안으로 들어서자 소파에 앉아 있던 클라인 부인이 일어섰다. 키가 크고 여왕과 같이 우아하고 몸의 균형이 아주 잘 잡힌 여성이었다. 멋진 스페인 혈통의 아몬드 모양 눈동자와 섬세한 조각처럼 예쁜 얼굴이 기분 나쁜 눈초리로 우리를 살펴보았다.

"불쑥 찾아와서 이렇게 무례한 쪽지를 건네는 저의가 뭐지요?"

부인이 홈즈의 메모를 들며 물었다.

"설명이 필요하다고는 생각하지 않습니다, 부인. 부인은 총명한 분이니까요. 그런데 놀랍게도 부인의 총명함이 최근에 와서는 매우 흐려졌더군요."

"무슨 말씀이죠?"

"불량배들을 고용해 저를 겁주려고 한 것 말입니다. 그런 위협에 겁을 낼 거라면 이런 일에 종사하지도 않았을 겁니다. 저는 부인 때문에 오히려 더글러스 마벌리의 일을 더욱 깊이 조사하게 되었습니다."

"무슨 이야긴지 모르겠어요. 제가 불량배들을 고용했다니요?"

홈즈는 피곤한 듯 고개를 돌렸다.

"알겠습니다. 전 부인이 총명한 분인 줄 알았습니다. 자, 그럼 이만."

"여보세요, 어딜 가겠다는 거예요?"

"스코틀랜드 야드입니다."

홈즈와 내가 문 쪽으로 몇 발을 내딛기도 전에, 클라인 부인이 우리 앞을 막아서며 홈즈의 팔을 잡았다. 쌀쌀해 보이던 태도가 어느새 누그러져 있었다.

"앉아서 제 이야기를 들어보세요. 홈즈 씨라면 제가 솔직하게 털어놓을 수 있을 것 같아요. 당신은 신사 같아요. 여자란 그런 점을 본능적으로 알아차리는 능력이 있답니다. 전 당신을 가까이 아는 분처럼 대하고 싶어요."

"하지만 저는 부인을 가까이 아는 분처럼 대하겠다는 말씀을 드릴 수 없습니다. 국가의 법을 제가 집행하는 것이 아니니까요. 하지만 미약하나마 도울 수 있는 일이 있다면 돕겠습니다. 말씀하세요. 말씀을 듣고 제 태도를 정하겠습니다."

"당신같이 용감한 분을 위협한 것은 정말 저의 불찰이었어요."

"아뇨, 부인의 불찰은 앞으로 부인을 위협하거나 헌신짝처럼 버릴 그런 불량배들에게 발목이 잡혔다는 점입니다."

"아녜요. 전 그렇게 단순한 여자가 아니에요. 이제 솔직하게 모든 사실을 털어놓겠어요. 사실 바니 스톡데일과 그의 부인 수잔을 빼놓고는 자기들에게 이 일을 시킨 사람이 누군지 아무도 몰라요. 스톡데일과 수잔의 일이라면, 사실 이번이 처음이 아니랍……."

말을 멈추고 부인은 엷은 미소를 지으며 요염한 자태로 고개를 끄덕였다.

"알겠습니다. 전에도 비슷한 일이 있었군요?"

"그 두 사람은 시키는 일을 군소리 없이 하는 사냥개 같은 사람들이에요."

"그런 사냥개들은 언제고 주인을 배반합니다. 이번 절도사건 때문에 이제 체포될 겁니다. 경찰이 이미 그들을 쫓고 있어요."

"자기들에게 닥칠 일을 각오하고 있을 거예요. 어려움의 대가로 큰 보수를 받았으니까요. 이번 일에서 저는 무사할 거예요."

"제가 경찰에 신고하면 이야기는 달라집니다."

"홈즈 씨, 제발 부탁드려요. 당신은 신사잖아요. 이건 여자의 본능이에요."

"우선 원고를 돌려주십시오."

클라인 부인이 깔깔대며 웃더니 벽난로 쪽으로 걸어갔다. 그녀는 벽난로의 타고 난 재를 부지깽이로 툭툭 쳐 가루로 부스러뜨렸다.

"이걸 돌려 달라는 말씀인가요?"

부인이 말했다. 이제 어쩌겠냐는 태도로 미소를 지으며, 우리 앞에 서 있는 그녀는 깜찍하고 당돌한 모습이었다. 나는 이 클라인 부인이야말로 홈즈가 이제까지 다루어 본 범죄자들 가운데 가장 상대하기 힘든 상대라고 생각했다. 하지만 홈즈는 표정이 없었다.

홈즈가 차가운 목소리로 말했다.

"결국 부인은 이렇게 스스로의 운명을 정하는군요. 행동이 매우 민첩한 분이지만 이번만큼은 도가 지나쳤습니다."

그러자 클라인 부인이 쨍그랑 소리를 내며 부지깽이를 내던졌다.

"정말 냉정하군요! 어떻게 된 일인지 자초지종을 말씀드려요?"

"제가 자초지종을 말씀드릴 수 있을 겁니다."

"하지만 홈즈 씨, 당신은 이번 일을 제 시각에서 봐야 해요. 일생일대의 야망이 막판에 모두 산산이 부서지는 지경에 처한 여자의 관점에서 봐야 해요. 그런 상황에 처한 여자가 자신을 보호하려고 한 행동을 비난받아야 하나요?"

"처음부터 부인이 잘못한 겁니다."

"맞아요. 더글러스는 좋은 청년이었어요. 하지만 불행하게도 더글러스는 제 높은 이상에 맞는 사람이 아니었어요. 더글러스는 저와 결혼하기를 바랐지요. 홈즈 씨, 가난뱅이 평민이 귀족인 저에게 결혼을 하자고 했어요. 결국 자기가 화를 자초한 거예요. 더글러스는 떼를 쓰기 시작하더군요. 처음에 잘해 줬던 태도가 제 진심이라고 생각하고는 모든 것을 자기에게만 바치라고 말이에요. 저로선 참을 수 없었어요. 그래서 더글러스에게 스스로 깨닫도록 만들어야 했어요."

"부인 집 창 아래서 불량배들에게 더글러스를 두들겨 패도록 한 것 말입니까?"

"당신은 정말 모든 걸 다 알고 있는 것 같군요. 사실이에요. 바니와 그 패거리들이 더글러스를 쫓아 버렸죠. 좀 심하긴 했어요. 그런데 더글러스가 어떻게 나온 줄 아세요? 홈즈 씨는 더글러스가 어떤 식으로 행동했는지도 알지요? 저는 그 사람이 그런 식으로 행동하리라곤 꿈도 꾸지 않았어요. 더글러스는 자기 이야기를 직접 책으로 썼어요. 말하자면 자기는 양이고, 저를 늑대로 묘사하면서 말이지요. 모든 이야기가 그 책에 다 나와요. 물론 다른 이름으로 썼지만요. 하지만 런던에 사는 사람 치고 거기에 나오는 인물이 누군지 모르는 사람이 어디 있겠어요? 어떻게 생각하세요, 홈즈 씨?"

"하지만 더글러스는 남의 권리를 침해하지 않았습니다."

"그렇게 행동하는 더글러스를 보면 마치 이탈리아의 피가 혈관에 흐르고, 옛날 잔인한 이탈리아인들의 기질이 그 피 속에 그대로 살아 움직이는 것 같았어요. 더글러스는 자기가 쓴 책을 저에게 보내 고통을 주려고 했어요. 책이 모두 두 권이라고 했지요. 하나는 저에게 보낸 것이고, 또 한 권은 출판사에 보낼 거라고 했어요."

"출판사에 갈 책이 출판사에 도착하지 않은 것을 어떻게 알았습니까?"

"전 출판사가 어떤 곳인지 알고 있었어요. 더글러스는 이번 책 말고도 소설을 또 쓴 적이 있어요. 출판사 사람이 이탈리아로부터 아직 연락을 받지 못한 것을 알았을 때, 마침 더글러스가 갑자기 죽었어요. 그 원고가 이 세상 어딘가에 남아 있는 한, 저는 늘 불안한 마음을 품은 채 살아가야 할 판이었어요. 물론 원고는 더글러스의 개인 소지품들 가운데 있었을 것이고, 짐들이 어머니 집으로 발송되었으리라는 점은 뻔했지요. 그래서 그 바니 패거리에게 일을 시켰어요. 그리고 수잔을 그 집 하녀로 들여보냈지요. 전 그 일을 정직하게 끝내고 싶었어요. 정말 그랬어요. 그 집과 그 집 안에 있는 모든 것들을 사려고 했어요. 더글러스의 어머니가 부르는 가격은 얼마든지 다 내려고 했어요. 그런데 모든 계획이 수포로 돌아갔기 때문에 다른 방법을 쓴 거예요. 홈즈 씨, 사실 제가 더글러스에게 좀 심하게 굴긴 했지만 지금은 정말 뉘우치고 있어요. 제 미래가 위험하게 된 판에 제가 달리 어떻게 할 수 있었겠어요?"

홈즈는 어깨를 으쓱했다.

"죄를 용서받을 방법이 있기는 하지요. 요즘 일등석으로 세계일주를 하는데 돈이 얼마나 듭니까?"

클라인 부인이 놀란 표정으로 홈즈를 바라보았다.

"5천 파운드쯤 있으면 될까요?"

"아마 그럴 겁니다."

"좋습니다. 저한테 5천 파운드짜리 수표 하나를 써주세요. 수표를 마벌리 부인께 전하겠습니다. 마벌리 부인께 속죄하는 마음으로 세계일주 정도는 시켜드릴 수 있겠지요? 그리고 앞으로는 날카롭고 뾰족한 도구를 함부로 쓰는 일은 아예 생각도 하지 마십시오. 그 우아한 손이 다치는 일이 없도록 말입니다."

Sherlock Holmes

셜록 홈즈
베스트12

1판 1쇄 인쇄 | 2024년 4월 20일
1판 1쇄 발행 | 2024년 4월 25일

지은이 | 아서 코난 도일
옮긴이 | 김지영
펴낸이 | 윤옥임
펴낸곳 | 브라운힐
서울시 마포구 토정로 214 (신수동 388-2)
대표전화 (02)713-6523, 팩스 (02)3272-9702
등록 제 10-2428호

ISBN 979-11-5825-159-8 03840
값 20,000원

*무단 전재 및 복제는 금합니다.
*잘못된 책은 바꾸어 드립니다.

221B. BAKER St. NW **LONDON**